U0741145

# 纤云劫

魏荣凯◎著

天津出版传媒集团

天津人民出版社

图书在版编目（CIP）数据

　　纤云劫／魏荣凯著 . -- 天津：天津人民出版社，
2020.8
　　ISBN 978-7-201-16296-6

　　Ⅰ.①纤… Ⅱ.①魏… Ⅲ.①侠义小说－中国－当代
Ⅳ.① I247.5

　　中国版本图书馆 CIP 数据核字（2020）第 131313 号

# 纤云劫
## XIAN YUN JIE

魏荣凯　著

| | |
|---|---|
| 出　　版 | 天津人民出版社 |
| 出 版 人 | 刘　庆 |
| 地　　址 | 天津市和平区西康路 35 号康岳大厦 |
| 邮政编码 | 300051 |
| 邮购电话 | （022）23332469 |
| 电子信箱 | reader@tjrmcbs.com |
| 责任编辑 | 谢仁林 |
| 装帧设计 | 彭明军 |
| 制版印刷 | 天津雅泽印刷有限公司 |
| 经　　销 | 新华书店 |
| 开　　本 | 710 毫米 ×1000 毫米　1/16 |
| 印　　张 | 20 |
| 字　　数 | 297 千字 |
| 版次印次 | 2021 年 1 月第 1 版　2021 年 1 月第 1 次印刷 |
| 定　　价 | 59.80 元 |

版权所有　侵权必究
图书如出现印装质量问题，请致电联系调换（022）23332469

# 目 录
CONTENTS

纤云劫

# 第一章

# 黑血神针

夏，盛夏。

七月晌午，烈日好似沾满荼毒怨灵的手肆虐天地，万物如入轮回般的惨遭蹂躏，不堪着目。一条官道恰好沿着萎靡的枯草慢慢延伸，官道上足印勉强可见，尘土分明，只是这一望山川，却毫无一点生机可言。

盛夏之日，这荒郊之道，莫说人，就连飞禽野兽也难得寻觅。

可此刻，正值日中，却有十多道马蹄声渐渐远来。

但见为首之人，裸着半身，背上一柄九环金色大刀，端的是金光闪闪，在这烈日渲染之下，更为显色。这汉子身高约莫八尺，身材魁梧，手臂如碗口粗大，青筋显露之处尽是汗水淋漓，端坐一匹西凉宝马之上，更显英勇。其后十多人形态身材各有不一，但瞧见打扮着装，似如一伙。

这十多人连日自西凉而来，望着西都长安而去，自出了边塞山野，到了中原一马平川之地，哪想到烈日如此折磨，马儿虽然身形矫健，却一步一步极为缓慢，似乎拖着病态之躯，实难前进。

"人说中原乃兵家必争之地，俺还以为必是山景秀丽，哪想到这天气如此酷热难耐，看来这中原，实在是徒有虚名。"

中间一个秃顶汉子喘着大气，满嘴抱怨，豆大的汗珠顺着高高的鼻梁滑入地面，瞬间便化为丝丝氤氲。

"苏二哥你有所不知，此处乃是西凉通往京都的唯一官道，所谓官道官道，自然行官如道，过了这道便可以飞黄腾达，中原之景自然一目了然。"当中一个瘦小汉子挥着手臂轻轻言道。

原先那秃顶汉子叹了口气："朱六弟你就是一辈子书生之气，老子虽不知道什么官道，却也知道修身养性，这一路而来如此颠簸劳累，早知如此，莫说中原风景秀丽，便是皇宫别院，老子也情愿待在漠北凄凉之地。"说罢伸出蒲扇般的大手，解开半臂衣袖。

领头那汉子忽然轻声叹道："二弟此言虽然不差，但是此行事有无奈。中原之地霍乱不休，盗贼无数，此刻进京一来乃是要恭贺林大哥寿辰，二来这寿辰之礼乃是稀世珍宝，大伙若是不白日赶路，恐怕晚间会有盗贼作恶。"

他如此一言，那秃顶汉子越是不解："话虽如此，但俺觉得大哥你实在是杞人忧天，塞北飞鹰寨十多位当家亲自护送此物，难不成天下还有人敢前来作乱找死？"

"事关重大，还是谨慎为好。"

那秃头汉子惊异道："俺就不明白不就是寿礼一份，何至于如此重要？难不成天下间还有可以和纤云……"

"二弟。"那领头汉子顿时怒斥一声。秃头汉子立马醒悟，赶紧捂嘴不敢再言，其他人也为之惊讶。领头汉子望了望诸人，跟着叹了口气："小心祸从口出啊。"

"是。"

十多人尽数低头。

原来这一群乃是塞北飞鹰寨之人，为首那身带金刀的是飞鹰寨寨主郭天雄，与那秃顶汉子苏星虹号称"塞北双鹰"。飞鹰寨虽然身居塞北，极少涉足中原之地，但这些年来也算是在江湖中显露头角，以"塞北双鹰"之名更是声名远扬。此次前去西都长安，乃是拜会昔日"两川大侠"林齐之寿辰大日，这林齐出自川中名门青城派，虽然不知道他的具体身世，但江湖人无人不知他的威名，只是多年之前不知为何弃剑从商，北上京都长安，从此不问江湖之事。

郭天雄眺望远方，舔了舔干涸的舌头，勒起马缰，继续行走，轻轻言道："闲话少说，早日到达京都，一切安稳之后便请兄弟们痛饮三天。"

苏星虹甩开空荡水袋，忽然又叹息道："早知此路如此漫长，俺就该托一辆水车过来。"

当中一名汉子笑道："苏二哥如此海量，只怕是一辆水车也不够吧。"

苏星虹哈哈大笑，拍了拍厚实胸膛："俺如今可以喝下半个天池的水。"刚想续言，忽然耳边一动，边上早有人大叫："看……快看……前面……前面好像有人……"

这荒郊烈日下，竟会有人于此！

苏星虹最先上前，耳边一动："对……有声音……"

这十多人不仅是飞鹰寨首领之辈，更是塞北杰出之人，以内功修为自然可耳听八方。只听得一阵苍老声音隐隐传来："酸梅汤……冰镇的……酸梅汤……"

苏星虹一阵惊喜，乐得几乎从马上跳下来："大哥……是……酸梅汤……"想到冰镇酸梅之味，不禁口水直流。郭天雄尚未开口，其后一人早已经勒马前去："大哥二哥，待我上去察看一番。"

郭天雄大声喝止，其人早已远去，看来这烈日炙烤的确苦了诸人。

过了半盏茶时分，之前前去那汉子又奔驰而来，只是一脸愤怒，好似受了一肚子怨气。

"如何？"

"一个老太婆在卖酸梅汤。""那赶紧买去啊。"十多人瞬间骚动，恨不得马上就端起解渴。那汉子哼了一声："卖是卖，只是价格不菲。"

"多少？"

那汉子举起一根手指，苏星虹当先怒道："一碗酸梅汤一两银子？难道这梅子是天上掉下来的不成？"

那汉子摇摇头，跟着冷冷一笑："是一两金子。"

苏星虹顿时呆木，十多人也瞬间变了颜色。只有郭天雄微微一笑："郭某行走江湖二十多年，还未听说过有如此天价的酸梅汤，走，大伙瞧瞧去。"说罢，当先勒马而去，十多人虽然尚在惊讶，但一见首领远去，便也赶紧跟了上去。

原来在一棵枯木之下，蹲着一老妇人，但见她身材极为矮小，背上仿佛压着千斤巨石。更为怪异的竟是在这盛夏时分，此人竟然全身包裹在棉衣之中，除了一双枯瘦如柴的双手，几乎看不到一点皮肤。

那嘶哑声音还在断断续续："酸梅汤……冰镇的酸梅汤……"

郭天雄翻身一跃轻轻落入地面，苏星虹与其他汉子逐一下马走了上来。

"酸梅汤……冰镇的酸梅汤……"

走近一听，这声音竟有些怪异非常。但这老婆子面前一缸子的酸梅汤却着实诱人。

"老人家，这酸梅汤……"

郭天雄解下金刀，俯下身子轻轻开口，尚未说完，那老婆子的身子轻轻晃动一下："一碗一金，童叟无欺。"

苏星虹怒斥道："一碗一金还童叟无欺？你这难道是冥界的孟婆汤那般稀贵？"

那老婆子未曾反口，而是又重复道："一碗一金，童叟无欺。"

苏星虹气得不轻，但无奈口渴难耐，望见汤中梅子漂浮，肚子一阵咕噜。郭天雄微微一笑："有意思有意思，也罢也罢，我等也难得来中原一趟，这笔钱便让你赚了。"

"大哥……"

十多人一起开口，显然对如此天价之物极为不满。

"无妨！"只见郭天雄从袋中取出一串翡翠链子，轻轻递了过去："老人家，这串链子足以抵过十七两金子吧。"

寻常翡翠倒也无所新奇，但郭天雄手中链子却非同一般，透明如水，大小衔接，犹若连珠之态，而且常温不变，即便在如此烈日之下，依旧保持冰冷，显是极为珍贵之物。

那老婆子倒也识趣，接连几个多谢，头也不抬接过链子就一颠一跛缓缓远去。郭天雄这才让弟兄们接过小碗饮用这盛夏美食，苏星虹等人原本满肚子怒气，但这清爽汤汁一经下肚，怒火便顿时烟消云散。

可正当郭天雄饮下第三碗酸梅汤时，忽然腹下一阵巨痛，跟着眼前一昏，便在这一刻他听到无数惨烈之声，苏星虹当先哑声："这……这……"一口血喷了出来便倒了下去，其他人接连吐血倒地，抽搐不止，郭天雄倒吸一口凉气，眼神晃动，忽然对着那老婆子怒吼："你在汤里下毒……你……"

这一大吼有如晴天霹雳，一阵天雷闪落，郭天雄挥动金刀便朝着那老婆子劈了下去，就是这一招"力劈华山"，这二十年来不知有多少英雄丧命于此。这老婆子身材枯瘦，几乎连清风也能吹倒，又如何能抵挡住这致命一招？

可就在这几乎是电闪雷鸣的一刹那，老婆子揭开棉衣，露出一脸诡异，便在这一刻，不知何时出手，轻轻舞动手中一根银色长针，便是这一根丝毫不起眼的银针，竟在这瞬息之际与那把金刀撞上，瞬间火花冲天，郭天雄手臂一阵剧痛酸麻，脚下踉跄连续退了几步，最后再无气力以刀尖撑地，张目结舌："这……黑血神针……你……你……你……"一连五六个"你"，几乎不能相信。

老婆子哈哈怪笑，在这烈日之下令人打了一个寒战："塞北双鹰，不过如此。"棉衣一甩，终于显出真身，但哪里是老态龙钟之人，分明是一个四十岁开外的中年男子，身材魁梧，面色黝黑，一对眸子如同炼狱厉鬼，怒视苍穹，身披一件红色如血长袍，双指粘着那根黑血神针。郭天雄原本惊异无比，此刻望了望身后十多具尸首，塞北飞鹰寨建立二十余年，今日却一败涂地。他对天狂笑，笑声之中自有一番痛苦之色。

"郭天雄，一别九年，想不到你还认得我。"

郭天雄止住笑声，忍住毒气攻心之痛，手心隐隐发麻，若非这支曾令天下人闻风丧胆的黑血神针，他又如何会知道来者何人，但就算知晓，一切都已惘然。

"想不到当年天阴教黑面神君今日会在这荒郊野外装老太婆卖酸梅汤，哈哈。"郭天雄自知命不久矣，临死之前竟如此豪迈。

黑面神君听完也不生气，淡淡而言："九年前，你郭天雄也算本教教中鼎足之人，今日我化身如此，想必也算给足你面子了，念足了当年同门之情。"

郭天雄忽然回首满地，怒斥道："给足我面子？便是狠心将我手足如此残杀？"

黑面神君微微皱眉："这几个人在我眼里根本不值一提，只不过怕你一人独自上路，是以让你黄泉上路多些伴。"

"你……"

"郭天雄……"黑面神君忽然阴冷冷呵斥："九年前阴山大战，昆仑、华山、少林、武当四派围攻天阴教总坛，本来天阴教以逸待劳此战绝非不能取胜，哼，万恶教中竟有反叛之人临阵脱逃，将四大门派引入孤月台，最后圣教主力竭而亡，从此天阴教一蹶不振。"

这段往事早已经成忆，只是天下间谈及当年此战无不心有余悸，那時天阴教教众遍布天下，教中高手不计其数，而教主顾宁玉更是神功盖世，天下间未有一门一派可以与之匹敌。后来少林派结连武当、华山、昆仑四派大举进攻阴山天阴教总坛，那一场本是被誉为关于江湖正邪生死之战，传闻在孤月台之上力战七日，天阴教教主顾宁玉力竭而亡，座下七位护法神君生死不一，而天阴教众更是死伤无数。

黑面神君当年身为七位护法神君之一，经历此战，至今仍然记忆犹新。郭天雄一语不发，单膝跪地，喘息不已。

黑面神君哼了一声："当年若不是教中出了猪狗不如的叛贼，我天阴教何至于九年来都不得翻身，圣教主又岂会……岂会……"

言及于此忍不住哽咽难语，这杀人不眨眼的恶魔竟也会如此动情。

"郭天雄，当年此战关于教中生死存亡，而临阵脱逃者，你在其一，这九年来你以为隐居塞北便可以脱离尘世，洗清罪名了？"

这一字一句有如那黑血神针一针一针穿过郭天雄的耳边，此刻他脸上已然泛起一阵青黑，显是毒气已然侵蚀五脏六腑。

"郭某当初之所以会临阵逃却，早就料到会有今日之事。只是当初也是逼于无奈。"

"逼于无奈？哈哈。"黑面神君冷冷笑道："好一个无奈。"

郭天雄怒道："当初圣教主一意孤行，不听左右之言，才会遭来四大门派围攻天阴教之祸。而那时外祸是小，内乱才是真，你身为护法神君，自当明白教中有多少人不服顾宁玉。"

"放肆……"

黑面神君怒斥一声，官道之上再度一片霹雳："当初你做出如此猪狗不如之事，今日还敢妄自议论圣教主，九年过去了，天阴教如今复出江湖，当年孤月台之耻如今要让这些名门正派血债血偿，而你们这些叛徒，一个也休想活命。"

"你……"

"郭天雄、朱翼、司空玄……"

他一连吐出这些名字，郭天雄的脸上不断抽搐，到最后一口黑色脓血便喷了出来。

"好个郭天雄，九年未见，想不到你中了黑血神针之毒，还能苟延至今，比起你身后那些人，你可厉害不少。"

郭天雄再难支持，手中一麻几乎就要倒地，他硬生生咽下一口鲜血："郭某今日栽在你手，就未曾想要活命，要杀便杀。"

"好，有骨气，当年你我总算共事一场，今日便给你条活路，只需你说出顾纤云的下落所在，从此恩仇一概划清。"

郭天雄听闻此言哈哈大笑，笑得竟是依旧豪迈。黑面神君怒道："你笑什么？"郭天雄朗声道："说什么忠于圣教，全是狗屁不通。天阴教如此所愿，想必并非报仇雪恨，而是要重夺纤云梭吧。"

黑面神君身子一颤，既而微微冷笑："看来我的确小看了你，想你如此精练之人当初在天阴教不得重用，也算惋惜。不错，天阴教如今复出江湖，首要之事便是要重夺纤云梭。当年阴山大战，顾纤云身为圣教圣姑，临阵之时却胆敢偷取本教圣物，若非如此再加上贼人作乱，当年天阴教又怎会号令不一，让四大门派有机可乘？"

郭天雄沉默不语。

"如何？只需你说出顾纤云如今下落何在，我自当保证从此天阴教上下无人敢加害于你。"

郭天雄再度大笑，可笑声却是凄惨，他回眸一望满地尸首，这些尽是他十多年的义气兄弟，而如今却惨死在自己身边，此等绝望自己又怎会有苟活之念？

"黑面……莫说我不知道顾纤云和纤云梭的下落，就算我知道……我死也不会说……哈哈……"

"你……"黑面神君气得发颤，只是一张黢黑的脸如地狱阎王，看不清神色。过了片刻忽然冷冷地说道："你当真以为你的如意算盘真的可以瞒天过海？你以为你不说，我便无计可施？你看。"只见黑面神君手中明晃晃放着一枚红色令牌，四方白玉，当中刻着"天阴"二字。郭天雄本来一直镇定非常，此刻突然大吼道："你……你……"

黑面神君冷冷言道："你此去京都长安为林齐祝寿是假，替顾纤云传授天阴令才是真。不过你倒也精明，明明一群人从西凉自官道进京，却命他人秘密将此物送入京都，如此计策着实厉害。"

郭天雄仰望苍天，深深叹了口气："罢了罢了，天意如此……就是为了这天阴令，害了我十多位兄弟性命，郭某愧对手足。"

"顾纤云在哪里？"

　　黑面神君再无忍耐，轻轻走上前来，一手摇晃着那黑血神针，郭天雄脸色再无一点血色，身子摇晃不止，却死咬牙根："就算死，我也不说……"

　　黑面神君也不生气，只是轻轻言道："既如此，我只有去找林齐了。"

　　"你……"

　　"只不过得先从你身上取一样东西。"

　　"什么东西？"

　　"人头！"

　　便在这一刹之间，郭天雄愤然起身，也不知从何而来的力气，舞动金刀有如猛虎下山朝黑面神君扑将上去，这柄金刀跟随他行走江湖二十余年，向来不离其身何等厉害，这一下又是抱着和敌人同归于尽之想，但见三丈之内尽是刀光飞影，烈日无边却也照不进这光芒当中。

　　黑面神君脚下轻轻一动："好。"

　　"好"字一出，红色身影顺着来势一闪，手中黑血神针勾住三个银光，这电闪雷鸣之际，竟是到了生死搏斗之时，郭天雄双目狰狞，嘴角露出丝丝血迹，"膻中""鸠尾""神阙"三穴已被这万毒合一的黑血神针刺中。

　　金刀一闪，落入地面，郭天雄身子晃动一下也跟着倒入无边的血迹当中。

　　夕阳已散，余温仍在。但这十多具尸首，却早已没了温度，黄昏落幕，大地一片萧然！

# 第二章
# 天阴乱世

夜，冷夜！

盛夏的夜晚，竟会来得如此凄冷！

残月高挂，漫天星河，却毫无一点生机。偶许微风拂过，带着几丝轻盈，两盏红色灯明，就照在"林府"两个烫金大字之上。

数年血战江湖，换得了"两川大侠"的称号，也终于换得了今日无上的荣耀，好似这门前的两只长牙貔貅，挥舞利爪，宛若生灵，在夜晚中舞动威风。

林府就坐落在长安城郊以西碧灵山庄，虽是京都城郊，但是十多年来林府广济天下，门庭若市，俨然别有一番天地。但这接连几日，林府内外却无人问津，好似一座孤影鬼城。

林齐四十岁寿辰在即，本广邀天下英雄豪杰齐来中原相聚，但吉日将至，整座碧灵山庄却毫无动静。从红漆大门进去，乃是林府的练武校场，虽然许多年不问江湖之事，但从未耽搁了这手上武学，林齐如此，府中下至门丁、丫鬟也颇懂几下拳脚功夫。

练武校场再往前而去，乃是一座四方大厅，门前白玉阶梯在月光之下，如被洗净了无数次，光华透明，这普普通通的阶梯竟会用白玉铸成，足可显得长安林府富甲中原！

大厅内漆黑无比，风从门缝吹进，吹着这漆黑的屋子，吹着林齐短短的衣袖。习武之人都懂得修身养性，更何况是出自天下道教正宗青城派的林齐，四十岁的年纪却如三十岁的容颜，再加上锦衣荣华的装饰，俨然是宫廷王胄之辈，只是外表再为雍容，却丝毫掩盖不了他此刻乱如刀剑的思绪。

寿辰在即，天下英雄本该早早来到碧灵山庄，此刻硕大山庄却如此凄冷，要人如何不心凉！他端坐在大厅太师椅上，望着昏暗如昼的四周，空荡荡的一切，尽如此刻自己空荡荡的心！

也不知道过了多久，门外一阵苍老的声音传来："老爷……"

林齐眼睛一亮："李管家，是不是有客人来了？"言语之中颇为惊喜。李管家年逾六十，在林府效力近十年，一直毕恭毕敬，在林齐眼中李管家早已如家人恩待。

"没有……不过……"

"不过什么？"

"有人送来贺礼！"

林齐站起身子："快进来。"

"是。"

李管家轻轻推开门，一阵月光的倒影照在他颇为颠簸的背上，显得他异常的萎靡，他双手颤抖，捧着一个巨大的盒子轻轻走上前来，跟着将盒子轻轻放在桌上。

"送礼的人呢？"

"不知，刚才阿丁听到有人敲门，便到前院去，但是只有这么一个盒子在。"李管家轻轻咳了一声，这寒夜的风吹得人有些发冷。

林齐叹了口气："罢了罢了。"他轻轻扶着椅子，拖着沉重的步伐走了上来，望着桌上那个锦盒，无论外表装束无疑都是包裹着贵重之物，他心有迟疑，却终于还是打开了盒盖。

冷月，寒风。

就这么一同涌进了屋子，这昏暗的四周，顿时仿如充满了令人发指的迷情。

这盒子里装得哪里是什么贺礼，竟是一个人头！

李管家的人头！

那眼前这个"李管家"！

林齐大惊失色，随手放置盒子，便在这一刻身影向后退了何止三步："你……你是何人？"

"李管家"低着头，全身颤抖不止，忽然发出尖锐刺骨的笑声。

林齐双目如火："你……你……"

"林大侠，九年之前，阴山孤月台上，在下曾与你有一面之缘，如今却不认识了？真是贵人多忘事。"

甩开肩上布衣，顿时显出真实面容，正是那日乔装成老太婆荼毒飞鹰寨的黑面神君。

林齐再度倒退一步："你……天阴教黑面神君！"

"不错。"

"你……李管家是你……"

说到这里看到桌上的人头，不禁心中痛苦。

黑面神君冷冷地笑道："这个老头不愿带我来见你，在下就只好杀人泄恨然后亲自来此。不过这个才是我要送你的礼物……"说完长袍一甩，跟着一个黑色物体迎着冷风击打过来，林齐知晓这黑面神君极为心狠手辣，此刻竟如此突然而来，恐有偷袭，便转身向左退了开去。

但回头一看，这分明是飞鹰寨寨主郭天雄的人头，只是他额头之上还明晃晃的插着那根曾令天下人闻风丧胆的黑血神针。

林齐上前一步，伸手向前，忽然咬着牙怒喝道："黑面……你……"几乎不能言语，郭天雄生前被黑血神针所伤，倘若方才自己用手接住人头，也必然会中毒倒地，想到黑面神君如此恶毒，一时愤怒不已。

"这个礼物，你可喜欢？"

黑面神君微微一笑，对这两条人命根本不为所动。

林齐叹了口气："想必天下英雄尽数未到于此，也都是天阴教所为了？"

黑面神君点头，却不曾说话。

"九年前天阴教被四大门派所灭，想不到今日还有死灰复燃之日。"言语之中也不知是惋惜当年未能斩草除根，还是担忧江湖从此多事。

黑面神君冷笑道："林大侠所言差异，九年前天阴教被奸人所害，才会惨遭四大门派屠戮，但是九年来一直未曾懈怠，今日重出江湖，便是要一报当年血债。"

"可是郭兄弟当年乃是天阴教众，你今日为何如此狠心要将他杀死？"林齐顿时怒然，不忍回首。

黑面神君哼了一声："郭天雄叛教之辈，死不足惜。林齐，我问你，你可知道顾纤云这个人？"

林齐原先满是愤怒壮烈之势，但一听到"顾纤云"三个字，忽然便气焰顿消："不知道。"

黑面神君早料到他会如此回答："好一个不知道，也罢，实话与你说，郭天雄就是因为不肯识时务，隐瞒顾纤云的下落，这才会落了个如此下场。你是聪明人，想必不会赴他的后尘吧。"

林齐全身发颤，轻轻坐在椅子上，手上、背上、额头上已经冒出了冷汗！

黑面神君又继续言道："你身为青城派高足，手中也算沾满了我教教众的鲜血，以你"两川大侠"如今财名双利之势，大可以安居一世，又何必要为了一个不相干的人断送性命。"

言下之意便是倘若林齐不说出顾纤云的下落，便要他如郭天雄一般。林齐单手捂着头，还是一言不发。

黑面神君又言道："顾纤云乃是我教叛徒，当年偷走至宝'纤云梭'致使我教表里不一，上下不齐心，今日我天阴教复出，要重夺本教之物，捉拿叛徒，有何不对？你们何故又要如此不肯说出实情？"顿了顿，眼前忽然一阵雪亮："莫不是这纤云梭当中，隐藏着什么惊天秘密？要你等如此冥顽不灵！"

"我不知道她在哪，更不知道什么纤云梭。"林齐微弱的声音几乎连微风声都可以盖过，但此言在黑面神君听来却如此震撼，他再度哼了一声："好一个不知道，郭天雄手持'天阴令'意图来此为你祝寿，便是奉了顾纤云所托，你敢说你不知道顾纤云的下落？"

林齐再无可言，只是低着头一句话不说。

过了许久，黑面神君再无可忍，吸了口气："久闻林大侠当年一套'回风落叶剑法'使得出神入化，不知道这些年来可有怠慢？"

此言一出，便是起了杀机。黑面神君位居天阴教七大护法神君，地位仅次于教主，武功之高骇人可想而知。否则以郭天雄等人威名塞北数年之力，又怎会在他手里如此不堪一击！

林齐虽然当年深得青城派真传，剑法独步两川，但是要与黑面神君相斗，胜算实在难料，而且天阴教复出，此行所为又如此重大，想必除了黑面神君以外，天阴教还有其他高手同在中原，就算自己如今侥幸胜了对方，而得罪天阴教，从此也永无宁日。

但事已至此，除了拼死相斗，又能如何？

这一瞬间，漆黑的屋子里仿佛射进了一道银白色的电光，一缕光芒几乎照亮了整座大厅，林齐在这眨眼之际已经将长剑挥洒而去，运剑之人将长剑使得如此迅猛如电，江湖中绝对少见！

黑面神君哈哈大笑，这诡异笑声震碎了苍穹，便在这笑声传荡之际，他已然飘身略过一丈，林齐长剑将至，偏偏在一丈之时眼见对方如此轻易闪开，心中的畏惧越加沉重。

但剑已出鞘，又岂能收回！更何况，此战几乎是关乎自己乃至碧灵山庄生死存亡。

"去。"随着林齐仰天呼啸，四下震荡不止，长剑犹若蛟龙在空卷起无数威凛，犹若凤舞九天，势如龙游四海。

林齐当年拜入青城门下，这青城派乃是天下间有名的玄门正派，江湖素有"北武林，南青城"之称，"武林"便是武当和少林，青城派可与这两大派齐名，足见其声势名望。林齐深得青城派剑法精髓，多年未曾怠慢，将这套"回风落叶剑法"使得何等精妙。

黑面神君位居天阴教护法神君，地位之高可想而知，但此刻见林齐将这套独步天下的剑法一一施展开，虽然不形于色，但心中仍然暗暗惊叹。

眼见得林齐已经使出了十六招，这十六招中无一不是"回风落叶剑法"中极为精妙的招式，他深知黑面神君武功极其之高，自己若要取胜唯有出其不意，是以一开始便暗运内力下了绝招。但黑面神君身如鬼魅，倘若不是亲眼所见，又有何人能够想到如此身材魁梧的汉子，身形竟会如此迅捷，红袍飘然，竟在这大厅之上如此游行。林齐手心紧握长剑，丝毫不敢怠慢，但眼见得自己连出了三十多招，均被对方如此轻巧闪过，如何再能镇定？

黑面神君手握长袍，翻身一跃闪过三丈，口中冷冷讽刺："还以为青城剑法有多么精妙无比，今日一见实在徒有虚实。这数百年的威名，也不过如此。"要知修道练剑之人最在乎"凝心静气"，黑面神君如此出言相激，便是要林齐自乱心神，让他剑法变得杂乱无章。

　　林齐本来一直心有慌张，如今一听对方辱没师门，如何不气，刚要一口回绝，忽然眼前一闪，数只黑血神针便迎面扑来。这黑血神针乃是天下间至毒之物，常人莫说中针，便是轻轻触摸也难逃一死，否则以郭天雄等人喝了掺有针毒的酸梅汤又怎会尽数惨死！

　　林齐自然知晓此物的厉害，瞥见郭天雄的人头，此刻不禁又痛惜起来，眼见得黑血神针便在咫尺，他脚踏中宫，挥剑在胸前勾起三道剑圈，犹若光芒之阵，将银针纷纷洒落，这银针落地发出噬噬的声响，好似毒蛇吐出信子那般令人毛骨悚然。林齐这一招"孤天盖月"本来使得异常顺手，但猛觉面前一股极大的力道扑卷而来，犹若排山倒海，几乎令人窒息。

　　林齐毕竟也是在武学上极有修为之人，前招未散，眼前一阵缭绕，跟着一团红色如漫天弥盖，林齐退后一步，手起一剑，便在这一瞬间连出三招，要知青城派之所以能够名震天下，与少林、武当齐名，一来乃是我中华道家元始之地，二来便是历代青城弟子修道练剑，将这一套青城剑法的精髓造化得巧夺天工，这一招一式涵盖着虚实相生，料敌先机之意，若非日月累练，又如何能够体会这剑中的意境。

　　林齐手起一剑，但是三招连绵，有如剑舞龙蛇将黑面神君周身三十六处大穴竟然笼罩当中。这疾风剑雨一经生成，屋子之中顿时好似剑网弥天落下，周围桌椅纷纷缭绕缓动，黑面神君心中一寒，身在半空，面前却是一阵冰凉，只觉得剑气排散，透过空间扑将上来，倘若自己一不小心，便会落入这无穷剑阵中去。他手心握紧两只黑血神针，凝住真气，顺着来势翻身越空，便在这咫尺之地，已然架开林齐六剑，"呼呼"两声，黑血神针自半空劈落，扫过一丝阴寒。林齐虽知晓他手中这看似微小之器极为厉害，但终究未曾亲身试练，如今乍一交手，方才几招已让自己连连退步，几乎无招可试，想想自己多年来在名门修习，今日竟敌不过这魔头，心中如何甘心！

　　但黑面神君来势迅捷，红色身影明明方才在左，片刻之后竟又在右，大厅之内本就狭窄，黑面神君如此穿移，更是令人眼花缭乱，精神溃散。

　　猛然间，黑面神君发出一阵怪笑，伴着这诡异笑声，一只银针便刺斜而过，好似流星划空，林齐大惊骇然，举剑欲挡却已然不及，无可奈何唯有望后而退，便在退却之时挥剑刺去，剑针相交发出一阵火光，林齐手心一麻剑柄险些脱去，哪想到这短短一只黑血神针竟会被黑面神君发出如此大的力道，林齐一声低沉，脚心一凉已然退到门槛边，黑面神君一招得势哪容得对方回神，大喝一声翻身扑下，简直要将林齐瞬间吞没，林齐挡无可挡，无奈之下翻身退出门槛，月光如水，照在校场之上，林齐影子落地，发出一丝寒战。黑面神君随即而过，红光乍现，只看得到一张黑黝脸颊和令人发指的毒针。

黑面神君落入地面，双手负胸，冷冷笑道："如何啊林大侠。"林齐喘息不止，不知为何气息竟然越来越微弱，全身满是大汗，手心也颤抖不止，他强作一口真气，但一到胸前便化作一摊脓血喷了出来。

黑面神君仰天大笑："这黑血神针的毒气可好受啊。"他双指捻起银针，轻轻放在嘴边吹了吹，发出一丝青绿之气。林齐这才觉悟，方才与之恶斗之时，竟在分神之状下被这万毒之气所染。

"黑血神针，七步穿神！"林齐单膝跪地，以剑支撑，口中实有不甘。

林齐心中不甘，但却知晓自己功力与黑面神君实有相差，天阴教在江湖上隐秘九载，如今重现江湖，以黑面神君一人之力便如此骇然，想到武林从此多事，一时甚是忧心。

黑面神君立于屋檐之下，浑如落入天地之人，飘然若仙："为了一个顾纤云，包括郭天雄在内，你们这些人竟如此不惧生死，到底是为了什么？"

林齐闭上眸子，脸色苍白无力："侠义所在，自然无须与邪魔外道多加解释。"

如此自是做了必死的准备。

黑面神君心中又气又恨，这一路而来，因为隐瞒顾纤云下落而宁死之人已不在少数，倘若人人都是如此，就算杀尽所有人也根本无法得知顾纤云之下落，一时冷冷呵斥："你当真不说？"

林齐嘴角含笑，却未曾回答。

黑面神君轻轻吸了口气冷，既而言道："好一个两川大侠，武功虽然不济，但骨子却硬得很，只是不知你那位千金……"

"你想怎么样……"林齐骤然变色，他本是无惧生死之人，但一提及爱女，顿时便急不可耐。

黑面神君见他紧张，心中暗喜，又续言道："当年你林家与谢家订下婚约，后来谢传恨无故毁约，让你林大侠做了空头岳父，倘若不是顾纤云以妖媚诱惑，谢传恨又岂会如此混账？你林家又岂会招来天下人非议？"

林齐皱着眉头，"哼"了一声："这是我林家之事，不用你管。"

黑面神君丝毫未曾动气："林家之事在下当然不会过问，今日在下只管顾纤云的下落。令千金乃是谢传恨未过门的妻子，倘若以她为饵，谢传恨就算再无情无义，想必也不会坐视不理，谢传恨一出现，顾纤云自然也必在左近。"

他每说一个字，林齐脸上就颤抖一次，到后面几乎如中风抽搐，喘息难忍。

"你……你……"

他虽然挂念爱女安危，但此刻自己身中剧毒，根本又敌不过对方，眼下情形，又能如何？

黑面神君续言道："听闻林家千金乃是两川第一美人，当年被谢传恨遗弃，这些日子来想必是寂寞难耐，在下便将她带往阴山孤月台让她做个美娇娘，林大侠以为如何？"他出言污秽，饶是寻常之人都无法忍受，更何况是名门弟子、这两川大侠林齐。

夜空之下竟是黑面神君得意的笑声，这诡异之声弥盖四方，将一切缭绕遮掩下去，林齐奋起怒吼一声，身子自平地直扑上去，竟是要与对方拼死抵命，但他此刻剧毒缠身，更非黑面神君之敌手。

后者显然不以为意，轻轻手心一拨一折，林齐便已经重重摔倒在地，再也无法爬起，谁能想到，青城派得意弟子、两川大侠林齐今日竟会如此落魄！

"青城弟子，不过如此！"黑面神君发言相讽，显得无比自大，凝望着瘫倒在地四肢抽搐的林齐，眉目中显过一丝杀意："既如此，在下只有让你去见郭天雄这班窝囊废了。"手起神针却待刺下，忽然半空中远远传来一阵极为凄惨的叫声。

"爹……"便是这单单一个字几乎震碎寂寞夜空，夜空如镜，也生生被震得粉碎。林齐当即变色，这分明便是自己爱女林欣儿的哭喊声，他顿时撑起手腕咬牙道："天阴教……你……"

黑面神君自然晓得他言下之意，只是"哼"了一声："天阴教倘若预谋如此，方才何必和你如此多费口舌？"他此言不错，但若非天阴教行事，又有何人可以趁着黑面神君与林齐两大高手决斗时意图对林欣儿不轨？

瞬息之间，天边掠过几道身影，穿过后堂，直奔城郊，去得何等之快。当中一个身着浅蓝霓裳长裙，宛若银河余光，在黑暗之后极为显色，而且伴着几声哭喊，林齐与黑面神君越加大惊失色，林齐眼见爱女被人掳走，心若刀割，欲待前去追赶，无奈毒气攻心，根本无法站起。黑面神君轻声怒骂，一甩长袖也跃上屋顶飞驰而去。

黑面神君不仅用毒精练，轻功更是非同小可，这一眼望去眼见得几道声影便在不远，于是深深吸了口气加紧脚步朝着前路追去。

只见月色褪去，天边渐渐显出朦胧微光，林野之中浓雾绕身，几乎伸手不见十指，这种浓浓雾气涌入鼻腔，好似有种窒息的感觉。再过了一盏茶时分，渐渐出了林野，浓雾也随风散去，天边显出一丝光芒，普照大地，万物一片生机。黑面神君心里却难以了然，这一路追寻却始终难以靠近那两道人影，心里如何不气？

"前面这位朋友，可否停下来说几句？"黑面神君气运丹田，将声音远远传了过去，在山野中极为传荡，他先礼后兵，本想对方有些缓步，没想到这一叫对方反而加快脚步，远远不见踪迹。黑面神君一时大怒，呵斥道："倘若再不停下，休怪在下无礼了。"他这么一分神，对方反而越加远去，黑面神君知晓林欣儿是逼迫林齐说出顾纤云下落的唯一筹码，如今若是落入他人之手，自己这番前来长安一切都成将成空，而在自己眼前竟有人可以将人质抓走，这要是传了出去，黑面神君的名声何在。想到这里，他不再留情，手抓一把黑血神针朝着远处人影挥洒而去，这黑血神针见血封喉，乃是天下集万毒之器，世人畏惧黑面神君其实主要还是惧怕此物。此番他是着实动了怒气，这一挥洒而去，黑血神针几如漫天花雨铺盖过去，虽然相距较远，但黑面神君内功何等深厚，这无数银针几如流行火花猛地扫射，黑面神君冷冷呵斥道："看你还不死。"心中正在得意，忽然耳边一动，猛地叫道："不好。"长袖一甩，便在此刻翻身踩在一棵树枝之上，如此一借力整个人向外飞出去数丈，原来不知作何自己丢出无数的黑血神针竟然返回射过，若非他眼疾手快，就算是他本人中了此针也必将吃苦受累，短期内无法恢复。

如此一来，黑面神君又惊又怒，以林齐如此剑法高深之人在他眼里尚且一般，天下间又有几人可以有如此高深之力将黑血神针迂回而过，而且竟要与天阴教作对，将林欣儿捉去，更是让他猜不透其人。

# 第三章
## 纤云传恨

又过了大半时刻，对方渐渐没了影子，黑面神君落入地面，怒骂了几声，沿着小道提神寻去。到了一处旷野之上，四下里杂草丛生，渺无人烟，乌鸦嘶鸣，更显得凄凉荒芜之意，黑面神君打了个寒战，望着远方一处破庙，缓缓走了上去。但脚下一阵颤抖，耳边听到有人在支吾呻吟，再细细一听，分明是有女子的低声哭泣，他认定这便是一路追寻而来的林欣儿，一时跃入破庙中去，但想到挟持之人必在左近，又提起了十足的精神。这破庙来得极大，想必若干年前乃是灯火旺盛之地，只是年岁过去，荒芜至今，到处都是灰尘蛛网，门前石阶上也长满了青苔，一不留神，便容易滑倒在地。

当中一个佛像，高约三丈，外表虽然华光尽失，但仪容仪态倒还是十分庄严，可就在这庄严的佛像下，竟绑着一名少女，头发凌乱，满身荣华，看不清脸颊，却明显能感受到女儿清香之气，黑面神君略一沉思，忽然哈哈大笑，笑得屋檐灰尘洒落半空："得来全不费工夫！"

猛地上前要将林欣儿拿下，但俩人只在咫尺之时，他腰下一阵剧痛，便在这瞬息之间"丹田""气海"两处大穴已经被点过，黑面神君一阵惊讶，却丝毫不能反手，欲待退却全身已经一阵酸麻动弹不得。

黑面神君功力之高可想而知，天下间竟有人可以如此轻易将他制服，倒也是少见。只见那披发少女梳整片刻，顿时显出一张绝世容颜，肌肤胜雪，好似夜晚银河之上的朦胧月色，迷蒙动人。这长发披肩，更如一湾清水，流入心扉，令人见了不禁动情。配着浅蓝色琉璃长裙，宛若天边云霞，仙子下入凡尘。在这残败破庙之中，仿佛瞬间都充满了无限朝气华彩。

天下间竟会有如此美人，黑面神君一张脸却皱得和烧饼一般，他咬着牙齿一字一句吐了出来："竟会是你！"

那少女拖着长裙，露出嫣然一笑："你不是一直想找我？我现在就在这。"

这少女便是天阴教此番重出江湖一直追寻的顾纤云！

黑面神君身子无法动弹，只有一张脸多番变动，一时冷冷呵斥道："如此装模作样偷袭于人，你算什么英雄？"

顾纤云微微一笑，显得异常动人："我根本不是什么英雄，也不想算得上什么英雄。只不过这一招偷袭于人乃是以彼之道。"忽然正色："再说了，黑面，你一路前来京城，难道偷袭残杀的人还少吗？"

黑面神君心中一颤："你……"

顾纤云拂动长发，在微风中飘动："你以为我不知道你做的好事。若非我有要事在身，又岂容的你如此放肆，哼。"她一动怒越显得娇楚可人，而这当中自然显出一股难以形容之威严。

黑面神君忽然发笑道："纤云传恨佳期如梦。顾纤云在此，谢传恨又岂会不在？"

话音刚落，佛像后转出一人："我在这。"

正是谢传恨！

只见得谢传恨长得也不甚英俊，但冰冷沉默当中却露出一种别样迷人之色，眉宇之中仿若透过对世间一切的惘然之意，令人见了不禁生畏。

黑面神君脸色再变，以顾纤云一人之力他便招架吃力，如今谢传恨在此，他更是难以抵挡，而且自己中招在前，全身无法动弹，看来今日必死无疑。但事已至此，他唯有强作阴笑："我早该猜到的，在树林之中能够以一招将我洒出的黑血神针迂回的，天下间除了谢传恨的'凝意剑诀'以外，还有什么人？"

谢传恨走上前来，一张脸好似涂满了冰霜："凝意剑诀意在神，不在剑。"

黑面神君沉默。

只见得顾纤云纤手轻轻晃动，手上竟抓着几只黑血神针，既而微笑道："没想到黑面你竟然如此在乎我的下落，竟连弥足深陷也无从知晓。"黑面神君看着她手中神针，一时叹了口气："是，的确是我大意了。"黑面神君抱着必死之心，忽地呵斥道："顾纤云，你叛教出走，偷出本教至宝纤云梭，今时今日，你还有什么好说的？"

顾纤云嘬着嘴，轻轻摇头道："无知愚昧。我问你，当年我爹为什么给我取名顾纤云？"

黑面神君听到这里，不禁无言以对。

顾纤云继续言道："正是我爹有意让我接掌天阴教教主之位，所以才将我改名如此，既然如此我拿走自己应有之物？有何不可？"

黑面神君喘着大气，这口舌之争他哪里是顾纤云的敌手？半晌之后才悠悠言道："但你临阵脱逃，致使纤云梭脱离圣教，孤月台上民心大失，这才致使我教惨败，你又如何解释？"

顾纤云甩着衣袖，冷冷言道："关乎天阴教，以及纤云梭的秘密，我无须对你言明，你也根本没资格知道。"

"你……"

"黑面。"顾纤云气势凌人，丝毫不留余地："你滥杀无辜，到处毁我声誉，我本该杀你泄恨，但念在你是天阴教元老，当年追随我爹立下不少汗马功劳，今日姑且饶你一命，但倘若你再如此无知惹事，休怪我他日不顾教众之情。"话音一落手心猛地折起，两只黑血神针一同刺入黑面神君"丹田""气海"两穴，黑面神君中针大叫一声重重倒在地上。顾纤云虽然念及教众之义饶他不死，但他作恶多端，此番用黑血神针将他大穴解开，一来让他自行体会这万毒缠身的苦痛，二来要他铭记今日之事。这黑血神针是何等锋利毒辣，顾纤云竟能用纤纤细手如此玩弄于股掌，并且以神针解穴，足见高深。

黑面神君倒入地面，良久才喘着大气站起身来，怒视顾纤云，正打算离去，顾纤云忽地又叫道："慢着。"

黑面神君从刀口上捡回一条命，自然不敢违抗，停在破庙门口等候其言。顾纤云从后高叫道："你回去告诉我二姐，当年既然我能够将教主之位让给她，他日我也有能力夺回来，你让她好自为之，倘若再执迷不悟，休怪我不顾姐妹之情！"

黑面神君一言不敢有违，拖着伤体快速离开，顾纤云望着他身影远去，最后消失在黎明之下，忽然眼前一黑身子摇坠几欲跌倒，幸好谢传恨早已察觉，上前一步拖着她纤腰，顾纤云倍感温暖，但仍难易掩盖头裂之痛。

谢传恨柔声道："又发作了。"

顾纤云捂着头，轻轻揉动："不碍事。"

谢传恨见她脸色略显苍白，心痛不已："当初若不是为了纤云梭，你又怎会缠上这严冰剧毒。"说到这里语气哽咽，显得极为难过。谢传恨行事独往，为人冰冷无情，但唯独对顾纤云百依百顺，呵护有加。这黎明将显，正巧见证了这一对爱侣之间的柔情似水。

顾纤云轻轻摇头，过了良久才有些好转："若非这严冰剧毒，我方才又怎么能手持黑血神针吓走黑面，只是寒毒过于霸道凌厉，以我的内功根本无法抵御。"

谢传恨也深深叹了口气："本以为当年你将纤云梭带出天阴教，世间就会有所安定，没想到九年后天阴教复出，看来又不知有多少人要为了此物无辜丧命了。"

顾纤云嘴角露出一丝阴冷："我二姐的脾气我比谁都清楚，当年我不愿与她争夺教主之位就已经想到其心不仅仅只在天阴教之上，若非当初与你约定从此浪迹天涯，今日她又如何能够号令群雄。唉，说来也罢，一切都是命。"

谢传恨忽然正色道："纤云，并非我对你怀疑，这纤云梭当中到底隐含着什么秘密，这九年来你一直不肯吐露，不是我有心探究，而是我不想让你一人独担重担，所以你……"

顾纤云倒在他怀中，用手捂着他嘴，仰起头在他脸颊上轻轻一吻，柔情道："倘若我不明白当初又怎么会愿意与你远走高飞，但你也要明白，纤云梭所藏若非干系重大，我又何必对你隐瞒。将来有机会……"她咬了咬唇："将来有机会，我自然会向你言明一切。"

谢传恨听她如此之言，脸颊上一片温纯，哪里还有半点疑心，抚摸着她长发，轻声答应。

到了约莫日出之时，顾纤云寒毒已经退去，并示意离开此地。谢传恨有些支吾，低着头言道："纤云，我……我想去一个地方。"

顾纤云拉着他手："什么地方？"

"碧灵山庄。"

顾纤云立马醒悟："是了，我都忘了你岳父大人也中了黑血神针之毒，还有你那未过门的……"

"纤云。"谢传恨急急喝止，皱着眉头苦声叫道。顾纤云嫣然一笑："好了好了我不开玩笑了。其实你不说我也打算回去一趟，虽然你那么……虽然林大小姐难缠，但林庄主总算是因为我而中了毒，回去替他疗治也是理所当然。"

谢传恨伸手滑过她的脸颊："你真不生气？"

顾纤云笑得开朗异常："我顾纤云要是小气之人，早也被气死了，走吧走吧。"也不待谢传恨回头，拉着他手就望破庙之外走去。

碧灵山庄，林府。

林齐昏迷倒在床上，全身抽搐，脸颊之上已经泛起一阵紫青之色，黑血神针之毒气已经渐渐侵蚀了五脏六腑。他虽然修习玄门内功，但终究敌不过这万毒之气。无数家丁围在房内，哭声汇成一片，十多个大夫模样之人满脸愁苦一脸无可奈何。林欣儿跪倒在床上，哭声尤为大声，这清晨时分，一道道哭泣之声传遍四方，令人心碎。

过了许久，门外有人高呼道："小姐小姐……庄外有人求见，说是……说是有办法救活庄主……"

这么一发声呼唤，顿时所有人停止了哭声，一起望去，林欣儿当即激动道："什么……什么人……不……快请进来啊……"激动之情令她如此结巴，但渴望父亲能度过危机，真是比任何事都高兴。

过了不久，人群渐渐退在两边，让出一条人道，一男一女携手缓缓走进屋内，显得漫不经心。本来林欣儿满脸欣喜之色，直到见到俩人，顿时涨红了脸愤怒道："谢传恨、顾纤云，你们……你们还有脸回来？要不是为了你们，我爹……我爹又怎会……"

所有人一听大小姐此言，顿时将愤怒目光转向二人，那样子几乎就是立马要上前将他们活活打死。顾纤云轻轻摇了摇头，故意大声说道："看来你这位未婚妻还真是个蛮不讲理的活辣椒。"

林欣儿满脸泪花，看着谢传恨，一时委屈异常，指着他骂道："你……你……你又回来干什么……我不想见你……"

谢传恨道："让我看看林伯伯，我们有办法救他。"

林欣儿顿时又动容道："你……你们真的有办法？"

顾纤云捂着嘴微微笑道："唉，女人就是表里不一，口是心非，明明才说不愿意见，变脸变得可真快。"

林欣儿刚要反驳，谢传恨摇了摇顾纤云手臂："纤云。"后者叹了口气："好了我不说了。"拖着长裙绕过林欣儿，直接走到床头，上下细细检查了一番，这才转身言道："黑血神针本来剧毒无比，好在林庄主中的只是黑血神针'七步穿神'的毒气，再加上一点玄门内功护住心脉，这条命算是暂时保住了。"

林欣儿上前一步，也不顾一切仇恨，激动道："你……你有办法救我爹吗？"

顾纤云微微一笑却转言道："这里这么多人你要我如何动手？"

林欣儿先是一阵呆木，顿时有所觉悟，赶紧呵斥众人全部离开，房内只剩下几人。顾纤云转首道："传恨，你也出去。"

谢传恨不知顾纤云心中所想，站在原地犹豫了半天，顾纤云又道："你放心吧，我不会欺负她的。"此言就是要让林欣儿留下，两个女人对望了一眼，当中也不知何种心情。

谢传恨摇了摇头，这才转身走出房间。顿时只剩下顾纤云和林欣儿二人。顾纤云出言挑逗："看来这么多年过去了，你还是很爱他。"

林欣儿恨恨道："快救我爹。"

顾纤云笑道："你千万别用这种语气跟我说话，我顾纤云天不怕地不怕，欠你也是谢传恨欠的你，跟我可没关系。"说完走到桌边，轻轻坐在太师椅上，浑然不顾之前约定。

林欣儿虽然出身高贵，但终究是少女心情，见顾纤云如此傲慢，哪里忍得住气，但想到父亲如今生死未卜，除了低声下气又能如何，心中暗暗寻思："等我爹转危为安，再有仇报仇。"

顾纤云见她口中喃喃，疑问道："你在嘀咕什么？在骂我？"

"没有。"林欣儿虽然口说如此，但不爽之色尽数表露在脸上，何人看不出来。顾纤云道："我问你，老实交代，你爹和谢传恨，你到底在乎哪一个？"

林欣儿此刻一心只想着父亲安危，哪想到顾纤云会发此疑问，但言及于此，心中终究难以言明，她回头望了望昏迷不醒的父亲，心里又想到谢传恨，眼泪汪汪直落下来，当初若不是谢传恨背弃婚约，自己这几年来又岂会如此孤单难过。

但在外人面前终究不愿表露，只是冷冷回答："这重要吗？"

"那对我来说你爹的生死又重要吗？"

"顾纤云你……"

顾纤云侧着头，望着窗外一丝光芒，手指轻轻挥动，带着几丝温情："我可以救你爹，但你要发誓从此不再缠着谢传恨。"这一字一句吐出，带着威严，林欣儿听在耳边却如雷鸣："顾纤云，你不要太过分。"

女人总是自私的，更何况对待自己心爱的男人！

顾纤云也是女人，而且是多情的少女，她自然要不择手段把握自己的男人。

"我过不过分不是你说的算，我可警告你，十二个时辰内再不解毒，到时候毒气伤及心脉，就算你有本事请回黑面神君也再也救不回你爹了。"

林欣儿心如焚火，咬着嘴唇轻轻落泪，这殇情之态极为可人，但顾纤云又怎会理解和同情！她用手擦了擦脸边，终于答应道："我答应你……求你救我爹。"

顾纤云起身笑道："果然是孝女，给你。"她走到林欣儿身边，伸手递出一物，她手心之上放着一枚深红色的药丸，林欣儿怔了怔："这……它可以救我爹？"说得满是疑问。

顾纤云点头："灵鹫七星丹乃是天下间最珍贵的圣药，当初我离开天阴教只带了三粒，这些年来我被严冰之毒困扰都舍不得吃一粒，你说它能救你爹吗？"林欣儿虽然不懂什么严冰之毒，但听她所言想必这丹药却有奇效，便不敢多问，取了丹药喂父亲吞下。丹药下肚，过不许时林齐原本紫青的脸上渐渐褪去，既而韵红气色渐渐泛起，而手脚也缓缓开始动弹。

林欣儿见丹药果真灵验，也不顾许多，对着顾纤云大喜道："真的有用，太好了。"当真是喜从天降，顾纤云轻轻咳了一声："行了你出去吧，我有事要跟你爹说。"

林欣儿站起身子呵斥道："这里是我家，你让我出去？"

顾纤云未曾说话，只听得林齐喃喃道："欣儿……听话……你先出去。"

林欣儿赶紧扑到床头："爹爹……你醒了。"林齐微微一笑，双手撑在床头，已然可以坐起，但身子虚弱，咳嗽不断。

"你出去吧。"林齐挥了挥手，示意林欣儿出去。林欣儿心想刚刚脱离生死会有什么重要之事要谈，虽然极不情愿，但终究没有忤逆父亲之意，回头之时狠狠瞪了顾纤云一眼，这才大步走出房间。

林齐欲待起身，无奈伤重无力，顾纤云微微言道："不必起来了，你就躺着说吧。"

林齐点了点头："想不到天阴教竟然还会复出，看来当今情势，浩劫难免啊。"顾纤云深深吸了口气，在床边来回走动："本来我让郭天雄传天阴令给你，是想让你撤了这碧灵山庄，找个地方隐居退世，以防天阴教上门寻难，没想到此举还未落实，却先害了这么多人。"言下之意甚为惋惜。

林齐挥了挥手："圣姑又何须自责，一切都是天意，倘若圣姑不是为了这当中之事，当年也不会染上严冰之毒，这些年来想必也受苦受累了。"

说到严冰之毒，顾纤云忽然又有些发作，轻轻捂着胸口喘息难止。林齐惊讶道："圣姑……"顾纤云缓缓靠在桌上："不碍事，老毛病了。"过了许久才悠悠回过神来，她望着林齐，说道："我的意思就是如此，希望林庄主退隐江湖，如此一来可以明哲保身，二来可以防止天机泄露，庄主以为如何？"

林齐叹了口气："林某这条命是圣姑救回的，自然不敢有违，更何况此举关乎天下，在下自然愿意听从。"

顾纤云微微一笑，显得极为满意："林庄主如此深明大义最好了。只是请恕纤云直言，林庄主昨夜与黑面一战足可见坚强傲骨，只是令千金……"

林齐当然明白她言下之意，纤云梭的秘密关于天下苍生，他宁死也不会说出，但当今唯一挂念便是爱女林欣儿，倘若再有人将她挟持威逼，那该如何是好。

林齐寻思良久，这才回答道："林某打算带欣儿去青城山，圣姑以为如何？"

顾纤云眨了眨眼睛："不错不错，青城派威名天下，当中高手如云，林庄主此举一来可以回归师门，二来可以在山中修身养性，颐养天年。"

林齐年方四十，说到颐养天年未免有些言之过早。但林齐心中有数，纤云梭的秘密或许只能永远隐藏，直到自己终老病死。顾纤云见他眉目中透出一股不舍，心中也甚是内疚："要庄主牵涉到天阴教教中之事，如今还要背井离乡，纤云实感抱歉。"

林齐哈哈大笑："圣姑此言差矣，纤云梭说来是天阴教之事，当内中一切原有我林家也脱不了干系，林某身为林家子孙自然责无旁贷。林某当年若不是为了隐藏这惊世秘密，又岂会背离师门到这天子脚下隐居，只是没想到时过多年，到头来还是要回到原点。"顿了顿又续道："圣姑请放心，林某对天发誓，有关纤云梭秘密，在下终身不透露一字一句，若有变故，林某自会一死以明志。"

顾纤云大为感动，她因为谢传恨与林欣儿婚约之事，对林欣儿甚是反感，但对林齐本人却大为敬重。想到林欣儿，不觉微笑道："林庄主如此通晓大义，只是令千金……"

林齐挥手道："欣儿年少无知，圣姑切莫与她一般计较。"

顾纤云叹气道："算起来他们有婚约在先，我又怎么敢跟她计较？"

林齐急忙解释道："当年只怪林某一时荒唐，才会与谢家订下这婚约，圣姑与传恨如今之举一来是两相情愿，二来是为了不让小女涉入当中，林某又怎会不知。总之千错万错都是林某的错……圣姑……"

顾纤云好似根本未曾听见，苦笑道："庄主和令千金知不知道都不重要，我只要传恨明白就行了。"

长长叹了口气，转身走出房去。林齐叫道："圣姑此去有何打算？"

顾纤云未曾停步，只是小声言道："与子偕老，浪迹天涯。"

屋外一片光明，照在顾纤云的脸上，这张面容越加美丽惊艳！

出了林齐房门，顾纤云望着漫天霞光悠悠叹了口气，动人的脸颊上顿时裹上了一层朦胧的忧愁，回想起这九年的心酸往事，想想未来漫长的艰难，这本该无忧无虑的少女情怀，此刻也变得如此难堪。

谢传恨就在大厅外的校场上等着她，这九年来俩人一起去过很多地方，相濡以沫，同生共死，几乎未离寸步。见到彼此，无论心头有再多的苦痛，都会瞬间变成真诚的笑容。

这或许才是人世间所说的真情！

"走吧，我不想待在长安了。"

顾纤云扶着谢传恨的手，朝着大门外走去。谢传恨自然不会违逆她的意思，只不过这座庄园实在有太多他无法割舍的情怀。因为顾纤云的出现，谢传恨弃婚出走，这九年来一直陪在顾纤云身边，他也知道自己爱的人是顾纤云，但是对于林齐和林欣儿多少有些愧疚。

两人走出大门，望着一片绿茵，顾纤云忽然开口说道："你怪不怪我太自私了？"

谢传恨回过神来，支吾了半天却说不出话来。顾纤云闭上眼睛："你要是想去见见她，就去吧，我可以等。"

谢传恨叹了口气："你这又是何必呢？"

"我只是不希望一个男人在我身边，心里还想着别人。"

"纤云……"

顾纤云回头拉着他的手，柔情道："相信我，我今日做的一切都是为了你好。"

纵使谢传恨是铁石心肠听到这句话也无法不动容，更何况他是谢传恨，一个钟情于顾纤云的男人。

"我知道了。"

顾纤云微微一笑，嘴角忽然显出一丝阴寒，被轻纱裹着的身体也开始慢慢抽搐发颤，这烈日之下的正午，谁能想到顾纤云竟会如此寒冷！

这显然又是严冰之毒发作。

谢传恨脸色骤变，这样的胆战心惊已经经历过无数次，他握着顾纤云的双臂："纤云……灵鹫七星丹呢？"

顾纤云嘴角发动，支吾道："不管用的，严冰之毒深入经脉，天下间无药可解……更何况……更何况如此只剩下一粒……"

谢传恨苦笑道："你当初用灵鹫七星丹救一个不相识的妇人，今日想必又用它救了林伯伯，而你自己呢？"

顾纤云微笑道："他们都是垂危之人，我不想让他们的亲人看见生离死别。"

"那我呢？"谢传恨再也按捺不住，顿时热泪盈眶："你就忍心让我见你如此痛苦下去……"

顾纤云叹了口气："传恨……这九年来你我走遍无数山川，找过的名医圣药也不在少数，严冰之毒根本无法治愈……"说到这里也不禁声泪俱下。谢传恨却咬着唇说道："其实……其实有一个人绝对可以救你的……"

"传恨。"顾纤云打断道："不要跟我提他，我不想见他。"

"可是纤云……"谢传恨动容道："就算我求你，跟我去见他，他一定有办法救你的。"

顾纤云转过头，欲待回避，却被谢传恨死死拽住："纤云，什么事我都可以依你，但唯独如此，我求你了。"

顾纤云心情沉重，望着谢传恨一片苦心，根本不忍拒绝，但心中所想却又是旁人无法得知。她冰冷的身体外渐渐散发着一股暖暖的气息，她低头看着谢传恨的手，倘若自己有一天真的毒发不治，将来又要如何携手共度，浪迹天涯。

"好吧，我跟你去五台山。"顾纤云说出这句话，心中一片坦荡。谢传恨激动的紧紧抱着她，就像个刚刚长大的孩子。

# 第四章
# 翠竹山庄

五台山地处中原，离长安约莫千里。谢传恨和顾纤云到了长安城，好不容易找了一匹快马，又在城中吃了饭，休息了一个时辰，这才准备向西而去。沿行之上到处都是残败烟火景象，这堂堂中华帝都竟会如此衰败！

顾纤云坐在马上，望了望长安城，悠悠叹息道："长安城原本乃是九州最为繁华之地，天子之居，帝皇之所，如今竟然变得如此模样，世上的一切当真是浮生若梦，韶华瞬间。"

谢传恨一手牵着马，步行于侧，也悠悠叹息："当年若不是唐明皇宠幸杨贵妃，不顾朝堂政事，后来又岂会爆发'安史之乱'，若非有'安史之乱'，大唐盛世又岂会从此一蹶不振。"

顾纤云嫣然一笑："说到这里我倒是很想回到过去见见这杨玉环，到底有什么样的天姿国色，可以让一朝天子不顾政事，天天沉醉在华清浴池。"顿了顿又续道："自古以来都说红颜祸水，前者有妹喜妲己，后又有褒姒貂蝉，其实我觉得都是一派胡言。身为男儿，倘若如此轻易就被红尘颠倒，那又有何资格对女子妄加定论？"

谢传恨微微一笑，却未曾回答，虽然他明白顾纤云所言甚是，但是自己终究身为男儿之身，自己又何尝没有因为顾纤云的红颜而颠倒？

两人一起出了长安城，望了官道向东而去，谢传恨遥望指着城门道："我听祖父说过，当年盛世繁华下的长安城，门禁森严，外来人若是要进城没有一个半个时辰根本无法入内，而如今进出如此随意，天子帝都，看来只是徒有虚名而已。"

其实盛唐已历二百余年，先祖自唐高祖、唐太宗、唐高宗，乃至其后武则天、唐玄宗，盛唐威名远扬四海，前有"贞观之治"后有"开元盛世"足显昌盛，而长安作为帝国更是九州之地最为繁华象征，但其后"安史之乱"却将百年盛唐推入深渊，再也无法翻身，八年平乱虽然让大唐转危为安，但从此一蹶不振，其后君王虽有励精图治，但却始终无法撑起残败帝国，唐文宗时期宫廷之内爆发"甘露之变"更是彻底覆灭了大唐中枢，从此以后内忧外患，当年的盛世天下变得风雨飘零，再也无法重现天日。

谢传恨和顾纤云都只有二十来岁，虽然未曾经历过当中事故，但多少从先人口中听闻往事，见到如今的长安，不免长吁短叹。

眼见得烈日渐渐散去，天边吹了轻轻晚风，一轮夕阳如红透的果子挂在天边，普照着漫天云霞，苍穹之上一片落寞。谢传恨赶路心急，翻身上马抱着顾纤云，勒起马缰，伴着一声长鸣而去。

一路之上少不得见到许多流离百姓，屋瓦残景。甚至还有不少倭寇贼人在肆意横行，谢传恨本想下马行侠，但无奈执拗不过顾纤云，她叹了口气："天下间盗贼四起，人人占山为王，你又能帮得了多少？"

谢传恨本来满腔怒火，听了这句话不觉转为阵阵叹息："罢了罢了，君非君，臣非臣，最可怜的还是老百姓啊。"

顾纤云望着夕阳，凝神道："自古改朝换代，百姓流离失所，天下血流成河都是亘古不变的规律，怪只能怪你我命不好，生在这样的朝代更替时期。"

"纤云你……"谢传恨惊讶道："你的意思，大唐必将灭亡？"

顾纤云冷冷笑道："难道不是吗？别的不说，长安乃是大唐象征，连长安周边都如此祸乱，其他地方还用说吗？天下间如今草寇无数，城邦邻国觊觎中华，当今情势，就算是李世民重生，武媚娘再世也根本无力回天。"

谢传恨沉默半晌，这悠长官道上，只有马蹄声响，在夕阳光景下，未免有些凄凉孤独。

谢传恨祖上乃是朝中重臣，可当年"安史之乱"谢家惨遭灭门，从此颠沛流离，谢传恨虽然深恨为官朝堂，但想想自己终究是大唐子民，倘若盛唐灭亡，心中终究难以接受。但事实如此，自己区区一介凡人又能如何？他凝望着天空，傍晚微风吹得有些凉意，他紧紧抱着怀中的顾纤云，心里顿时一阵慰藉："天下若亡，至少还有纤云在身旁，此生无憾，夫复何求！"

谢传恨与顾纤云策马奔腾，一路向西而去。眼见得日落西山，天地间渐渐一片昏暗，天空中不少零星点点，北国夜空倒是来得美丽动人。盛夏晚风吹拂大地仿若处子之手轻盈抚摸肌肤那般柔滑细腻，让人不禁心旷神怡。

谢传恨担心顾纤云因旅途劳累而伤势加重，于是勒马到了沂州，打算休息一晚再行赶路。这沂州乃是中原文化发祥之地，地处太原、长安交界之处，春秋时期晋文公称霸中原便是以此为中心。但自大唐中枢衰败之后，中原之地硝烟弥漫，草寇兴起，不少中原商贾百姓均背井离乡南下避难，所以近数十年来中原人口越来越少，这沂州地处华夏命脉，自然也不例外。谢传恨和顾纤云到达城内虽然已是深夜，若城市繁华，自然夜不闭户，灯火通明。

但此刻整条大街竟像是死寂一样，渺无人烟。马儿踢踏在路上，都有种回荡之响，天边微风吹来，竟冷进骨子里。顾纤云轻轻咳了几声，叹了口气："看来中原之地，如今除了西都长安、东都洛阳以外，再也找不到像个样的城郭了。"

前方大街虽然旷阔，但是毫无人影，杂草蔓延，越显得孤寂非常，谢传恨勒起马缰，口中答道："九州胜地，还是江南最好，否则数百年来又怎会有这么多骚客文人流连忘返。"

顾纤云苦笑道："江南之地虽然风景宜人，百年来也少有战火弥漫，但中原乃是华夏腹地，自古便是兵家必争之地，虽然人人都明白中原凶险兵祸，但倘若能够坐拥中原，问鼎天下，又何尝不是凡人的心中大志？"

谢传恨虽然知晓顾纤云所言极是，但是在他心中却又有另一番感想，忍不住道："话虽如此，但时移势易，世事难料。想当年春秋战国英雄辈出，往后大汉铁骑横扫天下，再如本朝高祖、太宗等都是英明万世之人，但英雄豪杰再如何神武威名，却也始终难以逆转岁月流逝，百年之后还不是尽归黄土，朝代兴衰根本就是不可改变的事实。"

顾纤云转过头，轻轻抚了抚他的下颚，微微一笑："看来名门望族的

纤云劫

后人就是不一样，脑子和想法都变通得这么快。"

谢家一脉祖上是谢安，谢安乃东晋名士，官拜宰相，当年率领八万甲士打败号称百万之前秦大军，史称"淝水之战""草木皆兵"便是由此而来。

谢传恨柔声道："事实便是如此，既然无法改变，还不如做一只官场之外的闲云野鹤，游遍山川，以此终老。"说到这里不禁紧紧抱着顾纤云，彼此缠绵之中一阵暖暖气息互相传遍，顿时化为莫名的情义。

"所以纤云你一定要听我的话，乖乖的到五台山去，等解去严冰之毒，我们就再也别管什么江湖大事，一起归隐尘世，你说好不好？"

顾纤云眼眶湿润，轻轻靠在他怀中，如此佳期如梦，也正是自己一生所求。

两人又在城中行了许久，却几乎看不见大街上有门店人影，天色已黑，圆月渐渐残缺，留下点点痕迹，照在湖水之上，微显波澜。

又过了不久，两人干脆下了马，从正中大街望着一条巷子走了进去，好不容易看见一家客栈尚未关门，里面稀稀疏疏只有一个留着山羊胡的中年掌柜正在拿着算盘点算。一见到有人来了，立马笑得眯起眼睛上来招呼："二位客官这是从哪来呀！"

谢传恨不喜与陌生人言谈，顾纤云微微一笑："我们从京城来，打算在此留宿一……"尚未说话，那掌柜的脸色骤变，跟着细细打量了二人上下，忽然问道："二位可是谢传恨和顾纤云？"

这下谢传恨和顾纤云倒是吓了一跳，这沂州之地自己还是第一次来，与这掌柜的又根本不熟，他又如何知道自己？谢传恨冷冷问道："你认识我们？"

掌柜挺起胸膛，如此看来倒也十分健壮："这么说我猜对了。"

俩人面面相觑，莫名其妙。

哪想到掌柜的手心一挥："对不住，本店不做二位的生意。"

谢传恨当即怒道："你说什么？再说一次？"

掌柜的视若无人，走到柜台继续点算："要我再说十次百次都行，本店不做二位的生意。"

谢传恨和顾纤云虽然在江湖中略有名声，但何时受过如此待遇，眼见得谢传恨就要发火，顾纤云赶紧拉住他："算了传恨，我们到别处看看吧。"

谢传恨望了她一眼，刚要回答，那掌柜的又高声说道："我劝二位还是休要费力了，莫说小店，便是整个沂州城，也没人会做二位的生意。"

顾纤云涵养再好，也受不了这等言语，当即咬牙切齿，但想了又想顿觉事情蹊跷，于是便不再与他作口舌之争，拉着谢传恨走出店门。整条巷子悠长漆黑，俩人又走了好几家客栈，果然如此，只要见到二人模样，确定是谢传恨与顾纤云之后，均婉言谢客，谢传恨几度要发怒，若不是顾纤云及时将他拉住，恐怕沂州一夜之中有不少客栈要被夷为平地。

无奈之下俩人只能又折回原路，到了湖边，坐在边上小憩，但天色昏暗，几乎看不到远处，此刻要继续赶路自然已是不可能，谢传恨越想越气，回头言道："你在这等我，我再去找找问问。"

顾纤云苦笑道："能找能问的都已经试过，又何必……"

谢传恨摇头道："我只是想弄明白到底是怎么回事，沂州这么大，难道没有你我栖身一晚之地？"越想越是离谱，于是寒暄了几句，便起身朝远处跑去。顾纤云见他的身影渐渐远去，最后消失在黑暗当中，过了片刻才叫道："出来吧，何必躲躲藏藏。"

话音虽然不大，但是清脆悦耳，很容易听得清楚。不远的拐角之处果然闪出一人，满身荣华富贵之气，这并非别人，正是林齐的爱女林欣儿。

她负手大步走上前来，好像一脸得意。顾纤云抬头望了望她："我早就想到了，能让整个沂州不做我和传恨生意的，除了如今富甲一方的林家大小姐，还有什么人。"

林欣儿哼了一声："你还好意思说，这一切都是你自找的。我问你，那天在我爹房里，你到底跟他说了什么？为什么你们走后不久他就要散尽家财，打算前去青城山？"

这当中之事，涉及一个大秘密，连谢传恨都无法得知，顾纤云又怎可能对她言明。但见她此刻来意，竟是语不惊人死不休，于是淡淡回答道："青城山风景秀丽，自古就是修身养性的绝佳之地，你爹说你脾气刚烈暴躁，想让你待在那好好静修，这有什么不好的？"

林欣儿顿时怒道："顾纤云，你不要太过分了，我才不要天天吃斋练剑，天天和那些臭道士在一起。"

顾纤云话言虽然有些过激，但若是要让林欣儿如此娇可少女成天住在青城山中，的确是一种莫大折磨。

顾纤云站起身子，平视林欣儿，嘴角动容道："你不是答应过我不会来缠着传恨，怎么？林家大小姐竟然不守承诺？"

林欣儿恨恨道："顾纤云，你别在我面前说什么道理，我不吃这套。我告诉你，我没有不守承诺，我现在要缠的人是你，我要看看你到底用的什么诡计把传恨哥哥迷得神魂颠倒。"

顾纤云听到这话本该生气，但她沉默片刻之后反而哈哈大笑起来。林欣儿见她如此高兴，跺脚骂道："你……你……你笑什么？"

顾纤云止住笑声，捂着半边嘴："难怪传恨这么怕你，原来你还真是蛮横无理。"

这句话说出，林欣儿几乎要被气炸了，她喘着大气，也不顾什么千金小姐，指着顾纤云破口大骂："你以为你有多清高？还不是只会妖媚迷惑男人，我蛮横无理？那你就是个不要脸的狐狸精？"

声响极大，喊声几乎要将湖面都震碎，顾纤云颤抖着身子，冷冷道："你再说一句？"

林欣儿见她动怒，反而越加蛮横："你敢说你不是？若不是你迷惑传恨哥哥，他当初……"想到当初谢传恨弃婚而去，心中始终难过，见到眼前的顾纤云，又将满腔不爽尽数发泄："狐狸精……你就是狐狸精……"

顾纤云娇喘一声，身子轻轻晃动，也不见得如何动弹，林欣儿便感觉到面前一阵巨风袭来，几乎要窒息，她大叫一声挥手作拳朝面前打去，她虽然娇贵无比，但多少也懂得些拳脚功夫，更何况是两川大侠林齐的爱女。但眼见得两拳明明要打到顾纤云的腰上，也不知对方何时变动方位，跟着"唰唰"两个巴掌重重打在自己脸上。

林欣儿自小丧母，林齐对她百依百顺，视她如命，莫说动手打她，便是平时训斥一句也根本未曾有过。她又哪里被人如此打过，更何况是抢走自己未婚夫的顾纤云。顾纤云站在原地，轻轻动弹着双手，好似方才根本未曾出手。

"你……你打我？"林欣儿捂着火辣辣的脸，几乎不能言语。

顾纤云冷冷道："我打你，你若敢再说一句，我就割了你的舌头。"

林欣儿性格刚烈，哪里受得了如此侮辱，顿时哭着骂道："你敢打我……"冲上前来就要与顾纤云拼命，顾纤云呵斥一声，刚想退开，忽然胸口一阵剧痛，她捂着胸口，脚下一滑险些要滑倒在地。林欣儿本来满腔怒火，此刻见她突然如此，顿时有些吃惊。顾纤云严冰之毒再度发作，痛入心扉，全身冰冷难耐，只见嘴边已经泛起白沫，原本晕红的脸上更是苍白如水，那模样哪里像是一代佳人顾纤云，根本就是披发厉鬼。

林欣儿退后一步，捂着嘴惊讶道："你……你……你……"接连说了好几个"你"字。顾纤云靠在树边，喘着大气，无法言语。便在此时，附近一阵声音传来："纤云。"谢传恨飞身而来，赶紧上前将她一把搂住，顾纤云躲在他怀中，正好似雏鸟发抖，形态娇小。

林欣儿好不容易从惊讶中晃过神来，见俩人如此亲热，不觉又醋意大发："谢传恨你……"

谢传恨眼眶发红，几乎要喷出火来："你来干什么？"

林欣儿何时见过谢传恨如此发怒，顿时吓到："我……"

谢传恨喘息道："纤云她受不了任何刺激，你还故意来惹她？"

林欣儿捂着方才被顾纤云打过的脸，顿时委屈道："我没有……是她……"

"你给我滚，我不想看到你。"谢传恨怒道，一点不留情。林欣儿站在原地，有如失魂："你……你叫我滚？"

谢传恨低头吻着顾纤云的额头，不予理会。林欣儿忍无可忍："好，谢传恨，这是你说的。你……你们想去五台山，我就把你们的行踪公布天下，我看你们怎么做一对亡命鸳鸯。"

谢传恨惊道："你……你怎么知道……"顿了顿："你偷听我们说话？"

林欣儿娇蛮道："我没有偷听，那里是我家，我爱在哪在哪，是你们自己说得太大声，好吗？"

谢传恨无话可说，却又十分无可奈何，当初顾纤云让林齐带着林欣儿归隐，本是不让二人涉入当中，以防不测。如今林欣儿如此，又有何人能够相劝？

林欣儿跺了跺脚，流着眼泪哭泣道："谢传恨……记得你今天说的话……"狠狠地瞪了顾纤云一眼，捂着脸便哭着跑开。

林欣儿身影消失于夜幕之下，谢传恨虽然语气冰冷，但心中终究萌发一丝愧疚，他低头看着怀中的顾纤云，她虽然已经不再如之前那般痛苦，但身体依旧冰冰冷冷，偏偏又遭到林欣儿作乱，整座沂州城没有一处可以休息，想到这里十分不爽。

顾纤云悠悠抬起头，柔情道："你不怪我对她那么坏？"

谢传恨苦笑道："你心里是好是坏难道我还不清楚？让她死了这条心也好，倘若牵涉到纤云梭当中，恐怕她今后都不会开心。"

顾纤云叹了口气："你理解最好了，就算天下人都认为我十恶不赦也无所谓了。"

谢传恨轻轻抚摸她冰冷的脸颊："莫要说了，这些年来难道你受的苦还少吗？"想到这里，又恨不得马上启程前往五台山。顾纤云望着天边，微微笑道："走吧。"

"现在？去哪？"谢传恨惊讶道，但望了望天边，在他眼里此刻竟也无处可去。顾纤云道："去追你的未婚妻呀。"

"纤云……"

顾纤云解释道："别误会了。你想想，她一个千金大小姐此刻还可以如此在外面奔波，倘若没有人撑腰，她哪来这个胆量？我倒很想跟上去看看这个人到底是谁？还有，她既然不愿意随林齐去青城山，想必天阴教时刻都潜伏左右，未免多生事端，还是跟上去看看吧。"

其实谢传恨心里又何尝不想追上去，但之前唯恐顾纤云不喜，故而一直未曾开口，如今听她所言，自然十分高兴。于是牵了马匹，先扶着顾纤云上马，自己翻身而上，抱着顾纤云勒起马缰径直朝林欣儿所去方向追赶而去。

出了沂州城，向北行了约莫一盏茶时分，就远远看见远处许多灯火闪耀，火光之下竟站着许多人，谢传恨和顾纤云抬头望去，均感一阵奇怪，这三更半夜，城郊之外竟然还会有如此多人在此作何？

刚想勒马转身，一群人中早有人远远叫道："来者可是谢传恨和顾纤云？"声音悠悠荡荡远远传了过去，显得内力极为深厚。谢传恨与顾纤云对望一眼，后者笑道："看来你我的名声还够大的。"谢传恨苦笑一声，一边朗声答道："正是。"原先那人哈哈大笑，跟着招呼左右一同上前，火光冲天，顿时将两人周身照得通明如昼。

俩人未知来者是敌是友，在午夜之时竟会在此恭候大驾，想必事有蹊跷。但直到见了林欣儿端坐马车之上，这才稍稍有所觉悟。之前那喊声之人上前笑道："在下翠竹山庄丁管家，得知二位不日便到沂州，奉我家主人之命在此恭候，恳请二位屈尊随同一叙。"

这中年汉子虽身穿华丽，但这一字一句却显得内力浑厚，绝非一般家丁之辈。

"你家主人是？"谢传恨问道。

丁管家拱手微笑道："我家主人有令，在外不得随意泄露，还望二位见谅。"

谢传恨无言以对，顾纤云瞧了马车上的林欣儿，见她撇着脸，满是不爽，于是微微笑道："不知你家主人和林家的大小姐是什么关系？"

丁管家回头望了望林欣儿，这才回答："不敢欺瞒，我家主人乃是林大小姐的师父。"

"师父？"谢传恨当先皱眉，他和林欣儿也算是青梅竹马一起长大，随后几年虽然未曾见面，但是多少也在江湖中听闻了有关碧灵山庄的事故，从未听说过林欣儿有什么师父。

正不知如何是好，顾纤云却微笑道："那恭敬不如从命了。"

丁管家眼见得二人愿意随同，一时乐道："好好好。我家主人吩咐，二位旅途劳顿，特地为二位准备了马车，请。"说罢朝身后的马车点了点头，示意二人下马上车。

谢传恨看到林欣儿端坐其中，倒是一脸的犹豫，顾纤云却轻轻笑道："有劳了。"她欲下马，谢传恨没有多问，将她扶下马后又抱着她坐上马车，顾纤云视若无人，坐在林欣儿面前，谢传恨一脸尴尬，无奈之下也只能安然上车。

丁管家命人牵走二人的马匹，这才招呼左右，往东而去。马车之上虽然装饰华贵，但是终究狭窄，三人端坐未免有些拥挤，谢传恨看了看顾纤云，又看了看林欣儿，不知该说什么。倒是顾纤云，满脸自然，时而抚了抚长发，时而动了动衣裳，好像此行是出来游山玩水。

林欣儿则咬着唇，看着马车外的火光，那艳红之色照在她脸上，还浮现着之前顾纤云动手打过的痕迹。

"我们这是要去哪？"顾纤云最先开口说话，问得自然是林欣儿。后者头也不回，冷冷回道："不知道，不想去就下马。"

顾纤云微笑道："哪里的话，你林家大小姐都去了，我干吗不能去。"

林欣儿自认从小顽皮任性，但每次碰到顾纤云，都得被她欺负半死，这下忍住气发誓一句话也不想跟她交谈。顾纤云看得出她微微愤怒,又笑着问道:"那个人是你师父?你师父是谁呀?"

林欣儿不理。

"在什么地方?离这很远?"

林欣儿依旧不理。

"想必也和你爹一样,富甲一方吧?"

林欣儿丝毫未有反应。

顾纤云见她如此,于是叹了口气,故意大声道:"传恨,我有点冷,过来抱着我。"

谢传恨与顾纤云在一起九载,这样亲密拥抱自然是常有之事,但此刻身处尴尬,谢传恨瞪大了眼睛盯着顾纤云,她侧着头越显得撒娇:"来嘛。"伸出手臂就要谢传恨抱起,林欣儿气得肺几乎要炸开,故意吼道:"停车,我要下车。"

马车尚未停下,谢传恨赶紧一把拉住她:"欣儿……"

"欣儿是你叫的?"林欣儿将眼睛眯成一线,如一把利刃无情刺入谢传恨心中,谢传恨低下头,顿了顿:"对不起。"

林欣儿一言不发,这时马车停止,车夫问道:"什么事?"

谢传恨道:"无事,继续吧。"

眼见得又渐渐前行,林欣儿坐回位子,恶狠狠地瞪着顾纤云,好似恨不得立马就要活生生将她吞下。顾纤云则是一脸得意,丝毫不以为然。

这一路过去好在俩人再未争吵,半个时辰后马车终于停下,林欣儿望着前路,一言不说地直接下了马车消失无影。丁管家走到前面,拱手道:"二位,请。"

谢传恨与顾纤云各自下了马车,眼见得四方开阔,火光通明,而且种满了各式花草,伴着一阵微风袭来,芳香之味越加浓重,好似身处一片花海之中。顾纤云当即惊赞道:"没想到如今的中原还会有这般世外桃源,难得难得。"

丁管家听闻顾纤云赞美,显得异常高兴,答道:"我家主人本就是惜花爱花之人,这院子里单单处理百花的园丁就有二十来个,这边请。"领着二人往大门而进,到了院子里又见到各式各样的鲜花,此刻虽然已经深夜,但如此之景依然动人非常。

谢传恨自来对这些植物不甚留恋，但此刻也竟忍不住惊叹道："纤云，你说若是一辈子能在这里生活，那该多好！"

顾纤云答道："这容易啊，等一切事情解决了，我们临摹此地也可以盖一座百花谷。"

丁管家本来带二人走在前路，轻轻转过头微笑道："二位若是有心如此，正好明日可以向我家主人好好讨教种花养花之道。"

"明日？现在不见？"顾纤云疑问。丁管家点了点头："我家主人吩咐过，二位旅途劳顿，今晚便安心歇息，明日一早用过早点再相见面。"

其实二位哪里有一点劳累之意，想到自己现在身处这片庄园，虽然景色宜人，但对他口中的"主人"其实抱着无比疑问，实在不知到底是何方人物。但既然对方如此吩咐，二人自然也不能左右，只是一脸微笑听从吩咐。

丁管家带二人进了客房，又寒暄了几句这才离开。这客房并不十分宽裕，但四处都是用碧竹搭建，当中的桌椅都是用檀木制作，一切装饰布置得极为精致干净，走进房内便感觉到有如脱离世俗，给人清新超凡之觉。

谢传恨越加惊叹："能够将中原硝烟之地打造成如此模样，看来这里的主人一定不寻常。"

顾纤云坐在椅子上，若有所思。谢传恨上前问道："纤云……"好一会儿顾纤云才晃过神来："怎么了？"

"你在想什么？"

"我在想……没什么。"她微微笑道："赶了一天的路，早点睡吧。"她起身走到窗边，一眼望见硕大的院子一片漆黑，不觉又发出疑问："我觉得这里怪怪的，就是不知道怎么回事。"她此言倒像是自言自语，只不过满脸疑问，却萦绕在这间小小的房间里。

# 第五章
# 红叶神君

　　这一晚虽然来得极为安宁，但顾纤云和谢传恨依然有所警惕。好不容易到了第二天清晨，先是听到几阵鸟鸣，清脆悦耳，跟着淡淡的芬芳便顺着窗台悠悠荡荡吹了进来，丁管家早已经在门外叫道："不知二位起床否？早点已经备好，请二位随我到主厅用膳。"

　　顾纤云轻轻一笑，低着头在谢传恨身边说道："我们不像来拜访，倒像是任务在身。"

　　谢传恨也随之一笑，一番梳妆整理后，两人这才出了门跟了丁管家而去。到了主厅，这里布置得又是另一番景致，虽然没有房间那般古典浓重，但四处铜砖碧瓦，大到墙台壁画，小到屋檐台阶，无一不是雕琢细致，若非亲身于此，还以为自己进了皇宫大院，贵族之所。

　　早点安排得也极为精致，俩人吃完早饭，丁管家又带着俩人出了主厅，绕过长廊，所见所闻都是百花争艳，碧竹盛开，恐怕就是一个丫鬟家丁也都沾染了花香之气。长廊一过，便到了翠竹山庄后花园，此地既是后花园，所种的花草自然更是多不胜数，中原之地以洛阳牡丹最为盛名，后花园中也种满了各式牡丹。要知牡丹乃是春天盛开花朵，但这炎炎夏季竟然也能如此茂盛，而且花开不凋，花瓣极为秀丽，以翠竹山庄之气候自然是一大先机，但主要还是园中园丁辛苦栽培，才会在这盛夏之际见到如此百花齐放。

　　漫步在花海当中，恐怕便是屠戮残暴的恶魔也会有所觉悟，又何况是两个年轻的爱侣！俩人一路嬉闹一路伴着美景观赏，几乎忘了此行目的，直到丁管家停下脚步笑道："我家主人就在前面，二位请！"俩人才有所收敛，丁管家微微一笑弓着身子转身离开，直到人已经走远，顾纤云忽然才变色道："你发现没有，四处景色虽然别致美丽，但是其实处处都暗藏乾坤。"

谢传恨被她这么一说，大是惊讶："什么意思？"

顾纤云指着右边一条青石路道："寻常人家若是兴建花园，又怎会如此耗费土地修建这么多的羊肠小路，而且每一盆花卉摆设的都十分讲究，刚才我们进到这里，若不是丁管家带路，恐怕早已经迷失方向。"

她这么一说，谢传恨立马醒悟，一时皱眉道："你的意思……"脸色微变，惊讶异常，顾纤云却微微笑道："如果我没猜错，翠竹山庄的主人便是……"

话未说话，远处却飘来一阵声音："纤云，多年不见，你还是如此古灵精怪，当真什么事都瞒不过你。"这声音断断续续，好似远方出来，又好像近在咫尺，在漫天花香中极为隐约。谢传恨心中一颤，听此声音此人内力绝非一般，又见顾纤云呵呵笑道："你若是骗得了我，今日我顾纤云就不会在这花丛中漫步了。"

"有趣有趣。"那女子声音朗朗传来，谢传恨莫名其妙，耳边只听到来音，那女子哈哈大笑，显得极是热情："好你个丫头，快让我看看，九年未见，当初的小美人如今变得什么模样了。"

顾纤云拉着谢传恨一边往前走，一边嘻嘻答道："红颜未老鬓先斑，在这百花丛中纤云又怎敢自诩容颜！"

那女子笑骂道："你这丫头就是口没遮拦，你如此之言，莫不是让我无法自容！"声音只在左近，顾纤云和谢传恨绕过一片花丛，便在一座凉亭之下见到此人，但见她约莫四十来岁，一身红装素裹，好似这花园中盛开的牡丹花那般艳丽，长发几乎要落到腰间，顺着轻纱微微飘浮，越显得神秘妖艳，这一身淡妆浓抹再加上如此美景，倒也是佳人一个。只是在她旁边，站着毫无表情的林欣儿，看来这美妇便是林欣儿的师父，这翠竹山庄的主人了。

顾纤云牵着谢传恨，大步走上凉亭，微笑道："红叶姑姑！"

那美妇捂着嘴笑着叹了口气："听你这一声姑姑，我可是整整等了九年了。"

顾纤云瞥见一旁的林欣儿，故意答道："那姑姑得好好谢谢你这徒弟，若不是她在沂州城恶意刁难，姑姑这一等恐怕九十年也等不及了。"

林欣儿刚想发火，红叶便笑道："小孩子脾气，莫要计较。不过话说回来，没想到这么多年了，你还能叫我一声姑姑，实在是难得。"

顾纤云道："您这是哪里话。纤云从小丧母，若非您多年来在孤月台上悉心照顾，纤云恐怕没有今天。我虽不拘礼数，但也懂得知恩图报，您对我有恩，喊一声姑姑又算得了什么！"

红叶笑着点了点头，显得极为欣慰。谢传恨惊讶当场，他知晓以顾纤云性格极少尊仰过何人，如今对此人如此恭敬，而且所言孤月台，这红叶也自然是天阴教之人，这天阴教之人又怎会是林欣儿的师父？

一大堆问题瞬间涌上他的心头。这红叶自是天阴教七大护法神君之一的红叶神君了，七大神君各有所长，黑面神君善于用毒易容，这红叶神君则精通奇门遁甲之术，当年共同效忠圣教，只不过九年前孤月台一战，天阴教大败，七大神君各自分离生死未明，红叶神君心灰意冷就北上中原到这翠竹山庄，这几年来倒也过得极为自在。

红叶抬头轻轻望了望谢传恨，又望了望顾纤云，这才缓缓道："你看我这一高兴的，来来来，这边坐，尝尝这百花醉仙酿味道如何！"

她将桌上的几个青花瓷杯轻轻打开，瞬间一股浓香之味传来，其实在这百花丛中，花香并不特殊，但这区区一杯清酒却能在百花香中显出独特味道，倒也是极为奇怪。

顾纤云早已经坐下，迫不及待端起一杯，刚想一口喝干，红叶赶紧拉住她："你这丫头做事就是如此莽撞，你别小看这一杯酒，若是就你这么暴饮下去，不醉个三天才怪。"

顾纤云嗅了嗅杯中清香，未觉有什么奇怪之处，但红叶如此说明，想必当中确有其事。谢传恨也跟着端起酒杯，皱起眉头问道："绍兴的女儿红，汝阳的杜康，沂州的汾酒，还有……长安的西凤。"

他一连说出几种名酒，那红叶显然大为惊讶："想不到公子年纪轻轻竟能以嗅觉觉察说出这百花醉仙酿中的几种原料，实在难得难得。"

谢传恨见此人倍感亲切，也微笑道："前辈过誉了，只不过在下有一事不明。以酒品足，其实各有风味，这区区的百花醉仙酿是如何将各种酒融合在一起又保证其味呢？"

红叶轻轻拂过手心："公子请先饮一口。"

谢传恨便将杯子放入嘴边，轻轻抿了一口，只觉得虽然入腹量少，但瞬间有种清爽醉人之意，这浓烈的酒香中竟还含有花的香味。

红叶见他有所觉悟，于是问道："公子可是有所领悟？"

谢传恨放下杯子，寻思了一会儿，这才回答："前辈莫不是将花蕊混入这数种清酒当中……"

红叶大笑："好好好，我在翠竹山庄宴请过无数好酒之人，但能有所觉悟的，还算公子高见。不错，翠竹山庄气候温和，我命人选取初春开放的十九种花蕊混入各种清酒当中，再存入地窖封存，这样既可以保存酒香原味，又可将花香伴入其中，才有了这百花醉仙酿。"

谢传恨大彻大悟："高明！"这区区两个字，却是发自内心的赞叹。顾纤云捧着酒杯，见二人对话，却是听得似懂非懂，眼见得林欣儿在一旁若有所思，故意问道："对了，林家大小姐什么时候拜你为师？"

林欣儿回过神来，抢先回答："关你什么事？"

红叶与谢传恨对视一眼，一起叹了口气，看来两人相见，针锋相对是无可避免。顾纤云冷笑了一声："怎么跟我没关系，你老是骂我是妖女妖女，如今我才知道你师父也是天阴教的人，难不成你师父也是妖女？"

顾纤云为人极为洒脱，说话一向快人快语不留情面，既是当着红叶之面也依然如此，林欣儿哪里是她的对手。一时被她气得又无话可说，她站起身子跺了跺脚："师父，我回房去了。"

也不待红叶回答，转身就跑出了凉亭。红叶被俩人弄得哭笑不得，顾纤云看着林欣儿的背影离去，转过头道："传恨，你去哄哄她吧，我知道你一夜未眠，肯定有很多话想跟她说。"

原来谢传恨的心思早已经被她猜透。他低着头，紧紧握了握顾纤云的手，然后起身朝着林欣儿远去的地方跑去。直到凉亭里就剩下两个人，顾纤云叹了口气捧起杯子一饮半杯，这百花醉仙酿是何等浓烈，顾纤云如此暴饮，瞬间便感觉到微微头痛，她自小几乎是红叶带大，红叶又如何不明白她的心事。

"你又何必如此，明明心里十分不愿，嘴上又要死撑着。"红叶叹了口气，用手轻轻抚了抚顾纤云的长发，小时候她便是如此替她修整头发。

顾纤云咬着唇，脸色微微泛起一阵红晕："是我对不起林欣儿，我知道这几年传恨跟我在一起，他心里却一直想着她。"说到这里，当真有无尽的苦痛。红叶站起身子，长长地叹了口气，望着亭外的一片芬芳发出一阵感叹："长相思兮长相忆，短相思兮无穷极，早知如此绊人心，何如当初莫相识。"

夏末正午，翠竹山庄上却是一派祥和安宁景致，虽有烈日在前，但在清风花香当中，却仿若身处幽静之地，怡然自得。

顾纤云深深地吸了口香气，不禁想起自己和谢传恨这几年来走过的山川风景，忽然问道："你这地方虽然地处中原，兵祸不断，但是总算是一个世外桃源，想必建造如此，花了不少工夫吧？"

红叶忽然扑哧笑道："嘿嘿，你总说我骗不过你，如今你还不是猜不出这当中缘由。"

顾纤云一脸茫然。红色见她不解，既而笑道："你觉得我是那种有心思打点花草闲居之人吗？"

顾纤云脑中一阵浮现，自己与红叶生活多年，以她性格倒真不像如此娴雅之人。但却微微一笑转口道："那可说不定，说不定这些年你碰上什么真命天子，从此性情大发，这也是情理之中啊。"

红叶啐了一口："去。就爱胡说。其实这片庄园本不是我的。"

"哦？"

红叶凝望凉亭左侧的一片池塘，当中落花洒落湖面，引起无数鱼儿戏水，湖水在阳光下倒映，荡起阵阵波澜："当年四大门派围攻阴山，天阴教败得惨不忍睹，孤月台上血光无数，我当时侥幸不死，以遁甲之术逃出升天，后来重返总坛，没想到天阴教已经人去楼空，我心灰意冷便北上避世。当时误打误撞就来到了翠竹山庄，当时这的主人是位老妇人，我不知道她的名字，只知道大家都喊她'司婆婆'，我看这里远离尘世，倒也是避世之地，那个时候又没有其他打算，便在这里小住了下来，呵，没想到这一住竟就是整整九年。"

顿了顿又言道："后来司婆婆过世，她便将这翠竹山庄托付给我，当时园中已经百花无数，上上下下都井井有条，这些年来我不过按部就班，否则以我如此性格，你们又怎会见到如此美景！"

顾纤云寻思良久，带着微微疑问问道："想必这司婆婆和两川大侠林齐……"

第五章 红叶神君

· 45 ·

说到这里故意停止，红叶却故意叹了口气："唉，你这丫头越大就越鬼灵，你猜得不错，司婆婆就是林齐的岳母，也就是欣儿的外婆。"

顾纤云恍然大悟，寻思道："难怪从未听说林欣儿有什么师父，原来在好多年前就认识了。"

"纤云。"红叶见她若有所思，推了她一把。顾纤云回过神又道："后来天阴教的事，你知道吗？"

红叶忧心忡忡："那是自然。这些年我虽然隐居于此，但是时时刻刻都在打探着圣教之事。'黑面复出，天阴乱世'，这八个字想必已经传遍天下。"

"天阴教复出本该是好事，可你为什么如此忧心呢？"顾纤云故意调侃，红叶无法隐瞒，这才言道："当年阴山大战，一切情景至今仍然在目，我是怕……"

"红叶姑姑是怕天阴教欲求复仇，九年前的情景会再次重现是吗？"

红叶苦笑着点了点头："自然如此。想当年的天阴教何等雄视，圣教主英明卓见，七大护法神君个个威武神勇，教众无一不是齐心协力。"想到这一切，眼眶渐渐有些朦胧之色，叹了口气道："可是如此依然敌不过四大门派，如今……如今你二姐……"

说到这里不再言明，顾纤云猜得出她言下之意，于是拉着她的手，像是小时候在她面前撒娇一样："你说吧。"

红叶擦了擦眼眶："当年你爹给你取名纤云，自是要让你手握纤云梭以此接掌天阴教，可是后来天阴教复燃，你二姐居心叵测，霸占这教主之位，这才致使天阴教上下分离，姑姑知道你向来不爱争权夺利，这教主之位对你而言想必也是无所谓。但如今天阴教复出，首要之事竟是要捉拿你，唉……"顾纤云心中一阵感动，其实自从当年离开天阴教之后，虽然后来遇到谢传恨，他对自己总算呵护有加，但是这么多年来今天算是第一次有如此亲情感动。

她安慰道："算了，我二姐丧心病狂，她爱怎么样怎么样。我无所谓。"

"纤云……"

顾纤云转过身子，仰头凝望苍穹："我知道姑姑的意思，如今纤云梭在我之手，我自然可以重回天阴教夺回教主之位。"

红叶心中一阵激动："你若是有此想法，姑姑立刻散了这翠竹山庄，从此协助你左右。"

顾纤云摇了摇头："姑姑，纤云若是如此之人，这九年来就不会一直销声匿迹了。纤云梭是圣教至宝，如今在我之手，纤云不过是代为掌管，至于我二姐想夺回此物，却也是天方夜谭，她虽然行事凶狠，纤云也断不会坐以待毙。"

如此之言竟是下了十足的决心要顽强抵抗。红叶当年身为天阴教护法神君，跟着顾宁玉东征西战何等威风，这几年来虽然一直居于此地，但心中豪情也一直未曾减退，当初她从林欣儿口中听闻二人下落，自觉一切复出希望重现，于是便命人前去沂州迎接顾纤云于此，虽然她心中早已知道顾纤云会如此回答，但心中终究难免遗憾心灰。

过了许久才问道："那你现在有什么打算？带着纤云梭一辈子隐匿聊生？"

顾纤云轻叹了口气："不知道。"说了这三个字，心头上隐隐萌发起一阵心酸，倘若一生无忧，对她而言倒是比什么都快乐，可如今她染上严冰之毒，几乎是不治之症，随时可能病发，如此下去甚至活着都无法保证，又谈何隐匿聊生。

红叶见她脸色突然变化，想起她染上的严冰之毒，赶紧上前握住她手，感觉到她身体如冰，这才情急道："你……你的严冰之毒……还没有解去？"说到这里脸色微红，略显得羞涩。顾纤云咬着唇，轻轻摇了摇头，胸口渐渐沉闷，感觉到眼前一阵天旋地转，再也无法忍耐一声痛苦叫了出来。红叶情急之下挥手而过点去她周身六处大穴，这天阴教护法神君何等功力，内力到处顾纤云身上终于有些安抚下来，但是这霸道寒气却始终无法溃散而去。

红叶挽着她，扶她坐在椅子上，几乎有些不能相信："九年了你竟然……"

顾纤云挥了挥手："别说了。"

"只是你这又何苦呢？"

"别说了。"顾纤云呵斥道，瞬间的语气变化让彼此都惊讶无比，红叶瞪大了眼睛，顾纤云捂着胸口冷冰冰地道："我想一个人静一静。"

红叶叹了口气，没有再说话，站起身子往凉亭外走去。顾纤云一个人坐在凉亭上，用手轻轻滑过自己的肩膀，冰冷的全身虽在烈日的普照下，却依然找不到一点容光！

这一日夜里，顾纤云一个人在房中休息，想想日前与红叶在凉亭下的交谈，越想越是烦恼忧心，于是走出房去，迎着明月踱步在花草之间，微光轻浮，凉风袭来，满园花草在荡漾下好似一湾波澜，顾纤云拖着长裙漫步于此，就好似仙女降落，明艳动人。

碧竹山庄虽处中原，但是远离尘嚣，而且气候宜人，夜间竟然有些寒冷之意，她用手握着双臂，仿若在天地间独自一人，走了许久觉得有些累了，便坐在花海当中小憩一会儿，这一小憩不打紧，哪知道隐隐约约却听到有人密谈，她原本以为只是园丁在左近料理，但细细一听顿时魂飞魄散。

一人小声言道："没想到九年了，纤云还是处子之身，当年她中了这严冰之毒，天下间几乎无药可解，其实只要以男儿阳刚之气相抵触，完全可以化解，可是……"

这声音正是红叶，过了不久只听到另一个女子声音传来："这倒是奇怪了，她和谢传恨相伴九年，两个都是血气方刚的年轻人，我就不相信他们会如此矜持自守。"这声音来得比红叶轻细，顾纤云眼前一阵昏花，几欲晕厥。

原来这不是别人，正是她二姐、当今的天阴教教主顾怜星。顾纤云不敢吱声，躲在花海当中如同掉入冰窟，她哪里想到一手将自己带大有如亲人的红叶竟会与顾怜星暗中勾结，想想这硕大的翠竹山庄，本来以为动人美丽，可如今却好似危机四伏，难以预料。

红叶续言道："如此看来，难不成纤云梭她一直随身携带，连谢传恨都无法触碰？"

过了许久，顾怜星才否认道："不可能的，虽然全教上下除了我爹和顾纤云没有人见过真正的纤云梭，但是如此重要之物她绝对不可能随身携带，而且……而且她根本不可能不知道如今天阴教上下要捉拿她，倘若此物丢失，干系会是何等之大。哼哼，我三妹这个人在我们三姐妹中心思最为缜密，以她的心思，又怎么会想不到这里。"

红叶皱着眉头，微微叹了口气："那到底是为了什么？九年了她……"按说谢传恨与顾纤云携手人间已经是天下皆知，但整整九个年头两个血气方刚的年轻人却一直相敬如宾，此举也却是难以令人置信。

顾怜星冷冷笑道："谢传恨和林欣儿有婚约在先，我三妹横刀夺爱，虽然谢传恨与纤云恩爱有加，但是看样子心中终究会有所情义。一个女人若是要留住男人的心，最好的办法就是用肉体的诱惑，顾纤云明明知道谢传恨心思凌乱，却始终不肯用身体留住他的心，这样的女人竟会是我的妹妹，呵呵，我倒很想知道到底为了什么！"

她每说一句话，声音就像无形的剑穿透了顾纤云的身体，她紧紧抓住衣裳，眼睛几乎要喷出火来，但此刻她却一句话也不敢说，甚至连呼吸不敢大声。

红叶望着顾怜星高高在上的背影，忽然屈身跪倒在地："属下红叶恳求教主一件事，希望教主答应！"

顾怜星头也不回，淡淡的月光照在她的脸上，如裹着一层轻纱，难以捉摸，她们姐妹长得异常相似，唯一不同便是顾怜星显得更加成熟与凌厉："说。"这简简单单的一个字从她口中吐出，好似经历了无数次的轮回。

"将来无论如何，请教主不要伤害纤云。"红叶跪倒在地，低着头看着对方的影子，她在教中地位极高，当年就算是跟随顾宁玉也几乎未曾下跪，如今为了此事竟向她跪倒，顾纤云听在耳边，心中瞬间感动无比，好似有无数的暖流涌便全身。

"你……"

"纤云是红叶一手带大，名为教众，实为母女，红叶不愿看到纤云受到一丝伤害。"此言说得极为真诚，便是顾怜星如此冷漠高傲之人也不禁动容，过了许久她才冷冷笑道："我问你，当年我们三姐妹中你唯独钟爱三妹，是不是因为我爹早已经要将教主之位传授于她，所以你才如此费尽心思？"

"教主明鉴，红叶绝对不是如此。"红叶激动道。顾怜星转过身子，看着红叶的身影，正色道："是不是如此你自己心里有数，不管怎么说，我们三姐妹同出一脉，而你唯独钟爱纤云，后来这教主之位被我所夺，想必你一直心存怨恨，你别以为我不知道，你一直怂恿顾纤云重回天阴教夺回教主之位，哼，如今你既有求于我，想我自然也不能不从。不过你必须要明白，我虽然与她是手足姐妹，但是纤云梭我志在必得，倘若她冥顽不灵，他日便不要怪我这个做姐姐的心狠手辣。"

这一席话说得红叶也不禁全身颤抖，顾纤云虽然躲在远处，但是就好像面对面听完了这一席话。红叶叹了口气："红叶明白，如今红叶想做的，无非就是让纤云交出纤云梭，再想方设法解去她身上的严冰之毒。"

顾怜星再度转身，卷起一丝威凛："好一个母女情深，哈哈。"笑声未罢，天边闪过一道粉色霞光，顾怜星早已经伴着花海飘扬，留下那一道道笑声，如此诡异难以捉摸！

顾怜星走后，天地间一片仿佛静了下来，红叶依然跪在地上，良久都未曾离开。顾纤云远远看见她的背影，此刻竟显得有些单薄脆弱，她含着眼泪咬着唇，终究还是没有上前，而是轻轻地转身离开。回到房里，烛火依旧，香气弥散，只是她此刻的心情却根本无法平复。在房内踱步来去，过了好久终于去了谢传恨的房里。那个时候谢传恨已然熟睡，被顾纤云这么一吵，睁开朦胧双眼，本来以为发生什么大事，但一看顾纤云身上发抖，而且脸色极为难看，以为又是严冰之毒发作，刚想上前抱她，却被顾纤云一把拉住："传恨，我们走，马上就走。"

谢传恨握着她冰凉的手，疑问道："怎么了？"

顾纤云含着眼泪："没事没事，我不想待在这里，我们马上就走。"

谢传恨更是惊讶："你不是好不容易找到你那个红叶姑姑吗？为什吗……"话未说完，顾纤云忽然激动道："你是不是舍不得林欣儿，所以不肯走，你不走算了，我自己走。"说完当真就甩开对方的手，朝房门外走去，谢传恨见她忽然如此，当真吓得不轻，一个箭步冲上前将她抱住，但是一时又莫名其妙不知道如何安慰她。顾纤云本来一肚子委屈难过，此刻被心爱之人抱着，更是难以忍耐，失声痛哭起来。谢传恨满脸自责，柔声道："别哭了，我们立刻就走。"

顾纤云得此安慰，反而哭得更大声，抱着谢传恨的脸哽咽道："传恨，对不起，对不起……"一连几个对不起，说得空气都碎了。谢传恨不敢再多说，只是不断安慰。

便在这一晚，俩人收拾了随身之物，连原先的马匹也未去要回，以免引起山庄园丁注意，趁夜走出了翠竹山庄，谢传恨见顾纤云一路上神色匆匆，想必是在山庄上遇到什么重要之事，是以一直未有开口相问。出了翠竹山庄，往沂州方向而去。哪知道刚刚穿越山庄外的小树林，一声厉啸便传荡而至，红叶几乎是从天而降，一脸正色，着实令人骇惧。

　　俩人尚未开口，红叶当先问道："为何走得如此匆忙？"语气中哪里还有日前的那般亲切关怀，顾纤云冷冷言道："不需要你管。"她凑巧听闻顾怜星与红叶密谈，之所以如此匆忙离去，一来是不想处于被人监视之下，二来也不想让红叶为此劳心费力，本来一出山庄，她就想好了红叶很有可能随后追来，此刻若要她死心放行，也唯有恶语言尽。

　　红叶尚不知自己与顾怜星的密谈已被顾纤云所知，她哪里会想到二人竟会突然离去，而且顾纤云言语竟会如此无情。谢传恨根本不知当中之事，但一听二人如此言语，便猜到许是二人闹了什么口角。

　　红叶侧头而过，叹了口气："纤云，你寒毒缠身随时可能发作，既然你也说翠竹山庄地处幽静，你为何不多盘桓几日，虽然以我之力无法为你疗伤，但是最起码可以减轻寒毒侵犯的痛苦。"

　　此言说得倒是真诚，顾纤云当然知道她心中确有如此心意，但此刻自己离去在即，不愿受此恩惠，干脆拉着谢传恨绕路而走。红叶见言语不明，对方转身欲走，一时呵斥道："不能走。"翻身而过，又拉住二人去路。

　　谢传恨虽然敬佩红叶对顾纤云恩惠之情，但却想不到对方此刻竟会如此无理，一时忍不住道："感谢前辈厚爱，只是这来去自由，前辈何苦如此限制？"

　　红叶一时答不上话，只能转而言道："总之你们暂时不能离开。"此言说得未免有些过分，谢传恨一张脸如镀冰沙："为什么？"

　　红叶叹了口气望着顾纤云，后者一直低着头不愿意再说话，此时此刻她脑子中不断回想着不久前在花海前的对话。红叶见她若有所思："纤云，听姑姑一句话，留在翠竹山庄。"语气当中几乎带着恳求之意，顾纤云心中一软，还是摇着头："纤云去意已决，姑姑若是真的对纤云着想，就请不要阻拦，否则伤了彼此的亲情和气，谁也不想看到。"

　　红叶再无可言，凝望着眼前的顾纤云，这便是自己一手带大的顾纤云，从小她性格便是倔强刚强，既然她如此言明，自己也无话可说，过了许久才悠悠道："既然如此……纤云，姑姑这里有一套治愈疗伤的口诀，你过来一下，让我亲传给你。"

　　谢传恨心疑，便拉着顾纤云本不让她过去，顾纤云将手一推，柔声："放心吧。"放开手便朝着红叶走去，两个人近在咫尺，顾纤云只是一脸的微笑，红叶一直将她视为女儿，此刻虽然站在自己面前，心中却有些莫名的酸痛，她轻轻抚摸着顾纤云的头发，然后伸出头在她耳边小声言道："出了翠竹山庄切记一路向西北绕过沂州城，还有……小心你姐姐。"最后五个字说得异常沉重，顾纤云哽咽异常，却没有表露出来，红叶再度叹了口气："保重。"也不待她说话，转身就此离去。顾纤云泪眼滑落脸颊，冰冰凉凉，微风拂过化为一丝氤氲。

两人不敢逗留，顾纤云听从红叶所言，出了翠竹山庄的地界，从西北方向绕过大圈，一路再往五台山而去。夜间行路本就艰难，而且又是徒步，若是轻功在身之人倒也无所谓，但顾纤云寒毒在身，随时可能发作，行了不久总算出了翠竹山庄的地界后，便在一处破旧的庙宇中逗留小憩。

谢传恨这一路上疑问不解，顾纤云无可隐瞒，便将自己在花海中听到的一切尽数告知谢传恨，只是说到彼此九年来一直相敬如宾未有逾越之时，女儿家总难免不好意思，脸上泛起一阵嫣红。谢传恨在昏暗中看到如此景致，竟喘着大气轻轻吻了吻她，握着她的手臂："你是应该告诉我，为什么九年来都不让我碰你。"

顾纤云没有生气，更没有回避："你是不是怪过我？"

谢传恨默认。

顾纤云又问："你是不是很想？"

"你愿意？"

"我当然愿意。"

"真的。"谢传恨冰冷的脸上掠过一丝笑容，笑得异常激动，他爱顾纤云，爱得无法用言语言表，但在他面前，顾纤云始终如高高在上的圣女一般，无法逾越最后的一道防线。

他有些疯狂的压着顾纤云，舌尖从对方的额头滑倒唇边，干渴的寂寞此刻仿佛交融在一起，昏暗的四周也凝固在了一起。血气方刚的谢传恨，年轻气盛的顾纤云，自然也受不了男女合欢的诱惑，更何况相伴九年，早已经成为彼此托付一生的挚爱。

夜色正浓，天地凝噎，寂静的山野间，只有这对佳期眷侣缠绵在一起，谢传恨的手心已经滑落在顾纤云的胸口，这是在他幻想中最美丽绝色的胴体，宛若轻盈，似如流连，顾纤云本来含情享受着这美好夜色，忽然灵光一现叫了出来："传恨……"她的手不觉扣住了谢传恨的手臂，阻止了谢传恨越加疯狂的举动，谢传恨喘着大气，几乎已经无法自拔，他拨开顾纤云的手臂，却被对方狠狠地推开。原来亲密无间的肌肤相接，片刻之后却变得如此遥远。

顾纤云流着眼泪，一脸委屈，裹着身体坐在地上，谢传恨一脸茫然，他闭上眼睛让一切的欲火渐渐平息，忽然纵声大叫道："你骗我，你骗我，你根本就不愿意。九年了，整整九年了，到底为了什么。"

此刻的他像是一个发狂的野兽，对着娇如羊羔的顾纤云怒吼，可是顾纤云却只能低着头默默地哭泣，似乎在她的内心深处的确有什么难言之隐。

谢传恨穿好衣裳，重重踏出步伐离开破庙，门开起的那一刻一缕月光就照在顾纤云的身体上，当然还有那张苍白如雪的脸。

# 第六章
## 束手就擒

　　谢传恨愤怒离去，留下顾纤云一人待在庙宇当中，面对四周漆黑，一个人越加孤单难过。她回头望了望身后的佛像，早已经没了光泽，到处污浊。她咬着唇凝望了良久，越加深恨苍天如此不公，想到这里，眼泪又不禁汪汪落下，只是此刻的天地间，谁又能明白她心中的伤与痛？

　　一夜未眠，她都睁大了眼睛盼望着谢传恨归来，她从未见过谢传恨如此愤怒，她甚至想过谢传恨会不会一去不回，倘若他再次归来，自己将要以何种状态去面对他。

　　黑夜过去，黎明将现，苦候了一夜，依然没有谢传恨的影子。顾纤云心如刀割，默默在角落里哭泣，心中苦楚却无人可以倾诉，望着破窗外的阵阵光芒，此刻她的世界却是一片茫然。

　　"他真的生气了？"顾纤云闭上眼睛，紧紧握着手臂，哽咽喃喃，过了许久竟有些胡思乱想："倘若当年不是我搅入其中，他和林欣儿想必已经在弄儿为乐，我对不起林欣儿，更对不起传恨……"越想情绪越是激动，她所染的严冰之毒本来附着在奇经八脉之上，平时若是能够怡然静心倒不可能复发，怕只怕突然间情绪激动，这寒毒攻心绝非一般人可以忍受，料想顾纤云身为天阴教圣姑，地位何等之高，尚且无法驾驭如此，其他人更非可言。

　　此刻她孤身于此，一夜期盼爱郎未归，好似被人遗弃，加之先前胡思乱想，心神被大相搅乱，渐渐感到一阵沉闷，隐隐约约又被寒毒入侵，从前每每发作，至少谢传恨都在身边，就算痛苦万分，好歹也可以有人照顾体恤，可此刻谢传恨不知何去，她又偏偏病发，胡乱情绪下倒有些不知何想。

便在她无法忍受寒毒之痛，庙宇门外传来一阵脚步，顾纤云捂着胸口靠在墙上，神情激动："传恨……"话音未罢，猛然变色，来者阴冷冷地笑道："你的谢传恨已经走了，不会回来了。"声音来得阴阳怪气，第一声明明在左，第二声又好似在右，正如寒冬之时的冰魄严霜，让人无法摸透，而且传入耳膜，不禁感到全身一阵酸麻刺耳。

顾纤云怒道："你胡说……你胡说……"

门外转出一人，身材极为枯瘦，披着长发，一张脸好似白纸一般苍白，整个身体暴露在外几乎如刚刚从棺木中爬起的尸体，便是在这烈日照耀下，也几乎照不到他一丝颜色，他双手负胸，长发掠过只看到半张脸和一只眼睛，来得异常冷漠："九年不见，属下风无踪参见圣姑！"此言说得虽然恭敬，但身子却始终挡在门外，毫无一点参见之意，来者正是天阴教七大护法神君之一的无踪神君。顾纤云心中暗暗叫苦，她早已经知道如今天阴教对自己不轨，此刻孤身于此却撞见天阴教中人，而且偏偏又是在寒毒病发之时。

沉默之中心中却一阵呼唤："传恨……你在哪里……"风无踪仿佛猜到她此刻所想，毫无动容道："属下已经说了，谢传恨早已离开，圣姑莫要苦候了。"

顾纤云喘着大气，哭着骂道："你胡说，传恨不可能弃我而去，你……你……"一时激动道："你们把传恨怎么了……我要见顾怜星……带我去见她……"倘若谢传恨就在左近，又岂会容许他人靠近顾纤云，唯一的可能便是他当真已经离去。但谢传恨离去，风无踪却如此清楚，她竟害怕谢传恨已遭不测。

风无踪苍白的嘴角掠过一丝笑容，跟着身子轻轻颤抖一下："很好，圣姑如此配合再好不过。属下此番奉了圣教主之命，便是请圣姑回阴山总坛一见。"

顾纤云听到此言，顿时平复了之前激动情绪，转而冷冷笑道："顾怜星在阴山？"

"是。"

顾纤云既而正色道："少在这胡说八道。"昨夜还在翠竹山庄花海中听到顾怜星与红叶密谈，她又怎可能会远在千里之外的阴山，就算顾怜星与天阴教众人分入中原，他们又怎会不知道教主所去下落？

风无踪道："属下不敢欺骗圣姑，圣教主的的确确在阴山孤月台。"言语十分肯定，顾纤云自小在孤月台上长大，关于七大护法神君自然了如指掌，这风无踪向来唯命是从，奉教主犹若神明，向来不曾徇私，是以当年顾宁玉在位之时，教中一切赏罚惩戒都由风无踪执行。既是如此，他一言一行自然不可能有所欺瞒，但顾纤云所闻难道却是一场虚空？

"不可能的。"顾纤云越想越怕，身上好像起了疙瘩，让她冷落无比，她低着头喃喃道："昨晚明明……怎么可能……"脑中忽然一阵灵光，既而问道："那我大姐人在何处？"

风无踪倒是老实："大小姐游戏人间，属下最近一次见到她还是在一年前的天柱山。"

顾纤云点了点头："原来如此。"她嘴角一丝冷笑，既而忖道："昨晚花海中的倘若不是大姐，便是顾怜星，既是如此，那么阴山孤月台上的，自然也就是其中一人。"想到这里顿觉彻悟，但一时间满是疑问又涌上心头："倘若昨晚的真是顾怜星，风无踪又岂会如此肯定她在阴山，此处相去千里她根本可能来去自如。倘若昨晚的那人是大姐，那……红叶又怎会与她如此亲切密谈，而且竟然连她身份是真假都无法分辨！"越想越是头痛。

风无踪脸色微变，显得没了耐心："圣姑若要分辨属下所言虚实，便请立刻随属下前去阴山，外头马车已经准备好，圣姑请。"他一言一句说得极为严厉，仿佛顾纤云不从，他便要以武力逼迫。本来以风无踪一人之力顾纤云倒也不怕，但此刻他寒毒复发，哪里使得出功力，更何况风无踪竟会知道自己下落，想必附近还有其他人。看来自己今天不从也不行，但她与谢传恨约定前去五台山，而且对方此刻下落不明，哪里甘心就这么随他而去。

"我不去。"咬着嘴唇转过头，似如在撒娇。风无踪眯着眼睛："圣教主传天阴令，务必要将圣姑带回阴山，请圣姑莫要为难属下！"

顾纤云冷冷言道："天阴令……她有什么资格授令，顾怜星要见我，让她来中原找我，倘若她恭恭敬敬我还考虑见不见她。"

风无踪苍白的脸上显出一丝微光："属下奉令行事，圣姑莫要为难。"

顾纤云恨恨道："你们眼里还有我这个圣姑？或者你们眼里只当我是圣姑？"她此言之意便是要说明这天阴教教主之位本属于她，风无踪微微颔首，既而言道："圣姑所言乃是顾家的家事，属下不敢过问，如今圣教主有令，属下只管执行，其他一律不知。"

"你……"顾纤云无言以对，干脆扭头道："倘若我不走，你要如何？"

"圣姑当真要如此为难？"

顾纤云不理。风无踪眼神如电，扫过眼前："那属下只有得罪了"最后一字尚未说出，身影扑出，一道疾风扑面而来，顾纤云眼前一花，风无踪早已经跃前三丈便在咫尺，无踪神君轻功举世无双，当真有风吹无踪之意。便在此刻他双手作抓望着顾纤云手臂抓去，好似天边猎鹰立马就要捕获眼前猎物。

风无踪身影快，顾纤云又岂是等闲之辈，乍一回头轻纱飘浮顺着横梁一跃而过，风无踪手心落空，愤恨之下运力推动面前横梁，巨响之下屋顶发出明显晃动。顾纤云怒道："风无踪，你敢以下犯上！"

风无踪冷冷道："圣姑只要乖乖跟我回阴山，属下绝对不敢得罪。"话虽如此，身影再动，余光之上几道身影扑面而来，如电光疾射，乱人眼前。顾纤云终究是寒毒发作，而且在这狭窄境内如何逃得开风无踪的追击，眼见得退无可退，脚下一滑险些就要摔倒，风无踪露出一丝冷笑："得罪了。"手心一拨一折就要朝顾纤云肩膀抓去，猛然眼前一阵银光乍现，顾纤云手心轻轻挥舞，风无踪脸色大变："不好。"一声惊讶便手收起了内力退到门边，虽然反应极快，但方才之景终究吓得他满身冷汗。原来顾纤云危机之下竟使出了那日从黑面神君处收集的一些黑血神针，此物蕴含天下剧毒，风无踪虽然功力绝顶，但倘若方才一不小心被扎了一下，此刻想必早已痛苦倒地。

顾纤云也喘着大气，不能言语。风无踪冷冷道："黑血神针……这黑面鬼胆敢和我作对？"此言轻轻一出，顾纤云顿时恍然大悟，倘若黑面神君与无踪神君共为顾怜星效力，此刻他又怎会口出此言，但两人当中到底谁才是真正遵从于她，另一人的用意又何在，顾纤云却怎么想也想不通。

晃过神调侃道："不错，黑面神君忠君护主，才是我天阴教的大英雄大豪杰。"风无踪怒道："呸，区区一只孤魂野鬼也敢称什么英雄豪杰。"

顾纤云冷冷道："五十步笑百步，当真无耻！"

风无踪不与啰唆，愤然之际勾起一脚，满地凌乱顺着凌空直扑过去，趁着此势飞身而至，十指透出无线斑斓发出血红之色，如同炼狱厉鬼瞬间便要向顾纤云索命，这"凝血利爪"当真是骇人惊闻，当年死在其下的英雄豪杰不计其数，七大护法神君各有所长，但天下人却最怕与风无踪对敌，一来他轻功无敌，根本无从追逐躲避，二来便是这"凝血利爪"几如附骨之锥，痛不欲生。顾纤云毕竟也是年轻少女，见到如此模样吓得叫了出来，但此刻杀机已起，自然不能坐以待毙，却要退步面前却几阵狂影，三丈之内却已被风无踪重重包围，无论从何闪避都难免被"凝血利爪"重伤，她暗骂一声猛然从袖间取出几支黑血神针故意叫道："看暗器！"又有几支黑血神针飞了出来，在银光之中微声之下发人胆寒，这黑血神针天下至毒，顾纤云虽只略通一二，但碍于其势，着实不可小觑。风无踪又怎会不知神针厉害，"哼"了一声大袖甩过，漫天银针不少纷纷降落，趁着一分神顾纤云身影一动赶紧朝着门外跑去。

方才跨过门槛，耳边便传来一阵精锐刺耳声音："圣姑这是要往哪去啊！"跟着一阵排山倒海的力道从左边横扫而过，顾纤云脸色骤变，无可奈何之下只能重新退回破庙去，眼见一条白色之物宛如神龙蹈海卷起无数凛冽，那庙宇之门虽不是精装之物，但数十年来不惧风雨总算是抗得住天变，但此刻被那物轻轻扫过顿时炸为粉碎，漫天灰尘在光芒之下何等清晰，但顾纤云此刻的脸上却看不到一丝清晰之意。

顾纤云被逼入庙堂，背后风无踪冷冷道："圣姑还是省点力气，属下没工夫陪您玩。"顾纤云咬着唇，直踩脚："玩，这叫玩？我懒得跟你说。"话音一落，门外又传来那阵精锐声音："哎呀，圣姑生气了，许是方才吓到了圣姑，属下在此请罪。"声到人到，那妇人约莫四十来岁，满脸的胭脂显得异常红艳，只有一双眼睛略显得充满狐媚之意，全身裹着深红色的彩衣，像是闺阁中待嫁的女子那般，手上缠着的正是方才那白色之物。

来者正是天阴教七位护法神君之一的亦絮神君，那白色之物叫作"游魂锁"，有如手臂粗大，乃是用昆仑山千年不化的积冰炼成，其实江湖中所使兵刃各有不一，以鞭锁为器自然也不在少数，但亦絮神君此物却阴狠无比，堪称武林一绝。顾纤云此刻当真是插翅难飞，干脆侧过头闹道："你们想怎么样？"

亦絮神君眯着眼睛笑道："属下等与圣姑一别九年，如今相见自然得好好叙叙旧。"

"然后呢？"

"回孤月台复命！"

风无踪正色道，一道烈日照在他脸上，依旧显得苍白无力。顾纤云虽然极不情愿，但却也无可奈何："好啦好啦，跟你们去就是。"她虽寒毒在身，但性子极其孤傲，不想在风无踪与亦絮神君面前示弱，是以一直在强自催动内力抵抗，方要走出，亦絮神君忽然伸手拦住去路，顾纤云瞥了她一眼："干吗？"

亦絮神君笑道："属下多谢圣姑配合，只不过……"说到这里不禁发出冷笑，顾纤云一阵莫名其妙，风无踪上前接口道："圣姑如此鬼灵精怪，未免路途中趁机逃走，所以还请圣姑恕罪，让属下将圣姑几处大穴点去。"

顾纤云怒不可遏："你们……你们……"说到这里寒毒攻心，几乎不能言语。二人见她如此难过，非但未曾关心，反而续言道："为了以防万一，还请圣姑恕罪。"风无踪使了个眼色，亦絮神君会意，上前笑道："一别九年，圣姑当真是娇弱动人，实在羡煞旁人了。"伸手而过就要碰到她身子，顾纤云咬着牙怒道："你们要是敢碰我，我就立刻咬舌自尽。"眼眶通红，怒意十足，亦絮神君脸色骤变不禁收了手，与风无踪对望一眼，心中均道："此番奉命捉拿顾纤云，无论如何，她总是圣教主的亲妹妹，而且又是天阴教的圣姑，倘若她真有什么闪失，那该如何是好。"亦絮神君与风无踪都知晓顾纤云性格极为刚烈，她言明于此，自然大有可能如此而为，一时倒不敢再对她动手。

过了许久风无踪才言道："既如此，圣姑请吧。"苍白的血手朝着门外伸去，顾纤云望见一点血淋，又打了个寒战，虽是心中恼恨却也只能乖乖的走出门去，只是望了庙宇外的一片明日，却苦苦道："传恨，你去了哪里。"回头再望这间破旧的庙宇，想起昨晚的一切，心中不免一阵心酸痛苦。

亦絮神君当先走出庙宇，顾纤云走在中间，风无踪跟在最后，几乎是寸步不离顾纤云，到了不远处，果然停着一辆马车，外观看去金装锦素，倒也是极为精贵，亦絮神君侧头微笑："圣姑请。"顾纤云懒得多说，直接上了马车，亦絮神君随后跟上，风无踪坐上马，一阵嘶鸣便望着前去走去。

一路上顾纤云倒也是安分，除了偶尔有些咳嗽。坐在面前的亦絮神君闭目养神，一句话未言，车外除了马蹄踏过之声，四周一片寂静。午后烈日越来越大，马车内亦是闷热难耐，顾纤云虽有寒毒在身，却也是热得香汗淋漓，终于忍不住叫道："我说，能不能找个地方休息一下，大中午的还拼了命赶路，有必要吗？"亦絮神君未曾回答，车外风无踪应道："属下受命在身，请圣姑忍耐。"

"你……"顾纤云叫苦不堪，热的焦躁不止，看着面前的亦絮神君，努力平静问道："你们知道传恨在哪里的对不对？"

亦絮神君依旧不理，顾纤云连问了几次，对方均不予理睬，顾纤云最后怒道："我说顾怜星是不是给你吃了什么迷幻药了，你们哑了还是疯了？这么为她卖命，到底谁才是教主？"

话音一落，亦絮神君忽然睁开眼，冷笑道："你还知道自己是教主吗？"语气带有十分不满之意，顾纤云到了个寒战，亦絮神君又冷冷道："九年前你不顾圣教安危，携带纤云梭脱离本教，致使神教上下不一，才会有当年惨败。这九年来你倒是过得逍遥自在，可曾想到圣教复兴大业啊？"

这一字一句说的几如晴天霹雳，何等严厉，顾纤云越听越气，再不理会，扯着长发直盯着窗外，亦絮神君见她如此，还以为她心有理亏，得理不饶人道："圣教主惨死，七大护法神君表里不一，全教上下死伤无数，这都是拜你所赐啊我的好圣姑。"

顾纤云越听越气，最后冷冷一笑，轻声问道："说完了吗？"亦絮神君'哼'了一声显然对言语中的一切极为不爽，过了良久忽然问道："怎么了？"问得是风无踪，原来马车不知为何突然停止，亦絮神君拉开马车卷帘，四下里烈日肆虐，连马儿也不禁喘着大气，风无踪手抓着马缰凝望着四周，亦絮神君再问道："有事？"

风无踪道："看着她。""她"自然指的是顾纤云，话音一落站起身子凌空跃出，身影早已经在数丈之外，无踪神君当真是来无影去无踪，亦絮神君也走出马车，望着风无踪所去方向凝望，过了许久果真走出一人，黑发红袍，高大魁梧，并非风无踪，而是黑面神君。

亦絮神君先是一阵惊讶，既而娇笑道："呦，我还以为是谁，既然老朋友相见，又何故要调虎离山，这么做未免也太不够意思了吧！"声音刺耳，黑面神君漫步于前，缓缓吐出："我虽是不够意思，却也懂得看清形势，倘若以二对一，黑面如何也不是你们的对手。"

亦絮神君正色道："你要和我们动手？"

"是！"

"为什么？"

"为了你车上的人。"

黑面神君目光闪烁，黝黑的脸看不到颜色，亦絮神君侧头望着顾纤云，既而冷笑道："顾纤云是天阴教的人，你如今并非圣教中人，有何资格在此吆喝？"

黑面神君冷冷道："好一个并非圣教中人，当年圣教主惨死，天阴教败落，七大护法神君各事其主，倘若黑面没资格在此吆喝，你们助纣为虐，难道就有资格自称圣教中人？"

亦絮神君怒道："放你的狗屁，死黑面，这句话你有种上孤月台说去。"黑面神君满脸不屑："孤月台乃圣教总坛，黑面爱去便去，用得着你管？"

俩人嘴上各不留情，顾纤云听得莫名其妙，好不容易冒出一句话："谁能告诉我你们到底是怎么回事？"

亦絮神君视若不闻："黑面，如今圣姑在我手上，你有把握抢走她？"只盼着风无踪早些归来，以二敌一自然可以大败黑面。黑面神君颔首正色道："当初黑面得圣姑饶命，如今圣姑有难，黑面又岂能坐视不理！"

顾纤云听了此话倒是一阵惊讶，但也不知他到底是真心还是假意。亦絮神君怒不可遏："圣姑有难！好一个圣姑有难，有本事就从我手中把她救走吧。"翻身越过，身边一条银色光亮照耀苍穹，烈日扑空，就像是一条白色绫带从天边直落下来，在此瞬间，游魂锁已然绕过胸前，直落前方，一阵轰隆来得极为响亮，这游魂锁力道无比，刚筋铁骨也难以抵抗，仅仅一招便泄露了无限杀机，黑面神君冷哼一声，长袖舞动，卷起三条嫣红，便在此时黑血神针脱离双指，分刺对方"神阙""关元""气海"三穴，此三穴乃人体大穴，便是寻常人一拳一击也几乎可令人丧命，又何况是叱咤江湖二十余年的黑血神针。亦絮神君又岂会不知厉害，转身掠过，游魂锁自上而下勾起一道银环，一声厉啸似如毒蛇出动打向对方手腕，黑面神君手心翻动，一股排山之力顺着长袍席卷而去，眼见得游魂锁只在咫尺，力道之处勒起来势，亦絮神君怒喝一声，脚下连动，这一丈有余的游魂锁在她手中就好似舞剑那般轻巧。天阴教七大护法神君当年共效顾宁玉，其后虽然各事其主，但还从未有过交手，如今两大神君恶斗，拼的便不仅仅是顾纤云的自由，更为了数十年的地位与面子。是以两人出手招招狠辣，一不留神便可被对方陷入杀机，立毙当场。

亦絮神君内功深厚，使得游魂锁如长蛇舞动，漫天烈日席卷了无限沙石，如同地动山摇，生得魁梧，却善于灵动，而黑血神针在手，对方始终不敢逼得太紧，眨眼间两人斗了何止一百招，只打得马车外飞沙走石，有如天地间都昏沉下来。

顾纤云灵机一动，赶紧跳下马车趁机溜走，亦絮神君听风辨物，挥舞游魂锁将黑面神君逼开三丈，凌空飞出长锁望着顾纤云身后卷去，顾纤云功力不差，但手无寸铁要抵挡这千年不化的寒冰之物却是天方夜谭，一声呻吟，躲入马车之后，游魂锁卸了来势打在马车之上，瞬间化为无数尘埃，那马儿许是受了惊吓，一声大叫嘶鸣望着林野深处便跑了去，顾纤云更是吓得面色苍白，便此一刻，黑面神君飞身又至，口中大叫道："圣姑快走……"两道银光过去，黑血神针已经逼向亦絮神君后心，亦絮神君虽然攻势霸道，但总不可能挡着黑面神君又困着顾纤云，一时破口骂道："风无踪，这个时候死哪去了。"挥舞游魂锁护住面门，顾纤云欲待逃脱，林外一阵冰冷冷的声音便此传来："哪里走！"顾纤云先是打了个寒战，既而眼前一亮，一个巨大之物顺着林间透出的光芒飞了过去，带着漫天血迹，何等骇人，顾纤云大叫一声凌空跃出，三个起落躲开十数丈。举目望去，风无踪一脸苍白落于地上，脚下踩的竟是刚才飞来之物，原来竟是之前惊吓逃走的马匹，但此刻全身上下几乎没有一处完整皮肤，无数道伤口仿佛经历了千刀万剐，双眼凸出，蹄子还在不断垂死挣扎，满身的血流尽一地，虽在阳光下却着实令人作呕。

风无踪凝望着马匹尸首，双手之上依然血淋，这马儿少说也有三百来斤，但转瞬之间竟被风无踪如此摧残，这便是"凝血利爪"骇人之处。

风无踪如若无视，凝望惊魂未定的顾纤云，冷冷道："天真地想逃走，便是如此下场。"他此言之意便是警告顾纤云，倘若和方才马儿一般逃走，便是会招来如此后果。顾纤云知道风无踪等人其实恨自己入骨，倘若自己不是当今圣姑，尚有一丝威严，想必早已经在轮回中度过千百次。那边黑面神君和亦絮神君两个打得难解难分，本来俩人功力不相上下，但风无踪突然归来，顿时情况就微妙变化，以二敌一，黑面神君如何也不是对手，是以他本人也暗暗叫苦，本来意图报恩要来相救顾纤云，但此刻莫说救人，便是自己也插翅难飞。

风无踪凝望二人相斗，作声道："黑面鬼，你是嫌命太长了吗？"言语如电，瞬间穿越杀机，黑面神君身子一颤分身之际险些被游魂锁打中，亦絮神君占得上风，便越加舞动将对方团团围住。黑面神君脚下不停，接连后退，眼见得背后已经是无数大树，再无可退，豆大汗珠已经顺着鼻梁滑落下来，他咬着牙心中暗骂无数。风无踪见二人久战不下，一时按捺不住，一声厉啸，仿如厉鬼索命，将日中正午一切尽数笼入无边阴寒当中，"凝血利爪"破空而出，十道血光冲天而起直扑黑面神君后心。他轻功无敌，此举又意在将对方毙命当场，是以用足了十分之力，黑面神君虽然眼观四面，耳听八方，但终究无法前后顾及，亦絮神君见风无踪动手，一时加紧攻势意图让对方无法脱身，黑面神君前有游魂锁缠绕几乎脱困不得，眨眼之间背后风无踪杀机又到，顿时间只觉天昏地暗，心中苦道："吾命休矣。"几乎是等死之望，哪想到忽然身后一阵奇风，顾纤云从旁而落，挥掌架开风无踪来势，此举大出三人所望，要知顾纤云寒毒病发，似如走路行动也极为不便，此刻竟能跃入战圈挡住风无踪的"凝血利爪"，风无踪最先惊异，一跃而过滑落在身旁，凝望顾纤云，怒道："你……"

顾纤云骤起眉头却不答话。黑面神君得顾纤云协助，一时提足了精神反守为攻，以两只黑血神针释放无限威力，本来亦絮神君占着游魂锁远距之力以为自己可以处于不败之地，甚至不出百招便可将黑面神君拿下，要知同为护法神君，倘若自己可以将对方打败，从此江湖上自然名声大震。但黑面神君既然以黑血神针驰名天下，自然有其精绝之处，当初在碧灵山庄与两川大侠林齐恶斗，便是用当中的"黑血神针，七步穿神"攻其不备，这黑血神针用天下万毒炮制，斗战越久当中隐含毒气便会渐渐散发出来，他与亦絮神君交手不下三百来招，比之当初与林齐交战不止凶险了多少，但愈是凶险急迫，七步穿神之毒便越加扩散，起初亦絮神君还未加觉察，到后来渐渐感到手心酸麻，本来游魂锁重量倒也不轻，但二十年来使得得心应手，此刻竟觉得有些力不从心，凡事内功修为至上之人，都懂得觉得心脉斗气之力，亦絮神君脸色大变，既而瞋目道："你……你……你……"接连三个"你"字，便渐渐撤了攻势不敢再向前威逼，只是一双犀利目光一直死死盯着对方手上轻盈的黑血神针。风无踪一旁观望，见亦絮神君渐渐败下阵来，初时还不知其意，到后来渐渐觉察她眉间透出一丝青绿之色，本来满脸嫣红，此刻显出一点青绿，自然极为显色。顿时一阵怒喝，半空中打了个晴天霹雳，顺势扑将下来，十丈之内尽数笼罩在凝血利爪的气势之下，这自是凝血利爪中最精绝招式"修罗灭世"，修罗本为极为凶狠好斗鬼神，风无踪竟以此为招，自然招架了修罗战神之势，仅此一招便意图覆灭苍穹，斗破天地。黑面神君与风无踪共事多年，虽然从未见过对方用出此招，但有关其名，向来极为忌惮，此刻见灭世之力果真如此，顾纤云带伤在身，是无论如何也抵挡不住此招，黑面神君脚下快闪，重重推开顾纤云，提足一口真气挥掌而上，这两掌也涵盖了他数十年的修为所在，天地间一切尽数宁静，似如在观望着这两大高手的生死对决，两道神力交触，天边一阵巨响，好似天崩地裂，身旁无数参天大树无法承受如此巨力，声响不断，尽数倒地，而漫天落叶纷飞，原本是烈日当空，忽然间好像就变成秋风落叶之季。黑面神君本来功力与风无踪旗鼓相当，当之前与亦絮神君恶斗良久，内力已被消耗许多，风无踪又以逸待劳用处如此绝招，黑面神君如何能够抵挡，轰隆过后一阵撕心裂肺的嚎叫声撕碎了整片树林，黑面神君身影如断臂之翼飞了出去直落地面，跟着一口血喷了出来，溅满一地。风无踪冷冷道："如何啊黑面鬼？这修罗灭世可好受？"

黑面神君五脏六腑剧烈翻滚，丹田之上气息微弱，他捂着胸口，咽下一口血，既而不屑道："你若与我单打独斗，区区修罗灭世又算得了什么？"此言倒也不假，以风无踪与他之力倒也极难分出胜负，可如今以二敌一，黑面神君又哪里会是对手。但既胜负已分，再多妄言也是惘然。顾纤云凝立一旁，一言未说，此时终于忍不住问道："顾怜星到底想干什么？"想到当年七大护法神君情同手足是何等和谐共处，今日竟会因为事主有别而如此残忍，亦絮神君缓缓站起身子，走到风无踪身旁，俩人并作一线，一同怒视着顾纤云，那眼神之中已经述说了一切言语，势必要将仇人尽数诛戮殆尽。

顾纤云微微皱起眉头："看来今日你们本就没有想留我的性命对吗？"风无踪露出冷冷笑意："圣教主吩咐，倘若圣姑一切配合，天阴教上下自然不敢动圣姑分毫，但如今看来，圣姑根本没有打算就范。"顾纤云不屑道："假仁假义，看来顾怜星的确有做首领的风范，当年你们二人在教中总算也是忠明之人，没想到士别三日，今日却把你们调教得如此听话。"

风无踪杀机已起，脸上泛起一道杀气，抬起脚步缓缓朝顾纤云走来，手心之上还残留着方才灭世之气，亦絮神君紧随其后，虽然多少被七步穿神之毒所染，但她毕竟内功深厚，强自抵抗尚且无碍，俩人每走一步，顾纤云就咬着唇本能退后一步，俩人走了十多步，顾纤云就已经退到黑面神君身旁，眼光瞥见对方此刻垂死之样，想到谢传恨无故离去，不觉眼泪掉了下来："倘若此刻身旁的是传恨，要我和他一起命丧与此我也心甘情愿，可是……"心想自己无故惨死于此，将来谢传恨或许连自己尸首也难以寻觅，那该是多么残忍之事。但此刻命悬一刻，她又能如何作为。

"你动手还是我动手？"风无踪冷冷问道。亦絮神君娇笑道："女人虽然喜欢嫉妒，但是总不舍得对比自己美的人下手，黑面鬼交给我。"风无踪点头："好。"这一声来得轻巧，伴着人影将至，如同电闪雷鸣，远远之处顾纤云已经感到一阵窒息，她闭目待死，哪想到就在此刻身旁一阵大力将自己重重拉开，她尚未回头，黑面神君早已一跃而过，红色长袍在空中连卷三次，一次比一次高，一次比一次猛烈，待得第三声狂吼，如同一只发狂猛虎巨声咆哮，声势难以用言语形容，风无踪、亦絮神君、顾纤云哪里想到本来垂死的黑面神君突然会如此发狂，而且有如鬼神护体瞬间如此猛力，风无踪离得最近，被这气势所吓，赶紧护住面门，脚下连连后退，亦絮神君见势冲上前来舞动游魂锁从旁协助，黑面神君再度狂喝，漫天掠过，竟是无数的黑血神针，这一招"漫天烟雨落神针"乃是他成名之技，要知黑血神针区区一支已然令人畏惧，此刻漫天神针一同飞过的骇人程度更是难以想象，黑面神君方才受了凝血利爪重击之

第六章 束手就擒

下重伤当场，一直等着俩人放松警惕这才有机可乘，此举蕴含了他数十年的精心修为，方圆十多丈仿佛也被这齐压压的银色包围，风无踪脸色顿时变得越加苍白，一声："不好。"身影飞过，赶紧冲天而起，亦絮神君染毒在前，轻功不如风无踪，"哎哟"一声惊叫收回游魂锁，在胸前绕城一片白光以此抵触这发指的黑血神针。

黑面神君便趁着此机呼喝顾纤云赶紧离开，直到半盏茶之后，那"漫天烟雨落神针"尽数凋散，风无踪与亦絮神君累得几乎虚脱，才发现黑面神君与顾纤云早已经没了踪迹。

黑面神君积蓄毕生之力使出"漫天烟雨落神针"，顾纤云与他便趁此离开山林，只是黑面神君受伤实在太重，顾纤云又寒毒在身，毕竟不能逃离太远。顾纤云一望原野，想到风无踪如鬼似魅的身影随时可能降临，背心依然感到毛骨悚然。便在此时，黑面神君无法支撑，哇的一口血喷了出来，跟着重重倒了下去。他倒也是恩怨分明，垂死之际还想着顾纤云的安慰，口中喃喃道："莫要管我了，你快走。"

以顾纤云性格，倘若黑面神君未曾言此，她还指不定就走，黑面神君越是这么说，她便越是要逆着人言行事。更何况她根本没想过要一个人独自离开。她蹲下身子，扶起黑面神君，后者一阵惊讶："圣姑……"

"住口。"顾纤云正色道，毕竟她是顾宁玉的女儿，这短短两个字中涵盖着无数的威严，黑面神君竟然一阵发颤，似乎隐隐约约感受到顾宁玉的一丝威严。一时倒不敢再说话，顾纤云咬着唇扶着黑面神君朝着来时的路走去，此举无异于羊入虎口，要知两人好不容易逃出魔掌，此刻重回原路，黑面神君自然吓得不轻，只是他明白顾纤云心计极重，她会如此行事，自然有所把握，当下也不再多说。

顾纤云扶着黑面神君又重回那间庙宇当中，以风无踪和亦絮神君之心思功力就算自己与黑面神君再如何逃走，也根本无法逃出生天，此刻只有铤而走险，越是危险之地越是安全之地。黑面神君从未来过于此，顾纤云却是感慨万千，心道："不知道这么一折腾，传恨可有回来找过我。"想到谢传恨此刻不知何去，心中酸痛无比，当真是比寒毒侵蚀还令人难过。

顾纤云将黑面神君放置地上，在庙宇前后细细观察，过了好久不见人来，总算有了一丝的安宁。重回大堂时，黑面神君全身已经开始抽搐不已，嘴角已经冒出阵阵白沫，原本一张黝黑的脸变得青一阵紫一阵，极为吓人。顾纤云摸索了随身之物，取出一枚丹药，刚想凑上前去，黑面神君推迟结声道："灵鹫七星丹……属下不能再受圣姑恩惠……"

顾纤云顿了顿，忽然发笑道："堂堂天阴教护法神君竟也如此扭捏，你若知道不能再受我恩惠，当初就不该到处腥风血雨，哼。"心中一酸："倘若当初不是为了这样，我和传恨就根本不必现身，如今也不会弄得彼此下落不知。"想到这里越是生气，黑面神君见她如此，自然也不敢再多说，心里终究是一片愧疚，老老实实吞了丹药，这灵鹫七星丹乃天下疗伤圣药，当初两川大侠林齐被黑血神针之毒所染几欲丧命，便是用此丹药后，片刻便起死回生，这些年来顾纤云一直奉为至宝，此刻却为了救眼前此人，不惜相赠，足见恩情。

丹药下腹，黑面神君努力调息丹田之气，过了不久隐隐一阵凝气回散，将心脉各处所伤创伤渐渐平复，见他双眼紧闭，额头上渐渐发出豆大的汗珠，又过了许久才微微一笑，显得释然无恙。

顾纤云微微叹了口气，喃喃道："当初林齐被你所伤，我用丹药救他性命。如今你被他人所伤，我又用丹药救你性命。世事当真是不可预料。"见对方无恙，这才正色道："好了，如今恩怨分明，倘若你还觉得心中亏欠，从现在起我问你的每一件事，老老实实交代。"

黑面神君咳了几声："圣姑请问。"自知又亏欠对方一个人情，当下倒也老实。

"如今你到底是在为了顾怜星办事，还是在为顾萱办事？"

黑面神君再无隐瞒，只是苦笑道："以圣姑智慧，这本不需要属下言明。"

"我要你亲口说。"顾纤云正色道。

黑面神君一阵发颤："不错，属下一直追随着大小姐。"

这一点顾纤云早就想到，否则风无踪与亦絮神君又为何要将他残忍杀死。她又问道："既然如此，难道说顾萱也觊觎这纤云梭？"她想若非如此，当初黑面神君又岂会到处惹得天下不安。黑面神君无言以对，只能老实交代："属下对天起誓，当初所做一切都是奉了大小姐之命，至于她心中所想，属下不明，也不敢多问，还望圣姑谅解。"

顾纤云回过头，望着窗外一点夕阳落幕，淡淡的朦胧裹着她的脸，一双透明如水的眸子越显得矫情："看来我真是小看了她们，一个丧心病狂唯恐天下不乱，一个假借天阴教幌子到处腥风血雨，有意思，有意思。"她虽然强作微笑，但是微笑的脸上却未见一丝值得欣喜之意。

黑面神君略懂其意，顾纤云推门而出脚步刚刚迈起，前者便问道："圣姑要往何处去？"

顾纤云头也不回，像是凡尘仙子，飘然若飞，追逐霞光而去："你我再无瓜葛，我去哪里不需要你管。"言尽于此，人影也不知何去。黑面神君坐在地上，悠悠望着天边，口中叹道："顾家三位小姐，其实最难伺候的，还是顾纤云啊。"

这几乎被所有天阴教众认为最难伺候的圣姑，此刻孤身一人，竟然回到了翠竹山庄。那时天色昏沉，正如当初她和谢传恨一起来到此处一样，只是当时灯火如明，门庭若市，一派升平，而此刻花海依在，却根本难见人影。顾纤云走进大门，门半掩着，两盏灯笼在晚风中摇摆，却发不出一丝光明，通往山庄内的大道在黑暗中越显得悠长，顾纤云心存疑惑，这一夜之间难道翠竹山庄人去楼空？

她走在庄内，闻着幽香之气，心里却着实惊异无比。她冲着山庄大叫道："红叶，你给我滚出来。"声音响亮，久传不散，几乎将这个山庄的寂静瞬间撕裂。顾纤云走了很久，余音还在，却根本没有人回答她，也更见不到任何人。

"红叶，你若是再不出来，我就一把火烧了你的翠竹山庄。"顾纤云有些怒意，这翠竹山庄几乎成了世外桃源，兴建何等不易，红叶视之如命，她本以为如此恐吓对方一定会现身相见，可是叫了很久，依然没有红叶的身影。

顾纤云无计可施，正在气急败坏之际，耳边忽然悠然传来阵阵琴声，这琴声本就清脆动听，好似林间的滴水穿石，幽静弥漫，令人掉入了梦幻之境。恰好又附着在这万千花海当中，微风拂过，天地间最美之景也莫过于此。

顾纤云却颤抖着身子，握紧手心大步跨了上去，走得越近，声音就越响越动听。她终于在一片花海围拢的草地上看到了深夜在此奏琴的人，轻纱飘摇，长发凝空，十指轻弹，面若寒霜。

"够了。"顾纤云冷冷喝止，这动听的琴声对她而言，却如一场持续的折磨。那女子微微一笑，如含苞待放的花蕾，露出朦胧。她轻轻站了起来，月光在侧，她凝望着顾纤云，一阵欣喜："三妹，好久不见了。"

顾纤云苦苦一笑，嗫着嘴回礼道："大姐好。"

这三个字，说得何等不容易。顾萱转身大笑，笑得花儿也尽数陪衬在这动人容颜之下："听你叫我一声大姐，可比任何事都高兴激动了，这些年过得可好？"

"不好。"

"哦？"

顾纤云冷冷道："我不想和你废话，有什么事要说，赶紧说。"

顾萱故作委屈："那么多年了，你性子还是这么倔。"

顾纤云哼了一声："就算我性子倔，也都是你们逼出来的。"

"纤云……"

顾纤云厉声道："这么耍人很有意思吗？昨晚就在此地，假扮顾怜星和红叶对话的根本就是你。你们根本就是预谋在先，对不对？"

顾萱异常镇定，点了点头："不错。"

"其实如果不是我碰巧来到这里，你们也一定会设计将我引出来，因为你们假仁假义的一番话，根本就是要说给我听的对不对？"

顾萱点了点头，看来一切情况都瞒不过顾纤云。

她红着脸，虽然她向来不喜欢和顾萱与顾怜星过多联系，但毕竟血浓于水，这是她的亲生姐姐，被她如此欺骗，背后又经历生死，这种痛苦无人可懂。

顾萱道："你……想不想听我解释？"

顾纤云冷冷道："你还有什么好说的。"

顾萱叹了口气，眼里含情："其实我这么做都是为了你！"

顾纤云哈哈大笑，笑得眼泪几乎都掉了出来，这句话当真是听过最好笑的话。顾萱如若不见，只是柔声道："倘若我不费此苦心，你又怎么肯老老实实上五台山去。"

顾纤云全身一阵颤抖，手心一凉触及微风划过的地方："什么……什么意思？"

顾萱走上前来，静静地凝望着自己的妹妹，顿时露出笑容道："如今天下唯一能让你动心的人，只是谢传恨对不对？"提起谢传恨，顾纤云如何也冷静不了了，她顿时怒道："你知道传恨的下落对不对？他在哪里？"

"我不知道他的下落。"

顾纤云歇了口气，顿觉世间无趣。顾萱又道："不过我知道他现在一定在找你。"

"废话。"

"你就那么有把握。"

"是！"顾纤云义正词严，至少在彼此的感情上，她向来肯定。顾萱笑道："那你被风无踪和亦絮挟持之时，他为什么不来救你？"

"我……"顾纤云结声哽咽，心酸的无法用言语表达，虽然她并不知道谢传恨为什么没有来救自己，但是她相信对方一定有什么苦衷。

"实不相瞒，是我让红叶骗走谢传恨，所以他才没有来救你。"顾萱平平淡淡地说出这句话，对于顾纤云来说犹如晴天霹雳，她红了眼眶，几乎要喷出火来："为……什……么……"

顾萱甩开长袖，走到花海边缘，冷冷笑道："轻轻一个举措，一来可以试探顾怜星的心计，二来可以知道黑面是否忠心，第三可以分开你和谢传恨，让你安安心心地上五台山，难道这不好吗？"

顾纤云按捺不住，叫道："顾萱……你是疯子，你丧心病狂……你不是人。"

顾萱被她辱骂，也不生气，而是淡淡地言道："我知道你恨我，不过我做的一切都是希望你能安心去五台山以此化解你的严冰之毒啊。"她说得中肯，可顾纤云此刻迷惑在心，哪里能够冷静下来。顾萱叹了口气，继而道："不过你放心，虽然我现在不知道谢传恨的下落，但是我知道他一定会去五台山与你会合。"

这话说得顾纤云总算有了一丝缓和，她平复了许久，忽然点了点头冷笑道："所以当初我们到沂州城，红叶接我们来这翠竹山庄一切都早已在你的把握当中对吗？"

顾萱默认。

"所以昨夜你们故意说了那番话，以及红叶对我所做的一切，最主要的目的其实是让传恨相信红叶是一个真心真意的人，以此就可以从我身边骗开传恨是吗？"

顾萱解释道："红叶对你是真心假意，难道你看不出来？"

顾纤云不想解释，因为在她眼里，让挚爱从自己身边离开，就是假意。她又继续道："所以红叶指示我们出了翠竹山庄一路向西北而去，是让我们故意撞到顾怜星派来的人是吗？"

顾萱再度默认。

顾纤云无话可说，终于长长叹了口气："我错了，我错在当初把你们看得那么好那么亲切，到现在我才明白，世上除了传恨，没有一个人是真正对我好的。"顾萱心里一酸，可是却无法转变顾纤云的思想，此刻她又能多说些什么！

顾纤云此刻心里充满了恨，她早就已经和谢传恨约好会上五台山，偏偏这些口中宣称对自己好的人却如此大作手笔，不仅自己经历了生死，更分离了与谢传恨的亲密，此刻除了谢传恨，任何人在她眼里都几乎成了该死罪人。

顾纤云努力让自己平复下来，事已至此，她也不能如何。只是冷冷静静问道："我问你，你心里到底在想些什么？"

顾萱想不到她会有此问，于是茫然道："什么意思？"

顾纤云冷冷道："你我姐妹一场，没必要还如此假惺惺的做作。"

顾萱嘴角含笑，笑得着实勉强，她无法捉摸这个妹妹心里的想法，而自己的想法在她面前几乎无法保留。

"我想知道纤云梭里的秘密。"

这才是顾萱真正的想法。顾纤云果断回绝："妄想！"顾萱也不生气，而是轻轻道："同为女儿，爹爹竟然如此不公，就算执意要你接掌天阴教，也没必要纤云梭的秘密只告诉你一个人隐瞒吧。你现在不说也无所谓，士别三日，说不定明天你就自愿向我吐露当中之事呢。"

顾纤云不屑道："好啊，倘若真有那么一天，你就好好等着吧。"说完这句话，重重甩开长袖，留下一缕芬芳，望着来时的路离开花海，顾萱凝望着她的背影，渐渐离去，最后化为一点零星。也不知此次见面，是喜还是忧。

# 第七章
# 南园旧歌

顾纤云一个人在翠竹山庄的客房里休息了一晚，本来以常人心中所想，如今硕大的山庄只有一人，必然不敢久留，就算留宿于此也不敢如此安稳安眠。顾纤云却偏偏反其道而行，她口中喃喃："有本事就来吧，我看你们还有什么鬼主意。"她料想顾萱的行踪已露，必然不可能再为难自己，而顾怜星所派之人也不敢贸然闯入于此，所以这一夜她也就睡得极为安稳。

第二天起来，她才悠悠洗漱整理完毕，走出了翠竹山庄，临走前心中一片感慨："红叶啊红叶，如此美景之地放着不待，偏偏又要卷入这无边的祸乱中去，你当真是越老越糊涂了。"

当日她与谢传恨离开翠竹山庄，是因为不想自己的一切身世变故牵累红叶，她如此苦心却哪里想到她们早有预谋在先，此刻自己孤身一人离开，心里着实有莫名的酸痛难过。要知道她本来就不愿意前去五台山，否则整整九年深受严冰之毒缠身她又为何一直不愿前去那里，后来实在拗不过谢传恨，才答应与他一起前去。但如今谢传恨下落不知，要自己一人前去，如何可能。她做了许久考虑，终于还是决定绕过沂州，往东都洛阳而去。此举一来是找寻谢传恨的下落，二来便是想独自一个人到处游历一番。

沂州到东都洛阳数百里之遥，她到沂州附近的驿站当了首饰，买了匹马儿，莫看她娇贵动人，这马上功夫绝对不输于男儿，一路扬尘驾驭得极为自如，到了正午时分，要不是烈日折磨，她定然会直达洛阳。

这一片官道悠长远近，附近村落无数，想必是商贾密集，游人兴旺之地。此刻正值日照当空，顾纤云勒马于此，见到的几乎都是匆匆行人，眼见如此情景，又不禁叹了口气："当年盛世繁华下的大唐，想必是夜不闭户，路不拾遗，而此刻日正当空，一个个看起来都像遇见盗贼草寇一般，不知道李渊、李世民在泉下有知，看到如今的大唐如此衰败，会不会气得从棺材里跳起来呢！"她自娱自乐，这一路上遐思颇多，一眼望向天边，喘了口气，汗水已经湿透了轻纱，她轻轻拍了拍马背："你热吗？"这马儿虽听不懂人话，但好似也热得难以忍受，轻轻晃了晃脑袋，顾纤云松了口气："找个地方休息休息吧。"眼见远处有座村落，四下里许多大树农田，看起来景致倒是不错，她向来喜欢这种幽静之地，哪怕是简简单单的农家之趣。

约莫过了一盏茶时分，离那村落近了，可是四下里却看不到一点路过在此逗留，顾纤云望了望头顶上的烈日，又望了望官道上拥挤的人群，忖道："一个个都这么急得赶路！"她这才发现四下里只有这么一个村落，其实所谓的村落无非就是几间屋子组成的大院，几个农夫模样的人弓着身子在田里劳作，汗水潸潸落下，皮肤早已被无情的太阳晒得黑黝黝。她见了此模样，脑中不禁划过一个人的身影："不知道那黑面鬼怎么样了！"她本来洒脱异常，对这些人情变故之事都不甚放在心上，但黑面神君终究算是拼了命救了自己，倘若不是他拼死相救，恐怕自己今日早已在前去阴山的路上，而且是受人禁锢，哪有如今这般轻松自由。

她想到这里，总算是心酸之后的一点自我安慰，下了马，缓缓步行在田野之间，这种农家之乐竟让这被正邪两道尊崇畏惧的天阴教圣姑有此流连，当她举步朝着大院走去时，一个农夫模样的老者叫住了她。

"这位姑娘是要往哪去？"那农夫长得枯瘦，头顶戴着一顶麻绳编织的帽子，一手的污泥加之潸潸落下的汗水，又流入到无边的农田里去。顾纤云爱屋及乌，对这种怡然之下的劳作之人自然也十分尊敬。

"天气太热，我想到院子里找个地方休息一下。"顾纤云微微一笑，用手轻轻擦了擦脸上的汗水。那农夫朝她走去的方向望了望："姑娘是要去……去哪？"顾纤云脸带惊讶："怎么了？"这方圆之地也就这一个村落所在，难道休息一番也要如此甄选？她心存疑问，等待那农夫回答。后者挥了挥手："姑娘莫去，姑娘莫去啊。"顾纤云见他神情紧张，越是惊讶："到底怎么了？难道院子里住了什么幽冥厉鬼？"她如此嬉戏，那农夫竟点了点头："虽不是什么厉鬼，但那个黄二可真不是好惹的人，以前过路的商贾游人到那去休息，不是被他打得遍体鳞伤，便是不省人事。我看姑娘如此娇弱一人，还是趁早赶路，别自找麻烦了。"顾纤云皱起眉头，冷冷道："光天化日之下如此猖狂？难道他还是盗贼草寇出生吗？"那农夫摇了摇头："其实倒也不是，那黄二长得倒也眉清目秀，才年方二五，但是酗酒无数，一喝醉了就容易发狂，我们附近不少人都受过他的罪，可又能怎么样呢？"

顾纤云听完激动道："如此年轻不想得建功立业，却……"说到这里不禁停下口来，她情绪激动，都忘了当今是什么情势，国之将亡，要建功立业简直是天方夜谭。

那农夫听后也是一阵长吁短叹："姑娘你所言非虚，但今时今日连三餐温饱也难以保证，还谈什么建功立业。倘若姑娘不嫌弃，便到老夫家里坐坐如何？"这老人指着远处的一座半山腰。顾纤云心里有意要看看那黄二到底是何等人物，于是婉言谢绝了这农夫的好意，牵着马朝着那大院走去。

临近院门，只见得一个老妇人垂着腰在忙碌着手上的活，双眉发白，银发无数，加之满脸的皱纹，显得极为苍老。顾纤云将马儿停在院门外，走进去故意叫道："有人吗？"

那老妇身子一惊，手中的作物几乎掉落一地，她站起身子惊讶道："姑娘你……"顾纤云接口道："老婆婆好。"那妇人又惊道："姑娘到访所为何事……"她本要说若是要在此休息，还是趁早离去，以免又被家中的黄二所伤。顾纤云却反口笑道："我到此是特地来拜会一下黄二的，他在吗？"那老婆婆眼睛几乎眯成一条线，不敢相信眼前这个翩翩少女："你……你找……"顿了顿："实不相瞒，黄二便是犬子，此刻正在屋里熟睡……姑娘有何事？"顾纤云知晓妇人难缠，好不容易编了个谎，这才摆脱了妇人，直接去了那黄二的房内。刚一进门，一股浓重的酒味便涌了出来，顾纤云虽然偶有喝酒，但实在反感如此重的酗酒之味，更何况房内乌烟瘴气，到处凌乱，哪像是人住的房间。她捂着鼻子，轻轻走了进去，只见桌上躺着一人，如此侧面看去长得的确是眉清目秀，只是少许的胡茬沾满了酒气，显得有些蛮狠。

顾纤云故作正色，大声叫道："黄二……"声音颇为响亮，但那黄二却纹丝不动，仿佛醉梦在美酒当中不能自拔。顾纤云鼓着脸又大声叫道："黄二黄二黄二……"没想到那黄二还是不理，气得顾纤云抓耳挠腮，最后瞥见桌角的一缸酒壶，轻轻推了一把，裂地之声瞬间传开，黄二几乎是一个弹跳从桌上站起，眨眼间眼眸不止眨了十多下，眼见得自己还是在这屋子里，只是眼前何时多了一个美貌少女，如此憨憨发笑。他本以为自己在做梦，直到顾纤云开口柔声道："你是黄二？"

黄二拍了拍脑袋，一夜的酒醉还难以清醒，他喷了一口酒味，大声道："怎样？"声如碎石，越显得其人魁梧高大。顾纤云坐在椅子上，好似一脸自然。黄二略有清醒，这才睁大了眼睛："你是什么人？"

顾纤云淡淡道："路过于此，避避太阳。"

这短短八个字，却惹的黄二喝道："那谁让你进来的？"想到方才美梦被她惊醒，而且一缸美酒被她打翻，如何不气，倘若顾纤云并非翩翩少女，他早已经摩拳擦掌上前狠揍她一顿。顾纤云微笑道："我自己进来的。"

"你……去去去，老子这不欢迎你。"黄二极不耐烦，看来他虽长得清秀，但脾气却果真暴躁异常，与陌生人谈不上几句话来。顾纤云却一脸耐心道："都说普天之下莫非王土，率土之滨莫非王臣。你身为大唐子民，不想着建功立业上阵杀敌，却为何成天游手好闲醉生梦死。"

黄二睁大了眼睛，一脚架在凳子上，那样子好似地方恶霸一番："那是老子的事，用不着你管。"

"可我看你如此年轻力壮却天天不务正业，你心里到底怎么想的？"

"你……"

"想必院子外的是令堂吧，她一把年纪还如此劳作，你这个做儿子的，于心何忍呀？"

黄二心有触动，但此刻正在气头上，也不顾什么，冲着顾纤云怒道："你到底是什么人？凭什么来管老子的事？"

顾纤云轻轻叹了口气，续言道："你身为男儿，八尺之身，却每日酗酒无数如此欺凌霸道，有负苍天所望，既是如此比起那薛怀义，嘿嘿，还当真是有过之而无不及了。"

这薛怀义又名冯小宝，乃武则天身边恃宠之人，封公晋爵，享尽无数荣华。黄二气得眼珠都几乎要凸出来："你……你把老子比作……比作……"顾纤云却淡定道："我没这么说，我只是说像你这种不知进取的窝囊废，和薛怀义这类的人有什么区别？"

黄二深深喘了几口大气："既然你这么说，老子问你，当初若非武媚娘凌驾皇权，逆转乾坤，颠覆阴阳，这大唐百年基业又岂会一蹶不振，当年唐玄宗若非被杨玉环迷惑，不理朝政，其后又怎会有安史之乱，哼哼，历朝历代，若非有女子祸国殃民，天下兴亡又岂会在转瞬之间！"

顾纤云本以为眼前这个黄二只是普通庄家之人，没想到一出口竟也能说出如此典故之事，但她此刻听在耳边，却如被人掴了几个耳光，何等不爽："看来你不仅不求进取，而且还愚昧无知。我且问你，历朝历代，自周公文礼，孔孟教学以来，有何规定女子不能当政？武媚娘虽然凌驾皇权，心狠手辣，但她终究不失为一代英明女皇，总算对得起李唐基业，有此看来比穆宗、敬宗皇帝不知睿智多少。还有，你所说的安史之乱，我再问你，历朝历代，上至炎黄之帝，下到边陲君侯，何人身边没有女人陪伴，倘若并非自己愚昧荒唐，又岂会大事不顾，断送了大好江山？"

黄二哑口无言，顾纤云继续言道："倘若世间之人都如你一般，将朝代兴衰归结于女子福祸，而自己却成天如此埋怨世事，当真还不如一头撞死以谢天地。"顾纤云说话向来直爽，从来不曾有过委婉之余，此刻正也是发自心中愤恨之意，以黄二如此性格怎能受得了如此羞辱。他先是张目结舌，跟着卷起衣袖轻轻朝顾纤云走去："老子今天心情不好，从哪来的臭娘们，欺负到我头上来了，你不想活了？"

顾纤云艺高人胆大，哪会被这种言语气势所吓，她端坐椅子，嫣然一笑："怎么？你想打我？"

黄二啐了一口："老子从来不打女人，不过像你这种欠打了，老子今非得修理修理你不可。"他话一说话，眼前一阵闪亮，好似无数道烈日瞬间一起射入眼眸，让他眼花缭乱，尚未明白怎么回事，竟无缘无故吃了两个耳光，打得极为响亮，他本来一张清秀的脸瞬间就多了两个巴掌印。他吓得捂着脸退了一步，又见顾纤云立于面前，舞弄着长发飘然，好似方才根本未曾出手。他强作镇定："你……你……"顾纤云勾起手指，调侃道："继续啊，你要是抓得到我，我就磕头叫你一声爷爷。"黄二哪里受得了这等羞辱，一声怒吼，整座房间都似乎一阵震动，跟着双手作抓，宛如一张巨大的肉掌朝顾纤云扑了下去，他身材高出许多，如此之势更是显得顾纤云何等娇小，但偏偏不知何时，顾纤云已从翻身绕过，黄二手心一凉却早已经被顾纤云死死拽住。他一阵惊讶，一拳便朝着顾纤云腰部打去，顾纤云手指纤纤，一拨一折他这一拳竟严严实实打在自己的手臂上，虽然他顾及顾纤云如此娇小未用全力，但力道还终究不能小觑，这一拳打在自己身上，他魁梧的身躯整整向后退了好几步才停了下来。

这一下他竟然以为自己今日见了鬼神，睁大了眼睛喘息道："你……你……你到底是人还是鬼？"

顾纤云嫣然笑道："你见过像我这么年轻漂亮的女鬼吗？"

"那你……"他此刻稍有镇定，才发现对方的的确确有人体温度，但他哪里能相信方才如此怪异之象。顾纤云轻轻上前一步，跟着笑道："还来吗？"她每走一步，黄二就不觉退了一步，他在此居住十多年，哪里受过这等欺辱，而且今日竟会被一个娇弱女子吓得如此，当真是匪夷所思，一声大叫冲着门外便跑了出去，留下顾纤云一人在房内独自发笑。

顾纤云等到他走后许久，才出了房间，见黄母站在门外，想必是方才不知为何黄二突然发狂跑去，一直站在此地等候他回头。见到如此一幕，她不禁心里一酸，她自小娘亲丧命，莫说母亲关怀，便是娘亲面容也难以记忆。她走上前去，轻轻叫了声："婆婆。"

黄母颤颤巍巍回过头，她年纪不下六十，想必是中年得子，又想必是对黄二极为依顺，是故不惜日夜劳作。她轻轻擦了擦眼眶的泪水，叹了口气重新坐回院子里忙着手里的作物。

顾纤云一时不知如何是好，站在原地直盯着她手里的忙碌。过了许久黄母在轻轻哽咽道："老身明白姑娘的一番苦心，可是犬儿命苦，事实无情又能如何呢？"顾纤云听出当中有所玄机，于是蹲在她面前，希望可以帮助其人。黄母轻轻叹了口气，跟着又伸手擦了擦眼眶："犬儿名思邺，老少一家本住在曹州，思邺从小好读书，老身不敢说他通达全书，其实倒也是精通圣贤，本来满腔热血欲从仕途为民请命，没想到……"说到这里再难抑制心中苦楚，忍不住大声哭泣起来。顾纤云猜到几分，却不敢肯定，待黄母有所平复下来，才轻轻问道："莫不是这仕途上遇到什么不畅快的事？"

黄母点了点头："思邺状元及第，本以为可以从此平步青云，哪想到朝中权贵只手遮天，奸臣当道。思邺满腔壮志不期得罪小人，不仅丢掉官职，更被下狱监禁，我那老头子急得病了整整一个月，最后……最后……"说到这里趴在漆盖上大哭起来，这苍老声音哭得天地间都似乎心碎，顾纤云眼角含着一滴晶莹，竟也忍不住感伤可怜起来。

"原来我还错怪了黄思邺。"她站了起来，望着远方的一抹霞光，想来当年黄思邺正是受此打击从此自暴自弃，一蹶不振。世间都说人生最幸福之事莫过于洞房花烛夜与金榜题名时，黄思邺空有热血，却遭来如此待遇，想必天下间也少有能坚强之人。

顾纤云下定决心，当晚便在黄思邺的房中等候他的归来。也不知日前受了顾纤云的欺辱跑到哪里去，顾纤云与黄母吃完晚饭，等了很久，直到了夜色通明，月光照进窗子里，他才出现在门外。令顾纤云意料之外，本以为他这么一出去必定会找酒痛饮，然后喝得烂醉如泥归来，没想到他此刻清醒异常，一见到顾纤云刚想拔腿就跑，顾纤云赶紧叫住他："这里是你家，你还想跑哪去？"黄思邺听了也是，于是战战兢兢走进房间里，望着烛台的一点零星，问道："你到底想干什么？"

顾纤云正色道："你既然谙晓古文经典，自然该读过本朝李诗鬼的《南园十三首》：男儿何不带吴钩，收取关山五十州？请君暂上凌烟阁，若个书生万户侯？"黄思邺有些惊讶，但依然镇定道："自然读过。"顾纤云道："那你且说说诗中之意。"黄思邺绕过椅子，轻轻靠在窗台边，仰望着外头如水月色，发言道："身为男儿之身，为何不带着吴钩去收取那被藩镇割据的关塞河山五十州？且登上凌烟阁看看，有哪一个书生被封为食邑万户的列侯。"

这首诗出自李唐诗人李贺的《南园十三首》之其五，无论言辞设问，或是思想立场无一不显得诗人心中磅礴壮志与激情豪迈。一来体现了收复失地，振兴国家之迫切希望，二来又言明了书生意气自然不可能收复河山，以凌烟阁之典故告诫世人若要摆脱当下悲凉处境，唯有经历戎马生涯，建功立业不可。

当中内涵恰恰体现了黄思邺如今情况，他熟读诗篇，但此刻在顾纤云面前解释诗句之意，忽然间感到心中一阵恍然大悟，他转过身子盯着顾纤云："你……"顾纤云微微一笑："可明白了？"黄思邺叹了口气：

"姑娘好意，在下心领了。其实当中道理在下又何尝不明白，只是时移势易，如今国破家亡，大唐王朝岌岌可危，当初以武元衡、裴度等忠臣名将尚且不能复兴大唐，我区区一个乡野匹夫，自然也无力回天。"说到这里极是叹息，其实这几年来他心中之痛又何尝不在，但每每于此想到自己终将碌碌一生，只有成天以酒麻醉。

顾纤云冷冷道："你可知道为什么武元衡、裴度这些人无法振兴王朝？"

黄思邺皱眉，摇了摇头。

顾纤云站起身子，靠在桌边，轻盈的烛火照着她的脸，此刻的她像是黑暗中的一点微光，要将眼前这个失落男子彻底照亮："是因为武元衡、裴度这些人空有满腔热血，其实都是愚昧无知。"

"姑娘你……"

顾纤云插口道："要知历朝历代，兴衰更替是自古不可变迁之事。纵使一个王朝再如何繁华富裕，又怎可能传至千代万代？当年嬴政开创皇权，自立为始皇帝，憧憬子孙千世万世连绵下去，但结果又如何？大唐王朝历经数代帝王，的确是繁华一世，但自从安史之乱后，就根本无法重回昔日荣光。这道理想必天下人都明白，武元衡和裴度这类人虽然说是人中英杰，但是明知大唐不可复兴还以死效力，最终壮志难酬，又断了大好岁月。"

黄思邺张目结舌，他哪里敢相信眼前这个看似娇弱的少女竟会胆大到如此评论国家兴衰之事，他结舌道："那……姑娘……的意思……"

顾纤云轻轻笑道："你既然有抱负在身，自当要认准时机，看清当今局势。既然大唐不可复兴，又何苦执着于此。倒不如揭竿起义重建大业。"

这一言说出，忽然一阵风吹进屋子里，将那一点烛火瞬间吹灭，房间里瞬间漆黑下来，黄思邺全身冰凉，望着黑暗中如仙子般的顾纤云，无力的坐在床上，他闭上眼睛沉思良久，脑中浮现了这几年自己的荒废岁月，一时热泪盈眶："多谢……多谢姑娘一席之言。"

顾纤云微笑道："你是聪明人，自然不需要我多说，倘若你真有此决心建功立业，拯救天下疾苦。我可以答应你，给你三年时间，倘若你三年内有所成就，我便可以助你号令天下！"言语极为雄壮霸气，说得天地间也静静沉默下来，黄思邺忽然跪倒在地："姑娘之言，令思邺如拨开云雾见青天。思邺从今日起，发誓要洗心革面重新做人，不为别的，只为了心中一份愿望！"

顾纤云点了点头，嫣然之际身影已如轻烟跃入门外，黄思邺如大梦初醒，冲着顾纤云大叫道："姑娘……可否留下姓名……"

声音响亮，可根本唤不回顾纤云的脚步了！

顾纤云趁夜离开了黄思邺所在的村落，一路上勒马疾驰，想到在房中与他说得一番话，心里真是有莫大的欣慰。假设他日黄思邺果真有所成就，自己就当真可以将天下大势托付于他，这一切乾坤自然就是在那"纤云梭"当中。

# 第八章
# 门外君子

　　月明星稀，趁着晚风顾纤云终于来到了东都洛阳。这东都洛阳地处中原腹地，乃是华夏文化发源之地，史称"华夏第一都"。传说上古大神伏羲、女娲、黄帝、尧舜等都曾居住于此。自夏朝以来数代帝王皇朝在此定都，皆是看中洛阳乃结合北国敦厚磅礴之气，南国妩媚风流之质，如此造化天公，集合天地之灵气。又因其地北据邙山，南望伊阙，洛水绕城，东据虎牢关，西控函谷关，四周群山环绕，雄关林立，是以洛阳数百年来都是兵家必争之地，亦此成为各朝各代政治、经济、文化中心。东汉光武中兴、明章之治、西晋太康之治、北魏孝文改制、武周遗风在这里上演，古来名人骚客对洛阳之地更是流连忘返，周公曾言："此天下之中，四方入贡，道里均焉"；汉高祖曾言："吾行天下多矣，唯见洛阳"；北魏孝文帝曾言："崤函帝宅，河洛王里"；唐太宗曾言："崤函称地险，襟带壮两京。"纵观如此，足以可见洛阳城之大气富贵。

　　前朝隋炀帝更是以洛阳为首，修建京杭运河，以此贯通中华南北，洛阳更是理所当然成为九州繁盛之地。其后李唐易隋而立，虽然定都长安，但洛阳却未曾因为衰退，要知丝绸之路便是以此为起点，连接中西文化，当真是如王维所言："九天阊阖开宫殿，万国衣冠拜冕旒。"当初顾纤云到长安之时，曾与谢传恨长吁短叹，一同感慨着世事变迁，昔日国都长安变得无比衰败破碎，而今日她到达东都洛阳，眼见得城中人流纵横，商贾如云，到底华光异彩，当真是激动得喜出望外。她将马匹寄托在城外，迫不及待就进了城去到处游览，这些年来中原之地祸乱无数，战火硝烟，虽然如此但洛阳还算是相对安稳平静，尽管也有不少人南下避难，但既然京杭运河贯通于此，来往便易，所以云游之人倒也多不胜数。

顾纤云想到当日和谢传恨初次到达沂州，因为林欣儿从旁捣乱，致使两人无处可以安身，今日虽又到了一处新的城郭，但却不知道谢传恨和林欣儿下落何方。本来五台山就在沂州境内，顾纤云若是真心赶着上山，早已经到达，可她偏偏不愿意一个人前往，于是故意折回大路，跑到这东都洛阳来，想想如此也值得，最起码中途碰到黄思邺，他日若可以将纤云梭托付于其人，此生倒也没什么可以牵挂了。要知道顾纤云性子偏激，行事更是出人意表，当初身上所带仅有的三粒"灵鹫七星丹"，如此疗伤圣药天下人以千金万金都无法获得至宝，顾纤云却大方的以此相赠他人，第一个便是一个不知名的垂死妇人，与她根本毫无瓜葛。第二个便是受了黑血神针之毒的林齐，第三个却又是当初自己大为厌恶的黑面神君。而纤云梭乃是天阴教至宝，当中隐含的秘密天下人无一不想知道，但她与黄思邺相处不到半日，却希望他能够有所成就，他日将这惊世秘密全部托付与他，顾纤云当真是奇女子。

这一夜游荡，直到路上行人渐归，门铺打烊，她却还没有一点尽兴。无奈时间过得太快，她望着稀疏人落，略显得失落："倘若传恨在就好了，两个人一起总比一个人瞎逛有意思多了。"其实她自己也不知道该在洛阳待多久，只能先在客栈里安身，再打算以后的行程，哪想到偏偏碰上了一桩大事，从而让自己无法脱身。几日以来，顾纤云都一直在洛阳城中闲逛，虽然时间过得极快，但洛阳城景致甚多，她每日观赏，倒也过得极为潇洒。

连续一天的劳累游荡，在房间里洗一个热水澡本是一件极为痛快的事，顾纤云本来就在屏风的后面享受着热水的净化，可偏偏就在过程中遇到极为不爽的事。因为她发现，房间外有人在偷窥着自己！少女的闺房本就不容他人随意进出，更何况是沐浴之时，更何况她是顾纤云，连挚爱的男人都不能触碰的胴体，又岂容他人偷看！

顾纤云伸手抓过衣服，轻轻披在裸露的肩膀上，然后对着门外冷冷道："既然要看何不进门来，躲在门外鬼鬼祟祟的算什么！"

话音一落，门果然打开，走进一个青年男子，白衣如雪，在光芒中显得一派华贵，面如美玉，就像是倒映在水波上的一缕明月，透明干净。其实看来倒也不讨人恨，可顾纤云此刻却带着满腔怒意："你倒是很大胆，光天化日偷看女人洗澡。"那男子站在屏风后，身影高大，对着顾纤云拱手道："在下无意偷看，只是……"

顾纤云冷冷道："无意偷看？我从脱了衣服到刚才你都一直躲在门外，难不成你还是碰巧路过？"语带愤怒，那男子却一脸无畏："既然姑娘如此认为，在下也无话可说。在下姓叶，名俊磊。"顾纤云有些惊讶，这男子倒也颇有意思，说道："可你的所作所为，一点都不像光明磊落之人！"叶俊磊微微笑道："俊磊素闻姑娘疾恶如仇，不喜与陌生人言谈，倘若在下不出此下策，难道姑娘愿意和我说这么久的话吗？"

顾纤云本来满腔怒火，此刻竟然乐得哈哈大笑起来："原来你门外君子做了这么久，就是想跟我说说话！"

叶俊磊点头："是。"

顾纤云道："那可否回避一下，让我换一身衣服。"

叶俊磊没说话，微笑着退出门去，过了许久才听到顾纤云轻轻叫道："可以进来了。"

叶俊磊再次进门，所见之人就更有别样迷人，顾纤云就如出水芙蓉，淡妆嫣然，玲珑娇弱。叶俊磊有些呆木，好不容易晃过神来才上前道："俊磊方才失礼，还请原谅！"

顾纤云坐在椅子上，轻轻端着杯子品味着茶香，噘着嘴轻轻道："原谅？怎么原谅，要你生要你死都愿意？"

叶俊磊双手负袖，乐道："只要姑娘一句话，俊磊自然不敢违逆。"

顾纤云瞋目："你……"轻轻叹了口气："长得倒是俊俏磊落，可就是行事太过迂腐，说吧，找我什么事。"

叶俊磊也不待对方开口就径直坐在她面前，顾纤云性子洒脱，自然也不偏过于孤男寡女共处一室之嫌。叶俊磊眼神如电，轻轻探过头道："其实俊磊乃是武当的弟子。"

"武当！"顾纤云惊讶道："武当弟子怎么穿着你这种模样！"她见这叶俊磊锦衣荣华，若不是他说明，还以为他是洛阳城中的王贵之人。叶俊磊解释道："莫要误会，俊磊跟青枫道长学过几年功夫，所以准确而言，只能算是武当的俗家弟子。"

　　顾纤云有些觉悟，但此刻她对这一切又不感兴趣："那你找我到底想干什么？"顿了顿故意责备道："本姑娘难得想舒舒服服洗个热水澡，都被你折腾了。"

　　叶俊磊站起身子，望着房内呵呵大笑："姑娘倘若知道你今日的危难还能如此放心在房中沐浴，那才是当真的厉害了。"

　　"危难？"顾纤云双目皱起，仿若一道雷电，瞬间划过叶俊磊的眼前。后者点头道："如今武当、少林等派都认为你杀了门中弟子，早在几日之前就已经分派弟子前来追寻你的下落。"

　　顾纤云手心握紧，那只杯子几乎要被她折断，她喘着大气寻思道："看来绝对又是顾萱那疯子干得好事，想逼我早一天上五台山去，她既然有意如此，我就偏偏不从，看她能把我怎么样。"她以为定是顾萱从中作梗，让这些名门正派逼得自己无处可去，最后只能躲上五台山，想到这里心中真不止骂了顾萱千百次。

　　可眼前这莫名的男子出现，无异于是当前最应该弄清楚的疑问。顾纤云转口道："是又怎么样？"

　　叶俊磊被她这种眼神所摄："难道你不怕？"

　　"怕又如何？"

　　"赶紧离开洛阳啊。"

　　顾纤云悠悠叹息，调侃道："本以为你能说出什么大道理出来，既然真想找我麻烦，我还能躲到哪里去？"

　　"可是……"

　　"你为什么那么关心我？"顾纤云抬起头，目光如水望着眼前这个年轻人，满脸均是不解的意思。叶俊磊开始有些木讷，到后面喘了口气："因为我喜欢你。"顾纤云对此解释竟然一点也没有惊讶，反而憨厚笑道："我跟你素未谋面。"

　　"其实我们见过的。"叶俊磊回忆道，嘴角露出一丝当初的记忆："去年嘉兴的烟雨楼前，我和姑娘檐下避雨，曾算是一面之缘，虽然只有一面之缘，但俊磊对姑娘笑靥身影魂牵梦萦，所以这一年来一直苦苦找寻姑娘的下落。"

　　顾纤云这才有些想起，一时上下打量他一番，忍不住扑哧一笑："原来当初那个傻头傻脑的书生是你啊，看来变化还真是大。"便是这笑容，

　　　　　　　　　　　　　　84

曾经记挂在他的心里，让他思念了整整一年。此刻就在自己面前，相隔如此之近，再度显出这样的笑容，当真让他魂不守舍了。

按说顾纤云如此生活阅历，什么样的人未曾见过，但今日这年轻男子的所作所为却大出自己的想象，叶俊磊倒也是感慨表白自己心里的真实言语，他世代贵族，后来又拜得武当名门，身入烟花之地，红粉无数，但能令他整整一年如此废寝忘食的，却只有眼前这个刁蛮古怪的顾纤云了。

"你应该知道我有喜欢的人了。"顾纤云提起谢传恨，本来想以此让对方知难而退，可叶俊磊坦然一笑，仿佛一切不为在意："那有什么，只要你们不到洞房花烛，我都有机会不是吗？"

顾纤云的脸骤然变色："你说什么？"

"我……"

"你怎么知道这么多事！"顾纤云狠狠呵斥，叶俊磊被这突如其来的一阵怒斥给吓得不轻："我……这也不是只我知道的啊，如今天下人都在传你和谢传恨的事……"

"够了。"顾纤云重重摔了杯子，破碎之声撕裂了整个宁静的夜晚，对于到底是何人将此事爆料江湖，她当然心中有数，但此刻叶俊磊无故提出，顾纤云自然将一切迁怒于他。

"纤云……"

"纤云是你叫的？"顾纤云冷冷道。要知道顾纤云就如冰山上的一角极端，时而冰冷，时而温纯，若非如此，又怎会令顾萱、顾怜星等这类绝顶人士猜不透她一言一行。

叶俊磊本是怀着赤诚之心对她表白，却无故遭来如此谩骂，他涵养甚好，当然不会与顾纤云计较，但此刻顾纤云心乱如麻，根本无心再与他啰唆。叶俊磊好心言道："你看要不要先找个地方避一避，若是不嫌弃就到我家去，我爹和祖父也算是在朝中举足之人，料想其他人也不敢放肆到上我家去。"

顾纤云转过头，脸色如冰："我是死是活跟你有关系吗？"

"纤……"他沉住气，柔声道："我一片好意，你又何故要拒人于千里之外呢？"

"我并非要拒你于千里，此刻只需你出去，我要休息了。"顾纤云丝毫没有一点婉转之意，叶俊磊并不罢休，上前一步欲开口，顾纤云转过头狠狠瞪了他一眼："是不是我要睡觉你都不让啊。"此言本来并不怀好意，但此刻听在叶俊磊心里，却好像有苦有酸，莫名的滋味，他叹了口气，然后柔声道："既然如此，我只能一直伴你左右，直到你回心转意。"此言说完，手持佩剑转身离开房去，顾纤云狠狠骂道："无聊。"

这一晚本来兴致不错，但偏偏被这叶俊磊给搅和，更令人头痛的便是叶俊磊所言之事，如今偏偏又是她独身一人，而且顾萱等人在暗，自己在明，根本无法逃出对方的掌握当中。几日下来不断想着倘若能早日寻觅谢传恨，当真令她做什么也都愿意。

但此刻想到洛阳城中似乎危机四伏，这一夜也过得不甚自然。虽然叶俊磊所言所行并不像另有意图，但此刻她还有什么地方可以去？而且以她性格，倘若此时乖乖地上五台山，不正中了顾萱的下怀！

次日起来，她洗漱之后，到老城铁铺上买了把佩剑，虽然几年来遇到无数凶险，但只要谢传恨一剑既出，少有人可以招架，可想而知顾纤云极少与人交手，但此刻孤身一人，以防万一，还是买了佩剑防身。

这一日起得并不算早，买完佩剑又到集市上闲逛，太阳已经高高挂在天边，虽然天气炎热，但却丝毫未曾影响商贾游人的兴致。顾纤云找了一家馆子，要了些中原的特色小吃，尚未上桌，便听到四下不少人在议论纷纷，本来茶馆饭馆散客闲聊实属常事，但倘若所有人都把闲聊对象指向自己，那又岂会是件寻常之事？

"醉仙居"算是洛阳城最负盛名的茶楼之一，金字招牌在风雨中飘摇了百余年，一直客似云来。当中题刻着本朝大诗人白居易的一首《登鄣州白雪楼》："白雪楼中一望乡，青山簇簇水茫茫。朝来渡口逢京使，说道烟尘近洛阳。"白雪楼最初用于军事眺望，而后文人骚客竞相登楼作文，从而声明大起，当中又以白居易这首最负盛名。白雪楼便因此成为名胜之地，虽然白雪楼远在千里之外，但白居易诗中留下洛阳之篇，诗歌又是大唐最负盛名之杰作，是以尽数被这醉仙居装裱悬于四周，以此展现洛阳风采，一度成为诗歌全盛时期。

顾纤云对诗歌虽然颇为见地，但心里着实不爱深入研读，她曾不止一次对谢传恨说道："诗人虽然可以以诗歌表现一个时代的荣耀或是危亡，前者倒也还好，歌颂盛世繁荣，普天同庆。但后者人人若以自危，哪还有心思去研读诗篇，国家兴亡，难道不该手持三尺之剑去报效国家吗？"

而此时正是关于大唐存亡之刻，顾纤云对此更是冷笑不语，端起杯子轻轻品尝着茶香，耳边一动却听到有人在议论："如今顾纤云非但惹上了天阴教，更伤了少林、武当等多派弟子，如此她是正邪两道都一并得罪，看来死期不远了。"

顾纤云手心一颤，杯中茶水险些洒落出来，她用余光扫过，坐在东首桌上几个商贾打扮之人竟也议论起来。

当中一个高瘦汉子轻轻嘘了一声："小声一点，小心隔墙有耳，惹祸上身。当初天阴教黑面神君重出江湖，一夜之间不知多少英雄豪杰命丧黑血神针之下，如今事过不足一个月，天阴教高手一个接着一个出现，想当年天阴教势利何等之大，从塞北之地一直遍布九州，今日天阴教复出，举全教之力捉拿妖女顾纤云，顾纤云若是不死，我赵德全三字给你倒过来写。"说到这里双眼眯成一线，好像当年的往事一幕幕浮上心头。之前那汉子"呼"了一声："那还不是，以天阴教之力顾纤云尚且不可抵挡，而今竟又得罪了各大门派，其实我倒是奇怪，顾纤云到底是嫌命太长，还是唯恐天下不乱。"

在他左首一个秃顶胖子疑问道："朱兄此话怎讲？"

那姓朱的汉子喝了口茶，用衣袖抹了抹嘴，这才轻轻说道："你们看啊，以顾纤云堂堂天阴教圣姑，她又岂会不知道危机四伏，她本来已叛离了天阴教，其后又故意得罪了各大门派，现在正邪两方都要捉拿顾纤云，倘若双方碰在一起，你们说会怎么样。"

此言一出，顾纤云脸色大变，背上冒出一丝冷汗，手中的杯子也滑落地面，发出破碎之声。她用手轻轻遮住半边脸，喃喃道："是了，我怎么没有想到这一点，以我为饵，引起天阴教与各大门派血腥争斗，最终弄得两败俱伤。"她想到这里，身体再度陷入一片冷漠，她几乎不敢相信如此："倘若真到了那么一天，天阴教前仇未报，各大门派诛戮魔教，双方必定殊死大战，届时……"她不敢再往下想，好不容易强自冷静，心里又一阵麻木："那我到底该怎么办？倘若双反因此两败俱伤，那我不是变成千古罪人，到时候就是死也难解罪名。"她紧紧咬着唇，一阵苦楚："可惜传恨又不在。"想到传恨，心里又有莫名之痛。

这时早点已上，满桌琳琅，本是可口菜式，可顾纤云此刻又哪里有半点心思吃东西。她只能静静坐在原位上，从旁偷听一些故事。

只听原先那朱姓汉子又道："其实若是谢传恨还在顾纤云身边倒也罢了，可惜啊可惜，传闻俩人如今分道扬镳，谢传恨弃之而去，顾纤云一个人就算是有天大的本事也根本无法逃出生天。"如今天阴教与少林、武当各派的确网布人马，以天罗地网之力捉拿顾纤云，谁能想到她此刻竟能安安稳稳坐在这醉仙居中！

之前那赵德全疑问道："难道当凭谢传恨一人就可以救顾纤云于火海当中？"说到这里极为疑问，那朱姓汉子嘿嘿一声，接着道："赵兄你是有所不知了，谢传恨一人之力虽然不可逆转乾坤，但他手中神剑若出，天下人少有招架之力，要知道近三十年来，剑法最杰出之人，数谢传恨第一，武当掌门微云道长尚且不如，你想想，有谢传恨从旁保护，天阴教与各大门派想碰顾纤云岂非容易！"

他此言倒也极有道理，顾纤云听到这里，不觉心里一阵暖气。那秃顶胖子此刻眯着双眼吱声笑道："就算谢传恨神剑无敌又如何，哈哈，此刻他弃顾纤云而去，他日真到了针锋相对的一天，他又岂可能从千里之外赶回来救他的昔日眷侣啊！"

顾纤云紧紧握着手心，努力安慰自己："传恨绝对不是弃我而去，他也不会远在千里之外。一切都是你们这些人放出的谣言。"若非此时她身份不宜暴露，以她性格早已经拔剑上去割了那几人的舌头。

赵德全乐呵言道："只不过有一事却是令人惊讶，顾纤云和谢传恨相伴九年，佳期眷侣本已经是天下人皆知，可是……"那秃顶胖子一脸猥亵，接口道："可是顾纤云依旧是处子之身，哈哈，以我看来，若不是那魔女顾纤云玩弄谢传恨，便是谢传恨身体缺陷无法行房之事。"

他话音一落，哪知道立马招来横祸，顾纤云涵养再好也无法忍受此等羞辱，她踢开桌子，"唰"的一剑飞出，满桌碗筷尚未落地，她手中佩剑已经到了那秃顶胖子脖间之上。

那胖子还未曾晃神，只感觉到脖子上一阵冰凉之意，在这盛夏寒遍全身，跟着碗筷落地发出巨响，他才有所觉悟："姑……姑奶奶……"

醉仙居忽然发此变故，四下客人早已经四处逃窜，掌柜的和几个小二见客人尽数逃走，又见顾纤云气势汹汹，一时不知如何是好，待在边上满嘴又是如来佛祖，又是观音菩萨。

赵德全与那朱姓汉子一见如此，吓得滚在地上，前者刚想转身离去，忽然眼前一阵银光，长剑落下一边脸硬生生被划过一道血迹，他吓得屎尿齐流，趴倒在地不敢作声，方才若是自己再前进些许，这项上人头岂非不保？三人倒也识趣，一起跪在地上纷纷求饶，顾纤云手中长剑晃动，嘴角冷冷笑道："我便是你们口中的妖女，妖女剑下又岂有不死之人！"眼带愤怒，恨不得立马就要将三人碎尸万段，那秃顶胖子一时哭了出来："顾……不不不，姑奶奶……我有眼不识泰山，我满嘴胡言乱语，我该死，我该死。"一边说，一边伸出蒲扇般的大手左右开弓，不一会儿原本一张厚厚的脸便被打得又红又肿，着实就像是一张煮熟的猪头肉。另外俩人也赶紧伸手一边掌嘴一边道歉，顾纤云见了三人如此，又是好气又是好笑。正在不知如何处罚三人之时，身边忽然闪过一道人影，在她耳边轻轻说道："跟我走。"

顾纤云侧过脸，惊讶道："又是你。"

正是昨晚在房中见到的叶俊磊，对方嘘了一声，又小声道："此地不宜久留，跟我来。"

顾纤云见他神情紧张，想必也知道自己这么一闹，必然引起不小事端，于是便哼了一声跟着叶俊磊而去。

顾纤云匆匆随着叶俊磊走出醉仙居，这才发现四下里挤满了围观之人，而且密密麻麻中竟然看到不少武当、少林打扮装束之人，顾纤云虽然怒意犹在，但毕竟叶俊磊来得及时，否则自己现在恐怕已经陷入围困当中。

叶俊磊带她出了洛阳城，一直朝着城郊走去，顾纤云憋着一肚子的气，正愁没地方发泄，烈日照在脸上，本来就红红的脸顿时滚烫滚烫："喂，你带我去哪里！"叶俊磊手持长剑，衣诀飘动："这么好的天气，最适合外出郊游了不是吗？"顾纤云愣在当场，抬头看了看天空："这叫好天气？"叶俊磊回眸笑道："难道还有比阳光普照更好的天气吗？"

顾纤云吁了口气，越来越觉得眼前这个年轻人古怪，她本来也是喜欢踏春郊游之人，但心里除了以谢传恨为伴，根本容不下他人，眼见得叶俊磊满脸春光，欣喜之色跃然于前，虽然不忍阻拦，却又实在忍不住："到底去哪里，不说我不走了！"

"不怕，我在前面备了马。"

顾纤云涨红了脸："你……"其实她此刻是不知该往何处去，否则以她来去自如的性子哪里这么容易跟在一个陌生人背后。又走了约莫一盏茶时分，果然在前面林子里停着一匹骏马，顾纤云不知道对方葫芦里卖的什么药，眼见得叶俊磊转过头一脸憨笑，她皱起眉头问："干吗！"

叶俊磊满是欣喜："策马奔腾，踏足红尘！"

顾纤云冷冷笑道："你倒是很有闲情逸致。"她言语直爽，以她如今心情，哪有心思勒马奔驰。叶俊磊又好似悬崖上的蔓藤，不屈不挠，似乎一定要顾纤云答应为止："若非是你，我也没那个心情出来郊游，既然彼此本都没有心思，何不凑合一起，到处逛逛呢！"

顾纤云自诩语出惊人，但自从见过叶俊磊之后，却觉得自己常常被他弄得无话可说，俩人僵持了许久，顾纤云才故意转口道："两个人一匹马，这不好吧。"她走上前去轻轻摸了摸马儿，叶俊磊微微笑道："想不到堂堂天阴教圣姑顾纤云，也会为了这番繁文缛节而牵制。"顾纤云拗口道："呸。"她哼了一声然后翻身上马，叶俊磊刚想坐上马匹，却被顾纤云长剑逼下，叶俊磊哭笑不得："干吗？"

顾纤云长剑不离其身，淡淡问道："先说，去哪。"

"你愿意去哪？"

"洛阳我没来过，不知道。"顾纤云倒也豪爽。

叶俊磊咧嘴笑道："其实俊磊一直有个愿望，希望纤云你一同随往。"

顾纤云"哦"了一声，将音调拉得老长："你先说来听听。"

叶俊磊绕过芳草，在树荫下凝望碧空，这才悠悠道："你我去年今日在江南一遇，烟雨楼前一见难忘，此时夏末已至，俊磊希望和纤云你自大运河南下，再往江南游历一番，你以为如何？"

顾纤云呵呵大笑，叶俊磊本以为她爽快答应，没想到顾纤云忽然正色道："你既然这么关注我，也该知道，天下的男人，除了谢传恨，我没有一个是看得上的！"此言说得虽然严厉，但倒也语出真实，叶俊磊表情淡定，悠悠言道："那是因为九年来你身边只有一个谢传恨，你若给我九个月时间，我定会有办法打动你的芳心。"

顾纤云冷冷道："你倒想的好，为了一个不成文的约定，便想我陪你九个月？"

叶俊磊颔首道："纤云若是愿意，哪怕九十年我也愿意陪伴在你左右。"

顾纤云收了长剑，气得说不出话来："那……那也不能这么说啊，人家心里现在只有谢传恨嘛。"

叶俊磊点头道："那既然如此，你可以把我当成谢传恨，等到你对我有所感觉，再另行决定这不成了！"

顾纤云道："你也当真好笑，那若是旅途之上你想你娘亲，难不成也把我当成你娘了！"

叶俊磊直言笑道："那倒也不是不可以，只是我娘会哄我笑，哄我睡觉，你可以吗？"

顾纤云再也忍不住，扑哧一声趴在马背上大笑出来，这在她看来再寻常不过的喜悦，却再一次让眼前这个王孙贵族神魂颠倒，漫天烈日仿佛因此瞬间变成一缕轻烟，深秋那种令人迷情醉梦的轻烟。

过了良久顾纤云才挤着眼泪捂着嘴笑道："你还真是个孩子。"叶俊磊心中一甜，问道："怎么样，我可以上马了吗？"

顾纤云寻思无法回绝，一时竟回归原话，打算就此耍赖："那我要是不想去江南呢？"

"不想去江南……那你想去哪里？"

顾纤云轻轻勒起马缰，然后脚下一踢，那马儿一吃疼，嘶鸣一声竟然想着前路冲出，瞬间之间便跃出好几丈，顾纤云眼见得甩开叶俊磊，得意笑道："再见了。"叶俊磊脸色骤变，上前欲拦，马儿却已经去得好快。

# 第九章
# 醉生梦死

    要知阴山地处漠北之地，顾纤云从小于此长大，草原骑术自然十分厉害，这策马奔腾，眼见得已经出了一片树林，沿着河畔渐渐远去。她寻思叶俊磊追赶不下，这才渐渐缓步而行，过了许久，不知道何时从河面上轻轻飘过一艘游船，端的是金碧辉煌，在阳光下极为亮丽，显然是王孙贵族游览观赏所用，顾纤云待在当场，鼓着脸像是生气模样。

    叶俊磊一缕白衣，站在船头上问道："怎么？想跟我玩捉迷藏？"

    顾纤云狠狠道："没那心思。"

    "那就上船吧。"

    顾纤云无可奈何，本来骑得已经够快，哪想到这看似文弱的书生叶俊磊早已经在此等候，如此轻功几乎可媲美那来无影去无踪的无踪神君。顾纤云像是一脸沮丧，乖乖得走上船头，看着叶俊磊得意之状，忍不住问道："你轻功怎么那么厉害？"

    "你想学吗？我可以教你？"

    "教我干什么？追女孩子？"顾纤云啐了一口："我只是好奇，武当那几个老头似乎都不如你呀。"

    "我说过我是俗家弟子了，武当只教我皮毛，其他的功夫我是另有师承。"他解释之时，招呼顾纤云走进船舱，本来这艘龙舟外表已经装束华丽，而船舱当中更是打扮得有如天上人间，但凡桌椅垂帘无一不是天下珍贵之物，单单以铺在地上的红毯而言，乃是经丝绸之路进贡的波斯毛毯，其他熏香美酒更是让人醉迷生死。

好在顾纤云对世间权利看得甚轻，对此仅仅只是一句轻描淡写："这里倒弄得漂亮。"

"喜欢吗？"叶俊磊坐入席间，为眼前的杯子斟满酒，他端起一杯，微微笑道："尝尝。"

顾纤云白了一眼："我不喝酒。"

"那我给你倒茶。"

顾纤云急道："算了算了……还是喝酒吧。"她端起杯子胡乱饮下，本来她对品酒不甚了解，但酒香浓烈，下入腹中有种清爽之意。

"这是……葡萄酒？"

叶俊磊点头："凉州葡萄酒，冠绝天下，最适合这炎热午后饮用了。"

顾纤云有些惊讶："凉州距离洛阳何止千里，你竟然……等等。"她用舌头轻轻感触着酒中一股清凉之意："你……这酒是冰镇过的？"

"不错。"

"可这天气！"

冰镇葡萄酒，本来乃是盛夏之时的极品美味，但这炎炎夏日，这龙舟之上又怎么可能保持其冰凉温度？

叶俊磊放下杯子，轻轻伸出手来，一张修长的手心本来毫无异样，直到顾纤云眼睛盯着许久，才见到他手心上竟升腾起阵阵苍凉之气，顾纤云瞪大了眼睛，犹如看戏法一样激动："这是……寒冰真气！"

原来叶俊磊方才在倒酒之时，就是用内力催发这寒冰真气以此将杯中的葡萄酒冷化，此技虽然传神，但数十年来似乎早已经失传，眼前这年纪轻轻的男子竟会如此神技，当真是不容小觑了。

酒过三巡，顾纤云渐渐有了些醉意，这冰镇的葡萄酒虽然美味，却哪里知道竟会如此容易发醉，一股浓浓的嫣红裹在她的脸上，越显得娇可动人。虽然此刻脑子有点昏沉，但好在意识还算清醒，她问叶俊磊："我问你，为什么一定要我陪你下江南？"

"我已经说得很清楚，纤云你还不明白？"

顾纤云心思缜密，此刻听完他的解释，狠狠道："你若不说实话，莫说江南，即便一刻我也不再和你共处了。"见状就要起身离去，叶俊磊果然吓得不轻，赶紧拦住她："好好好，我说实话就是了。"

"说。"顾纤云红透的脸像是林中成熟的果实，可爱中透出点点迷人。

纤云劫

叶俊磊轻轻叹了口气："世人都说顾纤云是天下间最难骗最难哄的女人，现在看来倒是一点都不假。"

顾纤云娇笑道："难哄倒是真的，但我未必难骗。"

"你真想知道？"

"想。"

叶俊磊一口气连续喝下三杯酒，顾纤云与他虽然相识不久，但叶俊磊总算也是一个直言不讳之人，此刻竟然如此扭捏犹豫，看来当中果真有什么不可告人之事。

"因为……我不想让你见到谢传恨！"

话音一落，顾纤云几乎要跳了起来："传恨来洛阳找我了是不是？你故意拖住我，就是不让我见他？"

叶俊磊淡淡道："你一定是以为如果我让你见到谢传恨，你就会离开我是不是？你就不想听我解释？"

顾纤云稍作镇定："你说！"

叶俊磊神情沉重，嘴角掠过一丝冷酷："我不想让你见谢传恨，倒不是因为怕你就此离开，而是既然已经打算跟着你，我是怕自己与谢传恨见面后会兵戎相见。"

"你……"顾纤云惊讶道："你要和传恨动手？为了我？"

"不全是。"叶俊磊站起身子，望着氤氲升起，此刻就像是笼罩在他的脸上，让人无法捉摸："就算不因为你，我和谢传恨一战也注定难以避免。"

"为什么！"顾纤云急得几乎要哭了出来，要知道谢传恨的剑术天下皆知，但就单单以叶俊磊连续施展奇技而言，恐怕俩人相斗终于一伤。

"很简单，家仇国恨，我跟谢传恨誓不两立。"叶俊磊的脸不再柔情，取而代之的似如冰川一样的冷漠无情，再也找不回之前的感觉。

顾纤云轻轻靠在船舱边，颤抖着身子，眼前的这个几乎对自己千依百顺的年轻男子，此刻竟然变得如此可怕！

顾纤云不知道叶俊磊与谢传恨到底有什么深仇大恨，甚至联系到家仇国恨，但唯一一点她可以肯定，叶俊磊口中与谢传恨的一战，看来是在所难免。虽说如此，叶俊磊还算是体贴顾纤云，未免她见到俩人相斗，所以才千方百计要将她带出洛阳，但顾纤云人虽在此，心却早已经飞到洛阳中去，自然一刻也坐不住。

顾纤云轻轻问道："是不是我一回洛阳，你就马上回去会和传恨交手？"

"是！"这一个"是"字说得铿锵有力，毫无退让。顾纤云咬着唇，急道："为什么！"

叶俊磊摇头道："宿命，谢家和叶家的仇恨，必须要在他和我之间有一个了断。"

"那……那你可以告诉我……你们两家到底有什么仇恨吗？"顾纤云此刻卑微得竟像是一个羸弱的躯体，无力得坐在地上。叶俊磊摇头："我不知道。"顾纤云无语。叶俊磊又道："从我懂事以来，我唯独明白的事，就是不能与谢家的人往来，甚至将来见面要不惜一切代价将对方杀死。"

"为什么……为什么……为什么……"顾纤云几乎要哭了出来，她本不是一个喜欢穷追之人，今天却因为谢传恨与叶俊磊之事如此反常，这倒也难怪，谢传恨是她最爱的人，而叶俊磊又是最爱自己的人，假如真的到了那么一天，无论结果如何，都不是一件令人可以接受之事。

"你没必要问为什么，因为假如今天站在这里的是谢传恨，他也一样会说出这样的话。这就是宿命，谢家和叶家的子孙，从一开始就注定不能共世。"他叹了口气，遥望着天边漂浮不定的云彩，此刻也像是自己的心。

顾纤云无力的坐在地上，双手轻轻掩着脸，要是当初彼此没有卷入这无边的事端该有多好。今日之事，看来不仅自己深陷囹圄，连谢传恨也绝对满是困扰。也不知道什么时候，叶俊磊轻轻坐在顾纤云的身边，用手轻轻摸了摸她的头发："纤云……你若是愿意跟我在一起，我可以陪你隐居避世，一切仇恨我都可以不顾！"

这句话说得让人有种莫名感动，就算身边的人不是谢传恨，依然可以打动顾纤云的芳心，只是心里存在的身影实在是根深蒂固，除了谢传恨，根本容不下他人。

顾纤云温顺得像一只刚刚脱困的绵羊，这种感觉简直是我见犹怜，叶俊磊一颗心几乎要跳到嗓子眼上，摸着顾纤云头发的手轻轻滑落下来，刚想触及顾纤云的脸，没想到她迅速转过身子以此回绝。

她擦着眼眶，此刻虽然恨不得立马就返回洛阳，但如此无异于触发俩人的生死搏斗，要自己长时间陪在叶俊磊身边而不能去见自己的爱人，何尝不是一种折磨。

又是一轮明月，干净透明，碧波之上荡漾着离人的思乡之情，这一晚叶俊磊送来许多月饼，以及各式甜点，顾纤云眨了眨眼睛："今天是中秋？"叶俊磊微微点头，对着盘里的点心道："尝尝，吐鲁番人进贡的。"顾纤云轻轻拾起一块月饼送入口中。其实中秋一词最早见于《周礼》一书，自古帝王就有春天祭日，秋天祭月之礼制，民间赏月团圆之风渐渐兴起，一直到了唐朝才定为共庆佳节。月饼始于唐初，本为军队祝捷之物，唐高祖年间，大将军李靖征讨匈奴得胜，八月十五归来，当时藩镇进贡月饼，高祖李渊接过饼盒，取出月饼，笑望当空明月："应将圆饼邀蟾蜍。"言罢将月饼分与众人共食，从那时起，中国便有中秋吃月饼之习俗。

顾纤云这几年游历天下，品尝过的美食不在少数，但这种吐鲁番进贡的月饼还当真未曾吃过，吐鲁番四季炎热，盛产哈密瓜、葡萄等物，这月饼馅便是以吐鲁番特产水果精心制成，若非朝中王权贵族，普通人家怎么可能品尝到如此美味！

"味道如何？"叶俊磊端着盘子，望着顾纤云憨厚吃相，不禁有些发笑。后者咀嚼着果馅，漫不经心："还不错。"顿了顿："你不吃吗？"

叶俊磊坐在放下盘子坐在船头，白衣倒影，水中明晃晃得倒还真像一代诗仙李白，他望着明月，心中若有所思："我不爱吃甜食。"

眼见得十五圆月如此美丽，此刻又有佳人做伴，此情此景当真比任何事都开心。顾纤云吃了点心，叶俊磊忍不住发声叹息道："满月飞明镜，归心折大刀。转蓬行地远，攀桂仰天高。水路疑霜雪，林栖见羽毛。此时瞻白兔，直欲数秋毫。"言语豪迈，但豪迈当中却又隐隐透出一股凄凉悲壮之意。顾纤云皱着眉头问道："今天这么好的日子，你何必要念这么悲苦的诗呢？"忽然想到今日月圆团圆，洛阳城便在左近，真不知谢传恨如今在做些什么。

叶俊磊所吟诵的乃是本朝诗人杜甫的《八月十五夜月》，作于诗人避难西蜀之时，以天边明月之色衬托自己心中思乡的无尽悲凉之意。叶俊磊发声叹了口气："其实思乡恋家的，天下间又何止杜甫一人。"

顾纤云疑问道："难不成你也是背井离乡之人？"想想他的见地出入，简直就是王孙贵族之人，又怎可能是背井离乡。叶俊磊摇头："我爹官拜当朝吏部尚书，曾祖父曾任镇远大将军，当年随汾阳王郭子仪平定安史之乱，七年叛乱之中建功立业，所以我们叶家自玄宗复位以来，一直官拜朝臣，封居洛阳。"顾纤云本猜到叶俊磊祖上必是赫赫有名之辈，却不知道当年竟会有如此过往，郭子仪乃一代名将，当初安史之乱爆发，朝野震惊，中原混乱，唐玄宗偕同后宫美眷逃往川中避难，大唐皇朝岌岌可危，便是郭子仪与李光弼等人奋勇平寇，七年浴血，才将战乱平定，而当初有功之人均被加官晋爵，叶俊磊的曾祖父便是立了战功，是以叶家数代荣华！虽说如今大唐不复当年繁华，但所谓百足之虫死而不僵，叶俊磊之父贵为本朝吏部尚书，当真还是位高权重，不容小视。

叶俊磊子凭父贵，自然天生的贵族之气，但他生来性格温和善良，丝毫未有王孙贵族之凌厉之气，当初独自一人乔装书生下江南游览，不期便是遇到了顾纤云，整整一年，令他难以忘怀。

这八月十五，两个似如素不相识的年轻人坐在船头，对月畅谈，不知不觉已经到了夜深人静，船舶在河面上晃晃游荡，船舱之中一片温纯馨香之气。叶俊磊站在氤氲当中，望着熟睡的顾纤云，此情此景，如此妆容，天下没有人能够按捺得住，更何况是叶俊磊，一个对顾纤云爱得如此痴狂之人。

他俯下身子，轻轻凝望着眼前这张脸，世间情爱当真是奇妙无比，叶俊磊家世显赫，身边红粉无数，以他权位，自然要风得风、要雨得雨，但二十年来能让他如此痴迷的，竟是仅仅的一面之缘。

顾纤云睡得正香，恰如此刻船舱内的温度，恰到好处，灯火微明，顾纤云就像一个尚在襁褓的孩子，静静沉睡着。叶俊磊就这么呆呆地坐在床头，用手撑着脸，仿佛沉醉在一股浓浓的怡人当中。而当烛火熄灭之时，一种长久的欲望像是不知何来的手，轻轻伸进他的心里，促使他内心深处一股狂野的冲动突破理性而得以放肆。

黑暗中，顾纤云忽然感觉到冰冷的脸颊上有一只温热的手滑过，带着煽情，带着温柔，她有些颤抖，有些想回避，但她却没有，她几乎是含着眼泪默默的让这只双在自己脸颊上肆意妄为。风透过帘子吹了进来，外面已经没有了光芒，河面上静悄悄的，顾纤云用手紧紧勒紧自己的胸口，像是畏惧着黑暗。

当她感觉到脸上被一股炽热深深吻下去，她才小声地哭了出来："传恨……"叶俊磊的嘴停留在半空，彼此的喘息声并未了一道未解的茫然之情，他迟疑了很久，他爱顾纤云，甚至可以为了她放弃一切，当然他也希望顾纤云爱自己，但绝对不是把自己当成谢传恨。他想起身离开，但是手臂已经紧紧被顾纤云抱住，没等他反应，顾纤云已经投入他的怀中哭了出来："传恨……别离开我……你要什么我都愿意给你……"

顾纤云的哭声，当真令这个本是月圆团圆的夜晚，一切都在瞬间化为灰烬！叶俊磊紧紧握着拳头，虽然在黑暗中，他还是选择闭上了眼睛。顾纤云喊着谢传恨的名字却投入自己的怀中，这对他而言，是莫大的侮辱。但是面对着佳人在怀，而且这么一个温柔多情的夜晚，他又怎么能把持身上的欲火！

他疯狂得将顾纤云压在身下，然后疯狂得吻着顾纤云的脸、唇，甚至到了曾经连谢传恨都不得逾越的身体，顾纤云只是含着眼泪，口中一直叫着谢传恨的名字。没有言语可以描述那一晚的疯狂与躁动，因为世间的一切美妙都完全因此而凋零而淡忘。

顾纤云把自己的身体献给了叶俊磊，一个最爱她但却未必是自己爱的男人，一个只有一面之缘，却似如胜过九载日夜相伴的男人。世间的情爱，当真是说不清楚！

# 第十章

## 祸起萧墙

　　一夜沉睡，醒来之时日已当空，烈日虽无情肆虐大地，却照不进这温柔乡当中。船舱里依然残留着昨夜的阵阵迷情，淡淡氤氲还飘摇在身边，叶俊磊从梦中惊醒，却是一阵霹雳，他睁开眼睛大叫："纤云……"他裸露着身子此刻暴露在空气中，坐起身子的那一刻几乎是扫过硕大的船舱，可却没有了顾纤云的身影，这一惊好似魂飞魄散。

　　"纤云哪去了？回洛阳找谢传恨？一夜醒来发现昨晚的人是我，想不开自尽？"短短一瞬间，脑子里浮现无数遐想，他捂着如同千斤重的头，昏昏沉沉，终于还是赶紧穿好衣裳，便在冲出船舱的那一刻，他发现残留凌乱的桌上，轻轻放着一张纸，纸上只写了几句话。

　　"望夫处，江悠悠。化为石，不回头！山头日日风复雨，行人归来石应语。"旁边轻放着一缕轻纱，正是顾纤云衣裳上的一角，叶俊磊轻轻拾起轻纱，放入鼻尖，这一切分明就是昨晚彼此依偎的味道，而此刻，他却红了眼睛对着苍天怒吼，像是对苍穹发泄着心中一切的不满。

　　"谢传恨……谢传恨……"他疯了似的踢开桌子，拔出长剑肆意挥舞，原本金装锦华的一切尽数碎裂在剑气之下，满地狼藉，面目全非，他披着长发，像是入魔发狂。

　　"谢……传……恨……"他狠狠咬着这一个一个字，恨不得立马便要将谢传恨活活撕裂，而当他想起顾纤云的身影时，心中就像是被万箭穿心，痛得无法忍受！

　　顾纤云一个人离开，离开之时天色还未曾明亮，船舱里虽然一片朦胧，但是她却清楚地看到身旁躺着的人，她哭红着眼穿好了衣裳，含着泪写下了几句遗言，然后撕下衣裳上的一块布，以此告别叶俊磊，这几日来一直在船上待着，叶俊磊几乎寸步不离，一夜的缠绵，显然还是不能让顾纤云真正爱上他。顾纤云很清楚地明白，再如此勉强下去，彼此都将受到伤害。

已经离洛阳城很远，她不知身在何处，更不知道洛阳所在方向，她只能紧紧握着佩剑，边擦着眼泪，边跟跄在微冷的清晨。

顾纤云决定要去洛阳找谢传恨，无论他日如何面对三者关系，她都誓死决定与谢传恨不离不弃！但人偏偏在伤心欲绝之下，所想之事最是不能如愿！光芒之下，仿佛已经有无数目光死死盯着自己，顾纤云衣裳单薄，像是孤身浪迹着天涯，她止住泪水紧紧咬着唇，凝望着眼前的一切。

四下里不止有十多人对她虎视眈眈，青衫红衣各有不同，顾纤云此刻强作镇定，这才回想到那晚洛阳城中叶俊磊对自己所言一切，想必是顾萱为逼自己早日前去五台山，所以假借自己之手屠戮江湖，以此遭来各大门派追杀，当初便是由此，自己和叶俊磊才有一段激情邂逅，而此刻，面对如此凶险，一切都已成炊。

顾纤云脾气向来偏执，天下间除了谢传恨，几乎无人可以驾驭，更何况此刻她满怀痛惜，好似一肚子难过无处发泄，望着面前几个挡住自己去路之人，她紧握佩剑，冷冷道：“滚开。”

挡住她去路的乃是几个身材高瘦武僧，手中兵刃各有不一，单手置胸，双目炯炯有神，就如石像一般寸步不动，顾纤云早已看出来者不善，但此刻若是动起手来，想必自己占不到半分便宜。眼前几个正是少林派的高手，从旁的便是昆仑、崆峒等派弟子，只见诸人手持兵器，精神非常，无一不是如临大敌。若非当初叶俊磊好心提点，顾纤云此刻也不知这突如其来之事。

少林派中间那高个子武僧，一手拄着一把降魔棍，上前半步微微笑道：“女施主，你可让我们找得好辛苦。”

顾纤云口无遮拦，冷冷道：“本姑娘听说过世间百态无数，可还从未听说过一群和尚找女人的，找我有何事？”

那武僧吃了个亏，他平时在少林寺，除了吃斋念佛，便是满口的戒律森严，论到口齿伶俐，怎可能是顾纤云的对手。他身旁一个稍矮的僧人上前怒道："好一个大胆妖女，祸乱中原，此刻死到临头，还如此嘴硬！"

顾纤云此生不怕别人对自己坏，就怕别人对自己好，他人若是骂得自己越凶，她反而越是不以为然："怎么？我如何祸乱中原了？是让你们少林寺一夜成了飘香院，还是你们这几个秃顶和尚神魂颠倒？"

那武僧看来也是脾气极为暴躁之人，当初他未入少林之时，乃是市井之辈，有关污言秽语听得不在少数，此刻被顾纤云气得，浑然不顾身份，竟然破口骂道："该死的……"

原先那高个武僧顿时变脸正色道："无济师弟。"这么一喝声，那无济才赶紧收口，只是双眼如电，狠狠盯着顾纤云。顾纤云却是一脸憨笑，好似对眼前的一切凶险浑然不在意。

那高个子武僧法号无相，在少林中地位颇高，此刻想必也是各派前来追拿顾纤云之领头之人，他一阵躬身，接着又道："顾施主，八月初二到初六那几日，敢问施主人在何处？"

顾纤云记忆如飞，那几日她刚从沂州城出界，在前往洛阳路上，虽然她明知对方所问何意，但她偏偏不肯配合，当下捋着长发漫不经心道："我一个姑娘家在哪里，你们少林也要管？"

无相尚未开口，一名黄裳崆峒弟子便以剑指道："妖女，休要如此故弄玄虚。我崆峒派一十二条人命，岂容你一句胡言便此盖过？"

顾纤云默默冷笑，那崆峒弟子以为她心虚理亏，越加底气十足："如今武当、崆峒、华山、昆仑四派齐聚嵩山少林，便是要活捉你这妖女，以此诛戮魔教。"说得何等气魄，各派弟子均是精神一振，九年之前阴山大战，当中只有几个年长之人曾经参与，以正派弟子而言，能够挥剑斩妖除魔乃是毕生所愿，如今天阴教复出，顾纤云便在眼前，在场众人无一不想先将她捉拿以此立下头功。

顾纤云无言以对，九年前一切仇恨万万想不到在今日又会重新复发，她直到如今才明白，就算没有旁人扰乱乾坤，各派弟子也誓必捉拿自己，以此振奋人心。既然无话可说，唯有拼死逃出，她冷冷撇过众人，在场之人约莫四十来个，想必都是派中精练之人，以顾纤云一人之力若要杀出重围并非难事，怕只怕附近还有其他弟子暗中埋伏。

无相行事稳重，当下一脸微笑道："女施主请随我们上少林一趟，若是当中有所误会，少林自然不会为难施主。"

顾纤云一脸不屑："好一个不会为难，你少林不为难，其他门派呢？少跟我假仁假义。"

无相身旁一个精瘦和尚冷冷道："既然如此，贫僧只有得罪了。"但见他话音一落，灰色僧袍顺着一道亮银洒落下来，这武僧法号无觉，乃少林戒律院弟子，戒律院乃少林严刑执法之所，当中弟子向来喜怒不形于色，如此行色严厉。他手中一把银棍，瞬间扫出，发出呼呼之声。顾纤云见来势极快，她素知少林乃武林泰山北斗，门下弟子自然不容小觑，如今奉了本派之命前来捉拿自己，来者更是厉害非常，便在此时她右手一扬，长剑脱鞘，半空之中如一道闪电劈落下来，无觉银棍已至，伴着一声大喝打向顾纤云肩膀，竟是用了十分之力，顾纤云暗骂一声，舞剑绕空，双器交触，发出锐利之声，顾纤云借着来势身形如燕，朝着河岸退开一丈。

无觉脚下刚稳，心中不禁一颤，自己深处戒律院十多年，以为内功外功有所大成，银棍在手竟然让一个娇弱女子如此任意脱离。其后数名师兄弟看着不说，旁边更是有各派弟子翘首观望，倘若自己拿不下这妖女，少林寺威名何在？

寻思如此，提足了精神，银棍在手连劈带扫，竟是将少林绝学"降魔棍法"施展开来，少林武学讲究刚猛之道，一招一式无不是饱含极为欲破之力，这降魔棍法本是少林弟子初学之技，但这无觉在派中修习十多年，自然将这套棍法练得精妙绝伦。顾纤云虽然贵为天阴教圣姑，年幼之时在阴山上学的武功也不在少数，但这几年来与谢传恨在一起，极少与人动手，乍一出手，还是着实不容小觑。

眨眼间无觉银棍回荡，斜刺里一阵霹雳，于半路又迂回横扫，如此连续三次变化，使得正是降魔棍法中的"钟馗舞剑"，钟馗乃民间捉鬼神人，向来刚正不阿，待人正直，这招"钟馗舞剑"既然以此为名，自然用上了少林嫡传的内功，以显其名。尚未出招，一缕猛烈气势已然腾空而出，顾纤云长发飘然，眼见得对方攻势已至，而且满身经络中竟然透出阵阵极为刚猛之气，这股莫名力道也不禁让一向高傲的顾纤云为之震惊，耳边如同一阵大风袭来，银棍所至，飞沙走石。顾纤云知晓若是以手中长剑抵抗，一来剑不如银棍刚强，二来自己内力较之少林高僧大有不足，于是恨恨一下勾起一道剑花，手起剑落长影飞空，无觉眼见对方退却，一声呵斥："哪里走。"声如雷鸣，四下里打了一个霹雳，顾纤云不予理会，从旁闪开，忽然面前一阵闪动，不知从何而来的几名崆峒弟子挥剑拦住去路，之前那气势汹汹之人怒骂道："妖女哪里走。"

顾纤云哪里受得了左一句妖女，右一句妖女，心中一横，以剑指空，刺向对方面门，那崆峒弟子名叫米为义，在派中虽然辈分不高，但入门长久，功夫倒也不弱。顾纤云下来得突如其来，米为义挡在最先，慌忙之际举剑护住面门，顾纤云以侧滑落三尺，剑尖随之摇动，便在这咫尺之间已然重重划过对方脸颊，瞬间一股鲜血涌了出来，洒落一地。米为义"哎呦"一声，从旁三名弟子脸色骤变，唯恐顾纤云趁势刺杀，赶紧上前一共向她砍去，顾纤云腾空起步，长剑如同一条银色绫带顺着她轻盈的身躯飞散开来，漫天剑花纷纷洒落，三名崆峒弟子无不为之惊讶，顾纤云此招用得竟是红叶神君遁甲之术中的"欲盖弥彰。"在天阴教七大护法神君中，红叶神君武功最弱，但其人最为精练，以遁甲之术不仅欲行无阻，而且料敌先行，这"欲盖弥彰"有攻有守，端的是江湖上极为厉害之技。

本来顾纤云不使此技还好，一经使出，昆仑几个年长之人瞬间上前骂道："红叶妖女……"他们当年参与阴山决战，自然吃过红叶神君的苦头，此刻见顾纤云使出，好比久愈伤口又被人揭开，一时按捺不住，为首一个白须老者呵斥道："昆仑弟子听命，捉拿妖女，违抗者立诛当场。"竟是下了弑杀顾纤云之令，其后七名弟子一起上前，追随这白须老者杀入战圈。

无相本为此次行动主要领头，奉了少林几位师尊之命要将顾纤云活捉回去，但眼见得崆峒、昆仑两派弟子欲杀顾纤云，倘若她当真毙命于此，他该如何回少林交代，如若两派弟子有所损伤，又无法顾全同盟之义，一时竟不知如何是好。

就在此时，无相身旁的一名年轻僧人赶紧上前道："无相师兄，再不动手，只怕双方……"无相皱眉道："我又如何不知，只是眼下双方斗得正紧，顾纤云和各派弟子若有闪失，都无法向方丈师伯交代，这该如何是好。"那年轻僧人法号无悦，虽然年纪轻轻，但看来脑子却是灵光，他以手合十道："师兄原来在担心这个，只需师兄下令，我少林弟子将顾纤云降服，各派弟子自然不敢再加伤害于她。"他此言一出，无相显得异常觉悟："是了。"顿时正色道："无济、无痛、无休、无悦、无觉五位师弟，切记只为捉拿顾纤云，不得伤其性命。"说完挥动手中一把铁铲，当先杀入战圈，原先那无觉只在一旁，眼见得师兄下令，顿时又舞动银棍跃入其中。

此时崆峒、昆仑两派弟子已经将顾纤云团团围住，虽然来者不及天下一二流高手，但玄门正派的剑阵之道却着实厉害，进退有度，此刻又同仇敌忾，顾纤云就如一只断翼雀鸟，在这无数银光中左右退让。原先米为义被顾纤云所伤，一肚子火气，此刻见顾纤云左右不得逃脱，一时得意叫道："妖女，快快弃剑投降，饶你一个全尸。"

顾纤云听风辨物，"唰唰唰"三剑架开左侧昆仑弟子的攻势，一时反守为攻，刺向右侧一名崆峒弟子，她占着身形轻巧，而且精通多门武学，本以为可以轻巧逃脱今日危机，但这十几人一起围攻，力量却远非她所想象，此刻听到米为义如此之言，心里如何不气，但她深知情绪一旦激动，那严冰之毒就如附骨之蛆侵入骨髓，若是如此，非但自己无法逃脱，便是被这无数剑光立毙当场也大有可能，于是只能咬着唇，努力凝神，势若无物。

米为义见她攻势不退反进，一时倒也惊讶无比，寻思道："江湖人都传言九年来都无人敢触犯顾纤云，那是因为有谢传恨从旁护佑，可如今看来，单凭顾纤云一人之力，也着实不可小觑啊。"他尚不知谢传恨已经与顾纤云分别多时，想到谢传恨，一时大叫道："大伙一起上，杀了这妖女，不可等到谢传恨归来。"顾纤云耳边回荡谢传恨三字，脚下一滑，眼见得一剑就从胸口刺了过来，她情绪波动，稍作分身欲要挥剑抵挡已然不可能。便在这一剑刺来之时，她已经分明感觉到背后无数凉意，电闪火光，她脚下轻动，身形如同轻烟退却半分，便是这短短半分，恰好将来势一剑架空，但经此一遇，还是吓得一身冷汗。

她怒视诸人，恶狠狠道："传恨若是在此，你们能挡住他一招吗？"此言并非危言耸听，以谢传恨之剑术无敌，此刻若是见到自己心爱之人被一群名门弟子如此围攻，后果自然可以想象。

米为义听闻此言，感觉身后都是凉飕之意，好似谢传恨那传神剑法随时都有可能逼近。便在此时，五位少林弟子已然加入战圈，本来以昆仑、崆峒弟子之剑阵尚且无法将顾纤云逼入防守之地，但这五位少林弟子一入战圈，情势就大有变化，少林弟子自然远非昆仑、崆峒可比。顾纤云冷冷笑了一声，丝毫未有畏惧之色："少林自诩天下第一大派，此刻还不是无耻到以众凌寡。"说得极为不屑，斜刺里一剑，正是仿照了亦絮神君的游魂之锁刺向无相。

少林弟子一言不语，无相挺起铁铲"砰"的一声架开顾纤云一剑，无济、无休手中的降魔棍便分从左右两侧打向顾纤云双臂，顾纤云无可奈何，只能硬生生收了攻势，此刻她已经累得筋疲力尽，香汗淋漓，面对如今一场决战，她心中竟毫无一点畏惧之意，只是想到自己一死，再也无法与谢传恨相见，未免有些遗憾。本来以少林、昆仑、崆峒三派弟子尽数围攻顾纤云，她是无论如何也无法逃脱，但少林寺意旨活捉顾纤云，此刻倒也未曾用尽全力，非但如此，还时有将同伴杀机尽数卸去。

米为义瞧见端倪，顿时惊讶道："无相大师，这是为何？"

无相退开一步，礼貌道："奉方丈之命活捉顾纤云，任何人不可以伤害于她。"米为义尚未开口，昆仑派一中年汉子却怒道："那是你少林之事，我昆仑派要立诛妖女，与你何干？"他想必是当年受过天阴教凌辱折磨，今日才会如此愤恨。无相尚未回答，无悦当先应道："此次各大门派共聚嵩山以少林为尊，你昆仑若是不听少林号令，大可以自行前去了断。"

那昆仑派汉子虽然恼恨少林处处出手相助顾纤云，但碍于少林武林至尊之名，又怎敢忤逆？

顾纤云本来面无表情，见双方一言一语，此刻忍不住呵呵笑道："当真好笑，又是要杀我，又是要帮我。"她灵机一动，顿时将手中剑招转为处处杀机，丝毫不留一丝防御之地。本来顾纤云出手便是狠辣，而且涵盖天阴教各大高手的成名绝技，如此一来，当中功力稍弱的弟子多有被顾纤云所伤，有的甚至被逼得连连后退，顾纤云此来几乎成为入学之人，一剑既出，门户大开，她料定少林弟子明令在身，自然不敢让人伤害自己，是以如此凶狠。

无相见顾纤云如此嚣张，一时忍无可忍："施主若是再如此妄动，休怪贫僧无礼了。"运起真气，挥掌朝顾纤云腰间打去，但轻纱飘摇，顾纤云身影却已在一丈之外，顾纤云冷冷笑道："少跟我说什么有礼无礼，今日之事，我顾纤云誓必铭记于心，将来重归天阴教，誓必踏平嵩山。"此言说得并非虚假，那无相修养再好，也无法忍受。一声阿弥陀佛，明显带着愤怒之意，几名师弟心中默念，一时再也不加留情，崆峒、昆仑两派弟子此刻已经自觉退出战圈，眼观这少林五大弟子一同围攻顾纤云，如此一来情况又有巨变，之前虽然人多，但毕竟门派有所间隙，而且一招一式无法一统，如今由五个少林嫡传弟子上阵，自然犹若盘龙在世，将顾纤云团团围绕。如此仅仅斗了二十来招，顾纤云就已经力不从心，连连退却，眼见得无相铁铲迎着面门打开，她几乎毫无招架之力，便在此刻她铤而走险身子微翘，从对方臂下穿了过去，无相本来毫无伤人之心，却哪里想到顾纤云会如此走势，未及回头脑后已有一股冰凉之意，急忙之际不敢片刻等候，慌忙使了一招内家功夫"铁板桥"，硬生生躲开一剑。顾纤云娇笑一声，方才一剑几乎轻而无力，实际是用了虚招而已，只见她手心晃动，跟着一道极为细小的银光从她袖里飞了出去，所有人为之一惊，尚未回神，却听到无相一阵惊天动地的惨叫之声，几乎撕碎苍穹，少林弟子离他最近，忽觉一阵鲜血顺着天穹洒落下来，溅在各人胸口，无济大惊失色："退。"当先一股真气排山倒海打开，另外几人一同向后退去，顾纤云只想脱身，此刻对方既退，顿时趁着空隙逃去。

米为义最先从惊慌中惊醒，一阵大喝："追。"跟着招呼两派弟子从后追去，无济、无悦等人赶紧上前查看师兄伤势，此时无相铁铲已然掉地，他单膝跪在地上，一只手掩着左眼，鲜血还在不断望着细缝中流了出来。

直到无悦轻轻将他手拿开，一时如见鬼魅："黑……黑血神针！"

便是这令天下人闻风丧胆的剧毒暗器黑血神针刺进了无相眼中。无济脾气最暴："这死妖女，我跟你拼了。"刚想拿起兵器追去，无休赶紧叫住他："师弟莫追，救无相师兄要紧。"话音颤抖，眼见得无相已经昏死过去，嘴角已经冒出阵阵白沫，显然已到了危急关头，要知这黑血神针是何等毒烈，而且眼珠更是人体最为脆弱之地，直接接连了脑中各处经络，无休虽然强作镇定，但一时也不知道如何是好。

无痛慌忙之下伸手封了无相周身十多处大穴，又取出少林圣药以此稳住毒势不再蔓延，一时赶紧道："无悦师弟，你轻功最快，速速回嵩山将智胜师叔请下山来，然后在洛阳会合。"无悦颤抖着身子一连几个点头："我知道了。"赶紧收了兵器"呼"的一溜烟没了踪迹。

顾纤云以黑血神针重伤无相，那边少林弟子各自忙着救命，这边顾纤云如同惊弓之鸟一路狂奔，也不管前去到底是通往何处。以米为义为首的两派弟子虽然穷追不舍，但毕竟脚下之力远不如顾纤云，过了不久，顾纤云就早已经将众人远远甩在身后。

眼见得没了昆仑、崆峒两派弟子的踪影，顾纤云全身几乎都已经湿透，边上河水清澈，若不是现在乃是亡命之身，她还真打算脱了衣服舒舒服服洗个澡。但她深知如今洛阳城附近高手众多，倘若自己一个不留心便会命入他手，白去了一条命不说，他日引起正邪争斗，自己还要成为千古罪人，其实主要是想到爱人谢传恨，她经历一番苦战，又发足逃脱，早已经筋疲力尽，面对着河面清澈倒影，她几乎不敢相信面前的竟然是自己！

她咬着唇，凝望着水中如今自己的模样，眼泪就一滴一滴滑落下来，这世间对她好的人其实不在少数，譬如红叶神君、谢传恨、叶俊磊，就连那个虽不知心中所想，却面带和蔼的顾萱，以及五台山之上那个神秘之人，都是关心她之人。但她心中除了谢传恨，任谁也无法容得下。

她在河边默默发呆，不知道什么时候身后竟然站着一人，以顾纤云之力来者竟然可以丝毫没有让她察觉，直到她望见水光中还倒映着一人，才慌慌张张的随手抚了抚头发赶紧站了起来。那个人相距并不近，但越是如此，却有种忽近忽远的感觉，白发白须几乎占去了他枯瘦脸颊的大半，一身裹着身体的黑色长袍几乎可以被风轻轻刮起，虽然着装如此神秘，但却是一脸的和蔼，咧着嘴对着顾纤云微笑。

顾纤云却毫无一点微笑之意，如今意图捉拿自己的人不计其数，她深刻明白任何一个微笑背后都有可能暗藏杀机。顾纤云对他对峙良久，见对方不说话，轻轻噘了噘嘴，然后沿着河岸继续赶路。可就是如此，那老者身影却如一阵清风，死死跟在顾纤云身后，起初顾纤云还因为劳累放慢脚步，到了后面感觉到对方未曾离去，于是渐渐加快步伐，如此走了一盏茶时分，那老者身影还是依然紧随。

气得顾纤云回头以剑尖指向对方："你要干什么？"

老者微微一笑，手心轻轻一缕长须："此路所去乃是洛阳城，如今城中潜伏无数，姑娘难道不知？"

顾纤云心中一横："关你什么事？"

老者未曾生气，反而笑得越为憨厚："你顾纤云若是孤身一人倒也罢了，可如今你身兼一个关于天下的秘密，你的生死自然事关天下大事。"

顾纤云身子一阵发颤，在这黄昏过后的余热旷野，她竟然冷如寒霜，她强作镇定微微开口道："你……你是谁……"

老者轻轻道："九年前阴山，你我曾见过面，那时你还只是个绑着辫子的小女娃儿，不认识我了？贫道法号青枫。"

顾纤云耳边听到"青枫"二字，脑子里现实一阵回想，这两个字隐隐约约竟然如此熟悉，再一寻思，这分明就是叶俊磊提到过的，和他有师徒关系的武当长老。再一细细凝望着对方，九年前在阴山上的一切尽数了然，不觉大为激动道："是……是你啊老爷爷……"语气亲切，再无之前那般冷冰恶意，但片刻之后她又面带惊讶，自忖道："原来他是武当长老青枫？"这"老爷爷"称呼乃是当年顾纤云年幼之时所称，如今已到成年，一时激动也就直接喊了出来。青枫道长显得极为高兴："好好好，这么多年了，哈哈。"

当年四大门派围剿阴山，孤月台大战，当真是掀起腥风血雨，顾纤云身为天阴教圣姑本该与圣教誓死同归，可就偏偏不知道为何在临阵之时偷取了天阴教至宝纤云梭以此脱离本教，之后天阴教之所以惨败，一来四大门派有备而来实力太强，二来便是因为顾纤云携宝叛逃，致使全教毫无斗志。也因为如此，如今天阴教才会群起捉拿当年叛教之人，顾纤云也才因为守候着纤云梭当中的一个惊天秘密，一直过着浪迹天涯的生活。

当年顾纤云叛逃出教，临阵之时本是杀机重重，以她一个年弱之人根本不可能独自一人逃离阴山，可偏偏就是眼前的这个青枫道长，当年出于援手将顾纤云带出阴山，从此以后相隔九年，算起来青枫还算是顾纤云的救命恩人，当年若非是他，恐怕早已在阴山死于乱剑之中。只是当时顾纤云根本不敢想象，相救自己的竟会是举全派之力意图剿灭天阴教的武当长老。

时至今日，顾纤云依然无法明白当中之事，只是青枫竟然在她面前提到有关纤云梭的秘密，要知道纤云梭中所藏之事，就连谢传恨都无法得知，这青枫道长又从何知晓，而且如今正邪两道都意图捉拿顾纤云，他忽然出现，难不成又是效仿当年要救自己突出重围？

顾纤云满怀疑问，未等对方开口，当先问道："你……你怎么知道纤云梭的事？"

青枫道长轻轻走上前来，一双沧桑的目光凝望着身边的河流，当真是岁如河流，缓缓逝去，他叹了口气："怎么知道，为什么知道又有什么意义呢？人世间所藏的秘密终究不可能埋藏永恒，你说是吗？"

顾纤云有所震撼，但依然不屈问道："纤云只是好奇而已，当初您老人家出手将纤云救出阴山，纤云一直不敢忘记。只是今日又忽然出现，对纤云提起有关纤云梭之事，倘若换成是您老人家，会不感到疑问吗？"

青枫道长性子洒脱，一捋长须呵呵笑道："不错不错，是老道来得过于唐突了。其实关于纤云梭之事，老道也是从他人口中得知。"

顾纤云脸色一边，正色道："什么人？"

青枫道长道："一个你最不想见到的人。"

顾纤云怔了怔，最终默默冷笑道："一个纤云最不想见的人，哈哈……"笑声难过，好似这一瞬间便化为了无尽的沧海桑田，她颤抖着握着长剑，忽然一甩，长剑划过一丝微光落入河边，发出令人胆寒之声。夕阳已斜，蜡黄色的光芒裹着顾纤云此刻痛苦的脸，一个拥有绝世容颜并且叱咤江湖的少女，此刻竟然变得如此异常。

"我最不想见的人……我最不想见的人。"顾纤云仰天流泪，始终重复着这句话，哭得黄昏都裂成了无数尘埃。

青枫道长悠悠叹道："只是你如今非得去见他不可。"

过了良久，顾纤云才稍微镇定下来，擦着眼泪哽咽问道："为什么？"

"就为了纤云梭当中的秘密。"

顾纤云再度惊讶，身子无力似的退后一步："道长之言，请恕纤云愚昧。"青枫道长摇了摇头，苍老的手在清风中挥了挥："你并非愚昧，只是过于愚蠢。要一个人因为一个秘密而耽误一生的幸福，这难道不是愚蠢？"

这句话说完，顾纤云忽然将九年来的委屈尽数发泄出来，此刻的她已经看不到一点高高在上的尊容，而是一种娇弱的可怜，江湖中人都以为顾纤云游历天下，身兼天下至高秘密，可谁又能明白，她心中的苦与痛。

她顿时对眼前这个年老道长有了莫名的好感，他的一席话并非数落自己，而是一语惊醒梦中人："为了一个秘密而耽误自己的一生幸福，顾纤云当真是愚蠢到了极点。"顾纤云在心中默默记念着这句话，嘴角终于露出一丝笑容："多谢道长明言。"说完拖着长裙，朝青枫跪了下去："求道长明示。"青枫慌忙上前将顾纤云扶起，便在这一瞬间，隐隐约约感觉到顾纤云体内有一股极为霸道凌厉的真气在肆意活动，他轻轻抚着顾纤云的手臂，将自己体内一股真气传入顾纤云身体里，但不到片刻竟被反射回来，幸好他功力深厚，否则自己早已经被震开。

"你……这是严冰之毒的真气！"青枫道长脸带苦涩，既而一连叹息："痴儿啊痴儿，你竟然会去修炼此等内功，你……你……"一连几个"你"字，已然显得极为痛心疾首。顾纤云此刻就像是对一个至亲之人哭诉着心中的一切委屈，青枫道长见她如此哭泣，又是发声长叹："一切因果，都是命中注定啊。"

顾纤云脑中忽然想到一事，此刻也不顾什么，竟将自己与叶俊磊在船舱中合欢之事尽数告知。要知道这严冰之毒属于修炼一种至阴至寒内功所染，虽然发作起来痛不欲生，但可令全身静脉肌肤如同冰霜一般，欲解此毒，只需与男子交合，以阳刚之气化去极寒之气，但她与叶俊磊交欢之后，这严冰之毒却丝毫未曾减弱，也当真是奇怪。

青枫道长听完之后，忽然发声叹息道："天命如此啊。你所染的严冰之毒本来属天下间至阴内力，欲解去此毒，只需以男子阳刚之气破去处子之身就可化解，只是……"说到竟然忍不住停口，前言道理顾纤云早已经知道，只是她始终未曾明白到底是何缘由。青枫道长迟疑了许久才言道："俊磊这孩子年少时修习寒冰真气，十多年来已经深入经脉，恰恰又与你的严冰之毒如出一辙，所以你们俩……咳，这都是命啊。"

顾纤云这才恍然大悟，但是想到这里，不禁全身乏力。她苦苦笑了一声："既是如此，纤云的严冰之毒再也没有化解之望了？"她如今已非处子之身，唯一化解寒毒的方法也尽数消失，想到这里不禁心灰意冷。

青枫跟着摇了摇头："实不相瞒，本来以你所行一切，老道自然该助你化去此等恶毒，只是……"他转过身子，眺望着夕阳之后的最后一点红艳："只是老道苦修一生道法，到头来却无能为力。"说到这里不住叹息，显得极为难过自责。顾纤云虽然多少有些失望，但毕竟感知对方真心实意，强作笑容道："命该如何，道长无须自责。"

青枫好似未曾听见，忽然转头道："不过那个人一定有办法救你。"他话中此人，正是顾纤云最不想见的人。顾纤云淡淡道："九年来，曾经纤云发过誓终生不再见他，可如今，一切好像都注定纤云不见不行。实不相瞒，纤云此次前来中原，正是打算前往五台山。"

青枫顿时喜道："那自然最好了。"顿了顿忽然皱眉道："只不过如今中原之地，各大门派兴兵来犯，你若不嫌弃老道累赘，老道便护送你前去五台山，你以为如何？"

武当青枫名声在江湖上何人不知，便是少林等高僧都要敬他三分，如今竟肯为了顾纤云之事，亲自送她前去五台山，倘若如此，天下又有何人敢对顾纤云不利！顾纤云心存感激，却婉言谢道："道长之意，纤云心领了。只是眼下有件要事要办，实在不劳道长费心！"

青枫顿了顿，猜到了顾纤云心中所想，当下也就微微笑道："既然如此，你自己保重。"

顾纤云忽然想到叶俊磊言道誓必与谢传恨一战，青枫又是叶俊磊师父，当下便将自己所遇叶俊磊之事尽数告知青枫，青枫何等通明，自然晓得爱徒，以及此刻顾纤云心中之事。

顾纤云满脸恳求之意，她盼望眼前这个德高望重的道长能够化解这一场不世斗争。没想到青枫摇了摇头，显得异常淡定："世间之事，自来便有注定，譬如说你顾纤云生来就要身负重任，很多事情并非人力可以为之，俊磊与老道相处时间甚短，但这孩子终究热心好学，以老道师徒相称。而纤云你与谢传恨之情义已经天下盛传，老道知道你心中之意，如今俊磊对你有情，无论两者何人损伤你都必定痛心，只是……"他叹了口气："此事老道也无能为力。"

顾纤云情绪激动，胸口明显感到一阵疼痛，但她紧咬着牙上前追问道："那到底为了什么叶俊磊一定要找传恨比剑？"

"这……"青枫道长凝望着顾纤云，既而微微笑道："天机之事，此刻还不适合言明，而且老道也没那资格对你说明一切，他日时机一到，你自会有所知晓。"言语深邃耐人寻味，只是不知道这所谓的时机一到，是要等到何时何日！

夕阳散尽，又是一轮美丽的黄昏。

顾纤云站在黄昏的影子下，身影单薄，可是她如今的内心，却比人任何人都要强大。青枫道长已经走了很久，但顾纤云依旧看着他远去的方向，他的每一句话似乎都像是上天恩赐给自己的善言。

化解严冰之毒的希望，看来如今只在五台山上，而谢传恨和叶俊磊的一战，就像是日月星河亘古无法改变，只是这一切，到底都是为了什么？难道也和自己身负至宝纤云梭有关？

顾纤云根本没有兴趣去深究纤云梭的事，此刻也更没有时间去了解这一切，她或许知道自己很可能随时毒发，似乎将世间的一切都看得如此清淡，只是有一个人，是在在此之前最想见到的。

这个人，自然就是谢传恨了。

所以顾纤云又回到了洛阳城。

# 第十一章
# 以逸待劳

洛阳城距嵩山少林至多一个时辰路程，以中原腹地之所自然聚集了天下间各方的人士，所有人聚集于此都只有一个目的，无论是要诛戮魔教或是想得到纤云梭，一切的一切都只为了捉拿顾纤云。

而此刻，她竟然敢孤身一人回来，而且在这万家灯火之时大方地走在大街上。她嘴角始终带笑，好似此刻洛阳城中的一切暗藏杀机在她眼里都是美不胜收的景致。她忽然想到一件事，于是绕过大街，好不容易在小巷中找到了一群正在戏耍的孩子，童年之趣便是如此，无论沙石花草都可变为有趣游戏，顾纤云凝望着一群人，心中忽然有些震撼："若是我和他们一样，从小生活在普通人家，那该多好！"脸色有些苍白，显得无力，她悠悠叹了口气，然后上前给了孩子们许多银两，这些孩子一见到这么个漂亮姐姐，又大方给了这么多银两，顿时对顾纤云极有好感。

顾纤云微微一笑，摸着一个孩子的头："姐姐现在让你们做一件事，从现在起你们在洛阳城中到处闲逛，嘴边要不停地在喊'顾纤云此刻在洛阳城内！'"

几个孩子虽然似懂非懂，但想到手中的银两，想到街角的冰糖葫芦，一时也就哄然笑着照做去了。

顾纤云望着孩子们一溜烟去的背影，忽然冷冷笑道："全都来吧，我顾纤云就在这洛阳城中等候大驾。"

她再次回到洛阳城中央，那本是古代王朝驻兵之地，如今已经成为无数商贩叫卖之处，无数的叫卖声和答应声组成了这一切最美好真实的一幕，只是嘈杂的声响里，还隐隐约约回荡着那一句话："顾纤云此刻在洛阳城内！"

顾纤云嘴角冷冷一笑，初秋的夜风，冷得有些出奇。连原本洛阳河岸些许盛开的牡丹，此刻也像是受了寒风的摧残，一片萎靡之色，顾纤云轻轻用手试了试花瓣上嫣红，想到了曾经在翠竹山庄与谢传恨行走在万千花海中，那或许是她一生中最难以遗忘的记忆。

而此刻河面荡起了阵阵涟漪，宛若一个经不起寒冷的回忆在述说着心里的骚动，花依旧，风似梦，可人，现在却在何处。

"顾小姐当真有闲情逸致，此刻洛阳城中杀机无数，你还有如此心思在此赏花伴月？"河岸上踱步走过一人，身材高大，但一脸严肃，仿佛对世间的一切都不以为然，声音来得刚猛有力，似乎将本就萎靡的牡丹花吓得越加憔悴了。顾纤云不知来者何人，但绝对是那些所谓的名门弟子，她依旧用手轻轻拂过牡丹的花瓣："天下牡丹以洛阳为贵，来到洛阳一趟，若不好好欣赏，岂可不惜了！"

那汉子依旧面无表情："也对，人活着有什么想看的要趁早，否则人一死，再美丽的景物也变得惘然，你说是不是？顾小姐？"言下之意显而易见，顾纤云侧过头，轻轻凝望这眼前此人，见他衣裳上明显丝丝波纹，这装束打扮和青枫道长极为相似，于是漫不经心地问道："你是武当派的人？"

"正是！在下武当陆飞岚，"

"武当也在捉拿顾纤云之列，为何只有你一人前来？"顾纤云寻思，这陆飞岚想必也叶俊磊一样，同为武当派俗家弟子。

陆飞岚脸上的肌肉颤抖了一下，衣诀如飞："对付顾纤云，在下一人足矣。"

"哦。"顾纤云有些惊讶，顿了顿道："凭什么？"

"凭这把剑。"陆飞岚轻轻捻起剑诀，果然剑气逼人。顾纤云侧头道："青枫道长是你什么人。"

"同门师兄！"

这四个字一出，顾纤云果然惊讶出来，青枫道长年逾六旬，如今乃是武当地位极高的长老，但眼前这陆飞岚不过三十来岁，竟然能够与青枫以师兄弟相称，想必也是极为厉害人物。

她望了望四周，人来人往一切如常，何人又为此留下一丝眷恋！

顾纤云含情脉脉，望着天边渐渐消失的月色，哽咽道："你还不出来见我吗？"

其实顾纤云此次独自前来洛阳，又令那一群孩子故意在城中大叫"顾纤云此刻在洛阳城内"本是下了十足之险，她明白若是谢传恨依旧在城中，必然会出来保护自己，但若是谢传恨不在城中，便是引起了各派弟子注意，引来杀身之祸。

此刻她等候良久，却没有等待心中的谢传恨，以少女如此思念情怀，如何能够平静安然！

陆飞岚凝望良久："念在你与我青枫师兄一点交情上，在下不想与你动手，只需你乖乖随我上嵩山澄清一切……"

顾纤云思绪如飞，根本未曾在意，眼睛里满是柔情凝望着河岸上的人潮涌动，无数的熙熙攘攘，可偏偏却没有她要等候的那个人的身影。

陆飞岚话音一落，不远处人群里就走来一个身着红色袈裟的和尚，他满脸皱纹，显得妆容沧桑，双手合十胸前，胸口挂着一串佛珠，一副庄严之像，他步履虽然缓慢，但每一步都走得极为有力，又见他满是皱纹的脸上太阳穴高高突起，想必是内功已到了极高的境界。

陆飞岚当先拱手道："智胜大师！"

那和尚微微颔首，嘶哑的声音轻轻发出："阿弥陀佛，陆先生。"他明亮的眼睛轻轻扫过顾纤云，见她此刻若有所思，竟然上前开口疑问道："顾施主若非是心魔作祟，此刻才会如此神情呆滞茫然？"

顾纤云眼带柔情，却没有回头望他："世人都说一场欢喜一场空，可若是欢喜都未曾拥有却已成空，佛家所云的万物平等岂不有所违背？"

智胜双手轻轻释然，走上前一步，脸上透出的慈祥，丝毫没有一点杀机之意："佛家宣扬四大皆空，世间的一切欢喜一切哀愁不过是空空之物，一个人生来天地，本是四大皆空，一个人死去，亦是四大皆空。死者留其名，生者继其志，三界轮回本就空空如也。"

顾纤云苦笑道："既是如此，人生于世，岂非白走一趟？"

智胜摇了摇头："人生在世如身处荆棘之中，心不动，人不妄动，不动则不伤；如心动则人妄动，伤其身痛其骨。好比如今施主之所想，若是空怀明志释怀之心，则人生在世，自当明了繁华如梦，一切仅为虚空一场。菩提本无树，明镜亦非台，原本无一物，何处染尘埃，想必施主应当有所觉悟！"

"繁华如梦，虚空一场。"顾纤云叹了口气，口中轻轻道："纤云只求一生与相爱之人厮守终生，难道如此也算为难？"

"阿弥陀佛。"智胜微微颔首，和蔼道："人生于世，本来无垢无净，在这人世中浑然一趟，经历过贪嗔痴慢疑，红尘中茫茫然追寻一世所求，有人平步青云，有人坠入不毛，此为因果有物，万化天成而已。"

顾纤云嫣然一笑，终于抬起头看着眼前这个老态龙钟模样的和尚："纤云多谢大师开导，只不过所谓的因果报应纤云却不敢苟同。"想到自己悲苦一生，不禁潸然泪下。那边陆飞岚虽然听不到二人对话，但见交谈如此亲密，而且顾纤云还忍不住落泪，他几次想上前寻事，只是碍着智胜在场，不敢妄为而已。

智胜凝望顾纤云良久，见她面色略显苍白，而且身体仿佛涌现着一股莫名之气，他伸出枯瘦手臂凝望道："女施主，可否让老衲把把脉！"

顾纤云自然知晓以智胜之力必然看出自己所受的严冰之毒，此刻既然对方如此好心，当然也不再拒绝，轻轻拉起衣袖，漆黑中露出一只洁白如玉的手臂。智胜以双指轻轻凝重，过了不久脸色微变："霸道，霸道。"几声言明已经查知顾纤云所受之伤，他气沉丹田，渐渐将体内一股真气括入顾纤云体内，少林内功天下无双，智胜数十年的修为何等之高，但以他少林内家无上内力却丝毫未能攻破在顾纤云体内骚动的寒气。

顾纤云见他脸带苦涩，知晓他正在持续以内功欲替自己疗伤，只不过事过已久，却丝毫未有一点成效，她柔声道："大师不必再为纤云枉费内力，生死由命，纤云早有知晓。"

智胜长长叹了口气收了手："施主若是信得过老衲，还请将当中之事告知，施主意下如何？"

曾经顾纤云何等冷漠无情，以少林如今之敌她便是一死也决然不会与对方如此言谈，但一来对治愈严冰之毒已经几无希望，二来这智胜大师性情的确真情和蔼，于是便将自己最初修炼这阴寒内功，以及与谢传恨、叶俊磊的一切纠缠尽数告知，只是为何会去修炼这霸道内功，却绝口不提。

智胜沉思良久，凝望着湖面波澜，一缕风吹过，他的脸似乎瞬间又老了许多。一旁的陆飞岚早已经等得不耐烦，他本来誓必捉拿顾纤云，但以对方之力，其实自己也毫无十足把握，后来见少林高僧到此，就想以二人之力顾纤云插翅难飞，但两人一言一语几乎将自己视若无物，想上前呵斥，此刻却见智胜脸上裹着一层莫名之色，本以为对方就要发作，便沉住气等候对方动手。

哪知道智胜一心只为顾纤云所染阴寒忧心，他乃少林高僧，医术妙法可谓闻名天下，本来是为了无相被顾纤云所伤前来，但之前短短几句交谈，又见顾纤云真气古怪，佛家本提倡慈悲为怀，于是忍不住起了恻隐之心。

"顾施主……其实如今天下间要解去这严冰之毒，也未尝不是没有办法。"智胜轻轻开口，嘶哑的声音一度传荡。顾纤云原本毫无表情，而且精神萎靡，忽然听到对方此言，一时激动道："恳请大师不吝赐教！"

智胜点了点头，以手挥了挥示意对方不必客气："严冰之毒汲取天下阴寒之力，化入心脉奇穴，如若天霜之气，冰冷如也，顾名思义修炼此内功之人须得一生心如止水，不得擅动凡心，否则以情乱心，小则寒气侵蚀痛入骨髓，重则心脉具毁五脏不存。以老衲所想，施主若是能够放下红尘凡心，随老衲前去嵩山静修，想必这严冰之毒大有化解之日。"

顾纤云有些失望，勉强问道："纤云斗胆请问，所谓静修之日，期在何时？"

"短则三五月，多则十数年不期。"智胜如实相告，一切都只是以他高深佛法之轮得出之想，顾纤云转过头，再度凝望着憔悴的牡丹，心里掠过一丝想法："人生在世如是如此匆忙，倒不如学这牡丹，高傲盛开，即便凋零在即，至少也曾留给世间芬芳。"

智胜见她满脸愁绪，隐隐约约猜到她不愿随往静修，于是合十道："一念愚即般若绝，一念智即般若生，施主……"顾纤云插口道："大师……"语气恳切，并且婉转："纤云多谢大师好意，正如大师所言，既然人生繁华如梦，又何必强作生者何时！"智胜听言于此，先是一阵惊讶，跟着竟然哈哈大笑起来，这笑声朗朗，在寂寞的夜空中回荡，一切竟是如此酣畅淋漓，仿佛久旱遇甘霖那般兴奋洒脱："好好好，老衲参了四十年的苦禅，今日倒不如你一个丫头如此觉悟，哈哈。"言语之中尽是欣喜之意，顾纤云微微一笑："大师谬赞了，纤云不知佛法高论，如有不善之处，还请原谅。"

智胜慈祥的脸上尽是喜悦之情："施主不必过谦，以你今日所言，老衲尚有不如，比之我那几个不争气的师侄，就更有天壤之别，既然施主执意如此，老衲这里有三粒少林大还丹，你将之好好收藏，他日想必有所用处。"

大还丹乃少林疗伤圣药，顾纤云自然知晓调制不易，但智胜已将丹药取出放置掌心，意要顾纤云收下，她虽然不愿受人恩惠，更何况是少林，但对智胜心生好感，也就接过丹药，一脸道谢。

智胜微微一笑，双手合十："前路凶险，施主保重。"顾纤云欠身道别，智胜枯瘦的身子便轻声渐渐远去。

陆飞岚之前见智胜赠予顾纤云丹药，此刻转身离去，吓得不轻，远远便大叫道："智胜大师，此妖女杀害少林和武当弟子……"说到这里故意停止，智胜未及停步，背影清晰，脚步沉着，一阵阵叹息之声远远传来："一切归于尽，果熟亦当堕，合会必当散，有生必有死。"言语悠扬轻盈，却涵盖着一股浩然正气，不期间将这寂寞午夜如淋佛光！

智胜大师背影已入灯火阑珊，陆飞岚却张目结舌，不能相信眼前这妖女是用何种办法让这少林高僧未战却退。顾纤云见他目光呆滞之状，忍不住讽刺道："怎么？帮手走了，心里没底了？"

陆飞岚忍无可忍，"唰"的一声拔出佩剑，在黑暗中发出亮银之色："妖女，少在这妖狐媚眼，陆某不吃你这套。"忽然寻思，却实在不知道以智胜如此定力的少林高僧怎会被顾纤云所魅惑离去。

顾纤云眼见得杀机在前，却始终一副镇定自若之状，她轻轻拂动着在冷风中飘摇的长发，已近午夜，寒冷已然使这个繁华都市提前进入休眠，可路边依然有几个不舍离去的商贩，依稀发出延续的叫卖之声。

顾纤云凝望着街道上几个单薄的背影，心中再度酸痛，口中还在喃喃着智胜所言的禅语高论："一切归于尽，果熟亦当堕，合会必当散，有生必有死。"她冷冷一笑，笑得却是如此绝望，她低下头凝望着手心里三粒红色的丹药，这少林大还丹调制极为不易，虽然比不上天阴教圣药灵鹫七星丹，却也是天下间难得之物，此刻她心意灰冷，竟然娇笑一声将丹药远远甩了出去，片刻之后宁静的湖面上发出几声"扑通"，她眼望着波澜起伏，最终又归于宁静，最后转过身正视陆飞岚："既然要杀我，动手吧。"

陆飞岚从出现到现在几乎是脸无表情，此刻听到顾纤云这句话，不觉将面部肌肉紧紧缩在一起，过了很久才冷笑道："你当真不怕死！"

顾纤云长啸一声，如梦惊阑，一缕轻纱冲天而起，这一瞬息举措令花丛牡丹如同重现生机，仿佛夜空一切都尽数凝含着顾纤云芳菲肆动，一道苍白色的剑光凝固着如水一样的清澈洒向半空。

"你以为你杀得了我？"顾纤云正色呵斥，以剑挑起满地凛冽，陆飞岚万想不到顾纤云竟会主动出手，慌乱瞬间退后一步，趁此空隙拔出长剑，大喝一声便迎空扑上。顾纤云身形如轻云转动，陆飞岚挺剑而上，面带愤怒之色，以剑绕空，刺向顾纤云胸口气海之穴，但眼前迷乱昏花，要知武当之所以能与少林并为天下正派之首，这剑法之术自然相当了得，其实江湖中早有详论，少林以内力称雄天下，武当则是以这剑术为尊，陆飞岚既是青枫道长与掌门微云道长师弟，这剑法自然可代表着武当精妙之处，但此刻陆飞岚眼前几如一团彩色祥云瞬息浮动，原本剑指对方气海之穴，却不知道何时已然落了个空，去势难散，一股真气还凝固在握着剑柄的掌心之上，这练剑之人若是修为了得，自然可以做到运剑自如，收放得力，陆飞岚之名自然可以列入剑术高手，但方才一剑他去势奇快，加之力道十足，是以老忽然收剑也显得有些力不从心。此刻顾纤云却已经从旁越过，以天女散花之势连出六剑，当真是一剑快过一剑，犹若波涛翻滚，一浪高过一浪。陆天岚气势威猛，手心仿若炽热无比，冷冷哼了一声，他也当真是剑术行家，在如此眨眼电光之际已然转守为攻，轻轻巧巧便将顾纤云来势六剑一一挡去，乍一狂吼，震得四下如同天崩，攻守之势再度转变，单手握剑直入青云，左手一掌却打向顾纤云身影左侧，方才仅仅交手几招，他便已经查知顾纤云所学武功虽然复杂，但是内力终究不敌，是以他断定对方必定不会以力硬接，其实他这一下挥剑直入是假，运起真气挥掌打去才是涵盖十足之力，料想顾纤云若是不肯抵抗必然从旁退去，必然将被自己这一掌力给震伤，若是硬接剑势，他内力本高于顾纤云许多，对方自然也无法抵抗。

正在想得顾纤云转瞬倒地之时，顾纤云身影再度转变，非但未曾闪避，反而来势更为凶猛，原先凌空之剑划过一道银白色的圆弧，竟然刺向陆天岚的手心，如此一来陆飞岚被吓得脸色苍白，对方竟然会以如此两败俱伤之势铤而走险，纵然自己一剑将对方刺伤，也难免被顾纤云所伤，寻思如此正待退却，哪想到顾纤云来势极快，如雷似电，"唰唰唰"三剑尽是将陆飞岚周身三十六处大穴尽数包围，任凭他如何闪避也始终逃不出这看似平凡的剑招之中。

陆飞岚又气又怒，自己运剑三十余年，今日非但不能将这妖女立马诛戮，反而被她逼得无招可出，寻思与此冲着顾纤云怒喝道："好你个妖女。"平地起伏，身影没入苍穹之下，这正是武当驰名轻功"梯云纵"，这一起伏当真如平步梯云，顾纤云几剑一一落空，她娇笑一声："原来只会东躲西藏，看来武当派弟子只会空有一副装腔作势。"

她冷冷讽刺武当一派，那陆飞岚虽然脾气暴躁为人冷漠，但对门派之誉却看得极重，本来被顾纤云逼得不可招架就已经十分恼恨，如今听她辱没师门，更是气得火冒三丈，心中一横，长剑直落下来。本来武当一脉修为讲究以静制动，刚柔相含，但陆飞岚本来性子就并非青枫道长那般内外清静宁神，而且被顾纤云这么一激，渐渐章法大乱，招招出于死力，哪里还有半点武当剑术之意！但即便如此，陆飞岚终究是武当一派高手人物，虽然剑法渐渐趋于凌乱，但却好似一只被锁链捆缚已久的猛虎，此刻终于脱离束缚，冲着眼前的顾纤云发出持续已久的疯狂怒意。

其实论到剑法内功，顾纤云都根本不是陆飞岚的对手，更何况她寒毒在身，身体还时不时隐隐作痛，但她多赖于所学武功繁多不一，迷乱对手，是以之前也和陆飞岚打了个不相上下。但此刻起始，情势却大有变化，陆飞岚再无一点迂回之意，一剑既出必走游龙，顾纤云起初还可勉强抵抗，但越斗越烈，偏偏她此刻胸口又隐隐作痛起来，只见陆飞岚剑光萦绕，几乎刺破了眼眸，顾纤云一手捂着胸口，身子摇坠几乎要随风飘去。她忍住剧痛架剑抵挡，手心却因此一阵剧痛，跟着一道绵力如同吸嗜着掌心，她"啊"了一声惨叫出来，长剑脱离手心飞了出去，陆飞岚嘴角一丝冷笑："还制服不了你！"起手一剑刺向顾纤云心脏，正是要将她立毙当场。

顾纤云吓得花容失色，对着苍穹怒道："还不出来帮忙！"

这一言突如其来，陆飞岚经验老成，第一感想便是顾纤云有同伴隐藏左右，这么一分神，剑势便弱了许多，顾纤云趁此良机向后跃开一丈，但转眼陆飞岚长剑又至，便在这生死一刻，一道白色之物破开深夜的宁静，好似一条巨蟒游神痛击，硬生生架在顾纤云面前将陆飞岚一剑逼得退后，半空之中火花闪耀，陆飞岚不及惊讶，身后又一阵冰凉之意瞬间袭遍全身，顿时让他冷若刺骨，身未到，剑光已经顺势刺向身后，手中长剑"噗"的一声如同刺入无边沙石中，他脸色骤变，几乎如见鬼魅："风无踪！"

风无踪一张脸如冰封古尸，发出这寒冷夜晚最令人胆寒笑意："正是在下。"凝血利爪轻轻扭动，陆飞岚手中长剑已然被扭断数截，这柄长剑虽不见得何等精贵，但跟随他许久，倒是随身之物，此刻竟被对方如此轻易折断，如何不惊！要知道当年陆飞岚跟随武当掌门微云道长围剿阴山孤月台，天阴教众死在此剑之下的人不计其数。当年风无踪曾与他交过手，但那时若要拼死对决，风无踪尚且不是他对手，可阔别九年，风无踪不仅轻易将自己佩剑折断，更显得如此诡异，想必武功早已胜过自己。

陆飞岚一声大叫，丢弃断剑急急退开，风无踪嘴角一丝冷意，随后原先那道白色之物又猛扑过来，当真有排山倒海，气若悬河之势。亦絮神君红衣飘摇，一张涂满胭脂的脸上露出一阵娇笑："陆飞岚，你可好大的胆子，胆敢伤我天阴教圣姑。"满是迷香之处，她身影前方那游魂锁如同炼狱索命，重重朝陆飞岚头顶打了下来，陆飞岚知晓此物极为精悍，若是被它打中，就算不死也多为残废，他喘了口大气未敢逗留片刻，身影如飞再度以梯云纵之力从游魂锁上纵身越去，这一下只差分毫，倒显得极为险恶，陆飞岚方才逃脱亦絮神君与风无踪的包围，心想此处再非自己一人逗留之处，转身逃脱之际，眼前忽然一阵反光，那是一个黑色身影裹着一张凄美的脸颊，手中一柄长剑却已经刺入陆飞岚的心脏，他长大了嘴巴，双眼如同凸了出来，死死拽着剑身，鲜血从他胸口，以及手臂流了出来，将地面染红，那黑衣美女却一丝婉言笑意，轻轻从腰间解下一条干净纯洁的丝巾，轻轻擦了擦手，那优美缓慢的动手，仿佛刚才不是一个生命在自己手上终结，而只是随意沾了些灰尘！

"是你……"

这是陆飞岚临死之前说出的最后一句话，言罢，他死不瞑目的倒在地上，寒风过后，一切仿佛又归于死寂！

# 第十二章
## 隔墙有耳

　　夜幕吞没天地，洛阳城中这一片旷地，几个人站立于冷风之中，陆飞岚的尸体倒在地上，已经变得苍白冰凉，他胸口的那柄长剑却依稀还在发出这昏暗当中的一点银光。

　　几个人的表情各有不一。

　　风无踪的脸始终冰冷无情，就像是死去多时的陆飞岚，看不出一点血色，好像他只是一个被人操控的古尸，更如行尸走肉，毫无温度。亦絮神君抚摸着嫣红的脸，摆弄着无限风骚，在这冷若刺骨的入秋夜晚，在她心里打扮好似比一切都更为重要。

　　顾纤云一脸淡定，风吹动她长长秀发，卷起了她的衣诀，她却像是孤立在人世间的木偶，动也不动，只有一双深邃而又迷人的眼睛，此刻死死盯着刺死陆飞岚的那个黑衣少女，后者轻轻拖着长裙走到顾纤云的面前，一个白衣胜雪，一个黑衣如影，只是这两张脸，却实在太像了。

　　她们本就是一个娘胎里出来的。

　　"我的好妹妹，那个臭男人没有伤到你吧！"顾怜星微微一笑，她显然比顾纤云成熟多了，但比之顾萱，她却显得更加妖艳，更加具有一种难以形容的迷人气质。

　　顾纤云感受不到这等好意："人都已经死了，伤没伤到我，还重要吗？"

　　顾怜星轻轻试了试长发，她的每一个举动都像是一个天真的孩子："其实你一早就知道我们来了，所以你才会主动拔剑和那臭男人动手，所以你才会如此不顾生死招招走险，因为你知道，我绝对不会让你受到一点伤害，是吗，我的好妹妹！"

顾纤云冷冷笑道："你未免也太自作多情了。是，我从一开始就知道你们躲在旁边，不过我出剑只攻不守，却不是因为猜到你会出来救我，而是因为我知道你一定不会看着我死在陆飞岚的剑下！"

顾怜星甩开长发，正色道："这难道不是一样吗？"

"当然不一样。"顾纤云天真地笑："如若你是因为不让我受到一点伤害，我还当真感谢你，只不过你不是，你是因为要保住我的性命，这样才能不让纤云梭的秘密就此灭亡！"

顾怜星的身子颤抖了一下，以她如今天阴教教主之位，自可称雄天下，号令妖邪，可就是顾纤云这么一个妹妹，她却变得毫无一点反驳之力。

顾纤云见对方变色，既而又冷冷笑道："如果你真是为了我好，又何至于等到我大喊之后才肯现身！"

顾怜星轻轻颔首，凝望着顾纤云的脸，这一切当真像是镜花水月，一个模样。只是在顾怜星的脸上显然多出一分邪恶之意："是啊，我就是想看看一向高傲自诩的顾纤云，是不是到死都不会向人呼救。"

"结果怎么样？让你失望了？"顾纤云故意调侃，说得不留一点情面。顾怜星道："你并没有令我失望，反而倒令我不得不刮目相看，隐匿九年，过得那么逍遥自在，一切的一切竟然只为了一个承诺，一个秘密。"

顾纤云故意叹了口气，语气中显得有些可惜："只不过这个世上就是有这么多的奇怪事。一些人千方百计想知道某些秘密，却始终不能如意，而有些人明明清楚天机，却也过得并不开心！"

"哦！"顾怜星有些惊讶，既而微微笑道："我的好妹妹，有什么不开心的事，你大可以向姐姐我吐露呀。还记得曾经在孤月台上，那年你只有八岁，还不是姐姐我抱着你坐在天寿崖上，听你唠叨，听你哭鼻子。"

这一刹那，顾纤云仿佛却有一阵莫名的感动，她在心里这样想道："若是我并非生在如此家世之中，一家人便可以过着寻常百姓的生活，什么正邪争斗，什么国破家亡尽数不管，那该多好。"这样的想法已经不止一次萌发在顾纤云的愿望中，可这一切都永远只是愿望而已。顾怜星见她若有所思，脸上露出一丝笑意，上前轻轻抚摸着她的脸："如何啊，我的好妹妹！"

　　顾纤云回过神，甩开她的手，冰冷的脸透出冰冷的态度："那是曾经，今夕并非过去。你若再喊我妹妹，只会让我觉得受宠若惊！"

　　这句话说得几乎是绝情绝义，顾怜星站在原地呆滞许久，远远处，风无踪和亦絮神君站在一起，亦絮神君忍不住开口问道："你说……教主和圣姑会不会打起来？"风无踪道沉思片刻，肯定道："应该不至于，怎么说也是姐妹俩。"亦絮神君轻轻笑了笑："我觉得未必，若是顾及姐妹之情，当初她又怎会下令你我，若是圣姑不愿前往阴山，大可以……"

　　"唉。"风无踪冰冷的言语呵斥道："圣教主面前，休得胡言！"亦絮神君讨了个没趣："也罢也罢，人都说女人心海底针，这少女心啊，才真是十足的海底针。"

　　风无踪侧目一笑："有什么好抱怨的？顾家三姐妹，大小姐喜怒不形于色，圣姑性子刚烈，教主算是脾气最好的一位，难道你还不知足？"

　　亦絮神君叹了口气："你这么说倒也不错，只不过三位小姐中，本来教主的性格与宁玉教主最为相似，可他偏偏最独爱圣姑，唉，这女儿家总难免在爹娘面前争风吃醋，顾家三姐妹，才会弄到如今这种关系。"说到这里极是一阵惋惜，又是无限难过，想到昔日已故的顾宁玉，心里真是大有感触。

　　风无踪苍白无色的脸此刻竟然也裹上了一层忧伤，既而才摇摇头道："只不过顾家三姐妹之所以会有如今田地，倒也不只是因为争风吃醋，看来罪魁祸首，还是……"说到这里故意将眼睛眨了眨，亦絮神君苦笑道："人都已经死了，还有什么不好说的。其实大家心里都清楚，当年若不是宁玉教主立誓要将纤云梭，以及本教天机只告知圣姑一人，大小姐和教主后来又岂会一怒之下脱离天阴教，如今……"她转首看着不远处的顾纤云和顾怜星，发出一阵叹息："如今姐妹俩见面，又岂会如此针锋相对！"

　　顾怜星显得有些怒意："你这是什么意思？不认我这个姐姐了？"

　　"我不敢。"顾纤云嘬着嘴，显得有些委屈："以前在孤月台，我什么事都得听你的，可是现在不一样了，虽然你是教主，天阴教上下都得听你号令，可是我不会，你也休想我再会听你一句话！"

　　"你……"顾怜星气得直跺脚："罢了罢了。"叹了口气，过了许久才问道："有一件事我很好奇，你既然明知如今天下各大门派都要找你麻烦，你怎么还敢故意在这洛阳城中大肆张扬？"

"看来你们也是因为那几个孩子所以才找到我的？"

"是！"顾怜星倒也坦率。

"那就对了！"

顾怜星一愣："你……你是故意引我们来的？"

"不！"顾纤云低着头，这个字却是说得那么难过："我想等的人是谢传恨，只是……"

顾怜星捂着嘴哈哈大笑："原来如此，原来如此。"

顾纤云怒道："你笑什么？"

"我笑你这丫头满脑子的古灵精怪，哈哈……"

"你……"顾纤云气得满脸通红，转身就要离去，顾怜星未曾阻拦，而是漫不经心地问道："你就不想知道谢传恨的下落？"

顾纤云才走出三步，就已经忍不住停下来，她转过头，含情脉脉地看着对方："你知道？"

"我说我知道你信吗？"

"信！"

"为什么？"

"因为你不敢骗我！"

顾怜星再度发愣，她闭上眼睛，在心里苦笑："我不是不敢骗你，而是实在骗不过你。"轻轻答道："我的确知道谢传恨在哪里！"

顾纤云的脸上顿时蒙上一层喜悦，但既而又转为冰冷的表情："虽然我很想知道谢传恨的下落，但是你也休想以此来换取纤云梭。"

顾怜星脸色再度难看："难道姐姐我在你面前就那么有心计那么坏吗？"

"不好说！"

顾纤云这三个字说得漫不经心，越是如此，反而令对方听了越气，顾怜星强作镇定，口中忍不住骂道："这九年来我怎么说也算是静心在阴山休养生息，唉，早该想到一见到你，就得被气得半死！"

"若是不想被我气，你大可以继续回你的阴山做你的教主去。"

顾怜星一双静美的眉头轻轻挤在一起，像是一条发着光芒的银河，下面闪烁着那双动人的眸子："纤云……跟姐姐说句实话，你是不是当真从来就不在意这教主之位？"她这些年虽然执掌天阴教，上下倒颇为齐心，但她终究算是霸占其位，天下人无不知晓，这教主之位当属顾纤云。

"谁说我不在意，我当然在意。"顾纤云没有犹豫，随口吐出，一个人往往未曾思考说出话的，那是最真实的。

"那你为什么……"顾怜星再度疑问，她本想问："那你为什么不来抢走教主之位。"但终究没有问出，因为她心中十分清楚，顾纤云若是重归天阴教，以纤云梭在手，天阴教教主自当非他莫属。

顾纤云当然知道她言下之意，深深叹了口气："因为我更在乎姐妹之间的感情。"

彼此沉默了很久，冰冷刺骨的空气仿佛也顿时凝固成珍藏在彼此心田的亲情之意，顾怜星全身颤抖，两只如玉手臂更是无法停止发颤，她转而凝望着天边，发出爽朗的笑意。

身为女儿身，却如此豪迈，这便是顾家三姐妹共同的特点！

"我带你去见谢传恨！"

一句话终于从她口中吐了出来！

夜幕还在持续着吞噬大地，窗外一片寂静，房内的火轻轻燃烧着，微火照亮了房间，照亮了顾纤云美丽的脸。她此刻竟然会乖乖地坐在椅子上，这显然不符合她的个性。顾怜星坐在她面前，慢慢悠悠的品着手里的茶，时不时地侧眼看着烛台上的光，灯油已经几乎燃尽，可是她似乎还是一副慢悠悠的表情。风无踪和亦絮神君侧立她的左右两侧，低着头显得极为恭敬，这九年来两人一直是顾怜星的得力心腹。

顾纤云吸了口气："你是有病吗？"

顾怜星喝着茶，眼睛向上前轻轻一瞟，然后又低下头，对顾纤云的谩骂毫不在意。

顾纤云涨红了脸，气得扭动着身子，无奈她如何用力，却动也不能动："你说带我来见传恨，现在点了我的穴，这是什么意思？"

"我的好妹妹，你又何须这么紧张呢。"顾怜星放下杯子，轻轻笑了笑："你跟谢传恨一起九年的逍遥生活，如今只分开了不到一个月，就这么按捺不住了？"顾纤云红了脸："你胡说什么？"

"我说什么难道你还不明白吗？"她玩弄着桌上的那个杯子，若有所思，仿佛眼前的是一个鲜活的生命。顾纤云无话可说，只能对着灯火叫道："我要走。"

"你可不能走，你若是走了，谢传恨又岂会到此啊！"三人说得呵呵大笑，顾纤云顿时彻悟，她怒道："你……你好卑鄙啊。"原来顾怜星正是以顾纤云为饵，引谢传恨至此。顾纤云咬着唇，使劲眨着眼睛："我好后悔，后悔之前会跟你说那么多恶心的话，你就是一个疯子，比顾萱还疯上一百倍的人。"

"顾萱！"顾怜星仿佛未曾听到对方在辱骂自己，反而将惊讶全部凝聚在这名字之上："你见过她？什么时候？"

"要你管！"顾纤云没好气。

顾怜星皱着眉头，眼如秋波："算起来我跟她也有好些年不见了……"忽然微笑道："怎么？她也得罪你了我的好妹妹！"

顾纤云当真是一连叫苦，天生遇到这两个姐姐，一连给自己惹出麻烦，她转过头不再说话。顾怜星微微叹了口气："要怪也只能怪那个死鬼老爹，为什么会如此偏心。"她说到这里，忽然手心发出一阵清脆的破碎之声，正是原先那杯子被她一瞬间捏得粉碎，常人不知还以为顾怜星这只手娇弱无比，可区区一瞬间便可以将这瓷杯捏碎，而且茶水、碎片丝毫未伤到手心，这也当真传神了。

"你……"顾纤云目瞪口呆："你去练'天音素馨'？"顾怜星轻轻放开破碎的杯子，满地零碎，却好似她此刻的心情，如此凌厉："是啊！"

"你……你当真是疯了吧！"顾纤云急得想哭。顾怜星冷冷道："你既然可以练严冰真气，我为何不能练天音素馨？难道顾宁玉在世，我们彼此不公，他死了之后还是一样如此吗？"顾纤云知晓这数年来顾怜星都一直对纤云梭之事耿耿于怀，她如今虽然占据着天阴教教主之位，但是毕竟教主之位本不属于她，而且纤云梭脱离圣教，顾纤云直到一个多月前才重出江湖，可见她这教主当得着实不快。

顾纤云当年是有苦衷才会去修炼这严冰真气，这些年来因为如此受的苦难以用言语形容，这严冰真气与天音素馨乃是天阴教创教百年来极为凶狠严厉的内功心法，数代教主都有禁令不得修习这两门武功。

顾纤云忽然显出一丝的恻隐之心，望着眼前这个熟悉的身形，忽然柔声道："那你这些年……"想到这些年自己被严冰之毒欺凌得死去活来，想必对方也受了不少苦痛。顾怜星轻轻握着手腕，脸上渐渐萌发起一股银白色的寒气，天音素馨与严冰真气如出一辙，属天下至阴，此刻顾怜星此状，又是寒毒发作，有所痛苦。顾纤云痛惜道："你……"

亦絮神君与风无踪却是一言不发，顾怜星闭上双眼，凝神许久，身体上再度发出阵阵寒气，只是这一下去得好快，又过了一盏茶时分，寒气已经被她尽数驱散。顾纤云此刻才忍不住惊讶，在心中暗暗道："这些年不曾见面，没想到她已经能将寒气运作自如，但此而论，天下间或许已经少有人是她的对手。"想到以陆飞岚如此功力，却被她轻巧一剑刺死，那是何等功力，顾纤云想到这里，却忍不住担心起来。当年天阴教被四大门派诛戮，几乎尽数败亡，九年之后死灰复燃，偏偏又是顾怜星执掌全教，以她的性格，必然举全教之力以报当年大仇。她如今练得此神功，倘若她真的问鼎天下，只怕少有人能够抵挡。

顾怜星见她叹息，还以为是另有所思，歇了口气问道："怎么了我的好妹妹。"

"恭喜你了，看来天音素馨，你已经练得游刃有余。"

顾怜星轻轻摇了摇头："那也不一定，天音素馨虽然真气凌厉无匹，毕竟是百年来圣教严禁修炼的神功，以我区区几年的苦练，绝对无法尽数通达明义。"这句话说得倒也不假，毕竟若是精通神功，自然不可能会有寒气侵身。

顾纤云冷冷道："不过以你今时今日之力，想必天下间也少有人是你对手了，这不是已经够了？"

"你觉得够了？"顾怜星反问，带着讽刺之意："当年天阴教被四大门派尽数诛戮，无数教众惨死那些所谓的正派人士剑下，虽然那一次我不在阴山，不过一切惨况却亲身如临，这些自以为是的名门正派之人都以我们天阴教为魔教，可他们呢？当初杀戮我教众之时，和恶魔厉鬼又有什么区别？"

风无踪与亦絮神君身子剧烈在颤抖，九年前的一切俩人亲身经历，一直以来不敢忘却，如今顾怜星再度提起，无异于往着二人伤口再度重伤，顾纤云虽然临战离开阴山，但毕竟那里是自己长大之地，那些惨死的教众多少也陪伴着她一同长大，生死离别，天各一方，她自然不能就此忘却。

"你说四大门派的人，到底该不该杀？"

顾怜星一字一字喊出来，带着无限怒意。风无踪和亦絮神君新潮澎湃，心中早已经默默念了无数遍："该杀！"

顾纤云低着头，虽然没有直面回答，但那表情已经明显说明了一切。顾怜星轻轻握着她的手："妹妹，我们都是从小在天阴教长大的，那些死去的教众曾经对我们怎么样，相信你也非常的清楚，九年过去了，虽然他们的尸骨都已经入土为安，但是这深仇大恨，你能忘记吗？本来天阴教何等繁荣齐心，可就是因为这群该死的人，天阴教至此支离破碎。"她轻轻叹了口气："不错，虽然我从小和爹就说不上几句话，但是他毕竟是我爹，就算其他人的死你可以不在意，但爹呢？他的死你也可以忘记吗？"

顾纤云为之动容，眼眶一红就差眼泪没有滑落下来，她紧紧咬着唇："其实……其实……"说到这里终究还是没有说出口。顾怜星轻轻绕过她，走向窗台："你生性爱自由逍遥，姐姐我比谁都清楚。但是纤云梭在你身上，你总不能将它一辈子都带在身边吧？若是你不愿参与这争斗当中，姐姐自然不会强人所难，而且我还可以真心祝你和谢传恨白头偕老，只是这纤云梭必须重归圣教。"

前言说得何等动情，最后一句话说得却是铿锵有力，仿佛容不下对方一丝退却。顾纤云流着眼泪，她曾经多次想过将这纤云梭归还天阴教，从此与谢传恨做一对真正的佳期眷侣，但为了一个承诺，为了一个惊天的秘密，她从未有过动摇，而如今，严冰之毒几如无法化解，要与爱人一生厮守，却好像只能成为一个梦！

顾纤云深深叹了口气："你不要再说了，纤云梭……我是无论如何也不会交出来的。"

"你……"顾怜星瞬间怒道："你为什么要如此冥顽不灵，交出纤云梭，从此天下再也没有人会找你麻烦，你要干什么自可以去潇洒自在，你何苦如此？到底为了什么？"

顾纤云的心比谁都痛，有时候连她自己都无法明白，自己所做的一切，到底值得吗？她用沉默代替了一切追问。

顾怜星终于忍无可忍："你当真如此铁石心肠？"

顾纤云依旧不答。

"好！"顾怜星走上前去，再度点去顾纤云身上几处穴道，本来顾纤云已经无法动弹，如今却是连话也不能说出。她用一种茫然又愤怒的眼神死死盯着顾怜星，后者却冷冷哼道："我倒要看看，你和那个谢传恨到底是有多恩爱！"

两间屋子中间隔着一堵墙，墙上却有一个指心大小的洞，清清楚楚可以看见另一间房里的一切。顾纤云就坐在洞口的旁边，不能动，不能说，只有眼珠透过那个细小的洞口，看见对面房间里的一切。身后的烛火早已经燃尽，黑漆漆的，目不见物，她却一个人坐在这漆黑中，望着洞口另一头的明亮，心里不止骂了顾怜星千百次，只不过她实在想不通，顾怜星所做的一切，到底是想干什么！

过了很久，眼前终于有一个人的身影出现，伴着他冰冷的言语，震碎了顾纤云原本烦躁的神经。

"纤云呢！"

手持佩剑，青衫磊落，满目萧然，衣诀轻动。

这正是顾纤云朝思暮想的谢传恨！

洞口虽小，但顾纤云却可以清清楚楚看见谢传恨的背影，此刻她激动得热泪盈眶，恨不得冲上去抱着他大哭一场，可是身上的大穴被顾怜星点去，以她之力，根本无法破解。

此刻，在她心中萌发的更多的则是一股难以形容的畏惧之情。

"顾怜星一方面以我为饵骗来传恨，一方面又以传恨为饵将我骗来，如今又如此大手笔，到底图了什么东西？"顾纤云不能说话，只能在心里暗暗的惊讶。"难道她要对传恨不利？"想到这里她瞬间冒起了一丝冷汗，虽然谢传恨的剑术之高在她心目中，早已经有了定位，但若是顾怜星当真已经将那天音素馨修炼到极高境界，想必要对谢传恨不利，倒也不是不可能，更何况，此刻对方在暗，谢传恨在明，若是再以自己为目的加以偷袭，那谢传恨岂不危险。

如此的想法倒也不是空穴来风，她素来知晓顾怜星的性格手段，为了达到目的，可以用尽一切手段，否则当初风无踪与亦絮神君又岂敢对自己如此下毒手！顾怜星千方百计想要夺得纤云梭，而自己却死活不肯答应，想必顾怜星对自己无计可施，便将目光转向谢传恨！

顾纤云瞬间萌发了无数个想法，每一个担忧都紧紧围绕着此刻近在咫尺，却无法亲密的谢传恨。

房间那一头，火光正明，这个一样的房间里，却点满了清幽的熏香，伴着顾怜星的女儿香气，她披了薄薄的黑色轻纱，露出如玉洁白的肩膀，长发如清水拂过，像是夕阳邂逅了云朵那般动人，特别是这张脸，仿佛让人见了一面就永远无法忘记，这种摄魂的妖艳，天下间根本再没有东西可以媲美，这一切仿佛如梦境般迷人。谢传恨却没有一点着迷的意思，他笔直地站在原地，几乎是未曾看过顾怜星一眼："纤云呢？你说你知道她的下落。"谢传恨的言语有些激动，这本不像一向冰冷的他，只是这些日子来，他几乎寻遍了整个中原，却始终找不到顾纤云，所以难免有些意乱。

顾怜星独自坐在椅子上，对着桌上的美酒，自斟自酌，这样的情调下，喝酒的确是一件美好的事。可惜只有她一个人在喝。

"既然来了，为什么不坐下喝喝酒呢！"顾怜星把酒倒满了另一个杯子，两只纤细的手指捻起，要谢传恨面前轻轻晃动了一下。

谢传恨的酒量并不差，而且也算是半个喝酒的行家，否则当初在翠竹山庄中，又岂会一语道出红叶辛苦酿造出的百花醉仙酿当中的几种主要原料。但他此刻心急如焚，长久的打探，他早已经知道如今各大门派意指捉拿顾纤云，而她独自一人又可能随时寒毒侵身，真可谓危机四伏，所以他哪里有心思坐下来喝酒。

顾怜星见他不领情，反而微微一笑："怎么？你若是娶了我妹妹，怎么也得喊我一声二姐，难道二姐让你喝杯酒，你都做不到吗？"说得娇可动人，当真是柔情万种。顾纤云在另一边房里暗骂道："真是不要脸的东西，谁稀罕叫你二姐了。"又看着谢传恨，他单手持剑，这些年来，哪怕是和顾纤云在一起，这把剑也始终未曾离身，剑与顾纤云，已经成为谢传恨一生紧随最重要的一切。

他端起酒杯，一饮而尽，然后将空荡的杯子放在桌上，顾怜星再度斟酒，手心却被谢传恨紧紧勒住："纤云到底在哪里？"

顾怜星此刻与他近在咫尺，虽然手腕被谢传恨勒得有些疼痛，但是她却一脸漫不经心："你与我如此亲密，就不怕纤云吃醋？"她故意把一双明亮的眸子转向彼此紧握手臂处，谢传恨这才放开她，再度问道："纤云在哪里？"这已经是他第四次发问，语气已经显得极为不耐烦。顾纤云喘着大气，多想大声叫道："传恨，我在这里！"

"看来你对纤云倒是一片痴心！"顾怜星像是个孩子一样轻轻趴在桌子上。

谢传恨默认。

"只不过……"顾怜星有些故作疑问："只不过为什么九年来，她都不让你碰她呢！"

谢传恨的心碎了，顾纤云的心也碎了！

顾纤云闭上眼睛，脑子里也不禁想起了那晚与叶俊磊发生的一切，两行热泪顺着她动人的脸颊缓缓滑落下来，顺着衣领，流入冰冷的胸口里，她的全身，仿佛只有那一颗心还在依稀的跳动。

谢传恨有些错乱，他的剑术，他的身世，甚至是他与顾纤云的眷侣之情，已经是天下皆知，可是唯独这一点，却是他一直以来的不解甚至是愤怒。那一日在破庙之中，若不是因为这个，他也不会一怒之下甩头离去，而顾纤云也不会经历了这么久的惨痛经历，若是没有这段经历，她自然不会遇到叶俊磊，那一切也就不会如今这般几乎令人绝望了。

"你想怎么样！"这是谢传恨定神之后说出的话，他很努力让自己不被一切言语所波动，此刻在他心里，唯一想的就是找到顾纤云。

"我想……"顾怜星微笑着站了起来，她的手臂轻轻解开了胸口的衣服，那本就轻薄的轻纱就像是拂过一尊洁白的玉体一样，如风滑落在地，这一刻之后，绽放在他面前的，就是那一个几乎透明的玉女胴体，成熟的体态毫无保留的凝固在熏香的空气里，她的腿修长，她的胸丰满，她的脸，她的眼，她的头发，无一不是令人见了一眼就彻底着迷，她比顾纤云成熟，比顾纤云更有女人味。这个外表冰冷狠辣的魔女，她的胴体仿佛是世间最美好的画卷，无需过多的装饰，无法用更多的言语形容，她的体态和诱人，已经足以征服全天下的男人，此刻哪怕是天底下再妖艳的花儿也会瞬间枯萎，她身上散发的令人销魂蚀骨的芬芳，已经令夜幕变了颜色。她的确是个非常美的女人，弯弯的眉，大大的眼睛，但是她身上最动人的地方，并不是她这张脸，也不是她的身材，而是她那种成熟的风韵。

在她面前，站着谢传恨，恰好是一个血气方刚的男人。他瞪大了眼睛，十几年来他历经一切凶险，见过无数场景，却从来没有像如今这样令他不知所措，当他想不去凝望那如玉洁白的身体时，他却发现身体已经不再听自己的使唤，他的全身开始被一股莫名的炽热所笼罩，仿佛有一种情趣在无情地粉碎他的灵魂。

顾纤云气得几乎要咬舌自尽，原来顾怜星所做的一切尽是为了如此，要自己看着谢传恨和她如何缠绵，想到接下来有可能发现的一切，她几乎觉得天地就要崩裂。

"传恨……"顾纤云瞪大了眼睛，心里无数次叫着谢传恨，看着他的背影，看着他已经剧烈颤抖的身体，她多希望这一句句无声的叫唤可以将他唤醒。可是面对这样的温柔情调，以及无法抵御的诱惑，连谢传恨都无法控制自己，更何况顾纤云呢！

顾怜星的十指涂满了红色的甲油，像是十指勾魂的锁，紧紧锁住了男人的心，她的长发恰好落在胸前，雪白的肌肤和乌黑的长发恰好又形成一条绝美的体态。

"纤云那丫头不能给你的，我全都可以给你！"

顾怜星用手心轻轻滑落肩膀，撩开了些许长发，她凝望着谢传恨，露出最娇媚的笑容："来吧，我知道你很想要！"

谢传恨果然丢下了佩剑，这佩剑就如同顾纤云在他的心目中一样，宁可自己一死，也绝不会丢掉这一切，可如今，他却已经被迷得神魂颠倒，不知所向。顾纤云急得大哭出来，心中还在不停地叫着谢传恨的名字。

而谢传恨，已经一步一步走向顾怜星，就像是一个已经失去灵魂的孩子，正走向一个温柔的梦乡。顾怜星看着谢传恨慢慢走近自己，心里在暗暗偷笑，她甚至可以想到顾纤云被气得面红耳赤的样子，可是这一次的笑容并没有停留太久。

因为半晌之后，她几乎是吼了出来："谢传恨，你干什么！"

谢传恨在靠近她的那一刻，竟然伸手点去她身上的三处大穴！这一变故当真是令顾怜星、顾纤云姐妹俩惊讶无比。顾怜星满脸愤怒，再度吼道："你……"谢传恨轻轻捡起地上的黑色轻纱，将它胡乱披在顾怜星的身体上，然后慢悠悠地捡起佩剑，用嘴轻轻吹去上面的一丝灰尘。

"谢传恨……你不是男人……你不是男人……"

顾怜星通红的脸上已经看不到之前的千娇百媚，一切的一切都是对谢传恨的愤怒。谢传恨却转过头，淡淡地说："不错，我很想要，或许你比纤云更漂亮，但是你是魔鬼，纤云在我心里，才是最美的。想要我碰你，你没那资格！"

这一句话说出，顾怜星仿佛气得要炸开一样，顾纤云却顿时感觉到自己是世上最幸福的人，泪花已经沾满了她的脸，她却激动得仿佛连呼吸都变得极不规律。

顾怜星顿时羞愧、愤怒，她咬着唇，恨恨道："好一个佳期眷侣，不过你也休想再见到顾纤云了。"

"你说什么！"谢传恨正色道。

顾怜星冷冷道："她被武当和少林的人围攻，十天前就已经死在洛阳城郊！"

顾纤云听在耳边，顿时在心里反骂道："你才死在洛阳城郊，顾怜星，你死了都没人愿意收尸……"当真是一句骂的比一句狠。

谢传恨却出奇的镇定，他不仅镇定，而且大笑起来。顾怜星怒道："你笑什么？"

谢传恨轻轻凑过头，凝望着她的脸："你若是心地好一点，或许我还愿意陪你一个晚上，可是你心地那么坏，这个世上恐怕没有一个男人受得了你！"他说完，收起长剑就转身越窗而去。留下顾怜星定立当场，口中不停谩骂道："谢传恨……你不是男人……你不是男人……"

寂寞的夜晚终究还是渐渐地被日出吞没，天空再度一片明朗，只是这晨曦的光芒，似乎也来得太慢了。窗台上正巧留着一丝夜间的寒霜，北国之地，入秋之后便开始有了霜冻之象，一缕晨光照在上面，渐渐化为一股氤氲，飘散无迹。

顾纤云依旧坐在椅子上，一夜未眠，虽然身体难受异常，但一想到谢传恨所做的一切，心里激动高兴得当真是十天不睡觉也无所谓。顾怜星还在努力的破开谢传恨点去的大穴，只是她动人的脸颊，已经像是裹上了一层烫金油纸，除了愤怒，还是愤怒！

虽然她与顾纤云同样是被点了穴无法动弹，但顾纤云毕竟是坐着，而且一直盯着顾怜星，后者则是凌乱着身子，一直站立在原地，这等痛苦当真难受。顾纤云一看到顾怜星那张脸，就忍不住偷笑。

"教主！"

门外传来风无踪的叫声，一夜的守候，却不见谢传恨走正门离去，担心顾怜星有何不测，所以很早便上来查看。顾怜星将一切怒火尽数发泄在这下属身上："叫什么叫，我又没有死！"

风无踪碰了个钉子，却也不生气，依旧恭敬道："只是谢传恨……"

"跑了！"

"这……"

"该死的谢传恨，点了我的穴，我若是抓到他，非阉了他不可。"眼睛扫过墙角那个微小的洞口，依稀中仿佛可以看见顾纤云在得意的偷笑。

"属下立刻进来替教主解穴！"

"不要！"顾怜星的一声叫唤，精锐无比，倒真是出自少女的害羞之情，她此刻身上凌乱的披着那件单薄的黑纱，几乎还是难以遮掩身上的一切，若是让下属进来看见这一切，自己以后还有什么面子！

风无踪莫名其妙，只能应了一声静静站在门外守候。顾怜星越想越气，这么一怒火攻心，终于将天音素馨之力强自催动出来，一股真气顺便涌遍奇经八脉，她痛得一声沉吟，终于把穴道冲开。

门外风无踪又情急道："教主！"听到顾怜星哀鸣，以为发生什么事。顾怜星狠狠道："没事。"在房内换了衣服，这就走出门，径直朝隔壁房间走去，只是这一个站立，腿脚有些疼痛发抖，风无踪见她一脸怒意，自然不敢再多问。顾怜星走到房内，轻轻挥手解了顾纤云的哑穴，她轻轻咳了一声，既而哈哈大笑："我的好姐姐，辛苦了一个晚上，你想让我看看传恨和我到底有多恩爱吗？"

顾怜星气得几乎说不出话来："你……你……"情绪一激动，腿上又剧痛发麻起来，她咬住唇赶紧扶着桌子坐在椅子上，顾纤云虽然背靠着她，但是心里多少猜得到她此刻的表情。

这种喜悦当然是无法用言语形容。此刻的她与顾怜星就宛如一道天平，顾纤云越是得意高兴，顾怜星就越气得够呛。

这时亦絮神君从外走进，低着头在顾怜星身边说道："启禀教主，据教众回报，谢传恨果然连夜前往少林去了。"这句话故意说得异常大声，顾纤云停止了笑容，心中忽现一股清寒。顾怜星冷冷笑道："好妹妹，谢传恨上少林替你报仇去了，只不过这古刹正派，不知道能不能挡住谢传恨的惊世之剑呢！"

顾纤云直到此刻才恍然大悟，她顿时失声道："原来你是故意借传恨之手替你诛戮各大门派！"想到这里，背心上再度涌上一股寒流，她知晓如今各大门派齐聚少林，谢传恨以一人之力贸然前去，自然是凶险万分。但稍又镇定，顿时又觉得事有蹊跷，那午夜之时，当顾怜星说明自己已被杀害，谢传恨为何会那般镇定！

顾怜星却异常得意道："怎么？心疼了？不过你若是对谢传恨毫无信心，那么想来他死在少林也是活该，是不是呢？"

顾纤云满脑子郁闷，根本没听清楚她所说的一切。亦絮神君低头问道："那我们现在呢？"

顾怜星站起身子，长裙轻轻摆动，口中微笑道："谢传恨大闹少林，想必是震古烁今的一大难得之景，我们当然是前往少室山看热闹去了。"

亦絮神君道："那属下立刻去准备。"

"慢着。"顾怜星手心一挥，看着顾纤云的背影，冷冷道："其他东西倒不用准备了，记住一定要大张旗鼓，将谢传恨杀上少林为顾纤云报仇之事通告天下。"亦絮神君未及她如此富有心计，怔了怔才领命而去。

# 第十三章
# 神剑出鞘

便在这日清晨，在天阴教众护卫之下，顾纤云、顾怜星、风无踪、亦絮神君一路向登封少室山而去，洛阳与登封相隔不远，若是马不停蹄约莫半个时辰就可到达，但顾纤云被大穴还未曾解去，顾怜星似乎存心要有意折磨，一路之上故意放慢脚步，想看看顾纤云心急如焚是何种模样。顾纤云倒也精明，明知对方想看看自己如何心急，却故意装作漫不经心的模样，时而开口对本朝开国大事评头论足，时而又对沿途风光指指点点，到最后甚至连许多年不见的教众穿着打扮，都一并言尽，气得顾怜星最后忍无可忍："你再说一句，信不信我又让你一天不能说话！"

"信，当然信！"顾纤云噘着嘴："像你这种丧心病狂的人，有什么做不出来的！"

"丧心病狂？"顾怜星坐在马车上，对着窗外冷笑道："好一个丧心病狂。当年顾宁玉妄自尊大，不听臣下之言，天阴教百年基业才会四分五裂，后来四大门派围剿阴山，你顾纤云又携带至宝脱离本教，顾宁玉算是引火自焚，死了也就罢了，却将那个秘密一并带走，这些年你顾纤云若是有良心，又岂会对圣教之事时而不理！九年来你过得倒是逍遥自在，可你想过祖宗的百年基业吗？你想过无数惨死的教众吗？还有那个顾萱，还有脸自称是天阴教的大小姐，当年四大门派围剿阴山，她人在哪里？这些年来天阴教复出，她人在哪里？这样看来，到底是谁丧心病狂？"

这句话说来并不大声，却像是无数根利剑穿透顾纤云的心里，她低着头不再说话，只是不经意间轻轻说了一声"对不起。"顾怜星如若不闻："无论你们怎么看来，顾怜星所做的一切，无非都为了圣教，一切一切自有天地可鉴。"其实她所言倒也不假，要知道九年前的阴山大战，天阴教几乎灭亡，虽然九年来渐渐有所生气，但毕竟是依赖顾怜星一人全权之力，她一个女儿之身复兴一大圣教，所受的苦痛自然可以理解。

四下里一片寂静，谁也不再说话，谁也不愿再说话。马车还在行驶，秋叶落满一地，金黄色的景致掩盖了窗外的一切。

忽然有一片落叶，落在顾纤云的面前，这片落叶竟然是一分为二，若是不认真看，还以为是被人有意割开，可顾纤云却对这一切熟悉了知。她冲着窗外激动道："传恨！"这两个字几乎震碎了一切秋天的萧瑟，包括顾怜星在内，所有人骤然变色，那片叶子自然也就是被谢传恨的绝世剑气所一分为二。

顾纤云那一句缠绵叫唤，整整阻隔了长久，仿佛经历了一世。果然，一片落寞中，谢传恨衣诀如飞，凝望着眼前，站立在一棵细如手臂的树枝上，落叶还在随风洒落，谢传恨的眼神却如深冬一样深邃犀利。

十多名天阴教众不约停下脚步，马车也瞬间停了下来，顾怜星走出马车，仰头望着谢传恨，想到昨晚的耻辱，恨不得立马就要上前将他五马分尸。

"谢传恨……"顾怜星一字一字叫了出来："你不是到少林去了！"

谢传恨冷冷笑道："你若是以为简简单单的几句话就能骗得了我，那你未免也太自大了。我所去少林，便是在这阳光大道上，等候你的降临！"

顾怜星宛如一片心机尽数白费，口中狠狠出声："你……"风无踪与亦絮神君侧立左右，一副如临大敌之样，十多名教众也似乎在等待着教主一声令下，当年天阴教众多教众非死即伤，如今所在的大都是近些年来收揽之人，虽然人数与当年兴盛之时根本无法比拟，但却无一不是精练强手之人。

顾怜星愤恨一声，黑影闪落，这一瞬间已经拔出身边一名教众的佩剑，冲天而起直向谢传恨而去，这一下来得突然，包括谢传恨在内，所有人尽数一阵哗然，谢传恨止住冷笑之意，便在一眨眼之际已然看清楚对方来势的方位、攻势，他略一皱眉："你何苦要逼我拔剑。"身子在树枝上轻轻一晃，人影已经落在一丈之外的树干上。顾怜星红了眼眶，她虽然行事凶狠，但也毕竟是情窦少女，昨晚的一切她哪里能够忘却，想到这种种一切，立誓要将谢传恨立毙当场。她修炼天阴教至高武学天音素馨，这些年来无论内功外功均有极大突破，哪怕是这普普通通的剑招，却都使得鬼斧神工。

再一晃动，伴着漫天的落叶纷飞，一阵狂风犹若平地而起，顾怜星喝道："谢传恨，拔剑！"短短五个字间，她已然朝着谢传恨刺出十一剑，这几如是剑招连绵，一气呵成，所有人瞠目结舌，虽然与顾怜星共事九年，却是第一次见她使出如此至高剑法，风无踪为人向来高傲，此刻见到顾怜星如此挥洒神剑，也不禁暗暗惊讶。

谢传恨眉心再皱："你……"侧身越过，胸前一阵极寒，险些就要被对方剑气刺中，他忍无可忍："顾怜星……"尚未说完，顾怜星身轻如燕，却仿佛一个带满利刺的黑色玫瑰，容不得他人一点进犯，这一股凛冽的威严霸气，仿佛令这个秋叶纷飞的天地越加黯然萧瑟。

谢传恨脸如闪电，凌空起步，一跃三丈，便在此瞬间，手中的长剑已然问世，这一柄被世人几乎尊为神剑的利器，从半空滑落，仿佛一道闪电怒劈大地，一切的一切仿佛因此要炸开，这一阵巨响伴随，谢传恨轻卷衣袖，手握剑柄，一招既出，如同披星戴月，剑气过处如同无数的烈焰将漫天落叶尽数碎为灰烬，天地一切都忍不住凝望着这灭世之剑！

眨眼间，顾怜星身已到，她素知谢传恨的剑术超然无敌，此刻忽见如此震撼之势，却不退反进，带着天音素馨自体内凝散的极寒之气透过这无尽的剑气四处扩散，好似一个身着黑色绫带的仙女散花，只是这一处处银光，却都是足以令人致命的杀机。

眨眼间，谢传恨已经不止退后了数十丈，他虽然长剑在手，却始终以此防卫，俩人在林野之上一追一逐，剑气过处无数的树枝被斩断，落叶萧萧，一片决然！

顾怜星越杀越怒，但一剑一招却始终碰不到谢传恨半分，她咬着唇怒道："谢传恨，为什么不还手？"此刻身影已过长空，谢传恨冷冷道："你莫要以为我是顾及纤云才给你面子，我是不想伤害女流之辈。"

但顾怜星之霸气又岂非女流之辈可以媲美："你若是打不赢我，今日休想带走顾纤云。"这句话果然触动了谢传恨，他余光撇过那辆马车，虽然看不到顾纤云的人，却依稀感觉到彼此的心阔别已久之后相隔得如此之近。

"你休怪我！"谢传恨冷笑一声，瞬间以剑刺向对方手腕，半空之中忽然转折，带着来势自上而下勾了个剑花，顾怜星虽然早有防备，但这一剑来得实在太快，一时间竟然乱了些方寸，地上的十多人一齐惊讶一声，顾怜星这才有所醒悟，但谢传恨出剑又岂容对方有退闪之意，眼见得一剑就要从她绝美的脸盘劈了下去，以顾怜星如此性格，竟然也吓得花容失色。谢传恨轻轻叹了口气，撤了剑势，撇过她的脸颊一眼，就不再凝望。

顾怜星见对方撤了攻势，哼了一声反而再度挥剑，这一下来得厉害，俩人相近不过三丈，而且都站立在轻摇树枝之上，只需轻轻一动，便大有可能从半空跌落下来，谢传恨情绪波动在先，顾怜星趁势挥剑在后，这一进一退竟然将谢传恨逼得无可招架，待得脚下欲要退去，却已经无处可行，一个踏空便从七丈之处摔了下来，这么一落地竟然正好躲开了顾怜星的杀机之势，谢传恨冷冷叹息道："同是姐妹二人，为什么心地却会有如此差异！"这危难关头，他竟还有心思寻思于此，脚尖一点一踏，身子翻身而起，再度冲天，一剑西来，连苍穹都无法隐秘，顾怜星居高临下双手握起长剑直劈下来，一阵电光闪动，满是阳光普照的空中如同瞬间陷入无边的杀戮当中。俩人凝气对决，谢传恨一脸无情，顾怜星则是满目愤怒，她全身被天音素馨所染，一身真气如同汪洋大海，取之不尽，但论到剑术高深，又岂会是谢传恨的对手。若不是占得先机，加之谢传恨有意相让，这剑术对决她早已败下阵来，不过这天音素馨倒也极是厉害，非但阴寒无比，而且极为霸道，虽然俩人以剑相斗，但这无形之中竟以这至阴之力渐渐将对方的真气尽数冰封。初始谢传恨还未曾觉察，渐渐地感觉到体内越来越冷，以他如此剑术，竟然握着剑柄的手心也微微发颤了一下，他张目结舌，强自催动丹田之力，却发现一股严寒之力仿佛将自己汇于丹田的真气尽数封死，让他无法用力。

谢传恨这一惊非同小可，欲待撤剑，但此刻顾怜星已如张弓之箭，只消得自己一退，对方手中之剑必然瞬间刺来，自己就算有通天本领，也难以全身而退，但若是与对方如此相耗下去，自己身体又迟早要被天音素馨给尽数冰封。

如此左右不能退却，忽然听到顾纤云在马车中叫道："天阴玄法，六相归一。"这短短八字，破入苍穹，所有天阴教之人尽数脸色苍白，这百年不外传的天阴教秘法，此刻竟然被顾纤云如此大肆说出，顾怜星的脸色最显得难看，心里暗骂道："这死丫头。"

谢传恨与她共度九年，她所言的一切自己早有深究，此刻忽然一定神，大喝一声逆行经脉，将全身真气尽数倒泄出去，本来这武学之道真气固集乃是至关之要，如今谢传恨却倒行逆施将全身真气尽数溃散出去，顾怜星的天音素馨自然无法施用，过了一盏茶时分，她竟已是香汗淋漓，而谢传恨却也着实不好受。天音素馨霸道之气几乎无法可破，顾纤云正是以天阴教的秘法教谢传恨以真气相搏，如此彼此虚耗而已。

虽然如此，但谢传恨的内力终究高出顾怜星许多，再过不久，顾怜星身子一晃，跟着一口血喷了出来，显是到了极为虚弱之境。

"撤剑！"谢传恨怒斥一声，顾怜星此刻命悬一刻哪里还敢硬拼，对方一声喝出，俩人同时退去，只不过顾怜星身子跌撞竟从天边跌落下来，所有人见状大惊失色，亦絮神君凌空一跃挥动手中游魂锁将其护入当中，轻身跃出已经将她紧紧抱住，风无踪身影一晃，挡在面前，以防谢传恨再下杀机。

谢传恨跃入地面，对着顾怜星怒道："你这又是何必？要如此性命相拼？"顾怜星擦了擦嘴边的血迹，此刻她的脸已如冰雪一般苍白无力："谢传恨……你今日不杀我，他日我必要你跪在我面前。"

"冥顽不灵！"谢传恨叹了口气不再多说。顾怜星扶着亦絮神君站起身子，望着漫天的凌乱哼了一声："走！"甩袖而去，其他人不敢多言紧随其后。落叶依旧纷飞，天地依旧萧瑟。谢传恨来不及催散全身的寒气痛苦，就一把跳上马车解开顾纤云的大穴。顾纤云早已经热泪盈眶，彼此之前阔别许久的等候，终于在这一刻化为重聚。她大哭一声像是孩子受了无尽的委屈扑倒在谢传恨的怀里，手心紧紧抓着谢传恨的衣领，哭得撕心裂肺。谢传恨却像是哄着孩子，微微笑着拍着她的背："好了不哭了，没事了。"这一句言辞，来得何等感人至深。可顾纤云依旧红着眼眶，过了许久她才眼泪汪汪的撒娇道："你以后还会不辞而别吗？"想到这些日子来独自一人所受的委屈，当真是苦不堪言。

谢传恨笑着摇头："不了。"

"你说的！你保证！"

"我说的，我保证。"

顾纤云再度扑在他的怀里，只是这一次脸上挂满的却是无尽的喜悦。

谢传恨虽然打败顾怜星，但毕竟是铤而走险，真气耗损极大，而且被天音素馨所伤，受的内伤倒也不轻。不过好在顾纤云从旁指点，俩人在这马车中静静修养，谢传恨才懂得如何化解那阵阵阴寒。

"看来她的天音素馨还未练到极致，否则就算以你的内功造化，也绝对不容易将她打败。"顾纤云坐在谢传恨的身边，望着他运气打坐，轻轻替他擦了擦额头上的汗水，一副怜惜。谢传恨睁开眼睛，悠悠苦笑道："这泼皮真是难应付。"顿了顿又道："不过这门功夫这么凶险，若是顾怜星尽数练成，那还了得！"

他此言倒有三分的嬉闹，顾纤云轻轻拍了他脑袋："你老实说，昨晚看到她身体的时候，有没有心动？"

谢传恨吃了一惊："你怎么知道？"

"我问你有没有。"顾纤云揪着他的耳朵，一副追问到底的样子。谢传恨嘘了一声："难道你昨晚就在旁边！嘿，我就猜想了，顾怜星虽然凶狠，但是她毕竟是你姐姐，而是纤云梭的秘密一天未解开，她又怎么可能见死不救。"

顾纤云松开手，难过道："其实就算她见死不救又怎么样，我也没资格去怪她。这些年来她一心为了圣教，经历的苦痛绝对不会比我少，只是她做的一切好歹有人看见，那我呢！"谢传恨的手握紧了她，凑过身子在她脸上轻轻一吻，柔声道："别人不知道，难道我还不知道吗？"顾纤云心田一暖，勾着他的脖子，轻轻吹了口气："如果你都不明白，我活着还有什么意思！"

秋风落叶，亘古不变的联系，也只有彼此，才真正懂得对方的一切！

便在这一天傍晚，谢传恨和顾纤云弃了马车，驾起快马折回原路，朝着五台山快马加鞭而去。当初彼此约定就是前去那里，所以后来引发了无数事故，此刻俩人无论如何也发誓绝对不会再被其他事情所扰。

一路上，顾纤云都时不时撒娇的问天问地，似乎要将谢传恨这些日子所作所为一切都尽数摸透，谢传恨一边骑着马，一边也只能老老实实交代一切。

原来那天他自从出破庙之后，像是发了狂奔出好远，直到在林夜间遇到了红叶神君。谢传恨与她见过，后来又听顾纤云的解释，知晓眼前这女人对顾纤云是着实的照顾有加，不过当时莫说谢传恨，就连后来的顾纤云也无法得知，红叶神君其实一开始就已经设下一局，目的便是要让顾纤云早日上得五台山。谢传恨当时被红叶神君所骗，便只身前来中原。后来顾纤云重返翠竹山庄遇到顾萱，终于得知一切之后，非但不领情，反而破口大骂顾萱，之后愤恨离开，也独自一人来到洛阳城中。

虽然同在洛阳城，但相约不期，始终无法见到对方。谢传恨后来多方查探，才知道顾纤云在天阴教束缚之下，于是后来才有了他与顾怜星的一番争斗，顾纤云在墙边所看到的一切。

而当谢传恨无意间问到顾纤云这些日子的遭遇之时，顾纤云却是顿感一阵萎靡，不知道为什么叶俊磊的身影瞬间浮上她的心头。

马儿疾驰，风有些大，顾纤云蜷缩着身子躲在谢传恨的胸口里，她忽然拉着谢传恨的衣袖，轻轻问道："传恨……你……认识一个叫叶俊磊的人吗？"她想到当初叶俊磊所言，此生必要与谢传恨一决高下，而所为的缘故却是有些莫名其妙，后来遇到青枫道长，以他如此德高望重却也不肯说明当中缘由，想必这当真一定有什么惊天之事。

"不认识！"谢传恨几乎是脱口而出，在顾纤云面前，他从来未有过隐瞒。顾纤云几乎是跳了起来："真的？"

"当然是真的，听都没听过这个名字！"

顾纤云一阵欣喜，谢传恨低着头反问："你认识他？"

"认识……"话一出口，却赶紧转口道："不……不认识！"她在迷乱之下与叶俊磊发生的一切，连她自己都不敢不愿再去面对！

本来当初二人都在沂州，离五台山就在咫尺，可偏偏事有突然，俩人各自跑到数百里之外的洛阳城，如今又重返沂州，不过好在路途也不算太远，以免事故，俩人约定要寸步不离，以此依偎。

终于在数日之后，到了五台山上。这五台山乃是我中华佛教寺庙兴起之地，本朝高祖至玄宗时期最为繁盛。高祖皇帝李渊自太原起兵，视五台山为"祖宗植德之所"，当初起兵之时，便以此发誓："若是他日登上帝皇之位，必定大弘三宝。"后李渊称帝，便在京师集聚高僧，立十大德，管理僧尼事务。后太宗即位，重兴译经事业，使波罗颇迦罗蜜多罗主持，又度僧三千人，并在旧战场各地建造寺院。贞观九年，太宗下诏曰："五台山者，文殊必宅，万圣幽栖，境系太原，实我祖宗植德之所，切宜祗畏。"是年，五台山建十刹，度增数百。其后武则天又多心于此，不仅命人修建清凉寺，并敕封主持大德感法师昌平县开国公，食邑一千户，主掌京国僧尼事，由此可见五台山在大唐年间是何等备受尊崇。

　　谢传恨和顾纤云下了马，一望山野寂寥，长空无云，归根结底，这方圆之间还倒算是清幽之地了。谢传恨愣在当场："五台山这么大，那个人在哪里？"顾纤云扶着他的手臂，木讷道："我怎么知道。"忽然小声支吾："我跟他又没什么关系！"谢传恨看着她无可奈何地叹了口气："你现在骂归骂，但是见到他之后，可不能再如此任性，知道吗？"

　　顾纤云望着天边，眨了眨眼睛："看本姑娘的心情。"

　　谢传恨无话可说，一望山野，庙宇众多，只是到底哪一座才是要去的地方。正在不知所去之时，远远走来一个青衣和尚，年纪约莫二十来岁，长得倒也清秀，只是眉宇间多了一丝腼腆之色，他似乎在此已经等了许久，一见到二人，早上前问道："可是谢施主和顾施主！"

　　"是！"谢传恨点头。那和尚又道："奉了主持之命，小僧在此等候多时了，请随我来。"说完转身走在前面，俩人随即跟去，走了不久顾纤云忍不住问道："你们主持……法号叫什么？"

　　"绝苦！"

　　顾纤云先是一愣："绝苦！"忽然冷冷笑道："他也有脸叫这个法号？"谢传恨脸色一变，拉着顾纤云的手急急道："纤云……"顾纤云仿如不见，又冷笑道："我明白了，所谓的绝苦绝苦，想必是绝非命苦，如此而已吧。"那小和尚红着脸，未曾回答，倒是谢传恨，一脸的无奈，好不容易连哄带骗，顾纤云这才板着脸咬着唇，不再说话。

　　到了好大一片庙宇群落，那和尚又带着二人走过大雄宝殿、长廊、弟子房，最后在后院一座偏僻的门外停了下来，尚未开口，只听到旁边早已经有人远远叫道："纤云，你终于来了！"

　　那小和尚见状，便先行退下。顾纤云头也未回，冷漠道："是啊，我终于来了，你是该失望呢，还是该高兴呢？"

　　顾萱披着长裙，缓缓走了上来。顾纤云看了看四周："怎么？红叶呢？她不在？"

　　"她回翠竹山庄去了。"

　　"哦！"

顾萱看着顾纤云，心里倒颇为心疼："你看你，上次自翠竹山庄一别才没多久，你就消瘦了不少。"

顾纤云手心握着谢传恨，眼睛望着屋檐，一副若无其事："当真谢谢你的好意，若不是你这些日子来从中作梗，害得我被那些名门正派追杀，我又岂会如此消瘦啊！"

声音略带愤怒，谢传恨尚未阻止，顾萱便勃然变色道："你说什么？"

顾纤云与她对视："我说错了么？顾萱，你自己做了什么事你自己知道，难道杀戮天下正派人士，然后嫁祸给我，你为的不就是想逼我早一日上这五台山来吗？现在我来了，你高兴了？"

顾萱比顾纤云大不了几岁，也正是年轻女子，她被人这么一冤枉，当真是一肚子气，当先也不再口下留情："顾纤云，你如果还当我是你姐姐，你今日就不该说这些话。是，当初我和红叶确实串通骗了你，不过你信也好，不信也罢，我们都是想你早一日上这五台山来，因为你身上的寒毒。不过你若是以为我顾萱后来会用那么卑鄙愚蠢的手段逼你上山，那你就错了。"

顾萱说完这一席话，恨恨地甩袖离去，直到没入拐角，谢传恨才悠悠叹道："纤云……"顿了顿，又实在不知道该说些什么。顾纤云重重推开门，直接大步走了进来。

这间屋子显得异常额黑暗简陋，除了一张桌子，两把椅子，一尊佛像和几个蒲团，再也不见其他之物，一个中年和尚就坐在佛像下的蒲团上，手拿佛珠，满口念念有词，虽然此处有如佛光无限，但是细细一看，眼前这个男子却仿佛充满了无限的英姿之气。

顾纤云走上前，身子开始剧烈颤抖，这显然是严冰之毒再度发作，谢传恨吓得赶紧上前将她扶住，他哪里知道，这一见面顾纤云就会如此激动！

"你别念了。"顾纤云发狂似的笑："你这种人，就算念经念一辈子，死后也绝对是下十八层地狱！"这句话说得何等恶毒，谢传恨忍不住从后面拉住她，一连在她面前故作难过之色，但顾纤云心中的愤怒和委屈却根本无法遏制，若不是谢传恨死死将她拽住，恐怕顾纤云早已冲上去和他扭打在一起。

"顾宁玉……你不是人……你更没有资格做一个父亲……这九年来你

苟且偷生，自私到天天在这里诵经念佛，你……你……"顾纤云忽然头晕目眩，一口血便喷了出来，洒落在佛像面前。谢传恨吓得叫了出来："纤云……"抱着她冰冷的身体，急得眼泪都要流了出来。

天下间又有谁能想到，当年叱咤风云的天阴教教主顾宁玉，传言当日战死阴山孤月台，却竟然会在这五台山上出家，而且整整九个年头！

但此刻的他，却青衫素衣，他放下佛珠，站了起来，走到顾纤云的身边轻轻替她把了脉，他之前被爱女顾纤云如此辱骂也丝毫未曾变色，此刻一触即顾纤云的脉搏，脸色忽然像是见到鬼神一样惊讶。

"你……你……你……"一连好几个你字，却始终说不出话来。谢传恨以为顾纤云有何不测，急得恳求道："求顾……求大师救救纤云……"

绝苦一连摇头，望了望谢传恨："你先出去，我想单独和她聊聊。"谢传恨未及开口，顾纤云却忍着寒毒冷冷道："事无不可对人言，你还想装什么鬼？"

谢传恨低下头柔声道："纤云，我求你了！"这句话便是当初在碧灵山庄外，谢传恨所说的，当时顾纤云听了这句话，心肠一软才会答应随他来五台山，此时此刻他再度重复，顾纤云闭上眼睛也只能默默同意。

谢传恨走出房去，黑暗的房间里就只剩下他们父女俩，绝苦一脸怜惜，顾纤云却像是面对仇人一样。

过了许久，绝苦才轻轻道："你可知道你怀孕了！"

"什么！"顾纤云一阵晴天霹雳，仿佛瞬间便苍穹欲灭，两行热泪瞬间就从她的眼眶里流了出来。绝苦一连叹息道："严冰之毒只需以男子的阳刚之气便可化解，但你既然已有身孕，可这阴寒之气却丝毫没有化解，这到底是为什么？"此刻，这个答案，世间只有两人知道，一个青枫道长，一个自然就是面前的顾纤云。

她痛不欲生，身子无力似的滑落在地上，忽然瞥见金色的佛像，顿时放声大哭起来："菩萨……你告诉我，为什么我顾纤云会如此命苦啊……"她的哭声撕裂了黑暗，撕裂了绝苦的心，九年的静心参禅，可就在这转瞬间，却被她的哭声给尽数毁灭。

顾纤云坐在地上，不停地在重复着同一句话，可是那冰冷的佛像，却又怎么可能解答她的一切呢！顾纤云的哭声划破了这个本该宁静安宁的古刹庙宇，绝苦一脸愁绪，几度开口却不知道该说些什么。好不容易等到顾纤云有所缓和，他才轻轻坐在顾纤云的身边："纤云……我知道你这些年受了很多苦……"

"你知道？"顾纤云满脸泪花，显得异常娇弱："你知道什么？你除了知道自己逍遥自在，你还知道什么？我从出生的那一刻便注定要背负整个天阴教和纤云梭，这些年来我饱受荼毒生不如死，你可知道吗？你的宝贝女儿顾怜星丧心病狂恨不得置我于死地，你知道吗？"她此言说得未免太过偏激，但顾纤云既然故意如此言明，自然是要让对方有所触动。绝苦叹了口气："她是我女儿，你也是我的女儿啊。"

顾纤云沉默。顾家三姐妹当中，顾怜星的性格最像顾宁玉，可他却独爱顾纤云，这一点自始至终未曾有过改变。他轻轻伸出手，摸了摸顾纤云的头，顾纤云此刻竟然像个温顺得像个孩子，未曾回避也未曾呵斥，而是似乎在用一种忍耐的态度去奢求遗失多年的亲情。

"孩子，告诉爹，你身上的严冰之毒到底是怎么回事？"绝苦面带忧郁之色，这天下间，或许最令他忧心的，便是眼前的这个女儿了。

可是这段往事，顾纤云却是不堪回首，但是一切而言，她又不能不说，因为她渴望与谢传恨厮守一生，前提自然是要好好活着。

顾纤云抬起头，用闪着泪水的眼睛摸索着对方的轮廓，她咬着唇："你必须先告诉我一件事！"

"你说！"

"有关纤云梭的一切！"

绝苦身子微颤，过了不久他的脸渐渐变得毫无表情，他站起身子凝望着身后的佛像，若有所思。

顾纤云再度哭了出来："你知道我这些年受了多少苦吗？为什么我会受那么多的苦，都是因为纤云梭，可是到今天我却连里面的一切都不知道。顾怜星以为我知道所有，所以不择手段要对付我，天下人更视我为敌，你若是还有一点亲情顾及，到了此时此刻就不该再瞒着我了。"

此言说得倒也不假，绝苦心有愧疚，此刻面对爱女，他似乎已经无法隐瞒当中的一切，过了许久，寂静的空气里才隐隐回荡一股耐人寻味的气息。

"事情的一切还得追溯到唐明皇玄宗时期。"绝苦一张并不苍老的脸，此刻像是被记忆无情的蹂躏，一切的往事尽数浮上心头，他悠悠说道：

纤云劫

"玄宗皇帝励精图治，开科举，重贤士，那时朝堂一派清平，江湖安居乐业，四海宾主年年来朝，八方蛮夷日日畏首，杜工部所言'忆昔开元全盛日，小邑犹藏万家室'，那'开元盛世'之景，竟是何等美妙！"说到这里，语气回转，似乎那段自己不曾经历的历史，仿佛也在此刻有所回思，过了不久，却又叹了口气："可是后来杨玉环的出现彻底颠覆了一切光景，玄宗皇帝不再过问朝堂大事，不出几年，奸臣作乱，边陲来犯，李唐盛世便由此跌落。"

这段往事，顾纤云自然熟知非常，只听得绝苦续道："安禄山自塞北进京，一面巴结杨玉环博得圣上宠爱，一面暗中兴兵作乱以此意图颠覆乾坤，而在安禄山身边，便有一个姓顾的将领，他……他便是我的祖父顾宇，也就是天阴教创教始祖。"

顾纤云听得入神，这才有所惊讶，原来天阴教地处阴山，正是当年祖先自此追随安禄山南下长安之所。

"顾宇教主深受安禄山器重，被视为心腹，同此而视的还有两个在朝的官员，他们暗中勾结安禄山，最终才致使安禄山里应外合兴兵作乱终于有所成功。"他停顿良久，终于才轻轻言道："这两个朝中官员，一个姓林，一个姓叶。"

顾纤云轻轻颤抖着身子，她的脑海里忽然浮现几个人的身影，此时此刻她才觉得这世间的一切尽是如此微妙。她娇喘着大气，静静地听着对方所言。

"安史之乱覆灭了整个盛唐，玄宗皇帝临危逃窜，带着公卿大臣及后宫佳丽一同到了川中避难，本以为天下自此易姓更替，却不料那郭子仪集结李唐义军，一举攻破叛乱，经历七年，终于将安史之乱彻底平复，因为如此李唐才能延续，这李唐王朝才能够如此苟延残喘。只不过安禄山一死，当初追随他的那些将领义士纷纷各自离散，顾宇教主心灰意冷，于是独自一人返回塞北阴山，创建了天阴教。"

顾纤云摇了摇头："可是我到现在都没有听到有关纤云梭的一切！"

绝苦轻轻挥了挥衣袖，凝神道："你可知道当年那大明宫中深藏了多少珍宝？"大明宫本是当年唐太宗李世民为高祖修建的避暑行宫，后来便成为大唐皇宫，当真是威武一世，显赫九州，当中收藏的奇珍异宝不计其数，只是后来安史之乱后被无情摧毁，开元盛世因此断送。

绝苦神情凝重，口中苦笑道："这世间一切当真如过眼云烟，大明宫虽然繁华如梦，终究还是难逃灭顶之灾。"他低着头看着顾纤云，续言道："安史大军攻破长安，入主大明宫，当中劫掠的奇异珍宝足以敌国，后来叛乱被平，这一切奇珍虽然随之因此严密，但关于敌国财富却无从可以安顿，顾宇先祖与叶、林两家之祖商议已定，便将这无数奇珍所藏的地图绘制在那纤云梭当中。"

顾纤云如梦初醒，原来这纤云梭所藏的竟是当年叛军从大明宫中劫掠出来的无数宝藏。绝苦见她有所醒悟，忽然呵呵笑道："只是这纤云梭中如若只有那藏宝图，后来我天阴教也就不至于会发生那许多变故了。"

顾纤云又陷入一阵迷雾："什么意思？"

"当年三人立誓，终生不会将宝藏秘密泄露出去，一心守候着纤云梭，希望安史之乱的后人能够有所复出，重新建立不世基业。"

顾纤云冷冷笑道："到底该说他们心怀大志，还是祸国殃民？"

绝苦惋惜道："心怀大志也好，祸国殃民也罢，百余年后，如今还不是归入黄土，永入轮回。"

顾纤云厌恶此等文绉绉的言辞，转口问道："后来纤云梭为什么会成为天阴教之物？"

"三人在中原守候多年，非但没有等来叛军复出，唐玄宗反而重回长安，延续皇权。顾宇教主心灰意冷，又不愿天下百姓再受疾苦，所以便提出将纤云梭带回漠北，立誓终生不再过问这宝藏之事。"

"他们反对了？"顾纤云皱着眉。

绝苦摇了摇头："他们非但未曾反对，反而在这几年间有所彻悟。于是三人一同立誓，终生不会将纤云梭的秘密泄露出去，并且三家的子孙也要誓死守护这个秘密。为表决心，三人将自己的名字同时刻在藏宝图上，他日若是有人泄露当中之事，自然会将当年通敌卖国之事尽数公告天下！"

顾纤云不觉有些震撼："他们三个倒是聪明。"

"于是顾宇教主便带着纤云梭回到阴山，这纤云梭也就世代代成为我天阴教的至宝，除非教主，任何人都不得所见。直到九年之前……"绝苦沉默许久，言语中仿佛显露出无尽的苦涩："我顾家之人本来久居阴山，数代严守纤云梭的秘密，莫说天下之人，就算是本教教众也极少知道有关纤云梭的事。"

顾纤云睁大了眼睛，接口道："可是九年前，忽然间有关纤云梭的事却传遍天下，而且四大门派忽然围攻阴山，天下之人无不觊觎被认为是至宝的纤云梭。"

"不错！"绝苦至今仍感疑惑："天下间知道纤云梭的人屈指可数，可九年前的一切，显然是有人刻意如此，唯恐天下不乱。"

顾纤云冷冷道："所以你当年就故意将四大门派引入阴山，故意让天阴教覆灭？然后从此躲在这五台山中，做一个被天下都认为的活死人，从此逍遥不问圣教之事？"

绝苦沉默许久，终究还是自责道："天阴教乃是顾宇教主的毕生心血，当年传至我手，我却因此做了百年的叛徒让这天阴教覆灭在我手上，我顾宁玉他日堕入轮回，实在无颜见历代祖宗！"

顾纤云正色道："你当年就是为了不想天下因为这纤云梭的事闹得纷乱不断，所以故意要我带着纤云梭临战脱离圣教？"

"是！"

"所以……武当的青枫道长是受你之托才会将我救出困境？"

"是！"绝苦点头道："青枫道长侠义在心，虽然参与围剿天阴教，但早年与我有所神交，他顾及旧情，所以便出手将你带出阴山。"

"所以……"顾纤云深深喘了一口气："所以当年的三家人，一个便是我顾家，一个便是当今两川大侠林齐的祖上，一个便是叶俊磊的祖上是吗？"

绝苦问道："叶俊磊？便是本朝吏部尚书叶佑安之子？"

"是！"

绝苦低下头来："不错。"

顾纤云长长地叹了口气："我知道了。"她忽然才发现，虽然九年来自己第一次知道了有关纤云梭的一切真相，但是此刻的她却突然显得越加烦恼，虽然她曾经听过传言纤云梭足以富可敌国，但是直至今天，她才彻底明白，当中的一切意思。绝苦身形矫健，再度蹲在她面前："告诉我你身上寒毒的事。"

顾纤云虽然恼恨眼前的亲爹，但毕竟有言在先，于是便将这九年来的一切尽数相告，包括与叶俊磊、青枫道长、顾怜星、智胜大师等人的一切经过，而当说到中秋之夜与叶俊磊所发生的一切时，绝苦的脸瞬间就变得异常难看。

不知不觉，日落夕阳，秋风吹动晚霞，日落一去，天边就开始变得昏昏沉沉，毫无生机。绝苦在禅房内点了蜡烛，微亮的烛光，狭窄的角落，这便是他整整九年来生活的地方，这便是当年纵横天下的天阴教教主！

"冤孽啊……冤孽……"绝苦想到世间竟有如此巧合之事，偏偏又是关乎顾纤云的生死，一时不禁黯然神伤。顾纤云却仿若看透命由："我只想知道严冰之毒是否还有方法可以解救？"

绝苦面带和蔼："其实……倒是还有一个办法，相信大可以化解你身上的寒毒。"

"什么？"

"就是智胜大师所言的，舍弃这红尘中的一切利益、情欲之心，想必假以时日必可以化解寒毒。"

顾纤云顿觉一阵绝望，她一生不喜争斗，而且对一切名利看得犹若浮云只是要他放弃情欲之心，当真比被寒毒发作还要痛苦，她冷冷笑道："若是一个人活着，连一点情欲都不能有，那还有什么意思？"

"纤云！"绝苦苦劝道："你若是和传恨此生有缘，又何必在乎三五七年？"

顾纤云瞪大了眼睛，正色道："如果三五七年还是没有用呢？那我是不是要苦等三五十年？"她如今正当妙龄，本该感受着红尘中的一切美好，所谓知女莫如父，绝苦虽然身为男儿之身，自然也晓得此事太过残忍。但此刻她的性命攸关，天下间除了如此，却实在难有化解严冰之毒的方法。

顾纤云轻轻地站了起来，一举一动显得有些缓慢，她忽然用手轻轻抚摸着肚子，想到在这里一行泪水就不禁滑落下来："我对不起传恨！若是我顾纤云命该如此，便让我用最后的时光好好陪陪他吧。"

这便是她在这禅房里，在绝苦面前留下的最后一句话。说完她流着眼泪打开门，单薄的身子顿时浸入一阵寒冷当中，她猝不及防身子摇晃险些就要摔倒。绝苦大吃一惊，三步抢上前去扶着她，此刻也不禁泪流满面。

父女之间的手腕相连，顾纤云轻轻回头，柔声道："爹……女儿若是有一天突然离世，也是命该如此。但是今日之事，女儿求您不要告诉传恨！"这一声说得感人至极，特别是那一声"爹"，绝苦仿佛守候了整整九个年头，此刻的他，不再是一个能够引领群雄的天阴教主，也不是这五台山上静心修道的佛法高僧，此刻他只是一个再寻常不过的父亲，面对自己女儿的恳请，只是老泪纵横的不住点头。

入秋山野，圆月如虹，月光如一条条纯洁泉水洗涤漫山遍野的景物。五台山上，空荡荡，只有些许的钟声悠扬，这一阵阵的清脆之声，回荡在山野，仿若敲打在每一个人的心中，无比令人发颤。

# 第十四章
# 惊世之战

但此刻寺门大院内，落叶满地，婆娑不绝，人影阑珊，天地间仿佛充满了肃杀之意。没有人知道这一晚，原本静修的大院会多出这么多人。

顾纤云在绝苦的搀扶下走到这里，才看到了眼前的一切。谢传恨满目萧然，伫立在满是落叶纷飞的院子中央，在一旁侧立的，一个是身着红色袈裟的慈眉和尚智胜大师，一个则是一脸沧桑的灰衣道人青枫道长，这两位当今在江湖中举足轻重的大人物，今夜竟会同时出现在这里。但最令人难以置信的，却是离谢传恨十多丈的人。

他满面华光，英俊之容即便在这漆黑之中也丝毫未曾隐藏，那一身白衣，似乎一点黑色也未曾掩盖，仿若一尘不染，只怕是月光明朗，也照不进他干净的着装，照不进他此刻的心。衣裳洁白，他手中的长剑更白，就像是现场几个人的心一样，显得冰冷、显得苍白。他神情庄重，庄重中又透出无限的杀气，这一股股凝固在空气中的杀气，似乎整个苍穹都要因此落入轮回。

他便是叶俊磊。

顾纤云脚下不禁停了下来，在谢传恨面前甚至是所有人面前，她都努力装作一副镇定，可是此刻，她再也无法镇定下来。她看到了眼前这一幕，感受到了弥散在谢传恨与叶俊磊之间的无限杀气。她脱离了绝苦的搀扶，几乎是一路跑到谢传恨的身边，像个长久流浪在外，此刻终于找到归宿的孩子，轻轻依偎在他的身边，只是她的脸上，看不到一丝的血色。

叶俊磊上前了一步，手中的长剑跟着轻轻晃动了一下，天地间再度凝望着这一切，他的心开始剧烈的疼痛起来。这一个月来，他几乎每时每刻都在想着顾纤云，而此刻她最爱的人，却依偎在自己的仇人身旁。

这种嫉妒让他心里的恨越加弥散，他望着前空，如若无物："谢传恨……拔剑吧。"

谢传恨一手滑过顾纤云温柔的脸，一边侧脸冷冷道："为什么？"他虽然年轻，但是大小争斗不在少数，却从来没见过一个陌生人一上来就要让自己拔剑。

谢传恨的剑又岂能如此轻易拔起！

叶俊磊颔首微笑道："你可知道我是谁？"

谢传恨眉目如电，身旁的顾纤云从出现到此刻一直低着头，不敢去面对眼前这个男人，而眼前的这个男人，虽然言语犀利，却自始至终盯着身边的顾纤云。他仿如明白了一切。

"你就是叶俊磊？"

叶俊磊淡淡道："家父叶佑安，本朝吏部尚书！"这短短的一句话说出，谢传恨全身开始剧烈的颤抖，二十年来从容不迫，而此刻他却像是见到世上最可怕的事一样，他轻轻推开顾纤云，朝着对方上前三步，嘴角冰冷的冒出一句话："继续说下去。"

"祖父叶鸣跃，懿宗朝兵部侍郎。曾祖叶无牙，玄宗朝镇远大将军，曾随汾阳王郭子仪平定叛乱，剿灭叛贼。"

最后两个字，说得十分缓慢，却着实铿锵。

谢传恨紧握剑柄的手心竟开始抖得不停，他剑术无敌，可此刻这柄神剑却也随之颤抖，微微轻响，发人胆寒。顾纤云无法回避，抬起头看着谢传恨，眉目撇过叶俊磊，对方却是一阵含情脉脉。

"很好。"谢传恨吐出这两个字，手心一摇，长剑已然脱鞘，伴着月华无限，两道剑光在院子里，折射出万道银光，也就在那短短的一瞬间，这两个不世出的青年剑神早已拼在一起。

青枫道长、智胜大师、绝苦三位高人此刻静心观战，一语不发。顾纤云眼见得俩人便在生死搏斗，终于大哭了出来，她冲上去握住谢传恨的手，天真地想从他手里抢过长剑，可谢传恨紧握磐石，却纹丝不动，他回过头，柔声道："纤云你退下。"

顾纤云哪里愿意退开，大哭道："为什么，为什么你们要这样！"

谢传恨将眉目转向叶俊磊，"唰"的一剑以剑尖遥指："你问他！"顾纤云双手握住谢传恨的手臂，慢慢转过脸望着叶俊磊，此刻的他，仿佛再无之前的怜惜之情。

顾纤云一人的哭声在院子里回荡，好似整个五台山都因此心碎。

"青枫道长、智胜大师……爹……爹……"她疯了似的冲回绝苦身旁，又疯了似的拽着对方的手臂，就像是小时候在他面前撒娇一样。绝苦虽然一阵温情，却终究摇头叹息道："纤云……"终究不知道该如何开口，顾纤云红了眼眶，胸口已经被泪水尽数沾湿。

叶俊磊心肠一软，闭上眼睛，过了良久才悠悠开口道："纤云，你可知道当年安史之乱的事？"

顾纤云见终于有人开口言明一切，赶紧止住泪水使劲点头。

"当年安史之乱。安禄山、史思明等叛军攻破长安，谢家与我叶家本是共效李唐，可谢家之人却为了荣华富贵而卖国求荣，后来惨遭天下人唾弃，叛国之后，人人得尔诛之！"

谢传恨睁开双眼，这一切仿佛昨日，可是他的眼中却又一股莫名的感情，他嘴角一阵冷笑，甚至连开口说话都显得多余。

顾纤云呆滞了许多，她望了望谢传恨，又望了望叶俊磊，忍不住开口问道："所以……所以中秋那晚，你跟我说的一切都是骗我的？"

叶俊磊一剑架开谢传恨，叹了口气："当年玄宗皇帝宠信奸佞，偏爱红颜，天下百姓苦不堪言，我曾祖屡次进谏非但不得圣上亲见，反而遭到李林甫与杨国忠俩人排挤，虽然如此但是一副赤诚忠心始终未有改变。"

"废话。"谢传恨怒道："强词夺理。"

叶俊磊冷冷道："我又何须强词夺理！"既而正色道："那安禄山居心叵测，突发兵变，我曾祖追随汾阳王郭子仪平定叛乱，如此天地可鉴，难道我是强词夺理？"

他此言一出，显然最无法置信的便是顾纤云了，她身子一寒，立即将目光转向绝苦，那迷茫的眼神仿佛在问："为什么他所说的一切，和叶俊磊言明的大相径庭！"

绝苦面带郁闷，刚要上前说话。叶俊磊却早已叫道："纤云，除了当中的一些过往我一直瞒着你，其他之言我从未欺骗过你。我对你是真心的！"

此言一出，谢传恨瞬间如同暴怒："你说什么？"

叶俊磊仿若不闻，继续叫道："纤云……"

谢传恨怒视顾纤云，见她此刻再度低头落泪，这一切仿佛让他瞬间明白了什么，他忍住怒气，冰冷地问道："纤云……你跟叶俊磊……"

顾纤云不敢直视，而此时此刻她也再无法隐瞒："传恨……我对不起你。"这几个字就如无形的利剑穿透了谢传恨的心，他脚下不稳，忽然一口鲜血喷了出来，顾纤云吓得花容失色，叫了一声冲上前去，谢传恨长剑一晃，却已经冲天而起："叶俊磊……我要你命！"

这一刻终于还是来临，茫然大地瞬间激起了四道冲天银光，那是谢传恨和叶俊磊的长剑相拼，月光如水照得山间如同渲染，而这瞬息绽放的千百道剑光，却无形的摧残了这花好月圆夜。

顾纤云羸弱的身子欲要上前，肩膀却一阵大力硬生生将她拉了回来，未及回头绝苦已经责骂道："你如此莽撞上前，是想这被无形剑气所伤吗？"顾纤云只能默默含着眼泪，凝望着一场惊世之战。

两人各自挥剑，便在这未及多时，各自挥发的无形剑气，已然越发弥漫，漫天飞舞着如秋风落叶的剑诀，好似一张铺天盖地的巨大剑网将整个大院尽数笼罩，在场四人各自露出无比异常的脸色，绝苦一阵叫唤，已然将顾纤云拉出数丈，原先站立之处便被这入刻刀之气劈为满地凌乱。

青枫道长毕竟与叶俊磊有过师徒之系，此刻与智胜侧立许久，此刻终于皱着苍老的面容叹息道："如此一战，惊世盖绝，这两个孩子，唉，当真是既生瑜何生亮！"

智胜大师毕生修法，自然早已心如止水，此刻见到如此剑神之战，也忍不住惊叹道："能观此战，一生何求！"

这短短的八个字仿佛抒发了世间无数人梦寐所求，只是这一晚却少有人能够亲临于此。眼前此战比之当初谢传恨在林中大战天阴教主顾怜星绝非一般可比，当初顾怜星天音素馨尚未练成，而且谢传恨无心伤人，是以招招望而止步，但如此此战却是拼了全力生死搏斗，不仅为了家仇之恨，此刻更为了挚爱之人。只见两人舞剑越来越快，黑白两道身影在月光之下如鬼魅一般穿梭迅捷，渐渐地迷失了影迹，根本分不清人影与剑气所在！

顾纤云喘息难止，灵魂也仿佛跟随剑舞，没入这无边的光芒之中。谢传恨的凝意剑诀意在凝神，每一道剑法挥出，都如漫天飞虹，足以将生灵屠戮。叶俊磊的寒冰真气自体内无限挥发，洁白的身体上仿佛也笼罩着一股寒冰之气，身影过去漫天冰霜凝固，伴着一道道威凛的剑气，好似冰封千里，万天弥漫。

月明如虹，渐渐的却伴随着俩人久斗渐渐没入云间，天地间再度一片漆黑，只是这院落之外却是光明如昼，这持续长久的决斗剑光，足以将整片苍穹尽数照明，四人站立大院之上，此刻眼神已经不断跳动，但所有人的心里都不禁狠狠被揪起，眼见得此战已经持续许久，却不知道该要以何种结局收场。

顾纤云越加心急如焚，她转过头抓住绝苦的手哭求道：“爹……求求您想办法让他们停下来，这样恶斗下去，他们迟早都要力竭而死！”

以绝苦的修为武学，他又如何看不到这当中一切，只是实在是爱莫能助，轻叹一声：“此战惊世无匹，就算是少林方丈、武当掌门结合青枫道长、智胜大师与我之力也绝不可能化解。”

这五人几乎已是当今天下武功登峰造极之人，绝苦此言便是让人陷入一阵绝望。顾纤云身如游魂，只能含着眼泪呆呆地望着这一片迷茫，她心里清楚，无论哪一个人有所损伤，自己都会因此痛苦一生。

只是这一战，仿佛等候了百年，又岂会如此轻易罢手！

天边仿佛划过一道极长的落雷，巨响之声隆隆未绝，所有人耳边一阵巨鸣，便在这一刻，俩人各自凌空退了一丈，发声呼啸，如同两只已经入魔发狂的猛兽，呼啸一掌运气全身之力朝对方扑了过去，尚在数丈之外，这一阴一阳两股巨大之力已经震碎了身边的无数乱石，虽然四人远在十多丈外，但此刻仍然感到窒息难耐，好不容易缓过神来，谢传恨与叶俊磊已然掌心对决，俩人体内各自催发着一股极端之力，恰好通过这掌心源源不断涌现出去，如同陷入巨大的漩涡之中。谢传恨与叶俊磊全身上下已经湿透，原本都是洁净之人，此刻却弄得全身凌乱，就连握着剑柄的手也剧烈地在颤抖。头顶之上已经冒出阵阵氤氲，既而卷入无边的冷风当中。显然是到了以内力拼搏之上，如此一来虽然不及方才剑斗那般凶险万分，但一旦以内力对决，自然是将性命一同架空于上，稍有分神便要被对方有如大江汇流的巨大内力给震得经脉具毁，甚至命丧当场，如此而言倒比那剑斗还要危机难料。

顾纤云知晓如此，自然不敢上前让俩人有一丝的分心，否则她早已上前将二人拉开，不过以这两大惊世之人的内力拼斗，又岂会是区区一个顾纤云可以分开！青枫道长与智胜大师的脸已经显得干瘪无力，凝望着俩人催动着宛若无限的内力，心中不禁黯然自愧。

天边的闪雷越来越大，隆隆之声也越来越震耳欲聋，过了不久天空中忽然下起了滂沱大雨，这秋夜之上，雨下得竟是如此令人心碎！

谢传恨与叶俊磊的脸已然被夜色与大雨浑然，除了两只誓死的眼眸，一切进入迷雾！

大雨依旧，冷风呼啸，疾雷划空，苍穹欲裂……

谢传恨胸口忽然一阵微痛，一道阴寒之力便瞬间涌遍了他的身体，将丹田之力尽数盖过，他脸色一变，强耐痛苦。原来他数日之前与顾怜星大战，虽然将对方打败，但那天音素馨毕竟凶狠毒辣，谢传恨耗损内力极大，体内的寒气未曾尽散，本来以他至高的内力倒也无碍，只是这几日来一直带着顾纤云马不停蹄赶路前来这五台山中，之前又被一阵刺激，此刻隐含在丹田深处的寒气偏偏在此刻萌发起来。叶俊磊明显感到对方手心之力有所滞后，一时越加凝神，将寒冰真气源源不断传入掌心。

谢传恨身子发寒，无数的雨点落在他的身上，他顿时觉得一阵寒遍彻骨，脚下忽然一个不稳，身子轻轻退了一步，便是这微妙之举，顿时如同一个破空的堤坝，让对方蓄势已久的内力一泻千里。

"不要！"顾纤云看出端倪，嘶哑着声音冲上前去。绝苦拉之不及顾纤云的身子已经没入大雨滂沱当中，好在叶俊磊被顾纤云一声叫唤有所分心，但一股真气却如一泻千里，重重扑到谢传恨的身上，他顿时如同一个折翼倦鸟伴着一声极为心碎的痛苦飞了出去，直落十多丈才倒入地面。

叶俊磊仿如入魔发狂，飞身而至便要将谢传恨立毙当场。便在这一刻，混乱的空中划过三道身影，来得好快，青枫、智胜、绝苦三人依次而落，各自挥掌硬生生将叶俊磊逼退，这三大高手一同出手，当真厉害，漫天的雨点几乎都作为难以形容的利器朝叶俊磊打去，后者被这一阵兔起鹘落有所惊讶，凌空退却，剑身护体早已经落在远处。

顾纤云早已经跑到谢传恨身边，哭得肝肠寸断。

叶俊磊上前怒道："你们……"

绝苦大袖一挥："你莫要误会，你与谢家之间的仇恨，我等无权过问，只不过在此之前想弄清楚一件事罢了。"

"你说！"叶俊磊喘着大气，显然已经到了筋疲力尽的地步。

"你方才所言的一切，是谁告诉你的！"

之前叶俊磊所言一切，竟然都与绝苦等人所知晓的大不相同，就连青枫、智胜也大感惊奇，这才会突然出手拦下杀机。

叶俊磊冷冷道："这重要吗？"

绝苦冷笑道："搬弄是非，篡改真相，难道不重要？"

"你说什么？"叶俊磊眼眶红艳，依旧带着杀机怒意。

绝苦上前一步坦然道："当年顾家、林家还有你叶家祖先本是一同叛乱李唐之人，谢传恨祖上不肯做此大逆不道之事，才惨遭迫害，从此家道中落。大丈夫生于天地，对就是对，错就是错，又何须隐瞒！"

此言说得义正词严，几乎天地一片喧哗，顾宁玉当年统帅群雄之势仿佛瞬间在线，令世间一切震撼。

叶俊磊却发狂怒吼道："你胡说……我曾祖当年追随郭子仪建功立业，他……他……"

绝苦冷冷呵斥道："顾宁玉在此，我虽然九年不问红尘，但往昔之事却一刻也不敢遗忘。我骗你，天下人骗你，如今你恩师在此，难道他也会骗你？"

说完将目光转向身后的青枫道长，叶俊磊不知什么时候竟然哭了出来："师父……您告诉我……您告诉我曾祖不是这样的人……他当年平定叛乱……"

青枫道长叹了口气，但一言一语在大雨中却铿锵有力："俊磊，事实并非你所言，当年三姓之人一同里应外合，安禄山才有机可乘，将李唐盛世陷入万丈之渊！而当年谢家之祖违背逆反，才会无辜惨死……"

叶俊磊全身乏力，脑中一阵昏沉，顿时如入九幽冥域，他大喘着气，轻轻转头凝望着倒在地上的谢传恨，心中隐隐划过一丝莫名感伤："不可能的……不可能！我……难道十几年来都是被骗了，当年谢家位列朝臣，难道真是因为反抗叛贼作乱，才会闹得如今这……"他不敢再想，脑子里混乱无数，他跪在地上，丢下长剑，口中喃喃道："可是他为什么……

为什么要我誓杀谢传恨……谢家与叶家明明是世仇……"这一切妄言，此刻在他想来，却是如此痛苦绝望。

谢传恨嘴角留有血迹，即便大雨倾盆，也洗不尽这心碎的痕迹。他悠悠从地上爬起，轻轻执起长剑，一口鲜血又吐了出来，他被叶俊磊巨大的真气所伤，若非他内力深厚此刻就算不死，也早已经骨骼尽碎，虽是如此，但受的内伤实在太重，心里的伤却更重。顾纤云无颜以对，只能呆呆地蹲在身边凝望着他，此刻两人的距离，竟是那么遥远。

谢传恨望了望她，眼神中也不知是痛苦还是悔恨，他站起身子望着大雨，一字一字地吐出："叶俊磊……今日之耻，我谢传恨铭记在心，他日不报此仇，我谢传恨枉为人子！"一声厉啸，如鬼嘶鸣，漫天雨花，却找不到谢传恨离去的方向，一道剑光顺着天穹直飞出去，手中长剑瞬间像是绽放天际的电光，顺着这一缕巨响，谢传恨人影如飞，竟已消失在漫天的大雨之中。

顾纤云呼之不及，身子冲上前去却落空倒地，她倒在满是泥泞的水洼之中，此刻的模样哪里像是那倾国倾城的美丽少女！而这一阵阵哭声，也正如绝响，回荡在黎明前的每一个角落！

# 第十五章
# 剑神的剑

　　若要列举江湖中近十年来最重大之事，想必只有两件。其一便是当年四大门派围剿阴山，孤月台上那关乎天下正邪生死存亡之血战。其二便是谢传恨与叶俊磊在五台山上的惊世一战，几乎被传神为三十年来不世出的剑神谢传恨惨败在叶俊磊剑下，江湖传言中，不仅盛名大落，而身边的挚爱顾纤云更是因此被叶俊磊抢走。

　　这一场惊世之战虽然不及当年阴山血战之空前，却越加来得令江湖沸扬，几乎在一夜之间传遍了中华九州，无处不在闲谈。

　　烟雨江南，繁华扬州。数百年来尽是王孙贵族流连忘返之地，当年顾纤云便是在烟雨檐下一笑倾城，叶俊磊因此为之痴狂。

　　此刻，腊月已过，南国春风如媚，早已经吹动了万千嫣红，这多情迷离之地，越加显得繁华似梦。一行之人淡妆浓抹，仿若西子捧月，将无尽美态尽数展现在这世人向往之地，只是在扬州翠烟楼不远之处，此刻竟会有人在此故意惹是生非！

　　只见那人衣衫褴褛，披着头发将半张脸尽数盖过，根本难以看清面目，虽然长得高挑，但是配着这一身打扮，显然是身世落魄之人。

　　他手里捧着半坛子酒，当中的酒水随着他步履缓动洒落一地，伴着他满身的酒味传遍在扬州城的繁华闹市。身边涌遍无数游人，但一见到此人无一不是捂着鼻子远远退开。

　　他见到自己如此被众人遗弃，非但未有不爽，反而喝下一口酒仰天大笑道："弃我去者，昨日之日不可留。乱我心者，今日之日多烦忧。长

・ 161 ・

风万里送秋雁，对此可以酣高楼。蓬莱文章建安骨，中间小谢又清发。俱怀逸兴壮思飞，欲上青天揽明月。抽刀断水水更流，举杯销愁愁更愁。人生在世不称意，明朝散发弄扁舟。"笑声雄壮，仿佛在这日中热闹非凡之时，整个扬州城都尽数可以听得清清楚楚。此诗本是本朝玄宗时期大诗人李白所作，表达作者怀才不遇并对世间一切迷乱黑暗之感慨所言。这落魄之人此情此景，加之言语豪迈，颇显得有当年李白窘迫时之意境。

他每走一步，几乎都要仰头喝下一大口酒，酒水从缸中溢出，已经将他一身打得湿透，他也毫不在意，仿佛此刻世间的一切，也不如沉浸在这酒醉中畅快。

眼见得他手中的一大缸酒已经深可见底，但他仍然意犹未尽，倒头舔干净当中残迹，这才将酒缸重重甩了出去，这一声震碎将原本一片喧闹的街头之景硬生生给撕碎，不少人四处张望，眉目中仿佛都透出不齿抱怨之色，只是这落魄男子一扫诸人目光，仍旧自我大笑。

他带着满是醉意，忽然冲到一家酒贩面前，拍着桌子大叫："给我来一坛上好的竹叶青。"

那商贩大概三十来岁，三年前来才从中原南下到扬州做生意，虽然年岁不久，但这生意做得倒也踏实，摊上卖的各式美酒远近驰名，不少江南游客均有所闻。原本他摊位上一片拥挤，不少人正在选着佳酿，但这落魄男子一挤上来，不少人瞬间便退了开去。那商贩一见如此，顿时板着脸怒道："你是哪来的东西，要饭到别处去，别在老子这闹事，走走走。"手心一挥，显得极为反感愤怒。那落魄男子却仿如不曾听见，仍旧对着他大叫道："给我一坛上好的竹叶青。"见他身子摇摇欲坠，似乎已经大醉，但口中却喃喃要着佳酿，那商贩怔了怔，忽然冷冷笑道："你想喝酒？也不撒泡尿照照自己，你有银子吗？"

那落魄男子口中支吾："银……银子……"

"是啊，你有银子吗？"商贩见他有些神魂颠倒，不觉发出嘲笑之意。

"银子……"那落魄男子忽然大笑道："银子算什么东西……我根本不稀罕！"这句话说得义正词严，极不像是一个大醉之人。那商贩莫名其妙，最后怒道："走走走，光天化日的，没银子就少在这捣乱。"

"银子！"那落魄青年忽然挺起胸膛一阵正色，"啪"的一声将腰间悬挂的佩剑重重拍在桌上，这一下力道极大，顿时将桌上不少美酒溅洒出去，那商贩未及心疼，却被他这突如其来的气势吓在当场，四处涌动的人群不少停下脚步远远观望着眼前的一切。

"就此一把剑，足以抵过天下千金万金，难道连你区区一坛酒也买不起？"他冷冷笑道，显然对方才那商贩的态度十分不满。

那商贩地下过细细凝望着桌上的长剑，上下一片寻常，毫无半点特殊，但之前碍于对方的暴怒，此刻只能小声喃喃道："客……客官……这剑看起来丝毫没有……这这这……"他态度立马转变，但依旧对眼前的长剑不以为然。

"是，这把剑虽然寻常，可你知道他是谁的剑？"

"谁？"商贩瞪大了眼睛。

"谢传恨！"

这三个字说得铿锵有力，仿佛晴空万里打了一个霹雳，那商贩身子一颤："你……你是谢传恨！"显得惊讶无比，这一句叫唤瞬间引起了附近围观之人的瞠目。

数月之前在五台山上一剑败在叶俊磊之下的谢传恨，被誉为三十年来天下最杰出的剑神谢传恨，曾经青衫磊落，仗剑天下，此刻竟会如此潦倒、如此荒唐，将手中视如性命的佩剑如此轻易甩出，竟然只为了换一坛美酒。

那商贩呆在当场："你……你当真是……谢传恨？"

男子忽然皱起眉目，眼神炯炯有神如一道闪电弥漫四方，便在这一春风吹起之刻，他手中已然挥动桌上神剑，所有人未及眨眼，从天而落的几片树叶便已经裂碎在他一剑之下。能够斩断随风而落的树叶，眼前这个运剑如神的谢传恨，自然是丝毫不假了。

那商贩再不疑问："谢……谢……你要多少酒尽管自己拿……自己拿……"谢传恨冷冷一笑："我今日虽然潦倒，但还不至于如此要白拿人家的好处，你说吧这把剑值你桌上的多少酒？"

这当真是苦了那商贩，他供着双手像是拜着菩萨："您您……您这不是……小人就是把家里的全部佳酿搬出来也买不起您这把剑啊……"

谢传恨若有感触，凌乱的头发被春风拂过，绽放着一张虽然污浊但是依旧英姿飒爽的脸："谢传恨已非当初的谢传恨……人既已非人，剑又岂非是剑！"忽然正色道："你这么说就是瞧不起我？"

商贩被他逼得几乎要哭出来，便在此时，人群中走出一个彪汉，但见他身高还在谢传恨之上，圆溜溜的肚皮露了出来，就像一个大大的酒缸，他留着长长虬髯，一张四方脸微微笑着走了上来："这位兄弟要你开价，你便开价，磨磨叽叽和个娘们一样，连老子都看不下去了。"这句话显然是在指责那卖酒商贩，谢传恨忽然侧过头，冷冷地扫过一眼，但见这汉子眼眸有神，又见他虽然身材肥胖，但一行一动显得十分有力，根本不是市井之人。

那商贩支吾了半天，说不出话来。彪汉忽然呵呵一笑："既然他不肯开价，那老子就做一回和事佬……"他捋着下巴，细细看了看这把剑："就……一两银子……卖不卖？"

以谢传恨之威名及神剑之风，在江湖上可谓无价可比，可此刻这彪汉竟只开了一两银子，显然是小觑了谢传恨。四下里顿时鸦雀无声，那商贩更是说不出话来。

唯独谢传恨哈哈大笑起来："想不到天下间还有如此看得起我的人，一两银子，成交了！"当初谢传恨一剑败在叶俊磊之下，不仅声名扫地，更是诀别了挚爱顾纤云，这几个月来他心灰意冷，只觉得天下间再无可眷恋，是以日日饮酒度日，若是当初有人在他面前如此小觑，以他的性格哪里能够忍受，只是此刻他却再无当初那般潇洒自在。

那彪汉哈哈大笑："好好好，一两银子能够买到谢传恨的佩剑，老子当真是走了十辈子的运。"他笑言之际当真从兜里掏出一两银子放在桌上，也不等谢传恨收起便从他手中接过长剑，长剑脱手之际谢传恨眼带朦胧，有过一丝难过，既而仰天笑道："人生得意须尽欢，莫使金樽空对月。"笑言豪迈，那彪汉也跟着大笑起来："今日买卖一场，你我也算有缘，相请不如偶遇，不如便随老子回去痛饮一场如何？"

谢传恨凝望良久，虽然他明知此人是故作寻常，但此刻在他心中，还有什么比酒更能让他动心。

"恭敬不如从命！"

那彪汉再度哈哈大笑，拉着谢传恨便走出人群，朝着不知何方的大路走去。

留在烈日中的那一两银子，此刻显得极为光华，那商贩凝望着良久，口中还在喃喃道："他……他真的……真的那个让天下传闻的剑神谢传恨？"

疑问良久，喧闹的闹市中却无一人可以回答他的问题。

碧空千里，飘缈春光，江南城郊一派升平之色。一胖一瘦踩着朝气缓步而来，前者身材肥胖魁梧，后者身形矫健，步履沉稳，但一身褴褛却又显得极不相称。那魁梧胖子一脸微笑，此刻正值暮春三月，但他却走得气喘如牛，豆大汗珠顺着额头缓缓滑落下来，滴在酒缸大的肚皮上，在阳光下略显得光色。他伸手擦了擦汗水，单手紧握着一把长剑，这把剑，就是在市集上以一两银子向谢传恨买回的。谢传恨跟在身后，虽然已经跟着他走了很久很远，但他的眼眸始终盯着对方手里的佩剑，这柄剑自七岁那年跟着自己，二十年来几乎未曾离手，但时移势易，数月前的五台山之战，一败之下的他虽然立下誓言必报当日之辱，但这些日以来一想到曾经往事，特别是与顾纤云相处九年的点滴，不觉心灰意冷，成日除了酗酒，便是游魂般的浪荡在世间，这柄跟随他二十年的长剑，曾经他以此时刻给顾纤云一切安慰与保护，但此刻它其实不过是谢传恨心中的痛而已。

"你要带我去哪里？"谢传恨忍不住开口，他的语气依旧冰冷，这阳春三月，本该万物化生，但他的言语冷得依然可以让世间的一切尽数冰冻。

"哈哈哈哈。"那彪汉哈哈大笑，豪迈的声音显得极为震撼："久闻谢传恨天不怕地不怕，难道今日害怕我带你下地狱？"

此言一出，谢传恨反而淡淡地说道："你若是能够带我下地狱，那倒也没什么，只怕你没那个本事。"

"不愧是谢传恨。"彪汉轻轻称赞，望着远方一处破地屋子，指了指："到了。"谢传恨见对方之前出言如此阔气，还以为他住的是郊外的豪宅山庄，此刻哪里想到竟然只是这么一个破旧的破庙。只不过一见到破庙，却实在勾起他一些不堪回首的往事，他悠悠叹了口气，显得无可奈何又难以平复。

那彪汉先是走了进去，四下里凌乱无比，哪里像是有人居住，而且到处杂草丛生，哪里见得到有酒？谢传恨本以为被他骗了一回，偏偏在此刻那彪汉回头一笑，将长剑放在地上跟着一个起身跳到一丈多高的供台之上，一尊佛像双手合十，本来全身金漆尽散，但好在阳光从屋顶照

第十五章

剑神的剑

下，如此看来倒也是神气十足。谢传恨尚在莫名其妙，只见得那彪汉卷了卷衣袖，跟着半蹲下身子，蒲扇般的大手环抱着那佛像的坐莲，一声大喝如同霹雳，四下仿佛不堪抵抗，落下无限沙尘，谢传恨轻轻挥了挥手，眨眼看时那尊佛像已经平地而起被他搬开，再看他满身大汗，气喘不止，身上青筋暴露，这尊佛像少说也有三百来斤，就算以谢传恨如此功力要搬开也绝非易事，但眼前这看似走两步路都力不从心的胖子，此刻竟会如此天生神力，倒也是江湖中的奇闻。

过了不久，那尊佛像已经被彪汉搬开，再一声大喝平落边上，四下里一阵晃动，几乎这屋子就要塌了下来。谢传恨越加惊奇，那彪汉来不及擦去满身汗水，忽然蹲下身子，竟然拽起一缸佳酿："接着……"朝谢传恨甩了过去，谢传恨此刻才恍然大悟，原来他竟是将所藏的佳酿尽数藏在佛像之下，想到这里他不禁哈哈大笑，伸手接过酒缸，尚未饮用，便闻到一股浓重的香味："果然是上等的竹叶青。"话未说完，那彪汉已经一跃入地，手中也捧着一大酒缸："老子这所藏的都是近年来天下难得的佳酿，今日难得你我有缘，来，喝个痛快。"说完解开封条，就往口中就痛快饮用。谢传恨这几个月来虽然每日沉迷在醉酒之中，但毕竟都是一人醉饮，而且少不得受到旁人冷眼歧视，今日却碰到如此豪迈慷慨之人，顿时觉他大有亲和，也就放开之前一切介怀痛痛快快喝了下去。那彪汉酒量倒也厉害，这一口喝了大半缸，脸不红头不晕，而且还对着谢传恨朗声笑道："坐。"随手一指，朝着凌乱便坐了下去，若是以曾经的谢传恨他岂会蜗居在如此之地，但今时今日，世间一切对他又如何？

两人坐在地上，各自畅饮，过了不久，那彪汉才言道："一直听闻谢传恨剑术无匹，今日一见这酒量也当真厉害，哈哈。"谢传恨苦苦道："什么剑术无匹，不过是过眼云烟，莫要再提了。"

彪汉先是一愣，既而笑道："好好好，世间一切本就如脱了裤子放屁，倒不如醉一次笑一次。"说完又痛快喝了几口，一擦嘴边："莫要看这破庙平平无奇，老子这几年来精心收藏的美酒佳酿，可全都藏在这里了。"

谢传恨眼眸顺着他所指，不禁一笑："只是你将这佳酿藏在佛像之下，未免也有些不敬了吧！"

那彪汉显示故意咳了几声，既而摇头道："世人皆说佛法无边有求必应，兄弟你以为如何？"

---

纤云劫

　　谢传恨身子一颤，却摇摇头："不尽得意。"

　　"不错。"彪汉点头，显得极为赞同："倘若世间一切真的有求必应，天下人又何必天天如此劳苦，平民百姓为了一日温饱，王孙贵胄为了飞黄腾达，所谓天下熙熙皆为利来，天下攘攘皆为利往。如此看来一切的一切不近乎一个利字，既然如此倘若连一个利字都不能满足，又何必在乎什么恭敬不恭敬。"

　　谢传恨有所彻悟，想不到这嗜酒汉子竟会有如此觉悟。只听他又笑道："更何况酒肉穿肠肚，佛在心中留啊。"说完不禁哈哈大笑。

　　谢传恨凝望着四下，此刻不禁若有所思："你平日便居住在这里？"

　　那彪汉喝下一口酒，摇摇头："老子生平不拘无束，喜欢到处流荡，逛累了逛烦了便会到这里痛饮三天，然后一醉方休。"

　　"哦！"谢传恨露出羡慕之意："难不成天下间还有什么佳酿能够将你灌醉？"

　　那彪汉将一缸酒放在地上，原本圆圆的肚皮此刻越显得大了许多："若是要说起来，中原的确有一种美酒可以将老子灌醉。"

　　谢传恨自诩酒量一直不差，但此刻差不多喝下一缸却已有醉意，眼前这汉子却丝毫未有动静，想必天下间也难得有人可以喝过他，但他所言竟有佳酿能够将他也灌醉，倒也新奇。

　　谢传恨眼神晃动，若有所思："既是容易醉，你又何必要饮用？"

　　那彪汉叹了口气："兄弟你有所不知，人生在世苦恼无数，譬如平民百姓一日不能温饱是烦恼，王孙贵胄担心触怒龙威是烦恼，天子在朝唯恐权位不保亦是烦恼，权位再高，武功再强，有的时候偏偏就无法去左右很多事，那个时候若有一种酒可以将人灌醉，岂不美哉？"谢传恨有些木讷，心中不禁滑过一丝感叹："人活着的确有太多烦恼。"转口道："你所说的……莫非是翠竹山庄的百花醉仙酿？"

　　那彪汉瞪大了眼睛："你也知道？"

　　谢传恨想到在那如世外桃源之景与顾纤云的一切，心中便如被尖刀割过，伤痛无比，悠悠叹道："不仅知道，而且还喝过。"他端起酒缸，喝下烈酒，此景此情，却物是人非。

　　"老子行走江湖三十余年，喝过的美酒不计其数，但要轮到真正难忘的，还是那看似寻常普通的百花醉仙酿啊。"那彪汉舔了一下湿润的嘴唇，好像此刻又回味到那一阵清香当中。

谢传恨沉思片刻，忽然带着几分正色问道："敢问阁下大名！"

那彪汉显得异常淡定，哈哈大笑道："还需要老子自报家门？看来你已经知道老子臭名了！"

谢传恨微微颔首："天生神力，嗜酒如命。除了天阴教七大护法神君的屠灵神君以外，还有什么人！"

屠灵再度哈哈大笑："不错。老子正是屠灵，只不过屠灵屠灵，并非屠戮生灵，老子当年只是天阴教闲人一个，如今更是如此，喝喝酒，过过小日子也就罢了。"当年天阴教的七大护法神君何等威风，但屠灵身在其中却是最为淡泊之人，除了关乎圣教大事，几乎闭门不出，便是顾纤云等人也难得见他几面。

屠灵眉目缓动，忽然问道："怎么？因为老子是邪魔外道，后悔跟我喝酒了？"

"没……没。"谢传恨神情呆滞，他又岂会是屠灵口中如此之人，只不过想到天阴教，想到顾纤云，若有所思罢了。

屠灵又从地窖中取出好几坛佳酿，果真坛坛都是当今天下难得的美酒，喝得谢传恨脸色通红，半醉不醉，屠灵却越喝越有精神。期间谢传恨又想起一些往事，兴许是这几个月来无人交谈，又兴许是对这屠灵极有好感，一时并将心中苦愁尽数告知。

屠灵喝下一口酒，酒水溅洒，顺着他肚皮洒落一地："老子身为天阴教之人，这件事本不该徇私为圣姑说话，但言而总之，以你与圣姑九年来日夜相伴之情，圣姑又是何等刚烈之人，兴许……兴许她的确有什么苦衷也说不定呢！"

谢传恨这几个月来心灰意冷，仿佛对世间一切都看若浮云，心中唯一难以释怀的，便是顾纤云与他之间的一个疙瘩所在，屠灵此言他又何曾没有想过，但平心而论，如此打击，天下间又有几个男人可以忍受。

"你是否决心要报仇？"屠灵问得铿锵有力："就算不为了圣姑，也为了你自己！"

谢传恨醉的几乎是要躺在地上："报不报仇，还重要吗？"

"嘿嘿。"屠灵忽然冷笑道："没想到世人所称谢传恨的什么磊落英姿，如今看来全是狗屁不通。"

“你说什么？”谢传恨怒道。

“难道不是？”屠灵正色道：“你既然身为谢家之孙，当年你先祖一辈惨遭奸人所害，如今谢家只剩下你这么一脉，倘若你如此堕落下去，他日谢家祖先泉下有知，又岂能瞑目？还有，如今看来这一切的一切都有人在幕后作乱，否则以叶俊磊如此之人，又岂会誓言与你谢家为仇？你若不肯振作，难道要眼睁睁地看着圣姑，还有其他人一同堕入这陷阱当中？”

谢传恨一阵恍然，但此刻他头痛欲裂，捂着头轻轻靠在墙边，想到这当中一切，当真是痛不欲生。

“况且圣姑对你一片痴心，以你今日如此堕落，倘若再见圣姑，你又有何面目见她？”屠灵此言咄咄逼人，直入谢传恨心田。

“够了！”谢传恨愤怒之下一拳打在墙上，发出无数灰尘。

屠灵如若无视，他取出身边的长剑：“江湖所言，此剑和圣姑本是你谢传恨绝不离身一切，今日圣姑不在，你又如此自甘堕落，谢传恨活在世上还有什么意思？”他将长剑轻轻扔了过去，谢传恨忽然上前一把抱住，既而哽咽道：“是啊，谢家当年遭奸人所害，如今大仇未报，我又如此堕落，他日有何面目去见谢家的列祖列宗。”想到这里不禁用手轻轻滑过长剑，深深叹了口气：“多谢前辈良言……”

屠灵显得极为满意：“你我今日有缘，老子也并非什么迂腐之辈，我看不如你我结为兄弟，你以为如何？”

“兄弟！”谢传恨张目结舌，谢家自来一脉相承，他还从未有过手足，此刻虽然对屠灵颇有好感，但毕竟事有突然。

“怎么？”屠灵见对方惊讶，有些不爽：“莫不是你以为老子是邪门歪道或是长得满脸凶煞，不屑与我结义？”

他此言一出，谢传恨反而哈哈大笑起来：“既如此，小弟谢传恨便拜见大哥。”说完当真就拜了下去，屠灵一把将他抱起：“好兄弟，老子行走江湖三十余年，包括当年所在天阴教，黑面、无踪那些人还没有一个与我臭味相投，今日与你当真是相见恨晚。”笑声朗朗，显得异常开心。

“以后你我有酒同饮，有难同当。”屠灵扶着谢传恨的肩膀，哈哈大笑，谢传恨凝望良久，这一切当真也不知是喜是忧！

“二弟，往后你有何打算？”屠灵张口问道，谢传恨却是一脸苦涩：

"我也不知道。大哥你呢？"屠灵拍了拍圆圆的肚皮，伸了个懒腰："当年在天阴教虽然说算是闲人一个，但总算有所归去，现在……"他苦苦一笑："现在天天吃吃喝喝，简直就是废人一个。"

谢传恨轻轻一笑，此刻的他又何尝不是天天吃吃喝喝，废人一个！

"只不过……"屠灵开口道："与你一说到那百花醉仙酿，老子就酒瘾又犯了，二弟你既然无事，那便随我回中原一趟，去重温一回那极品佳酿如何啊？"谢传恨身子一颤，本来以他如此闲人，去哪里倒也无所谓，但若是到翠竹山庄却难免有所尴尬，红叶自然不必说，当初林齐遣散家财前去青城山，林欣儿却死活不愿意同去，后来才会从长安跑到翠竹山庄投靠红叶，如今想必她还在那里，当初有顾纤云在身旁，一切事实都有所明了倒也罢了，可如今自己这副模样还如何去见人！

屠灵见他略有犹豫，便婉言道："你若是不想去，那就罢了。"

"没什么。"谢传恨歇了口气："去吧去吧，不就是去见人吗！"

屠灵虽然见他语气有些勉强，但既然他愿意同去，当然也就不再多言。俩人这一晚便在这破庙当中休憩了一夜，第二天清晨屠灵将佛像抬回原处，临走前还不忘对之一笑："下回再来瞧你们。"

谢传恨忍不住喃喃道："天下间将酒看得如此重的，或许便只有大哥，可世间能将情义看得如此重的，又有几人呢？"

此刻春光明媚，破庙之外一片朝气之色，谢传恨与屠灵重回附近镇上，各自洗净换了一套衣服，谢传恨这半年来一直如同离魂，此刻重新换了着装，当真是脱胎换骨，重回当初那青衫磊落的剑神之状。

屠灵一望他如此飒爽英姿忍不住哈哈大笑："你这一身装扮，老哥我看得还真有点不顺眼了，哈哈。"谢传恨微微笑道："其实莫说大哥，便是我如今自己一看，倒真的有点不顺眼。"半年来他几乎第一次有种重归昔日的感觉，俩人在镇上买了一些干粮和水，然后赶着京杭运河上的渡船，沿着运河而上，以水路直接前去中原再转到翠竹山庄。

这沿江之上景色倒也迷人心扉，当初顾纤云和谢传恨在一起之时，不知以此通往了多少回，但每一回来往都觉得景色非常，此刻虽然再度在京杭运河游荡，但身边之人却不是顾纤云，难免有些触景伤情了。

闲着无事，俩人便在船头闲聊。这艘游船倒也极大，高一丈有余，长十多丈，外表虽然显得平常，但甲板船舱的建造之术却显得极为尊贵，

170

想必是专门供于中原与江南来往游戏所用。

　　"当年隋炀帝杨广为了一己私欲修建了这京杭运河，不知多少人因此丧命，多少家庭因此破亡，如今事过已久，虽然人人乘着船游览运河之景，可却还有多少人记得当年的血和泪啊。"谢传恨坐在船头，海风从他身边吹过，荡起了他身上的衣襟和一缕长发。屠灵捧着酒袋，他果真是嗜酒如命，此去中原还在身边带了不少皮囊用来装着佳酿。他望了望波澜运河，忍不住笑道："老弟，你且说说，隋炀帝当年劳民伤财修了这京杭运河，你觉得就此而言到底是功大于过呢，还是过大于功呢？"

　　谢传恨转过头，此事或许他心中早有计较："他虽然贵为天子，但不能爱民勤政，为了一己私欲大刀阔斧，增加赋税，民不聊生，自然是有过了。"

　　屠灵再度喝着酒独自大笑，谢传恨看出端倪，忍不住问道："大哥可是有其他的见解？"

　　屠灵轻轻叹了口气："老弟，老哥我只是土人一个，不懂得什么天下大事，也不懂得什么民不聊生，大哥只知道历史如这漫漫运河，一切的是非功过自有后人去定夺，你和我既然生在乱世，连天下兴亡都无法左右，又何必去感慨那么多千古之迹呢？"

　　谢传恨听之有理，心里却也忍不住道："当初纤云也断定大唐亡国不久，难道当年李唐的盛世便注定要滚入这漫漫运河中，没入历史吗？"他越想越是感慨，屠灵又道："譬如说本朝的武媚娘，她虽然凶狠毒辣，满腹心计，后来更是抢夺天子圣主之位，但是她终究礼贤下士，体恤万民，你能说她只有过还是只有功吗？"

　　"我……"

　　"再譬如说太宗李世民，在位二十三载，励精图治，勤政爱民，'贞观之治'的繁荣之景天下可知，但是若非当年的手足相残，后来李唐又岂会如此兴隆昌盛，归根结底，当初这皇位却乃是发动血腥方才夺得，玄武门外的血光如流。太宗晚年痴迷炼丹修生之术，少问过事，如此看来你又能说他一生只有功无过吗？"

　　此言说得极为在理，莫看屠灵长得油光滑面，没想到评足历史，说的话竟然如此透彻，谢传恨心中大有惊叹："大哥你说得对，凡事都有后人去评定，你我既然生在乱世，便不必要去考虑这么多了。"

屠灵哈哈大笑，拍了拍他肩膀："好好活着，身边纵使有太多烦恼之事，切记的要好好活着。"他打了个哈欠，这初春之际的确太容易发困，他拍了拍圆乎乎的肚皮："老哥我上舱内睡一觉去。"谢传恨微微一笑，转头目送他离去，只是看着这肥胖的身子一扭一扭，想到他所说的最后那句话，心中又大有感触："好好活着。"谢传恨凝望着远方，运河之上轻轻刮起大风，风卷起浪，浪又裹着风，一切的一切尽如亘古如此："好好活着！"

# 第十六章
# 故地重游

这一天，谢传恨独自在船头吹着风，大运河两河精致悠然，更何况这里的一草一木，他都十分亲切熟悉，整整大半天下来倒也不觉得枯燥发闷。到了黄昏之际，日落的影子渐渐洒落在运河上，整条河如同披上一条蜡黄的彩带，伴着波浪翻滚，那景色着实好看。

屠灵还在船舱中昏睡着，鼾声如雷，一遍一遍回荡在四周，也不知过了多久，谢传恨忽然从外冲了进来："大哥……大哥……"叫了他好一会儿，他才朦朦胧胧睁开眼睛，见谢传恨一脸变色，便揉着眼睛问道："何事？"

"这船上有古怪。"

屠灵一听几乎是跳了起来："什么意思？"谢传恨'嘘'了一声，跟着指了指硕大的舱内："日间那么多的同游之人，此刻一个也不见了。还有，此行的方向并不是前去中原的。"

他曾与顾纤云沿着运河游览多次，自然十分清楚路线。屠灵一听此事，几乎是哇哇大叫起来，气得呼呼："搞什么鬼。"站起身子在四周看了半天，果然不见人影，要知这三月之景每日往返之人不计其数，日前随往的游人莫说一百，也有八十，可是此刻却一人也不见，这也当真诡异。

谢传恨苦苦道："都怪我在船头，不小心睡了过去，醒来就这样了，不知道发生什么事。"屠灵一挥手："怪什么怪，老哥我还不是一觉睡到现在。"不急遐想，赶紧走出船舱，黄昏以谢，夜幕渐渐降临下来，屠灵忍不住臭骂道："这什么情况。"

谢传恨耳边一动："这边。"绕过屠灵，冲着船头跑去，他内功极高，听风辨物，虽然在大风吹动的船舱之上，依稀听见有人呼吸，果然在船头站着一身材干瘪的老太婆，样子十分瘦小，身子几乎就和屠灵的粗犷的手臂一般，只是一身棉衣包裹，背对着俩人，全身颤抖不止，此情此景一切显得越加诡异。

屠灵当先呵斥道："你要带我们去哪里？"

声势如雷，轰隆不觉。

可那老太婆却仿佛根本听不见，身子还在不住颤抖，手中依然掌舵着前行，只是这前行的方向却如一个不归路。

屠灵怒道："老太婆……"刚想冲上前去，却被谢传恨一把拉住："她身上有古怪。"谢传恨一句说完，屠灵尚未惊讶，那老太婆便轻轻转过头，这张脸显得异常古怪，好似尽数被皱纹密密麻麻盖过，看不到五官，更为骇人的便是那一阵阵笑声，嘶哑的好似地狱中的冤魂索命，即使在这暮春之际，也不禁让人打了个寒战。

谢传恨与屠灵在江湖混迹，见过的人不在少数，即便如易容之术登峰造极模样的黑面神君，似乎也没有这等功力，这老太婆如此模样，倒从来未曾见过，不禁被她吓了一跳。

"谢传恨……果然名不虚传！"老太婆轻轻侧过头，那犀利如电的目光扫过俩人，阴恻恻地笑道："哈哈。"

谢传恨忽然退后一步，既而张目结舌，他感觉到自己几乎从来没有见到如此恐怖诡异的场景，屠灵见他身子颤抖，全身冰凉，一时吓得不轻。

谢传恨退后一步，指着她几乎说不出话来："是……是……是这声音……是这声音……"

那老太婆顿时又发出寒若刺骨的声音："哈哈，没想到二十年了，你还记得我，哈哈……"

谢传恨这一瞬间仿佛经历了无比的心酸痛苦，他仰望苍穹，忽然厉声道："我杀了你……"人如发狂，挥剑而过就要上前，谢传恨出剑拔剑何等之快，当初便是以叶俊磊如此之人也不敢小觑，但眼前这干瘪老人又怎能抵挡谢传恨的惊世一剑，但不知为何谢传恨的长剑架在半空，却硬生生停在那里，好似无法动弹。

"怎么？下不了手？"那老太婆阴笑道，笑声当中丝毫没有一点畏惧之意。屠灵一脸莫名其妙，谢传恨却收了长剑："这么就让你死了简直太便宜你了，我谢家一家十四口性命，岂能就这么让你痛痛快快的死。"一字一句几乎是撕心裂肺吼了出来，屠灵这才有所猜透，难不成眼前这老太婆与谢家有血海深仇？

又见谢传恨，身如落入冰窖，但双目中却几乎要怒道喷出火来，他一字一句吐道："你竟敢再出现在我面前，你可知道这二十年来我无日无夜不想取你性命！"言语中满是激动，仿佛将这无边的海风都要尽数焚灭。原来当年谢家祖先自安史之乱被人迫害之后，谢家便此衰败，谢传恨之祖父便携带全家老小南下隐居，一直聚在鄱阳湖之边，数十年来倒也过得相当安稳。可就在谢传恨七岁那年，忽然人祸降临，除了谢传恨之外，一家十四口尽数被人诛灭，当时谢传恨在家人隐秘之下方能逃过一死，但遭此灭门之灾，以他小小年纪又岂能从此平复，当年虽在迷乱，但谢传恨清清楚楚记得便是眼前这老太婆的笑声与面容，她便是残忍将自己一家老小尽数诛戮的凶手。后两川大侠林齐念及谢传恨一人孤苦无依，便将之收留，甚至不惜将爱女林欣儿许配与他，当时谢传恨尚且不知当年有关林家与谢家之间的世仇，对于林齐此举，心中仅有的也只是感激而已。直到遇到顾纤云，俩人情投意合便弃了当年婚约与顾纤云漂泊而过，虽然九年来过得逍遥，但无一日不在寻觅着当年的仇人，可偏偏在这前往京杭运河的船舶之上，这诡异笑声竟然会再次出现！一切，似如波云诡异！

谢传恨怒视于前，若不是心中尚有疑问，早已经上前将这血染自己亲人性命之人立马手刃。

"为什么还不动手？"那老太婆阴冷冷地笑道，手中还在不停地转动着船舵，好像一切在她面前都如此不经意。谢传恨哼了一声："当年屠戮我谢家的，绝不止你一个人，我谢家与你毫不相干，我只是想知道当年究竟是谁指示你如此行凶？幕后元凶究竟是谁？"他二十年的苦苦追寻，却始终无法寻觅当年的仇人。

"幕后元凶？"老太婆哈哈大笑："这个人你一直都知道他的下落。"

"是……是叶家的人？"不知为何他竟然想到与自己在五台山一战的叶俊磊，既而想到了叶家之人，仿佛这个世界上，叶家便是自己的不世仇人。

"咳咳。"老太婆轻轻咳了几声带着阴笑不再答话。屠灵忽然正色道:"你要带我们去哪里?"声如雷阵,谢传恨此刻才觉悟过来,顿时挥舞长剑:"你想怎么样?"

眼见得夜色已经漆黑,四周除了河水之声便再无其他。那老太婆轻轻缓动着身子:"带你去一个你最不愿意见去的地方。"

"停下来。"谢传恨怒道,轻轻上前一步,剑光回荡,仿佛瞬间照耀了四周,他身子一晃人影已经顺着一缕清风刺了过去,此剑虽然不至于要了她命,至少要逼得她停止手上的掌舵。

没想到那老太婆忽然阴笑,既而轻手解开棉衣,谢传恨几乎在这一刻停止了去势,硬是将身子停在半空,脸色骤变。原来她棉衣里藏得都是硫黄、硝石等物,她手中轻轻抓着一个火折,若是再靠近一点瞬间就可以将一切引爆,谢传恨止住呼吸,一字一句吐出来:"你到底想干什么?"

老太婆得意笑道:"你莫要激动,你可知道这船舱底下藏得都是这些东西,只需我这么一点燃,你谢传恨便是插翅也难飞了。"要知此刻正在运河之上行驶,若是将其引爆,当真要瞬间炸为灰烬,谢传恨咬着牙,硬是收了长剑,冷冷哼了一声转身走了去。屠灵亦是一脸茫然,也跟着谢传恨向着船头跑去。

谢传恨在船头喝着酒,只是每一滴酒水滑落心田,他都想到当年亲人的惨死之状,要知道谢家当年历代为官,虽然后来南下避乱,但鄱阳湖之畔的谢家院落终究还是显赫一时,可就在那一年的夜晚,一切尽如灰飞烟灭,谢传恨这二十年来不止做过一次噩梦,便是当年的血光之色。

此刻,当初行凶的凶手之一便在自己身边,他却无法杀她报仇,当真是痛苦不止。屠灵喘着大气冲了上来:"老弟,船舱中果然到处都放着硫黄,还有好多硝石。"看来他是偷偷溜到船舱底查看了一番。谢传恨一言不发,只是喝着闷酒,屠灵叹了口气,知道他被血光触动,只是拿着酒坐在边上陪他独饮。

这一夜无眠,也不知什么时候,忽然身边一阵厉啸,谢传恨怒斥道:"哪里去。"屠灵一个激灵几乎是跳了起来,尚未眨眼身旁已经掠过一道身影,谢传恨长影如烟已经跳下大船,原来这一夜那老太婆驾着大船从长江逆流上去,到了汉江境内便停了下来,但尚未挺稳那老太婆竟然已经飞影已去,谢传恨一夜不眠,死死盯着她的一举一动,但便在眨眼之际对方已经远去，当下便展开轻功追了上去。

屠灵一阵惊讶，未及开口便也赶紧追了上去。这三道人影都去得极快，谢传恨倒也罢了，剑术无敌，内功至上，但那老太婆看起来已年逾古稀，而且身上还带着硫黄等物，屠灵身材肥胖，他俩竟也去得如此迅猛。

谢传恨几乎到了忍无可忍的地步，拔出长剑怒啸道："今日你便是逃到天涯海角，我也要手刃仇人！"

远远处传来老太婆一阵阴笑，瞬间又已经飞去好远。此刻黎明初现，天边还残留着几许黯然之色，身边掠过无限寒气。这一去过了好久，三人脚步非但未曾懈怠，反而追得越近，只是谢传恨一路追来眼前所见一切却越来越熟悉，这一片竟是自己从小生活之地，再一眨眼，一片平静如静之面，倒映着无限柔情之意，这便是熟悉的鄱阳湖，谢传恨年幼之时曾跟着家人到此戏水游乐，而此刻再别多年，一切如旧，只是当初的一切尽然不见。

想到这里，越加猜不透这大仇人要带自己前往何处，但今日无论如何也要将她亲手屠戮。

又过了许久，天边黯然尽散，黎明光景现出天穹，将硕大的鄱阳湖照得越如光镜一般，万千迷离绽放在无边之地，像是九州之地的瑰宝一般，静静屹立于此。那老太婆忽然停下脚步，站立在一片荒芜之地，眯着双眼显得极为得意。谢传恨远远停了下来，忽然喘着大气，他睁大了眼睛，凝望着眼前的一片荒芜，屠灵停在他身边，气喘如牛大汗淋漓。

"谢传恨……你可记得这里！"

谢传恨全身颤抖，眼眸中竟然滑过了一丝泪水，他紧紧握着手心，并着那柄长剑："你……你……你……我杀了你……"他顿时如发狂一般，红了眼眶，当年此地便是谢家之所，而此刻二十年已过，一切都已成为荒野。那老太婆忽然仰天大笑起来："哈哈哈哈，谢传恨，你杀不了我，你杀不了我。"她举起火折，揭开棉衣，硫黄、硝石之物在晨光之下极是显耀，谢传恨吼道："你……"那老太婆哈哈大笑："谢传恨……你杀不了我……"

"告诉我到底是谁？"谢传恨此刻竟然像是在恳求着上苍一般，希望得到一丝怜悯，可是一切又岂能如愿？

老太婆举起火折朝自己身上甩了下去，谢传恨发出一声惊叫，伴着一声惊天动地的巨响，一片火光突起，瞬间化为灰烬，那诡异笑声却好似还在传荡在耳边。

谢传恨丢下长剑疯了似的朝着一片火海冲上前去，屠灵吓得不轻，一把抓住谢传恨："老弟……"这一声叫醒了谢传恨，只是却唤醒不回他正常的灵魂，他趴倒在地双手捧着脚下一片热土，这当初便是自己的家，此刻一切都已经变成了如此。当初不仅血光屠戮，谢家之人的骸骨却都没有留下，此刻触景伤情纵使是再冷血之人也无法忍受，又何况是重情重义的谢传恨！

不世仇人将自己引入旧地，又在面前如此自焚，不用多言便是要勾起谢传恨久久藏在心中的愤慨。

一阵阵哭声，飘荡远方，换回的却是苍天的无视而已。

"纤云梭……"

也不知道过了不久，谢传恨忽然红了眼站起身子："纤云梭。"他再度咬着这三个字，有关谢家深仇大恨的一切，如今便只有从纤云梭里深入追究。屠灵在一旁叹了口气，凝望着一片烟火，仿佛若有所思："百年不外传的纤云梭秘密，看来也如这大唐江山，再也守不下去了。"

谢传恨望着一片旧地，撮土拜祭，凝望良久拾起长剑便甩头离去，屠灵未有多言，当初只是想沿着京杭运河北上中原品一品翠竹山庄的百花醉仙酿，谁又知道这当中竟会闹出如此变故！

直到傍晚，俩人到了汉口，休息了许久，谢传恨才仿佛有所平静下来。这一晚，他坐在房中，独自又喝着酒，窗外明月依旧，他凝望良久忽然俯下身子哭了出来，这惊世剑神，此刻竟哭得好似被苍天遗弃，哭得如此无助可怜。

他仍爱着顾纤云，他也仍然相信，顾纤云也一直爱着自己，直到此刻他才彻底明白，其实他与顾纤云的命运都是一样，一出生之后就注定背负着一个惊世重担，明月下的天地一片宁静，宁静之外的顾纤云，此刻又在哪里呢？

"老弟。"门外传来屠灵的声响，谢传恨赶紧擦了擦眼泪，跑到门边开了门，屠灵眯着眼睛，怀中抱着两缸酒："老哥我一天在外奔波，总算找到两坛看得上的酒，来来来，今晚痛饮一场。"谢传恨此刻心痛非常，难得屠灵又有此之兴，他当然未曾推迟。从屠灵怀中接过一坛酒，招呼他走进房去，便大喝痛饮起来。屠灵坐在地上，忽然哈哈大笑："老弟，我酗酒二十多年，见过无数之人，你可知道一直在我眼里只有两种人？"

"哪两种？"谢传恨睁大眼睛。

"一种是像李白这种举杯邀明月的，这种人虽然满腹文华，但与老子臭味不同，谈不来谈不来。一种便是像是你我这种，不拘小节，大喝痛饮，这种人我遇到的甚少，当年在天阴教上，老子之所以成天闭门不出，便是极少有同音之人。"

谢传恨苦苦笑了一声："原来如此。"

"可是在孤月台上，却始终有一个人，深得老子尊敬，你可知道他是谁？"

"定是天阴教主顾宁玉了？"

屠灵哈哈大笑，却摇了摇头："是圣姑顾纤云。"

"纤云！"谢传恨一阵激动，既而镇定道："为什么？"

"圣姑这丫头！"屠灵低着头回忆道："那个时候她还是留着长辫子的懵懂丫头，说她懵懂，其实老子看来她却比任何人都明了世情。有一次她独自来到老子居所，便是和我端着这么大缸的酒坛子，整整喝了一个晚上，最后沉醉不知清醒，急得天阴教上下寻了一个晚上……"

这件事顾纤云倒是未曾和谢传恨说过，后者微微一笑，倒也显得有些意思："纤云这孩子……"这些年来，他一直把纤云势若孩子一样爱惜保护。

"圣姑虽然是女儿之身，但为人豪迈慷慨，别人不敢说，老子屠灵但拍着胸膛说，莫说那孤月台上，便是天下间也绝非有几个男人比得上她。"他果然拍着胸口，发出阵阵清脆。谢传恨眼神晃动："是啊，纤云的性格豪气干云，比之很多男人，的确都无所不及。"

"阴山孤月台，虽然教众无数，但是与我真正聊得上的，便只有圣姑了，有一段时间她总是一脸苦涩吵着嚷着要我陪她喝酒，并且一醉方休，每次醉了以后便总是说了很多她女儿家的心事，有一次还说着说着哭了出来。"屠灵说到这里不禁叹了口气："只可惜老子屠灵是粗人一个，除了喝酒吃肉，哪懂得女儿家的心事，圣姑要倾诉，老子也只能洗耳恭听了，哈哈哈。"他喝下一大口酒，谢传恨看在眼里，忽然苦苦问道："大哥……纤云在孤月台上……是否过得开心呢？"

屠灵靠在桌边，一手拍了拍肚子，凝望窗台良久："不开心，一点都不开心。"

这句话说完，谢传恨心酸非常。他不再多问，转过头轻轻擦着眼眶，屠灵为人虽然粗犷，但毕竟也是阅历精深之人："圣姑生来命苦，肩负着纤云梭的惊世秘密……"他说到这里，竟也有些声带哽咽，谁又能想到，几乎酗酒如命的天阴教护法神君屠灵，会因为一个女人的身世如此感伤。

月光深邃，如心中所藏之事一样深邃，可迷离的心，却又几人能懂，几人能知道？

一夜畅谈，把酒对月，谢传恨总算有所开解，次日起来，望着汉江到处人潮涌动，虽然远远不及洛阳、长安等处繁华，但一切还是如同儿时记忆那般难忘，谢传恨叹了口气："大哥，走吧，上中原去。"

屠灵像是游戏人间，为了那百花醉仙酿不过也是一时酒瘾发作，听谢传恨如此之言，倒有些迟疑："不在家乡多待几日？"

谢传恨苦笑道："物是人非，待久了又能如何？"屠灵见他语带伤感，便也不再多说，俩人收拾了一番，不再沿水路前往中原，在汉江买了两匹快马自陆路北上。这一日到了信阳城边界，眼见得翠竹山庄已经在不远处，俩人便商议快马加鞭赶路，不想到了沿途官道，却被几个人拦住去路，个个凶神恶煞，虽然面目狰狞，但却青衫整洁，长剑尖锐，倒像是名门弟子。谢传恨此刻除了顾纤云以外，根本不想过问任何事，可杀气弥散，显然是寻事而来，他与屠灵对望一眼，俩人各自摇了摇头，似乎表明自己不认识来者一行人。

"你们……"谢传恨刚刚吐出两个字，为首一人长得国字脸，鹰钩鼻，短短的眉间下一双眸子如同电雷："谢传恨……我们恭候多时了！"

谢传恨在马上先是一怔，既而哈哈大笑道："看来我半年都在隐秘，江湖上的朋友倒是想我想得很，你们找我有何事？"

其后一个瘦高之人上前呸了一声："谢传恨，谁跟你是朋友，你杀我同门，我青城派与你不同戴天！"

谢传恨骤然变色："青城派？"他随即一想，自己与青城派素无瓜葛，唯一有所联系的便是两川大侠林齐，当年他受林齐抚养，悉心教诲，更受到青睐招为女婿，虽然其后他弃婚而去，在五台山上知道了林家祖上当初也是引导安史之乱的仇人之一，但他恩怨分明，养育之恩还是难以忘记。

"我杀你同门？"谢传恨冷冷地吐出这句话，阳光明媚，照在他的脸上，显出一片茫然。屠灵一张肥胖的脸更是莫名其妙。谢传恨在马上轻轻缓动了一下："我杀了你们青城派何人？"他问得漫不经心，显得一切都是闹剧一场。对方有人骂道："谢传恨，你占着自己剑法高超，便如此滥杀生灵，铁证如山你还想如何狡辩？"

谢传恨冷冷发笑，此刻他倒不知道如何回答，屠灵勒起马缰，上前应道："你们既然知道谢传恨的剑法高超，此刻还敢在此拦住去路？谢传恨若是真的滥杀生灵，你们此刻还会有命继续叫嚣？"此言说得甚是，对方几个人一阵无语，个个目目相觑，谢传恨忍不住应道："林齐林大侠此刻可在青城山中？"当初林齐遵从顾纤云之命，撤了碧灵山庄前去青城山，算起来也有快一年未曾见面。

那些自称青城弟子的人顿时怒道："谢传恨……林师叔数日之前已经死在你的剑下，你此刻还如此故作茫然吗？"声如霹雳，谢传恨吓了一跳几乎要从马上掉下来，他张大眼睛："你……说……什……么……林……他死了？"想到林齐毕竟对自己有恩，林欣儿又对自己痴心一片，此刻倒是十分震惊，但林齐若是一直身处青城山中，天下间又有谁敢如此大胆在这道家圣地行凶伤人？莫非是天阴教？

这一瞬间谢传恨的脑海中转过了无数个遐想，他的背心已经冒出冷汗，要知道林齐在江湖中名声极大，他若一死已经引起不小震动，更何况青城派竟将一切嫁祸自己，这当中真是如同迷雾幻城！

"师兄，还跟他说什么？杀了他替师叔报仇！"当中一名年轻弟子忍不住气，几乎就要上前与他厮杀，那领头国字脸之人狠狠道："谢传恨，如今青城派举全派之力捉拿于你，就算你神剑无敌又如何，难道你还能挡住青城派，挡住天下人的悠悠众口吗？"他越说越狠，几乎如谢传恨此刻不死，青城派乃至天下人都不罢不休，谢传恨心有触动，当初听顾纤云所言，她独自一人在中原之时，便是莫名的受了此等冤枉，几乎要将她逼入绝境，此刻他总算体会到当初顾纤云是何等心情。

"若是纤云在就好了！"他凝望着眼前众人，虽然他们个个凶神恶煞，但是以自己之力要将他们打败根本不费吹灰之力，更何况是来去自如，但事情若是一经闹大，他日自己便跳进黄河也洗不清了。

"大哥！"谢传恨转过头："我想先去一趟青城山。"他轻轻说道，虽然不知道对方所言到底是真是假，未免无风起浪，他便想入川前去青城山。屠灵满脸沉思，仿若未曾听见，谢传恨又叫道："大哥……"屠灵寻思良久，忽然狂笑一声，伴着一声大笑，他肥胖的身子在马背上一撑一拨，身如轻盈竟已朝着对方扑了上去，蒲扇般的巨掌手起便朝着一人面门打去，当真是威风难挡。谢传恨见这一切竟是如此迅猛，呼之不及，对方已经各自挥剑朝着屠灵迎了上来。

屠灵哈哈大笑，声如洪钟，七柄长剑朝着他四方刺来，虽然不见得剑法一致，但也是刚韧有力，哪知道屠灵如此肥胖的身子竟然如此迅猛，翻身而过肋下已经滑过两道剑光，便在此刻他手心缓动已经将那两人背心抓住，其他五人一见同伴被擒，顿时撤了攻势，分从四方而入，屠灵哈哈大笑，一举一动哪里像是在穿梭在危机之中，几乎是如同游戏一般。谢传恨原本还打算上前帮忙，但如此一看，也就站在原地观望。

屠灵力大无比，冲着那两人一声大喝，两股巨力顺着半空将两人重重扔了出去，痛得两人丢下长剑呼天喊地，其他五人一时有所畏惧，哪里还有之前那般嚣张。

"上……上啊……"

也不知是谁发出声响，最先一人平地而起长剑自屠灵头顶劈了下来，左右三人各自凝神，舞动剑花以此迎合，如此犹若捕风捉影之势，倒是让原本狂笑的屠灵有所惊讶："看不出一群乌合之众，还有些能耐！"也不知道何时出手，最先一人忽然惨叫一声，一拨一折他手中长剑已然落入屠灵手中，另外三人随即刺他手臂，屠灵一声冷哼依法炮制将那人甩入半空重重跌落在远处，"唰唰唰"手起三剑连绵汪洋，将剩下几人一并逼退。

三人倒地叫苦，四人目瞪口呆不敢上前，屠灵哈哈大笑："老弟，你跟了林齐多年，难道连青城剑法都认不出来？"谢传恨一直有所怀疑，此刻听他一言顿时觉悟，要知道青城派威名天下，派中剑法更是独步天下，便是以谢传恨如此之人一直以来也不敢小觑，但方才这七人使得平平无奇、杂乱无章，哪里会是青城剑法？谢传恨顿时怒道："你们几个是什么人？为何要嫁祸于我？"

　　其中一人战战兢兢："谢传恨……你休要嚣张，就算我们真不是青城派的弟子，青城派迟早也要找你麻烦。"此话说得带有玄机，谢传恨正色道："什么意思？"他掠过一丝担忧："莫不是青城派出了什么变故？"尚要开口，哪想到那四人已经扶起同伴丢了长剑匆匆离去，谢传恨也不知为何呆在当场未去追赶，屠灵丢了剑拍了拍手："没想到这几个毛贼功夫如此差劲，可轻功却绝非一般！"谢传恨一脸担忧："大哥……我担心青城派……"他心乱如麻，青城一派建派多年，当中高手众多，天下间就算是天阴教也绝非敢得罪于此，但方才一切又绝非空穴来风，想到事关自己，谢传恨当然忧心忡忡。

　　屠灵沉思良久："这样吧，你快马加鞭先入川到青城山查看究竟，我便跟着那几个毛贼去，看能不能找到一些蛛丝马迹。"

　　谢传恨想到要他为自己奔波，倒是有些愧疚，屠灵见他神色扭捏，猜到七分，哈哈大笑起来："怎么？莫不是要与老哥我这酒鬼分开一时半会儿舍不得？"谢传恨知晓他言下之意，也就不再多言："大哥，你自己小心。"屠灵应道："你放心，老哥我虽然酗酒无数，但还不至于酒后乱世，老子福大命大，这辈子酒没喝够，能有什么事？"他怔了怔："倒是你，一个人入川，切记若是到了青城山，遇到什么怪事，千万要与我会合之后再行事，不可轻举妄动。"谢传恨心田一暖，这些年来除了顾纤云以外，几乎就是他真正如此关心自己了。他微微一笑，伴着夕阳便勒马而去。

# 第十七章
# 青城灭门

信阳离川地距离遥远，虽然如此但谢传恨心急如焚，一刻未到青城山，脑中就不断胡乱猜想，好在他功力深厚，加之一路畅通无阻，如此不眠不休，在数日之后终于到了青城山脚下。

青城山地处川中都江堰之境，乃我中华道家发祥之地，古来素有"青城天下幽"之美誉。此时正是春来，这青城山的一片美景自然更是放眼难忘，山谷悠长，流水轻吟，鸟兽无数，伴着当中阵阵轻雾之气，当真有凝心修道之神韵！

可此刻越是如此幽静，谢传恨便越是吓得不轻："青城派弟子遍布川中，这山下之地又岂会无一人把守？难道山上真的出什么事了？"他越想越急，紧紧握着佩剑便向山中冲去。

谢传恨自青城山山脚一路朝山中逐去，这一路去得好快，几乎连大气都不敢喘一下。此刻天色刚有初晓，青城山中还有许多云雾缭绕，这轻轻的风吹来竟然让他有种冷若刺骨的感觉。他打了个寒战，几乎从脖间冷到后背，这一路上去青城山一人未见，他怀着忐忑遐想一直到了青城派大门外，壮丽雄伟大门，此刻大开四方，四下渺无人烟，一切如静。

谢传恨运气大叫道："晚辈谢传恨拜见青城派青云道长！"声音雄厚，在硕大的青城派乃至青城山中回荡不止，青云道长乃青城派掌门，按照辈分林齐尚要喊他一声师叔，年逾七十，虽然晚年在山中安享晚年不问世事，但早期威名却足令天下汗颜。谢传恨虽然向来冷漠洒脱，此刻却是怀着极为不安之心到了这青城派，又发自内心尊重青云道长的威名，是以才如此恭敬在此问候。但声音回荡良久，青城派中却始终无人回应，他骤起眉头又叫道："晚辈谢传恨拜见青……"尚未言及，忽然在三清殿上跳出一阵火花，直入迷雾，便在这一刹那，一缕青烟缓缓升腾起来，虽然如此微小之物，但是谢传恨看来却几如失魂一般。

他再顾不得礼节，握起长剑冲入大门，三清殿中门窗紧闭，这硕大的殿中竟然会发出火光青烟，三清殿供奉着道家原始三位祖师，无论何处都是道家最为神圣之所，此刻堂堂青城派中的三清殿竟然火光冲天，而且毫无人烟。谢传恨如何不惊："难道青城派上下全部遇害？"他几乎不敢再往下想去，一跃直入而去，直到他看见三清殿中的一切，素来艺高人胆大的谢传恨也不惊腿软坐在地上，三清殿中满地血淋，几乎将整片殿中尽数染红，横七竖八的尸体密密麻麻堆放在地上，伴着火光冲天，渐渐湮没在炊烟之中。

"这……"谢传恨好不容易冒出这个字来，二十多年来他几乎没有见过如此骇人之事，就算是当年他亲眼所见谢家一家惨死，也未曾有过如此惊讶，威名显赫的青城派，竟然被灭门！只怕是亘古难料，就算是天桥之下的说书之人，再如何大言不惭也绝非敢想到这里。

此刻大火越烧越旺，几乎已经将三清祖师的头顶尽数烧过，谢传恨几度上前，却无奈这大火借着春风烧得太快，不一会儿就已经将谢传恨逼出三清殿，他无能为力，只能退了出去，眼睁睁地看着硕大的三清殿被大伙尽数吞没。漫天的灰烟，笼罩在一片诡异当中，山中吹来清风，将无数的恶臭之味吹得好远。

谢传恨闭上双眼，不忍再看，想到当年谢家便是被大火吞没，此刻他心如绞痛，略一定神，才想到殿中尸体虽然发白，但是满地鲜血却还未曾凝固，看来死去不出十二个时辰，那么天下间到底是谁有如此大的本事将青城派灭门？天下间又有何人要如此作为？

谢传恨越想越是头痛，回望着青城山一片幽静，叹了口气："还是等大哥上山来再说吧。"他退出山中，到了山腰下等待着屠灵前来与他会合，屠灵虽然酗酒沉迷，但终究是天阴教的护法神君，见识阅历远在自己之上，既然在此约好再见，谢传恨便也能安静等待。

到了第二晚时分，终于在星辰闪落的光芒中见到屠灵，那时他喘着大气，神情激动，一见到谢传恨，当先跳下马来抓住他叫道："老弟，你可有什么损伤？"

　　谢传恨虽是莫名其妙，但终究为这份着急之情感动，他微微一笑摇了摇头，屠灵总算松了口气："我与你分别，一路追寻日前那几个喽啰，他们脚步太快，好不容追到他们……可是……"

　　谢传恨见他神情凝重，联想到青城派的一切，着急问道："可是有什么发现？"

　　"全都死了！"

　　"啊！"谢传恨的一阵惊叫撕碎了寂静的夜晚，在山中轻轻回荡，好久依存。屠灵皱着眉头道："我一路追赶去，终于在信阳城郊发现七个人的尸体，只是那时他们已经卸下日前的青城弟子服装，手中长剑也不知所去，我检查了身体，主要有几处怪异。"

　　他转过身子，凝望着夜风，这才开口说道："其一，他们每个人身上都带着大把银票，老弟你想想，倘若是青城弟子，以门派淡泊之风气，又怎会有如此多的钱财？"

　　谢传恨点了点头："说的是，可是大哥你日前才说他们根本不是青城派的弟子！"

　　"不错。"屠灵接口道："他们若是青城派弟子也倒罢了，问题就在这里。他们的一招一式，以及真实的装束，根本就是江湖中下三烂的人士，你想想，他们为什么要污蔑你与青城派结怨？还有，就算真是有意要针对你，又怎么可能在身上带着如此多的钱财？最后，他们死后钱财仍在，这显然不是因财被人杀害。"

　　他这一席话说得谢传恨越加茫然，他几乎说不出话来。

　　"所以……依我的推断，这七个人想必是受人钱财替人消灾，假扮青城派弟子如此诬陷于你，等到事后收了钱便被人杀死灭口！"

　　"等等大哥！"谢传恨身子发颤，挥了挥手，他轻轻靠在石头上，凝望着屠灵，良久才开口说话："大哥……你想想，天下间若是有人想要污蔑嫁祸给我，又怎么会找这么一群武功不济之人？难不成他根本就有心于此？"

　　屠灵拍了脑门："是了，我怎么没想到这里。他们明明合起来连你一剑也挡不住……可是……可是到底是谁在幕后操控一切……"

　　谢传恨忽然跳了起来，吓了屠灵一跳。

"难不成直接关系到青城派灭门？"

这一句话回荡夜空，屠灵肥胖的身子也几乎要跳了起来："你你你你……你说什么？"

谢传恨咬着唇苦涩道："我日前已经上了青城山，青城派……已经……已经……"他沉住气将所见的一切尽数告知，屠灵呆在原地，好久未曾说话，他哪里敢相信这一切。

青城派立派数百年，以当年天阴教如此全盛之时也绝非有如此大的能耐，此时此刻天下间到底又有谁有如此能耐能将青城派尽数屠戮？此人的用意到底又何在？

"看来……可能指示那几个痞子出面污蔑你的人，很有可能就是将青城派尽数屠戮的幕后黑手！"屠灵悠悠道："先是将青城派诛戮，然后以钱财买通一些三流人士，其后再故意污蔑于你，让你知道他们根本并非真正的青城弟子，以此引你上青城山，让你见到一切！此人竟然能够在你眼皮底下放火焚烧三清殿，又能够在我追到那七人之前将他们一并杀害……"他打了个寒战："天下间竟会还有如此神秘通天之人！"

屠灵此言说得十分有理，谢传恨想到三清殿中的一切血腥，此时此刻仍然心有余悸，夜晚春风本是温柔无比，但此刻吹在俩人身边，却是如此寒冷！

当晚两人商议，趁着夜色再度前往青城派，大火持续一天，此刻派中已然是一片废墟荒芜，偶有的几滴火星也渐渐湮没在寒风当中。谢传恨想到青城派建派数百年，今日却会遭此变故，一时长吁短叹，他心中喃喃道："不知道林伯伯是不是也……"他不愿再想，也不知道林齐现在在何处，转头看去只见屠灵蹲下身子，细细在废墟上查看，过了好一会儿他才站了起来："果然如此，果然如此！"

谢传恨走上去问道："何事？"

屠灵手心粘着一丝黑迹："你猜猜这是什么？"

谢传恨探过头轻轻看着他手上之物，再转头一望地上，尽数飘散的都是此物，他缓缓道："是骨灰？"想到日前众多尸体在三清殿中一并被人烧毁，此物自然是骨灰了。

屠灵拍了拍手："果然不出我所料，谋害青城派的，极有可能是派中之人！"

"什么！"谢传恨一阵大叫，如同兽鸣，他半晌支吾："这怎么可能！"

屠灵淡淡道："正常人若是死去火化，骨灰是呈灰色，如今满地的漆黑，除了生前是中毒而亡，别无其他。青城弟子众多，而且派中森严，他人妄自闯入青城山已经是异想天开，而且要一举将所有人尽数毒害，除了本门之人，还会有谁？"

谢传恨喘着大气："那……那……"过了半晌他才喃喃道："但……倘若他们都是中毒身亡，日前三清殿上又岂会满地是血？而且我检查过尸体，五官完好，血迹不像从上面流出来的！"

屠灵点了点头："此举恰恰和我找到那七个人的尸体时一模一样，七具尸体完好无损，但是满地的鲜血。后来我一把火烧了尸体，发现的骸骨灰迹和这里的一模一样。"他再度用手指了指满地的凌乱，口中道："天下间既要毒死人于无形，又具有如此神秘绝强的，据我所知，只有南疆的'七日幽梦散'。"

"七日幽梦散！"谢传恨对此毒闻所未闻，忍不住问道："这是什么毒物？"

屠灵答道："当年我在孤月台时，一次偶然与圣教主闲谈，曾聊过此等毒物，此物产自南疆深山，要知道南疆之地盛产毒物蝎蛇，至于其到底是如此研制，无人可知。只知道此毒无色无味，人服用之后七日之内神如幽魂，一切尽如虚梦，这七日当中或是神志痴狂，或是举止疯癫，功力若是深厚尚且可以抵挡一时，不过一般人七日之后尽数毒发身亡，无药可解。"

谢传恨退后一步："天下间竟会有如此厉害的毒物！"

"中毒之人体内的血液会变为腥腥白液，在发狂之时会不断吐露，等到毒发身亡时，所见到的满地血淋，也就是他们发狂时吐出的唾液了。"屠灵神情凝重："如此看来，那七个人便是在逃走不久后被人下了此毒，想必是内功太弱，所以不出一个时辰便已发作。"

谢传恨如此一来大有彻悟，但明白这一切之后，竟然感到头痛越加："到底是谁？到底是谁？"

屠灵如若无视，忽然拍着肚皮激动道："是了，你说过你日前到这，三清殿中的血迹还未曾凝固，说明那些人死去不久，既然这样便未到七日，那么以青城掌门等人的功力应该不在死者其中！"

　　此言惊醒了谢传恨："是啊，我怎么没想到，以青云道长的功力，即便中了剧毒后也绝不可能坐以待毙。但是我寻遍青城山上下，根本见不到任何人影！"

　　屠灵神色越惊："难道是下了山？"

　　"不好。"谢传恨几乎跳了起来："若是以青城掌门或是派中长老发狂下山，那天下不大乱了？"想到这些高手若是发狂杀人，真不知有多少无辜之人要枉死。

　　想到这里，俩人不敢在此逗留，趁着夜色飞奔下山而去。

　　青城派巨变，全派弟子尽数遭人毒害，寻思掌门等人不知何往，若是到了附近人流之处，一旦毒发不知有多少人要死于非命，谢传恨便与屠灵趁夜出了青城山，但天大地大，要找到几人，岂会易事，而且毒发者丧失心志，要明确所在，更是难于登天。

　　谢传恨虽然满腹不解，但此刻心事重重："大哥，天大地大，我们去哪里找？"

　　屠灵不禁皱了皱眉："其实……与其大海捞针，不如沿着一丝线索去找。"他顿了顿又道："老弟，你可知道黑血神针？"

　　谢传恨满脸疑问："自然知道。"这黑血神针乃是天阴教护法神君黑面之物，聚集天下至毒，当真可令天下人闻风丧胆，谢传恨顿了顿，想到同是剧毒之物，便赶紧问道："黑血神针可是与那七日幽梦散有关？"

　　"不错。"屠灵微微一笑："黑面本是南疆之人，他当初逐入中原，之所以后来能够位列七大护法神君之一，便是凭着手上那骇人听闻的黑血神针。此物便是依靠七日幽梦散炼化而成。知道这当中事宜的，据我所知只有两个人，一个便是黑面本人，另一个便是已故的宁玉教主……"

　　谢传恨神情激动，听他如此所言，恨不得立马便再次赶到五台山去追问究竟，但有关顾宁玉当年装死，后来隐姓埋名迁居五台山，天下间知道的人屈指可数，他又怎么能将这当中秘密告知他人，更何况触景伤情，五台山毕竟已是自己伤心绝望之处。

　　"所以大哥的意思？"谢传恨故作疑问，他下定决心不到无可奈何，绝不再上五台山去见顾宁玉。

　　屠灵道："当年七日幽梦散传入中原，如今知晓当中一切的便只有黑面鬼，如今之计当然是要先找到他，再作打算，至于青城派……"他叹了口气显得极为无奈："只能希望他们还未伤及无辜。"

　　谢传恨亦是心存不忍，但事已至此，任凭如何着急也是惘然："黑面神君的下落……"他回想起来，当初顾纤云曾与他说过，黑面为了报当初不杀之恩，出手相救，被风无踪与亦絮神君打成重伤，但自从以后便再无任何消息，黑面神君当初坦言，七大神君各事其主，他便是跟随着顾纤云的大姐顾萱，而顾萱其人一直都在五台山伺候着顾宁玉，如此说来说去最终还是要上五台山，谢传恨面色难堪。屠灵叹了口气："老子才几年不问世事，怎么就出了这么多事。"他虽然满口抱怨，但毕竟也是知晓事有轻重，回头拍了拍谢传恨的肩膀："既然事已如此，老弟，你我一路沿着长江寻找青城派掌门等人的下落，若是找得到自然最好，若是实在找不到……你我便先到翠竹山庄去，红叶这娘们心思缜密，她定会有所想法，毕竟此事牵涉到天阴教，到时候你我听听她的意见，再作打算。"

　　其实谢传恨一直以来便想着有朝一日能够再回翠竹山庄，因为林欣儿，她毕竟是自己未婚妻，当年虽然他与顾纤云浪迹而去，丢下她一人，这些年来他心里总难免有所自责，当初几次见到林欣儿，他便是有一肚子话想要倾诉，无奈于顾纤云在侧，他唯恐顾纤云受到刺激严冰之毒会再度发作，是以一直忍着不敢多言。这半年来，虽然他独自一人浪迹天下，但是当日受到惨败之辱，一直都没有勇气去见她，后来屠灵酒瘾发作想要去品尝翠竹山庄的百花醉仙酿，谢传恨也只能硬着头皮答应一同前去，但此时此刻他心中想得更多的，却是关乎这一场神秘的江湖变故。青城派灭门乃江湖至关大事，想来如此似乎有一场浩劫渐渐来临。

# 第十八章
# 新旧誓言

夜深人静，山谷幽兰。

五台山上，当年的惊世之战仿佛还在弥留着隐隐的剑气，满地凌乱，半年过去，无数风雨吹打，一切还是如此。

那间禅房中，依旧如此简陋，绝苦手持佛珠，对着佛像念念有词，烛光微亮，一切似如飘缈虚幻。顾萱一缕轻纱长裙，拖动着万千迷离，她推门而进禅房，风吹进，烛火有些颤动，她抬起头凝望着父亲，轻声说道："屠灵发回讯号，他与谢传恨已经离开青城山，正往中原来。"

绝苦手中微动，缓缓抬起头来，这么多年来他一直躲在五台山隐秘之所吃斋念佛，年岁过去，但是一张脸孔依旧如当年那般独具威严："可是到红叶那去了？"

"不错，按照一切计划，俩人正望着翠竹山庄去。"顾萱嘴角掠过一丝笑意，显得极为得意。绝苦叹了口气："半年前，纤云震怒而去，身边虽然有叶俊磊那痴人陪伴，但以纤云的性子，天下间除了谢传恨，又有什么人可以照顾得了她，更何况……"他想到顾纤云身怀六甲，半年毫无音讯，而且严冰之毒十分霸道，随时可能发作，父女连心他又如何能够安心。

顾萱忽然转口冷冷道："有的时候我会想，我们三姐妹当中，是不是只有三妹纤云是你亲生的，要不然为什么你一直独爱三妹，以前在孤月台上是这样，现在还是这样！"此话说得醋意十足，她这些年来一直忍受着岁月逝去，甘愿在这五台山上面对一切凄苦陪伴绝苦，但是这当中一切，又岂能不难过。

"纤云身负圣教重任……"

"你胡说！"顾萱怒道，眼眶有些红润："天阴教四代教主明令，教主之位本该由我长女接任，当初你执意如此，不仅遭来圣教反对，更是让我们三姐妹反目成仇，其实这一切也都罢了，只是……"她越说越气，好似把这些年来的委屈一并说出："当年你故作假死，这些年来躲在这五台山上吃斋念佛，除了二妹不知道这当中一切，那纤云呢？同为女儿她来看过你几次？"她此言之意便是要申明自己以如此年华岁月待在这里陪伴于他，尽孝尽道，比之顾纤云的确在理的多。绝苦悠悠叹了口气："我这一生罪孽深重，当年之所以来到这里，不求洗脱一生罪孽，只希望你们三姐妹能有所幸福。你们三人，纤云生来劫难重重，你既为大姐，又岂会不了于情？"

顾萱低下头，默默地叹了口气，的确，三人当中顾纤云的确最为命苦。想到这里，纵使再多委屈似乎也无法再发泄出来，毕竟是血脉相连啊。她不愿在父亲面前表露太多苦痛，咬着唇便回头离去。

绝苦转过头良久，凝望着门外的晚风："既然来了，为什么不下来一见？"声如洪钟，回荡不绝，门外一片飒飒，跟着黑影一闪，一人落入屋前。

"这么多年不见了，你还是如此洞察分毫，看来一点都没有变啊！"那黑衣人露出两只眼睛，散发着犀利之色。绝苦叹了口气："尘归尘，土归土，顾宁玉就算是披上袈裟，也还是顾宁玉，可如今看来，改变的反倒是你了。"

黑衣人先是一颤，既而哈哈笑道："这么看来，你了解的事倒是不少？"

绝苦骤起眉头，淡淡问道："你我本都是罪孽之人，如今你又何须要如此残忍屠害青城派上下？"

"你当真不知道？"黑衣人反问道，显得一切不以为然。

绝苦摇头。

黑衣人走上前一步，忽然发笑道："屠戮青城派，以此嫁祸谢传恨，令他被天下人群起攻之，他若死，则你我除去心腹大患。他若不死，必然将当中一切归咎在纤云梭当中，届时江湖混乱，纤云梭百年的秘密，必将重新问世。"

"你……"绝苦退后一步，伸手指着他："你……狼子野心，狼子野心！"十年过去，他虽然努力用经文佛法压抑当年的威武霸气，但此刻却再度发作起来。

黑衣人冷冷笑道："狼子野心？如今李唐衰败，不出十年必将亡国，自古英雄造时势，若不趁此良机取出奥秘一统天下，难道还要令纤云梭永埋亘古，永远消失吗？"

绝苦一张脸也不知是何颜色，天阴教百年来守护着纤云梭的秘密，包括他后来不惜做天阴教的千古罪人，为的便是不想令天下再因纤云梭动起纷争，可是事过已久，一切都不尽得意。

"顾宁玉，你若想天下人过上好日子，何不与我一同揭竿起义，推翻李唐不过是举手之劳，以你我之力建立不世功业，千秋万代也只是秋风扫叶如此简单而已！"黑衣人仰天呼啸，气宇轩昂，仿佛一切都已经在他手中掌控。

绝苦心有触动，当年天阴教的创教祖师，何尝不是为了天下疾苦，想要以此推翻李唐的统治另立苍生，如今到了自己之手，若能达到祖师所愿，的确是不世之功。

"怎么样？"黑衣人轻轻问道，言语中透出期盼之色。顾宁玉虽然多年来隐居于此，但他当年终究是天阴教教主，统帅教众英雄无数，那份豪情壮志几乎无人能及，这些年来虽然隐姓埋名，但胸中之情却从未有过泯灭，况且他正当盛年，建功立业正在此时，黑衣人一番话说得他有所动摇。

他默默在心中喃喃道："祖宗当年建造那区区一个纤云梭，便是为了他日有能建立盛世之人，如今大唐衰败，亡国便在不日，若是再如此无所动静，难道便要让这不世秘密湮没历史？"这一刹那，他甚至想到将来自己成就了四代人的不世丰功，那是何等光荣。

黑衣人明察秋毫，见他眉宇间如此晃动，定是有了动摇，于是待在一旁冷冷微笑，等待他的回复。

过了许久，绝苦凝望已然吹灭的烛火，淡淡道："你请回吧，顾宁玉并无此心！"

黑衣人瞬间变色，几乎说不出话来。过了许久，绝苦又正色重复道："罪孽之人只求聊表余生，其他一切事故我顾宁玉再也不想过问，你请回吧。"

此言说的铿锵有力，没有任何退步。黑衣人怒不可遏，冷冷道："好一个罪孽之人，我且问你，自古夺天下者，何人手上没有沾满鲜血，何人不是罪孽之人？"

绝苦叹了口气，淡然道："没有。"

黑衣人再度冷笑："既然如此，何必……"

"我意已决，莫要再说了。"绝苦打断他所言，转过头面朝佛像，一片安然之状。黑衣人道："你……"过了片刻脑子一转冷冷道："就算你如此想法，纤云梭所藏之物又岂非是你顾家所有？"

他此言之意便是要顾宁玉将纤云梭交出，要知天阴教顾家守候此物百年，奉为至宝，顾宁玉本人当年更是为了此物宁可一手将天阴教断送，做一个如此简居的罪人，要他交出此物，简直是异想天开，更何况纤云梭的秘密早已交付顾纤云。

"你难道不知道纤云梭不在我这里？"

黑衣人冷然道："我知道，在你宝贝女儿顾纤云那里。你顾宁玉既然发誓终生不会过问纤云梭当中的秘密，那你女儿呢？你能保证她终生守候此物吗？"

绝苦眼前浮现，想到爱女顾纤云，心中绞痛无比："这一点就不劳你忧心了，知女莫如父，我若是不相信纤云，当年在三姐妹中，我又岂会将此至关之物交托于她。"他此话说得倒也不假，以顾纤云的性格，她又岂会轻易将纤云梭交出。

黑衣人不怒反笑，好似对一切胸有成竹："你那宝贝女儿的性格我当然清楚，只是你敢保证她不会为了别人交托一切？"

绝苦转身，脸盘骤然变色。

黑衣人见他有所激动，继续得意道："谢传恨和叶俊磊，这俩人与令千金纠缠不清，当初甚至为了红颜相伴而血战此地，你说说她会为了谁而舍弃一切誓言呢！"

"你……"绝苦怒道："你休想打纤云的主意……"

黑衣人也怒了起来："大丈夫为求目的，不择手段，区区几个人的幸福，又算得了什么！"

绝苦怒不可遏："住口。"长袍挥舞，这漆黑的屋子瞬间如同一动天摇地动，这巨大的力道顿时将桌上的杯碗尽数带过，席卷起万般威凛朝着黑衣人扑了过去，当真是如风卷残云，几乎可将人硬生生撕裂。顾宁玉若非神功盖世，当年又岂能统帅天阴教众多英雄人物，虽然不问江湖之事，但这武学修为从未有所遗忘。

黑衣人哈哈大笑，双手平举胸前，运气一道真气也"呼呼"两掌扑了过去，口中狂啸道："很好，许久未见，当初的誓言想不到你已经忘了一干二净。"话一说完，俩人四掌已经交并，这一股巨大的交合之力，几乎令黯然的房间瞬间炸开，两人各运一口真气挥动体内的丹田之力，竟是用了内力拼搏。

绝苦傲然道："当年誓言我一点没忘，否则以你如此凶狠妄为，我早已将你的真面目揭穿，只是你若是敢伤害纤云分毫，即便他日堕入九幽，我也誓要取你性命。"

黑衣人朗笑道："好一个父女情深，当真令人动容，只可惜，只可惜以你今日如此颓然的鬼模样，天下间还会有谁听你之言。"

绝苦气满胸口，一声大叫，俩人各自退了一步，顺着窗外朦胧，两道身影纷纷飞落院子去。此处便是当初谢传恨与叶俊磊血战之地，满地均是数不尽的剑痕，如此凝望也可想而知当日那场惊世决战是何等激烈。

黑衣人冷冷笑道："只需你交出纤云梭，你从此爱吃斋念佛，你女儿爱逍遥一生我都懒得过问，你又何必如此执迷不悟？"

绝苦心意已决："我说过，纤云梭不在我这，就算在我这里，顾宁玉就算战死，也绝对不会遗弃祖宗所言！"

"好一个顾宁玉！"黑衣人忍无可忍，黑影如同鬼魅，平地轻轻一晃，已然到了绝苦面前，这一眨眼之际已经"呼呼"出了六掌，巨大力道几乎数丈之外都可以听到，院落之上的参天大树纷纷落下枝叶，显然是不堪如此之力，凋零无数。绝苦左闪右退轻轻巧巧躲开攻势，起手左掌也出了三掌，当真是力可击石，无比威力。黑衣人亦是轻巧闪避，绝苦第三掌直入中宫，不偏不倚打向对方面门，黑衣人无意躲避，深吸口气硬是挥掌接了过来，两道深厚内力再度撞击在一起，发出巨响。

"顾宁玉，以你今时今日的力量，还想与我斗？简直是自找死路。"黑衣人一声大喝，如同雷鸣在侧，绝苦何等功力，但渐渐感到有所力不从心，他咬紧牙关，高手对决所差分毫自然十分明了，他咽下一口气，侧目怒道："即便我死，也绝不让你伤害纤云。"虽然口言如此，但是自知今日之力远非对方敌手，再如此斗下去必将两败俱伤。黑衣人见他如此刚烈，倒是有所顾忌，就算今日杀得了他，自己也必将损伤，一时忍住气："撤。"歇了一口真气，当先收掌跃出，绝苦也不为难，只是一脸威严之色丝毫未改。

黑衣人原本来到五台山中是想劝他共襄盛举，没想到却闹到兵戎相见，一时心灰意冷，哼了一声转身就要离去，绝苦高声大叫："你给我听着，我今日所说的你记好了。他日纤云若是受伤你手，我即便违反当年誓言，也必将你的庐山面目公之于世。"

黑衣人侧过头，双目似电，恶狠狠地扫过绝苦，大袖一挥已然消失在迷茫夜空之下。

五台山半山之中，这黑衣人身影如飞一路下山，忽然身旁一阵清风晃动，黑衣人有所见晓，忽然停住脚步冷冷呵斥道："出来！"过了不久，山道中转出一个黑衣长影，长发飘然，容颜绝色，一脸微笑如同含苞待放。

"你是……顾萱？"黑衣人有所惊讶。顾萱反而淡然道："是。"黑衣人确认来者之后，既而问道："怎么？你爹让你来送我？还是你在这五台山中相伴多年，有所寂寞？"这夜黑风高，突然在山间见到此等绝色佳人，心中难免有所激动，此刻竟会出此言语调戏。

顾萱也不生气，微微一笑："你知道的事情还真是不少！"

黑衣人凝立当场，如此默认。

"可是晚辈连你的庐山真面目也不知道？"

"你想知道我是谁？"黑衣人的声音一阵阴阳，听起来实在不好听，但此等夜色，却偏偏显得有所诡异。

"是。"

"为什么？"

"因为晚辈有一件事想要和你合作。"

黑衣人眨了眨眼睛："有事想和我合作？"他怔了怔："什么事？"

"有关纤云梭的事。"

黑衣人听完果然有所震撼："纤云梭……"过了不久忽然哈哈大笑起来："就凭你？"

顾萱捋着长发，如同飞行："晚辈若是没有十足的把握，又何须情急来见前辈你？"

黑衣人再度发笑："有意思有意思，顾家三姐妹各有所长，看来你比之那泼辣的顾怜星和刚强的顾纤云，多了几分温柔之意。"

"前辈过奖了！"顾萱含蓄一笑，越显得动人。

"说吧。"

"正如前辈所言，我三妹顾纤云性子刚强，即便是我这个做姐姐的，甚至我爹都无法左右她的想法，但天下间却有一人可以驾驭得了她！"

"谢……传……恨……"黑衣人一字一字吐了出来，好似这个名字一说出便有无限的诱惑之力。

"不错。"

黑衣人故作摇头："谢传恨剑术无敌，生平更是疾恶如仇，你若是要他帮忙相劝顾纤云，岂非异想天开？"

此言说得倒也不假，谢传恨与顾纤云之情义已然看透凡尘，彼此心中只有对方的存在，其他人又岂能左右。

"但是……"顾萱一席话道出并无不可："纤云怀孕了你可知道？"

黑衣人退了一步："你说什么？"

"我三妹，也就是顾纤云身怀六甲，此刻已经是挺着大肚子。"

黑衣人听到如此，呼吸之声渐渐不规律，他抬起头，唯一透出的两只眼睛显得如此飘缈："她所怀的……不是谢传恨的？"

顾萱颔首："是。"

"那是……"

"叶俊磊的！"

此言一出黑衣人再度张目结舌，若非他全身被黑衣包裹，只怕脸上显露的惊讶之色已经显露于前。过了许久他才有所安定："我只知道半年前谢传恨与叶俊磊的惊世一战，还知道谢传恨败北从此心灰意冷远走人间，没想到啊没想到……"

顾萱也忍不住叹了口气："但前辈恐怕不知道，在那场大战之前，纤云就已然怀了叶俊磊的种。天下间的男人又有谁能接受如此残酷之事，更何况是一生独来独往、冰冷高傲的谢传恨，威名扫地，佳人别去，如此打击也难怪他后来会酗酒成性，不问世事。"

"你知道的事却也不少！"黑衣人冷冷道。

顾萱抬起头，望着山间一片迷蒙："你可知道谢传恨现在和谁在一起？"

"天阴教屠灵神君。"

"你又可知道屠灵正是我安插在他身旁的棋子！"

此事干系重大，黑衣人竟然哈哈大笑起来："看来比之顾怜星的心狠手辣，顾纤云的鬼灵精怪，你顾萱的心机最重。"他渐渐凝望着眼前这个佳人，外表如此令人着迷，可内心却是波云诡异，连谢传恨如此之人也会陷入圈套，当真是令人防不胜防。

"从屠灵靠近谢传恨的那一刻开始，谢传恨的一举一动，我都了如指掌。"她叹了口气："此事已与我爹商议，本是想让屠灵骗的谢传恨的信任，再引他前去翠竹山庄，以免他有所厌世。半年前纤云离山而去，叶俊磊紧随其后，整整半年都无影无踪，想来定是要纤云安心养胎，我爹这一生就是如此偏心，事事都向着这死丫头。"想到这里，心里再度一酸，清风吹来，却也吹不尽她难过的心怀。

"顾宁玉……"黑衣人哈哈大笑："看来顾宁玉这个做爹的倒是用心良苦。"顿了顿又道："只是我凭什么要和你合作？"

"前辈今日在江湖中所做的一切，无非是为了激起谢传恨之怒，让他揭开当年的国仇家恨，既然你我的目标都是纤云梭，为什么不能好好合作一番？"

黑衣人顿了顿，其实以他自己所作所为，的确也难以令一切有所成效，他上下打量着顾萱，这才悠悠道："你爹若是有你这么明晓事理，这李唐天下早就已经有所更替。"

顾萱微微："此刻谢传恨正与屠灵前往翠竹山庄调查有关青城派灭门之事，红叶自来独爱顾纤云，不听他人号令，若是让谢传恨知晓有关蹊跷，难保不会闹出波折，以免事有万一，看来不能让谢传恨前去翠竹山庄！"她如此决定竟和当初与绝苦所商议大相径庭。

黑衣人寻思良久，忽然挥手道："不，一定要让谢传恨去翠竹山庄！"

顾萱皱眉道："为何？"

黑衣人翘首远方，双目之中留下一丝迷离之色："我自有盘算。"言语过后，天边划过一丝光明，黎明将显，只是一切却显得如此迷茫！

天大地大，盲目寻人便似大海捞针，谢传恨与屠灵自出了青城山，沿着长江一路寻找，却丝毫没有一点有关青城派掌门等人的下落。

这一日都已到了寿州境内，依然没有任何音讯，谢传恨忧心忡忡，问道："大哥，青城派的几位长老掌门若是中了那七日幽梦散，如今已过七日，会不会已经毒发身亡？"他想到若是几人未曾中毒，那又谁有如此大的本事将几人藏匿。屠灵当即否决："不可能，如今天下各种势利兴起，耳目之声何等传荡，若是堂堂青城派掌门毒发病死，又岂会到现在都没有半点音讯？"

他此言说得倒也不假，但是这么长久以来，却丝毫没有一点消息，不禁也令人有所疑问。

"若是中毒之人内功深厚兴许还可以抵挡长久，只不过……"他屈指算了算，如今距离俩人离开青城山已经过了半月有余，一并未解之事，令他也无法明了。正在俩人苦恼之时，远方掠过一阵马蹄炊烟，远远望去，看不清到底有多少人马顺着官道飞驰而过，但刀光剑影在这清晨之中极是耀眼，谢传恨凝望了很远，似乎一场惨绝厮杀正在上演，其实这等景象他这几年来见怪不怪，只是每每望见如此，都会叹息国破山河，九州到处厮杀混乱，百姓民不聊生，他叹了口气："倘若李唐还是当年的盛世天下，这九州之地又岂会如此混乱？"他虽然从未经历那般盛世，但是多少从先人口中听说，想到这里不禁一阵长叹，在心中喃喃道："若是生在盛世天下，我和纤云也不至于走到今日！"眼中一阵酸痛，几乎就要流下眼泪，好在烟尘吹散，屠灵也望着远方发呆，过了许久他才言道："君乃亡国君，臣亦亡国臣，天下又岂有不灭之道？"叹了口气："走吧二弟，你就算有心匡扶天下，但面对着这样的庙堂，也无力回天。"最后一句话说得十分在理，谢传恨勒起马缰朝着前路继续远去，临走时却不忘撇过远方的刀光剑影，若有所思："学武之人若是不能匡扶天下，那一生的修为又有何意义呢？"他无可想透，此刻烦心之事涌入心头，自然也就无所寻思。

与屠灵勒马缓步，也不知过了多久，谢传恨忽然耳边一动，似乎听到一阵阵嘶鸣声音，他停下马步，屠灵回过头问道："怎么了？"

"有人在呼救。"谢传恨认真听清，顿时跳下马来朝着来声跑了上去，屠灵坐在马上也不知如何是好，只是叹了口气："若是不知道当初五台山之战的，还以为谢传恨是受了什么打击，否则当初那个冷漠无情的剑神谢传恨，怎会变成如今这般多愁善感，事事忧心！"想到这里不禁觉得好笑，也就下了马追了上去，等他到了附近林野中，这才发现谢传恨正在以内功替一人疗伤，那人约莫五十岁上下，长得极是彪汉，一脸虬髯显是虎虎生威，满身铠甲在这晨光中发出光芒，只是带着殷红鲜血，看来是受了极重的创伤。

过了良久，谢传恨才收了手，吐了口气，那汉子一口血吐了出来便晕了过去。屠灵上前摇头道："为了一个不相识的人耗损内力，你这又何苦呢？"谢传恨站起身子拍了拍手，他俊俏的脸颊轻轻缓动了一下，悠悠道："当初我也是这么劝纤云的，可是自从与她分别后，我才知道就算是一个陌生平凡的普通人，他的性命也是如此的宝贵重要，就算此生救不了天下，能够救得人性命，也不枉费了一身武艺。"此言说得极为动情，屠灵有所感悟，谢传恨提到顾纤云昔日的一切则更是大有触动。

"他受伤不轻，几处经脉都有所创伤，胸口的那一剑更是刺入脾肺，我虽然已内功将他气息稳住，但是要想救活他，还得尽快找大夫。"谢传恨凝望着四下幽静，心想他定是方才在官道上那一袭人马交战受伤之人。屠灵轻轻苦笑，如同面对一个涉世未深的少年："好了好了，救人救到底，就带他进城去吧。"

俩人本是一番好心救人，却不想路途烦事颇多，或许是因为那受伤之人干系重大，一路上不停有人检查过路之人。谢传恨和屠灵骑马驮着这么大一个人，自然显得起眼非常，几次被官兵寻见，谢传恨总忍不住出手将之打退，也好在他并无心要人性命，否则他神剑一出，那些官兵哪里还有命在？

屠灵叹了口气道："老弟，莫怪大哥多嘴。你连事情真相都没弄清楚，更不知道马上的人是好是坏你便如此莽撞伤人，只怕有所不妥吧？"他看了看谢传恨身后那垂死之人，不禁有所担心。

"大哥，如今天下间，还有几人心向李唐，朝纲混乱不说，四处百姓民不聊生，而这些当朝官兵却只懂得欺凌无辜，即便我今日不为了此人，难道忍不住出手教训这群人，也不对吗？"

"话虽如此，不过……"

话未说完，马背上那人竟有些剧烈咳嗽，伴着浓浓血色吐了出来，谢传恨当即变色："大哥，看来他熬不了不久，尽快找一户农家替他疗伤续命！"屠灵当年位居天阴教护法神君，虽然极少过问闲事，但是追随顾宁玉征战天下，手染无数鲜血，何曾有过怜悯他日之心，今日对着谢传恨，却又有所无可奈何。

好不容易到了附近的村落，几番上门询问，百姓一见屠灵长得凶神恶煞，更主要还带着一个满身是血的人，均婉言谢绝，最后有一老农好心将他们带入家中，腾出一间屋子给三人休息，这才算是有所着落。

此时那人已经气若游丝，脸色渐渐苍白，谢传恨虽然与他素不相识，但却如同至亲之人那般照顾他，更是不惜以损耗内力替他续命，虽然谢传恨内功至上，但那人毕竟伤势极重，区区以内力延续，虽然保得了一时性命，却绝难拖延长久。

天色已经昏暗，这间屋子极为偏僻，附近又都是务农朴实之人，屠灵在房内逗留许久，忽然开口道："这样吧，我进城一趟找找看看能不能请个大夫回来，顺便去城里找点酒喝！"提到酒字，他肥胖的肚子顿时隐隐作响，以屠灵如此酗酒之人，可以不吃，但绝不能无酒。

谢传恨坐在床边打坐调理，张大眼睛点了点头也不再多说。

屠灵出了农家，上了马一路扬尘而去，忽然想到与谢传恨相处这段日子，不禁叹了口气。仿佛心中愁绪如同天边月色，那般飘缈不定。

也不知道过了多久，忽然在一片山岗之人见到一缕黑影闪过，本来前路平野，极难分辨，但这一缕黑影恰好伫立在月光倒映的山岗上，极为显色。屠灵想也不想，勒起马缰之望山岗而去，到了那人面前单膝跪地，双手指尖以作合十之状高举过头："属下屠灵，参见大小姐！"

顾萱清丽出尘，如同月霞仙子，凝望着苍穹。

"我已经在翠竹山庄等候了整整七天，为什么你和谢传恨到现在还在半路磨蹭？"

屠灵站起身子，略显无奈："只因这小子太爱管闲事，这不刚刚救了一个受伤将士，更是不惜以损耗内力替他疗伤。"

"哦！"顾萱转过身子，淡然的脸颊如同裹着一层白白的月光，透出的惊讶之色轻易明了："这不像谢传恨啊！"

"属下也是这么认为，或许……或许是当日五台山决战对他打击太大，他便因此变了一个人吧。"屠灵口中喃喃，但毕竟还是很难相信谢传恨会变成如今模样！

纤云劫

顾萱寻思良久，最后挥了挥手："罢了罢了，只是你要记住，无论如何也要带谢传恨上翠竹山庄去。"

"大小姐！"屠灵眉目稍动，略有为难："属下虽然不敢揣测大小姐的意思，但是……"

"但是什么？"顾萱忽然发出一阵冷笑，笑如寒霜，冷若冰凝。屠灵犹豫良久却不知道如何开口，顾萱最后哼了一声："当年在孤月台上不问世事，只懂得酗酒为生的屠灵神君，忽然会对我俯首称臣，若不是为了顾纤云，谁又能令你如此费心？"

屠灵被她说中心事，也就无所隐瞒："不错，属下此生在天阴教，一生知音者，唯有圣姑而已，她一生命运多舛，如今又遭受至爱分别之苦，属下一生虚无，只愿为她做些事情。"

顾萱嘴角带笑，却一句话不说。

"当初若非大小姐你承诺会再次撮合谢传恨和圣姑，属下是无论如何也不会帮你忙，这一点请大小姐明察！"他虽然长得笨拙，但是说话却犀利异常，处处在理。

顾萱本来一脸冷笑，忽然握紧了手心，跺着脚："顾纤云顾纤云……为什么，什么都是为了顾纤云……"她发此愤怒，天地间却无人回答她。过了许久她才深深吸了一口气："也罢，眼下你只需要带谢传恨上翠竹山庄，我保证可以令他们二人再度团聚！"

"此话当真？"屠灵略显激动，半年前顾纤云下落不知，他虽然暗中多有打探，却根本找不到顾纤云的下落，他之前虽与谢传恨并无交情也无情义，但谢传恨既是顾纤云至爱之人，自己自然也就愿意从旁努力让二人再度重逢。

"你不相信我？"顾萱言语冰冷，眉目扫过屠灵，后者低头道："属下不敢。"

"不敢就最好了。"顾萱一甩长袖，走上前来："拿去救那个什么半死不活的人，救活之后速速前往翠竹山庄，我已经再也等不及了。"屠灵望着她如玉一般的手，掌心之中轻轻放着一枚拇指大小丹药，他激动道："灵鹫七星丹！"

"拿着。"顾萱再度呵斥，显得已经有所不耐烦，屠灵不敢有违收了丹药，身旁轻烟晃动，伴着一缕月光，顾萱黑影已经不知所去。

# 第十九章
## 大婚之夜

屠灵握着手中这枚天阴教乃至世间最珍贵的丹药，若有所思："到底是为了什么事让她如此等不及，竟然愿意拿出如此圣药救一个不相干的人？"他望着明亮的银河，半片如水，半片如雾！

但既然有了如此圣药，几如可令人起死回生，又何况一个只是受了刀剑创伤之人。屠灵未免谢传恨怀疑，绕去城里买了几坛酒这才回到村子里，取了丹药交给谢传恨，只说城中名医开的偏方也不知道有没有用，谢传恨以内力续命，此刻也不管太多以丹药喂下，那汉子服了灵鹫七星丹之后，瞬间便有了起色，昏迷了几乎半天，终于睁开眼睛，开始有些惊讶，但一见谢传恨与屠灵并非带甲之人，这才有所镇定。

"在下……在下黄巢，多谢二位救命之恩。"那汉子靠在床边，灵丹入腹，但还是依稀阵阵咳嗽。

屠灵如同不闻，坐在椅子上喝酒，虽然不如他在那破庙中所藏的酒香，但总算解了他的酒瘾。

谢传恨丝毫未曾怀疑，微微一笑："不客气，我看阁下如此打扮，只怕并非是朝中官兵，难不成是……"这个疑问一直萦绕在他心头，甚至而言他不惜一切要救活此人便是要深究如此。

黄巢轻轻笑了笑："实不相瞒，在下兴兵起义，不但不是朝廷官兵，反而是被朝廷捉拿的反贼！"

黄巢乃是曹州人士，唐懿宗以来皇室奢侈过度，赋税沉重，加上连年发生水、旱灾，遂致民不聊生，盗匪群起。唐僖宗乾符元年王仙芝率盗匪起事，翌年黄巢起兵响应，乾符五年王仙芝败死于湖北，黄巢被推举为冲天大将军。这一次本来北上攻讨，却不期遭到唐军大败，黄巢几欲丧命，幸好谢传恨苦心相救。

黄巢感激谢传恨救命之恩，对他说了诸多起义之事，甚至邀请谢传恨一同加入反唐之列，屠灵身子一场，也忍不住静听谢传恨会如何回答。

哪里想到谢传恨既未同意，也并拒绝，而是反问道："黄将军，其实我一直有一个疑问，不知道您能否回答？"

黄巢怔了怔："你问。"

谢传恨望着窗外，几乎是把这些年的一并苦恼尽数问了出来："我们既然生为李唐子民，如今天下兴亡，却为什么不能为了复国大业而去努力，反倒要去想着令立国度？"

这些日子以来谢传恨几乎每天都在寻思这个问题，特别是见到或是听闻到处有人兴兵起义，越发难以压抑。更何况谢家祖先历来为官，忠君爱国。

其实何止是谢传恨，此等问题天下间不知有多少人曾经疑问过，黄巢身为当时最典型之起义将领，自然也寻思过无数个日夜。他望着眼前这个年轻人，虽然自己年过五十，年纪上比他几乎是翻了一番，但岁月抹不去英雄之间的惺惺相惜。他苦苦笑了笑："兄弟，你若是早生一百年，在贞观之治下或许可以大受明君厚待，只是今时今日便是有再多再大的抱负也无法施展。不错，当今宣宗皇帝礼贤下士，勤俭爱民，不失为一位好君王，只是即便如此又当如何？天下已经没有人心之所向。你可知道自古以来老百姓一生所求的，所谓希望一个英明的君王，无非是想自己能够过上安稳的日子，但即便是如此轻易的愿望，自古以来又有几人能够实现？当年三国鼎足之时，曹操北据中原，地广人多。孙权偏居江南，礼贤下士，曾与良才鲁肃有过一番言谈，鲁肃直言不讳'汉室不可兴'仅此短短五个字就助孙权其后以一方之力鼎足三分，当年天下割据尚且如此，更何况如今天下到了亡国易姓之时？"

黄巢这一席话说得振振有词，谢传恨被他说得无言以对，屠灵更是呆在当场，手中捧着酒杯，忘了饮下。

"所谓人各有志，我黄巢自然不敢以此评足天下人的想法，但是黄巢今日所作所为都是为了令建盛世，还天下百姓重新安居。"言语豪气干云，就连这区区房屋也几乎充满了一股难以言喻的正气。

谢传恨心头一阵坦然："山河破碎风飘絮，我明白了。"

黄巢站起身子拍了拍他肩膀："我看你一表人才，又如此侠义在心，愿不愿意随我一同建立一番大业？"

他再度提出此要求，谢传恨只是微微婉言道："黄将军，你方才也说了，人各有志，我这一生无心于此，还请见谅！"

黄巢哈哈大笑起来："也罢也罢，既然如此我也就不再强求，只是你今日救命之恩，他日你若有什么需求尽管开口，黄巢必将回报！"

他握住谢传恨的手心，发出豪迈笑意。谢传恨脸有苦涩，却也只能随之发笑。

谢传恨婉言拒绝黄巢相邀，后者也不勉强，休息一晚便换了军甲独自南下而去，临行前不忘再三多谢谢传恨的救命之恩。

这一切视如云烟，谢传恨望着他远去的背影，发声笑道："我一生发誓不再踏足官场，从此以后又岂会再因此惹上麻烦？"他微微一笑："大哥，走吧。"屠灵一言不发，此刻终于开口说道："你可是想通了，这李唐天下，是可复兴还是令立盛世？"

谢传恨坦然道："复兴也好，令立也罢，我都永不再去过问。"朗声大笑，沿着官道前去沂州翠竹山庄。这一路过去虽然不再为了这天下事而烦心，但毕竟还是牵挂着有关青城派灭门之事，过了几日，终于有所发现。

这一夜两人到了沂州城内，本打算休息一晚再前去翠竹山庄，谢传恨回想到最初和顾纤云来到这里，便是因为林欣儿从旁捣乱，所以两人无处可以安身，最后被红叶接入翠竹山庄，事过良久，曾经冷眼相对的那些掌柜却早已经认不出自己。谢传恨本想好好睡一觉，偏偏在此时屠灵闯入房中，一脸情急："老弟，城外有发现。"但究竟发现何物，他却说不清楚，谢传恨听言如此，来不及多问，拎起包袱就跟着他冲出客栈，沿路朝城郊而去。

此时天色已暗，城郊虽然朦胧昏暗，但却清楚可见满地尸体，谢传恨脚步快，当先冲上去蹲下身子查看，这些人素衣轻装，显然都是当地的百姓，只是脖间上均有一条细微的剑痕，谢传恨自己便是用剑之人，自然晓得此乃致命一击。屠灵喘着大气追了上来，来不及问话，谢传恨便皱眉道："的确是青城派的'回风落叶剑法'，不过鲜血还在溢出，死去不过一盏茶时分！"他站起身子凝望着四方，忽然回头道："大哥，你我分头寻找，若是当真遇到青城派之人，千万小心。"说完一转身便消失在夜空之下，屠灵呼之不及，直跺脚道："老弟啊老弟，难道你只有跟圣姑在一起的时候才会沉着冷静吗！"他苦苦叹了气却也无可奈何，唯恐他有何闪失，却也紧紧跟着他上去。

只是谢传恨轻功厉害，不一会儿几乎已将沂州城郊尽数照过，他停在一处大树之下，四处张望道："明明刚才看到一个人影，为什么一眨眼就不见了。"此时大风忽起，吹得着城郊无数草丛，如同波澜翻滚在侧，谢传恨眼前一眨，便在这一瞬间后心忽然一阵凉意，那棵大树之上跃下一道人影，伴着如同夜空鬼哭神嚎发人心碎，一道银白色的剑气就刺了下来，虽然来势极快，而且有意偷袭在先，但谢传恨何等厉害，眉间稍动伴着晚风吹逝去，身影已在三丈之外，偷袭之人落了个空，忽然狰狞乱吼，几如发狂野兽。

但见他一身青衫破烂，披头散发，虽然看不清脸上轮廓，一双眸子却如血红，他口中唾液长流，顺着长须滑过胸口，再滴入地面，显然便是中了七日幽梦散的青城派高手，这一惊非同小可，谢传恨几乎是叫了起来："林伯伯！"此人竟是两川大侠林齐，谢传恨得他抚养多年，自然可以认得清他一双眸子，虽然林家与谢家当年结仇，但谢传恨毕竟恩怨分明，喊了多年的林伯伯，此时依然未曾改口。

林齐全身一颤，好似见了极为可怕之物，他忽然握着剑，仰天大哭起来，显得极为痛苦。谢传恨心如刀割，想要冲上前去，哪想到林齐又发狂大喝，手中长剑扑哧过来，他剑术功底非常，更何况此刻中了剧毒如此发狂。谢传恨根本无心抵挡，不期肩膀一阵血迹被他割了一道伤口，谢传恨叫了一声，来不及反应林齐再度发狂扑上前来，剑剑致命，几乎要将对方立毙于下。谢传恨咬住牙，忍住剧痛，一连后退，但无奈林齐过度发狂，始终不离谢传恨三步之遥。便在此时，他忽然惨叫一声，跟着长剑落地重重倒了下去，屠灵身影出现，责骂道："你若是如此不忍心出手，万一断送自己性命那该如何是好？"也幸好他及时赶到，要不然谢传恨被突如其来的变故吓得反而无法脱身了，眼见得林齐被屠灵打晕在地，嘴角还在不停冒出唾液，他蹲下身子难过道："林伯伯当初为了顾纤云中了黑血神针之毒，今日想必又是为了我中了七日幽梦散之毒，我实在于心不忍啊。"说到这里眼眶一红，心中难过至极，屠灵拍了拍他肩膀安慰道："此事又非你之愿，你若是要自责过问，倒不如早日将凶手抓出来，还他一个公道。"此话正中谢传恨心田，他跳了起来问道："大哥，此毒难道真的没有办法可解？"

屠灵轻轻捂着肚皮："我见识短浅不知道是否有什么办法，不过若是能够找到黑面，深究毒物来源，兴许可以找到化解的办法。"但天下之大又要去哪里找黑面，忽然想到顾萱，谢传恨心头一动，轻声喃喃道："难道非得再上五台山去吗？"屠灵眼望四方，轻轻道："如今还是先找个地方，安顿好他吧。"想了想："眼下他如此疯狂，未免伤害无辜，还是趁夜将他带到翠竹山庄，有红叶的奇门之阵困住他，想必可以以防一时所急。"谢传恨再度低下头凝望着昏迷的林齐，难过道："林伯伯一生最疼惜的人便是欣儿了，青城山与沂州相距甚远，想必他是中了剧毒之后还想着爱女，所以来到这里。"叹了口气，实在不知道他这一路受了多少苦痛。

这一晚两人便护送着林齐前往翠竹山庄，翠竹山庄虽然地处幽静，但毕竟这些年来远离尘嚣，人丁兴旺，到了庄园外，早有人认出谢传恨，他是庄主的贵宾，此刻自然也就不敢怠慢，一路受尽招待直入庄中大厅。直到厅中转出一人，忽然发声大哭起来："爹……爹……"林欣儿一身素裹红装，一望父亲如此褴褛昏迷，吓得扑上前来大哭了出来。谢传恨对她思念良久，此刻一见面却是如此场景，他也不禁黯然神伤。又过了不久，红叶披着长裙走了出来，先是一阵木讷："这……"看到林齐如此生死未卜，林欣儿哭得肝肠寸断，过了许久才开口问道："胖子，这是怎么回事？"

屠灵挠了挠头："一句半句也没办法跟你说清楚，总是你先派人照顾好他，其他事我再跟你说明。"红叶毕竟也是有所晓理之人，当先赶紧劝止了林欣儿，命人将林齐抬入客房去照看，只是林欣儿死活不肯让他人照料，无奈之下便只能由她自行照顾。

屠灵跟着红叶去了，似乎是要说明一切，谢传恨在屋中踱步，心乱如麻，终于忍不住朝着林齐那边去了。林欣儿坐在床头，一脸泪痕显得楚楚动人，谢传恨何时进来她都无法知晓，直到有人在耳边轻轻叫了声："欣儿。"林欣儿才擦了擦眼泪站起身子，望着眼前这男子，当真对他是又爱又恨："为什么……为什么我爹每次遇到什么凶险，都是因为你和顾纤云……为什么……"她一字一句说得难过至极，声泪俱下几乎不能喘息。谢传恨心如刀割："对不起。"

"你为什么不去找顾纤云，你管我们父女死活干什么，你走啊。"她疯了似的扑了上去试图将谢传恨赶出门去，谢传恨心中苦楚忍她大骂，终于忍不住一手将她紧紧搂入怀中，口中不绝道歉。林欣儿靠在他怀中，哭得却更大声了，这些年来的一并委屈，尽数发泄在这个男人的身上。

"对不起……"谢传恨柔声在她耳边轻轻承诺，这句话说出，林欣儿心肠一软忍不住抱着他再度放声大哭起来。这一晚好不容易哄了林欣儿不再哭泣，但面对昏迷不醒的林齐，谢传恨却是忧心忡忡，他在房中不停走动，林欣儿则坐在父亲床头，一刻也不敢眨眼。

也不知道过了多久，林齐竟然发出一阵咳嗽声，林欣儿当先激动叫道："爹……爹……"谢传恨吓得不轻，唯恐他醒过来再度发狂，却没想到林齐此刻情绪正常，只是脸色极为难看，竟如垂死之状，他凝望着爱女，忽然激动道："传恨……"两个字一出，发出剧烈咳嗽，几乎再无气力。谢传恨冲到床头来，带着无限愧疚之意，喃喃道："林伯伯……"

林齐过了许久才悠悠苦笑道："你还能……叫我一声……林伯伯……我真的很高兴……"他顿了顿，身旁的林欣儿早已经掩住脸颊不让泪水滑下。

"当年安史之乱……的事，想必你都……知道了，林家愧对……你谢家……我对不起你……如今只有欣儿……是我……唯一的不舍……"说到这里再也不能言语，只是一双眸子死死看着谢传恨，仿佛眼神中透出着无限的自责之意。谢传恨握紧手心，站起身来转了过去，轻轻擦了擦眼眶，他这一生极少流泪，但此刻他却再也无法忍耐，叹了口气再度转过身去："欣儿，我们成亲好不好？"此言说得并不大声，林欣儿耳边一颤，目瞪口呆："你说什么？"

谢传恨咬住唇："我们成亲吧，当初是我有负于你，如今我希望重新补偿你，代替你爹……照顾你。"说到这里将目光转向林齐，见到他几乎垂死之人，此话倒有三分是说给他听得，林欣儿这些年来一直深爱谢传恨，不知受了多少委屈，如今一言说得她如同惊梦，她哭着眼泪："你说得……可是真的？"

"绝无虚言！"谢传恨义正词严，想到五台山上的一切不堪回首，心如刀割，他甚至已经决定放手顾纤云，让另一个深爱她的男人照顾她一生。

林齐老泪纵横，声音嘶哑，却无论如何也喊不出一句话来。

这一决定，最先告知了屠灵与红叶，两人均是一阵惊讶难言。屠灵忽然激动道："这……这这……圣姑怎么办？"红叶虽然沉默，却也带着同样疑问。谢传恨叹了口气："或许是我这一生与纤云有缘无分，我……"他苦痛难言，不再多说。屠灵又想上前阻止，红叶却先前一步将他拉到一边，摇了摇头："年轻人的事，我们就别再过问了。"这句话倒也不假，谢传恨的决定并非一时激动，只是这一切对于屠灵而言却是如此不能接受。

要知道他当初之所以会效力顾萱，为的便是希望能重新撮合顾纤云与谢传恨，但没想到到头来一场空欢喜，他如何能够接受。这些天来他一直忍着不言，终于到了俩人成亲那一日，这翠竹山庄上一片喜气之色，虽然没有布告天下，但就算上山庄中的人，多多少少也有两百来个，虽然一切从简，但是倒也显得大方得体。林齐昏迷不醒，主婚人便由红叶代表，林欣儿等这一日，整整等了十年，本以为今日可以和深爱之人喜结连理，却没想到一切却又成空。

礼堂之上，忽然有人朗声大笑，在场之人无不为之吸引，为首之人拖着长裙，满面喜悦，正是顾萱了。谢传恨握着林欣儿的手臂，本以为她要来此刁难，却想不到顾萱开口便道："得知两位喜结连理，今日特地到此恭贺。"谢传恨莫名其妙，心里虽然猜不透这女人心中所想，但也懒得与她争执。倒是从旁跳出一人，忍不住气大喝道："大小姐，你不守承诺，你明明答应我会再度撮合圣姑和谢传恨的。"屠灵怒气冲冲站了出来，气势骇人，此言一出全场顿时一片哗然，谢传恨更是茫然。顾萱如若未闻，淡淡道："我没有不守承诺，只是要成亲的是谢传恨，并不是我可以左右的，对不对啊？"她最后一句话质问谢传恨，后者虽然莫名其妙，但依旧应道："不错，今日要娶欣儿，是我的决定，与其他人无关。"屠灵更是怒不可遏，恨不得上前抓住他扇他几个耳光，顾萱故作得意道："今日是他们大喜的日子，你我都为外人，何必如此多加阻挠呢？错过了良辰吉日可就不好了。"她此言一出，四下里再度一片哗然，屠灵不知如何是好，便在此时门外又有一个黑影飘然走了进来，她伴着脚步轻盈大笑道："既然是良辰吉日，我又怎么能错过呢！"

顾萱脸色骤变，冷冷呵斥道："二妹，好久不见呀！"

顾怜星侧过头，欠身恭敬道："是啊，好久不见了。"

俩人自来针锋相对，多年未见，谁又知道今日竟会再次同时出现，屠灵素来知道俩人存在间隙，本以为顾怜星忽然出现会有所阻挠，可没想到她却说道："怎么？婚礼还不开始？难道还在等谁吗？"此言说得漫不经心，四下几乎无人应答，可就在此时，堂外却传来一阵轻柔绝望的声音："良辰美景奈何天，赏心乐事谁家院……"字如同尖利刀刃，刺过谢传恨的心头，他全身剧烈缠头起来，这声音便是牵挂了他整整半年的回忆。

屠灵当先激动叫道："圣姑……"

顾纤云含着泪走了进来，她身后跟着叶俊磊，依旧一身洁白，一脸英俊。只是此时的顾纤云，身怀六甲，肚子高高挺起，每走一步都显得如此力不从心。

她这么一出现，在场所有人几乎同时各有表情。林欣儿愤怒不已，几乎就要上前将她活活吞下，谢传恨一脸不知道何种表情，望着顾纤云又是爱怜，看到叶俊磊却又是愤怒。顾怜星和顾萱脸带微笑，显得一切如常。红叶与屠灵则是面无表情。

顾纤云站在几人当中，全身发抖，叶俊磊轻轻上前，柔声道："纤云，莫要太激动了，小心身子。"这句话说得谢传恨醋意越加，他想到自己所受的伤害，当先冷冷道："你来干什么？"

顾纤云声泪俱下，重复着这一句："我来干什么？是啊，我来干什么？"全场一片宁静，顾纤云忽然抬头道："我来……我来祝福你们呀，祝福你们绕了一大圈，最终还是走在了一起！"

此言说得谢传恨心酸无比，若非如此众多人在此，他必定要痛苦流泪。顾纤云走上前去，凝望着红叶："红叶，你很好，你今日所做的一切，总算对得起我。"她此言明显说了反话，红叶又如何不知，她上前一步欲要解释，顾纤云却已经转口道："大姐，二姐。我们三姐妹算起来有十年没有聚在一起了。"

俩人同时道："是。"

顾纤云一脸泪痕，几乎每一句话完，都带着数不尽的伤感，到最后连她单薄的衣衫上也尽数沾满了泪水，越凸显了她挺起的肚子。

此刻所有人都静静地凝望着顾纤云，好像她如同这一场婚礼的执掌人，而这静悄悄的礼堂里，却也只有她一个人的哭泣声，如此绝望。

"顾纤云，你闹够没有？"林欣儿忍无可忍，当年就是因为她，谢传恨才会弃婚而去，如今她竟会又忽然出现阻挠。

顾纤云狂啸道："我闹？我闹什么了？传恨，当年你弃婚随我而去，是因为真情眷顾，今日你再度登上礼堂，为了是什么？"

"纤云……"谢传恨哽咽无比，说不下去。顾纤云含情脉脉，一脸苦涩："传恨，你与林欣儿有婚约在先，你若是对她真情真意，我自然无所意见，可是你敢说，你真的忘了我了吗？"

顾纤云的声带哽咽柔情，几乎令这寂静的礼堂顿时充满着无比心酸之意，任何人也无法抵抗这等酸痛。就连不可一世的顾萱与顾怜星都有所感悟，又何况谢传恨呢！

林欣儿紧紧握着手臂："顾纤云……滚出去，这里不欢迎你！"

顾纤云如若未闻，这一激动，体内的严冰之毒就越发发作起来，她身怀六甲本就体质虚弱，又哪里受得了此等折磨，一阵摇晃就要跌倒，叶俊磊抢先一步想要抱着她，却被她毅然拒绝。

这一刹那的眼神接触，也不知道是何种力量，竟然让彼此重新回忆了一段难忘的往事，九年日夕相伴的时光，该是多么的美好，那种矜持的爱意，天下间又有什么能够抵挡！

谢传恨终于有所动摇，他轻轻上前一步，如入梦幻，口中喃喃："纤云……"这一微妙的举动瞬间令所有人失色，顾纤云满面柔情，恨不得立刻就投入他的怀抱，便在这举世一线，礼堂上忽地卷起一阵狂风，一道艳红身影呼哧而过，带着漫天绝色，所有人来不及惊讶，来不及眨眼，只听到顾纤云一声惨叫，身怀六甲的身子已经重重倒在地上。

这一刻突如其来，所有人一声惊叫已然不及，谢传恨如同噩梦："不要！"当先扑了上去，试图抓住那道身影，但是去势太快，自己终究慢了一步。顾纤云倒地昏了过去，叶俊磊脸色瞬间苍白，来不及呐喊怒起容颜呼地一掌打向对方试图将对方逼退，顾萱、顾怜星各自动手一同跃入当中，红叶、屠灵离得最远却也在震惊之后冲上前来。

现场一片大乱，这礼堂上，顿时充满了肃杀之意！

# 第二十章
# 一错再错

　　谢传恨与林欣儿这一场大婚本来井井有条，哪知道接二连三的访客却将一切尽数破碎，特别是顾纤云拖着六甲之身突然出现，现场一度陷入僵持。更令人惊讶的无非于一直娇弱无比的林欣儿，何时身具如此高深诡异的武功，竟然在众多高手的众目睽睽下瞬间出手，打伤顾纤云，现场瞬间大乱，顾纤云倒在地上昏厥过去，叶俊磊脸色如同白纸，飞身而至挡在她面前，谢传恨随即赶来试图拉住林欣儿，可对方身影实在太快，自己又不曾用足十分之力，这一下竟然落了个空。

　　"欣儿……不要。"谢传恨将一切惊慌害怕化成这几个字，几乎是哭喊在礼堂上，林欣儿杀机已起，双目透红，听了此言心中却死死寻思："顾纤云……你若不死，谢传恨必定不可能真心与我在一起。"再欲出手，此刻叶俊磊已经挡在面前，他一股气势汹汹，恼恨的几乎要瞬间将林欣儿撕裂，再加上顾萱、顾怜星、红叶、屠灵四大高手随后赶来，她自知再无力杀死顾纤云，一阵厌恶，甩开红袖退在一旁。

　　四人见她退后，也不威逼，当先一窝蜂冲上来查看顾纤云的伤势。顾纤云身怀六甲，临盆在即，加上之前受了激动，严冰之毒隐隐发作，这一下十分危急，只见她裙下已经流出殷红鲜血，脸色苍白无色，四肢抽搐异常吓人。

　　"纤云动了胎气，立刻为她接生。"红叶一句话惊醒了所有人，包括叶俊磊在内，也忘却之前愤怒，顾怜星赶紧招呼四下上前帮忙，一时间礼堂上忙成一片，顾纤云被一群人抬入客房，只有呆木的谢传恨与愤怒的林欣儿等少数人待在礼堂上，未曾跟去。

过了许久，谢传恨才悠悠开口："你……你为什么突然间会变成这个样子。"他看着林欣儿如同入魔的眼眸和脸颊，心里痛惜无比，曾经的林欣儿不过是一个刁蛮任性的千金小姐，但是心地善良何时可能会有害人之心，但刚才突如其来的一幕却令这个绝世剑神至今心有余悸，那个翩翩少女竟然出手如此狠毒，若非之前许多高手一同上前阻拦，顾纤云就算多几条命也早已经命丧黄泉。

林欣儿紧紧握着手心，脸色发青，嘴角露出一丝冷冷的愤怒之意："难道顾纤云不该死？她与我之间注定就不可能同存于世。"

"你……"谢传恨叹了口气，却十分无奈。

林欣儿转过头，眼神中流露出一股绝望之色："我问你，你心里明明还放不下她是吗？若是你放不下她，为什么要答应娶我，在你眼里我到底什么？第一次是这样，第二次还是这样。"言语淡淡无色，却表明一个女子绝望的情怀，的确，身为一个女儿身，最痛苦的事莫过于大婚之日被情敌夺去夫婿，此等之事，当真是无法言明。

谢传恨望着人去楼空的礼堂，此刻后院的客房里，所有人在抢救着顾纤云母子俩，而他多希望前去问候，但是面对林欣儿，他一生的亏欠，他又能如何是好？

"对不起……因为……因为……你爹……"谢传恨声音哽咽，想到林齐此刻生死未卜，当真是心如刀割。林欣儿却仰天长笑："为了我爹……我明白了……我明白了……"她忽然扯开全身的大红新衣，刹那间撕成粉碎，然后恶狠狠地对谢传恨言道："谢传恨……此生是你有负于我，他日我林欣儿若是再向你低声下气，有如……此……物。"她取出腰前挂着的金色如意，甩入天边瞬间化为漫天烟尘。

谢传恨心痛非常，一声叫唤："欣儿……"

林欣儿却大袖一挥，跃入后院中，谢传恨脸色骤变，赶忙追了上去，一路上不停叫唤她的名字，但林欣儿却如疯了似的径直朝父亲的房中而去，谢传恨站在屋外良才不敢直视，而当他吸了口气走进屋子，里面已经人去楼空，林欣儿似乎已经带着重伤的父亲离去。

安静的屋内，谢传恨一人呆立于此，刹那间真是心灰意冷，他爱之人背叛于自己，爱她之人又不得所踪，这一刻人世间还有什么可以留恋。

这边谢传恨正在独自苦叹，顾纤云那边却突然发生巨变，原本林齐住的客房与顾纤云那边不远，谢传恨忽然耳边一阵吵闹，接着竟然听到几阵打斗的声音，而且愈演愈烈。

"顾萱……你疯了吗？"这一声大喝来得好大，谢传恨认真一听，乃是叶俊磊的声音。话音一落，又有几人呵斥道："顾萱，别乱来。"混杂无比，最后倒是顾萱的一句回答来得清楚："哈哈……堂堂天阴教圣姑诞下孩儿，如此荒唐逆天之事，如今既然已经发生，又岂能让这个孽种留在人间。"

此言一出，谢传恨吓得魂飞魄散，不用多想，定是顾纤云顺利产下孩儿，顾萱趁机从旁夺走幼子，他不敢多想，发足朝着吵闹之处跑去。

只见那房门外的花丛当中，站着数十人，其中大多都是天阴教之人，看来顾怜星之前来此早有了准备，但此刻却不见她人，而顾萱抱着持续大哭的孩儿站在远远出，那孩子身上裹着一层薄薄的纱布，身上还带着浓浓的血迹，想必出生到现在不过许久。

叶俊磊站在最前面，见他的孩儿哭成这样，当真是心如刀割："顾萱……孩子也是你的亲人，你……你就这么残忍？"他身后站着屠灵，屠灵肥胖的脸上亦是满脸愤怒，显然对顾萱如此卑鄙的行为极为不齿。

顾萱却一脸无色："叶俊磊……你与顾纤云苟合，迫使她触犯了圣教教规，今日我是替本教的祖宗执行厉法，轮不到你说话。"

"顾萱……"叶俊磊忍无可忍，他生性温柔，此刻见自己骨肉在对方手里，忍不住方寸大乱："你若是敢动我孩儿一根汗毛……我……我必要你死无葬身之地。"此言倒也并非虚假，叶俊磊若是奋起神威，便是谢传恨、顾宁玉也无法抵挡，又何况是顾萱。

顾萱怔了怔，她忽然低着头看着怀中哭泣不止的孩子，冰冷的手轻轻滑过她幼嫩的脸颊和皮肤："孩子啊孩子，你看看你爹多么心疼着急你，有个那么疼你爱你的爹，你该是多么幸福。不过可惜……"她忽然语气转冷："不过可惜你却有一个不知廉耻的娘。"这时孩子哭的越来越大声，那微弱的声音几乎刺破了每一个人的心脏，房内一阵大哭。顾怜星和红叶一左一右扶着憔悴至极的顾纤云走出房间，顾纤云一脸苍白，喊着眼泪，她几乎从未如此害怕和低声下气过："大姐……大姐……你恨我怪我，可是孩子是无辜的……你就当可怜可怜我……把孩子还给我……"

似乎母女连心，那孩子听到母亲的呼唤，声音变得一阵一阵嘶哑，刚刚出生的婴孩本来就没有什么气力，哭了这么久几乎连嗓子也要哭哑。

顾萱一脸正色："可怜你？那谁来可怜我？顾纤云……从你一出生开始我就恨你入骨……你没出世之前，爹和全教上下一直对我如珠如宝，可是一出生之后……所有人把对我的关注全部转移到你的身上，原本天阴教教主，以及纤云梭本该归我所有，可是自从你出现之后，一切都变了……顾纤云……我恨你……我恨你……"她咬牙切齿，就像是恨不得将顾纤云硬生生咬碎，这一阵阵怒斥在众人耳边回荡，仿如无声无息进入每一个的心中，击碎心田。

"顾萱！"顾怜星忍无可忍，她站出来大袖一挥："你所说的一切，恨得怨得是我们那该死的爹，你恨纤云你恨顾宁玉，跟这个孩子没有关系，放了她。"这一句话说得义正词严，而且顾怜星此言出于正义，让人听了不觉心头一阵暖意。顾萱却仰天哈哈大笑起来："顾怜星……你少在这大言不惭，你的心思骗得了别人，骗不了我，论到野心勃勃，你比我不知道厉害了多少，若不是这样，你今日又岂会登上天阴教教主之位，你所做的一切，难道就不卑鄙吗？"

顾怜星闭上眼睛，许久才淡淡回答："我就算卑鄙，也卑鄙不到像你这样以幼儿为挟。"

见两人一对一骂，其实最痛心的是顾纤云，此刻在她眼前再度浮现起当年在孤月台上三姐妹幼时的欢乐情景，那些记忆难忘她永世不能忘记，而此刻见到眼前的一切，她几乎在发狂地问自己："难道当年那些姐妹情谊都是假的。"她流着眼泪，默默地看着顾萱，那是与自己一起长大的亲生姐姐啊，而此刻，同样是亲情，她却抱着自己的骨肉，如此恶毒的发出世间最令人发指的怨恨。

"你到底想怎么样？"叶俊磊轻轻上前一步，握紧双手恶狠狠地问，此时婴孩已经哭到无力，那一阵阵如同哀鸣的嘶哑声，却依旧刺痛了所有人的心田。这个刚刚从母体脱离还不到一个时辰的婴孩，此刻似乎已经无气无力，顾萱侧过头，一脸淡定："我要让你们痛苦一辈子，我要让你们永世不得幸福。"

这句话如同炼狱中的恶鬼哭嚎，纵使在这春光之下，花海之中，依旧令人刹那间感到窒息与阴寒。

"顾……萱……"

这一声来得混杂，根本不知道是谁破口而出，连红叶、屠灵身为天阴教护法神君都无法忍受对方如此狠心，便在此时，没人知道谢传恨何时从旁而出身影朝顾萱扑了下来，以谢传恨的功力，天下间已经无几人可以抵抗，更何况此刻他突然偷袭，令所有人一片震惊。

顾萱欲要闪避，却已然不及，她之前未曾发现，加之手中抱着孩子，更何况以她之力要躲开谢传恨的攻击也是难事，黑影闪落，俩人都已经在三丈之外，便在此刻顾怜星、叶俊磊一左一右也双双扑了上来，但脚步上前方才七步，就已经停了下来，因为他们看到眼前的一切已经成为僵持局面。

谢传恨不知何时出了剑，而且剑尖已经架在顾萱的脖子上，只需要再前进一些，她就必定香消玉殒，而顾萱也就如同炼狱鬼手伸入了包裹婴孩的纱布里，兴许只需要她轻轻一用力，这个幼小的生命也命丧当场。

所有人的心立马悬了起来，顾纤云吓得几乎要晕了过去，若非红叶在旁死死拽住她，她早已经发狂冲上前去，饶是如此她依旧哭个不止："大姐……大姐……我求你了……你要纤云梭……你要知道的事我一切都可以告诉你……大姐……"哭声嘶哑，任凭再铁石心肠的人也会为之动容，但此刻的顾萱却满脸愤怒地望着谢传恨："动手啊，你为什么不动手？"

谢传恨叹了口气："你为什么要我动手？"

顾萱微微一笑："因为我想知道你要动手杀我，是因为这个孩子，还是因为其他的原因。"

"这个孩子。"谢传恨的眼睛轻轻撇过这个满脸泪花的婴孩，这个女婴，她的五官轮廓，她的气质体态，多像顾纤云，但是这一切对他来说，却是无可遏制的痛苦。因为这是顾纤云和别人生下的孩子，在他眼里这又何尝不是孽种一个，他为什么要出剑，他为什么要出手救这个孩子！当他看到顾纤云那种撕心裂肺的哭泣，他就无法无动于衷，就算是这个世界有一天灭亡，他也会毅然决然的选择站在顾纤云的身边。

但是这个孩子，与自己非亲非故，甚至是自己的眼中钉，此刻他的心思百感交集，望着漂浮的花海独自问道："是啊，这个孩子……跟我有什么关系……她的死活跟我有什么关系……"

"是啊。"顾萱见他有所神情有所恍惚，故意调侃道："这个孩子跟你一点关系也没有，她的死活与你何干？谢传恨剑术无敌，难道今日还会为了一个毫无关系的孩子有所动辄心思吗？"

叶俊磊等人远远站着，恨不得立马就上前来抢夺孩子，但是此刻谢传恨的剑不离顾萱，顾萱的手又不离孩子，俩人只需要一动手，必然会闹出人命，是以任何人都不敢轻举妄动。

谢传恨头痛欲裂，这些日子来的伤心之事刹那间涌上心头，让他痛苦不已，他转过头看着叶俊磊身后的顾纤云，那张苍白泪痕的脸依旧如此清晰难忘，这一刻他忍不住落下绝望的眼泪。顾萱将一切看在眼里，凝望着谢传恨的神情冷冷笑道："堂堂剑神谢传恨，却被人遗弃如此，当真是可悲可叹！"

顾萱脖间一阵冰凉，谢传恨手中的长剑轻轻晃动了一下，那股冰冷入骨的寒气瞬间凝固在微风中，谢传恨忽然一阵发狂："谢传恨的事轮不到你说话，放了孩子。"手起一剑望着顾萱胸口就刺了过去，这突如其来的一幕令在场所有人大惊失色，叶俊磊最先镇定，飞身一跃冲上前去，顾萱早有防备，但谢传恨的一剑岂容他人如此轻易闪过，她长袖舞动眼见得怀中婴孩无法要挟谢传恨，便早有打算退路，此刻谢传恨长剑而过，她一连退了七步，谢传恨咬住牙齿轻轻一晃神，剑下却早已经落空，他凝望着顾萱，再度一声大喝："放了孩子。"金光一闪，一道剑花逼迫万千花海迷离，带着众人的目光飞驰而去，当真如同一条平地而起的银色长龙扫过无数威凛，顾萱退无可退呆立当场，顾纤云唯恐孩子有伤，一句"不要"脱口而出，谢传恨好似有所停滞，便在这一刻叶俊磊抢先而上，双手左掌"呼呼"扑向顾萱欲夺下孩子，这两大绝世高手一同出手，顾萱便是插上翅膀也根本无法逃脱，哪想到就在这一刻，屋檐之下跃下一道黑色人影，便如同鬼卒一般，全身上下只透露出两只犀利如电的眼睛，这一瞬间扫视便已经让人有所畏惧，哪想到他挡在顾萱面前忽然运气大喝，声如雷阵，四下里一片哗然，便在这一瞬间双掌平胸而去，接下谢传恨与叶俊磊的一掌，三人各自退了几步，黑衣人转身呵斥："走。"顾萱晃过神来平地起伏跃入屋檐，顾纤云见她带走爱女，急得再度大哭出来，红叶、屠灵当先抢步追去，黑衣人转身凝神再度出掌，这区区肉掌当中竟然含着几如排山倒海之力，红叶与屠灵乃是天阴教护法神君，功力何等之高，但是面对这两掌竟然余力不足，勉强接下之时已经气闷难耐。谢传恨一声怒斥，手中长剑挥舞，绕过后者盘旋而起，如同仙人指路，他剑法高超，那黑衣人赤手空拳，虽然内力无匹，但是终究无法抵御谢传恨的神剑，更何况叶俊磊就在左近，他一声冷哼，腾空之时袖中一阵火花暴起，瞬间变成漫天艳红之气，屠灵捂着胸口当先有如失魂："七日幽梦散。"这一声叫唤刺破所有人的耳膜，谢传恨最先呵斥："闪开。"所有人一听如此，赶紧各自退出庭院，那黑衣人哈哈大笑，清风不绝，却已经消失无际。

所有人退到礼堂上，之前失魂之状才略有恢复，谢传恨神情浓重，对着屠灵问道："大哥……你刚才……所言的……果真是七日幽梦散？"想到之前的一幕，还是忍不住打了个寒战，屠灵喘着大气，点了点头："是，当年在孤月台上，我听圣教主说过，如此气味如此雾状，绝对是七日幽梦散。"

谢传恨叹了口气："我知道了。"转身就要离开，屠灵忽然叫住他："你要去哪里？"

"去找那个黑衣人。"既然他所释放的就是七日幽梦散，那他便是屠害青城山上下，不惜一切嫁祸自己，引起无数事端的幕后真人，谢传恨决心于此势必要去找他。

屠灵急急言道："你一个人去未免太危险了。"

"我跟你去。"叶俊磊走上前来，站在谢传恨身边。

"谢传恨不需要人帮忙。"

"我不是帮你，我只是要夺回我的孩子。"

谢传恨转过脸，冰冷冷的面容凝望了他一刻，既而一言不发快步走出礼堂。叶俊磊转过身子，看着失魂的顾纤云，柔声道："纤云，你好好休息，我一定会将孩子平安带回。"

顾纤云靠在红叶的肩膀上，一言不发，眼睛里只是流不尽的泪水，这一切的一切都似乎是噩梦，而现在梦还未醒，世间一切却似乎已经曲终人散。

叶俊磊咬着唇："麻烦你照顾顾纤云。"

红叶微微一笑："我会的。"

叶俊磊不再多说，发步朝着礼堂外跑去，不一会儿没了踪迹。顾怜星站在边上，拖着长长的裙子，凝思良久，忽然开口："屠灵……你跟我来。"眼神如冰，转过弯道再度朝着后院而去，屠灵一怔神，有些犹豫，但片刻之后还是老老实实跟了过去。

后院里一片安静，清风如常，花海依旧，只是之前那一幕幕似乎在铭刻在眼前，顾怜星傲居于此，微风吹着她的长裙，此刻的她显得有些傲然于世，她凝望着翠竹山庄的一切，动人的眸子里闪出一丝沉重。

"教主！"屠灵站在后面，轻轻喊了一声。

顾怜星微微一笑，却笑得如此勉强："你的心里，到底谁才算是真正的教主？"一句话问得屠灵哑口无言，顾怜星冷冷笑道："一直以来，我都在七大神君中，你屠灵最为隐世淡泊，可没想到你今日所做的一切竟也会如此令人不齿。"

屠灵抬起头，对视着顾怜星的目光，他轻轻叹了口气："属下不明白……不明白。"

顾怜星呵斥道："你到现在还跟我装模作样，若不是纤云伤心欲绝，此刻前来训斥你的，又岂会轮得到我？你和顾萱根本就是蛇鼠一窝，狼狈为奸。"

"我……"屠灵欲言又止，再度一声长叹，过了许久才悠悠叹道："属下……的确是中了大小姐的奸计，此时铸成大错，千错万错，都是我屠灵太听信大小姐所言。"

顾怜星冷冷一笑："将你和顾萱的一切如实招来。"一字一句来得铿锵有力，的确具有当年顾宁玉一统群雄的豪气干云。

屠灵心中亏欠无比，他最初本是听信了顾萱所言，希望再度撮合顾纤云与谢传恨，但是哪想到却将一切弄成如今模样。当先也无法再隐瞒，将自己与顾萱之间的一切尽数告知。

顾怜星再度凝望着四周一切，风吹过她的发鬓，轻轻拂过脸颊，她点了点头："你便是听信了顾萱所言，才会答应她靠近谢传恨，并想方设法将他带到这翠竹山庄？"

"是。"

"可是你是否知道红叶与林欣儿，也就是谢传恨的未婚妻乃是师徒。"

"属下不知道。"

"你又是否知道我和纤云为什么会出现在礼堂之上？"

屠灵低下头，过了良久才缓缓开口："不用说，一定是大小姐故意引你二人到此。"

"将你屠灵安插在谢传恨身边，一来取得他的信任，二来引他到翠竹山庄，令纤云伤心欲绝，三来令谢传恨与叶俊磊再度陷入难分难解，四来令林欣儿恨纤云入骨，如此借刀杀人，哼哼，一箭四雕，顾萱啊顾萱。"她仰起头，忽然眼眶有些朦胧之意，她与顾纤云一样，其实还是十分在意着姐妹之间的情义，但是此时此刻她又怎么能再去面对那个大姐。

顾怜星呆望天穹，一行热泪顺着绝色的脸颊流入心田，如今正当妙龄，却面对着如此残酷的现实之事，当真是令人无法接受。她想到顾纤云，这些年来她虽然也深深极度甚至是恨过这个三妹，但是如今一想，她的命运的确比自己甚至天下人都痛苦。

"争来争去，到底还有什么意思？"顾怜星微微发此言语，既而自我言笑："有什么意思？"

屠灵无法猜透顾家三姐妹的心思，更不敢去猜，此刻虽然见到顾怜星如此伤心，但是仍旧未曾表露自己心中所想。直到顾怜星擦了擦脸颊，既而又问道："你可知道那个黑衣人是谁？"

屠灵摇了摇头："属下不知。"

"当真不知道？"

关于那个神秘黑衣人，屠灵的确不知道他的来历，他甚至和谢传恨一样非常想知道那人的庐山真面目。他见顾怜星不相信，此刻只能将自己与谢传恨相识，到之后的青城派所见一切，再到谢传恨的深仇大恨尽数告知，顾怜星听得有些触目惊心："原来谢传恨的身世也是如此多难，唉，他跟三妹倒也真是一对亡命鸳鸯。"

屠灵想到此刻孩儿下落不明，顾纤云那绝望的神情，不禁有所痛彻，顾萱行事向来不为常人所想，她竟然与那黑衣人一道，想必幕后还有什么重大阴谋之事，虽然谢传恨与叶俊磊联手，天下少有人能够抵挡，但是一来对方在暗，难保不会有什么诡计。更何况若是以那婴孩为挟，纵然谢传恨与叶俊磊如何无敌也根本不是对手。

"你说……"顾怜星骤起眉头，忽然问道："那个人会不会以纤云的孩子为挟，再度挑拨谢传恨和叶俊磊？"

屠灵之前也在寻思此事，有关俩人之间的恩恩怨怨，天下间早已经传得沸沸扬扬，其一谢家与叶家乃是世仇。其二当初谢传恨一剑败在叶俊磊之下，立誓必报此仇。其三，当中牵涉到顾纤云，俩人之间的纷争绝对在所难免。

"属下……"屠灵颤巍巍地开了口，却不知道该说些什么。

顾怜星摇了摇头："只可惜我这个做姐姐的，一点忙也帮不上。"

屠灵见她有所感情，于是轻轻问道："你可是真心为了圣姑？"他之前被顾萱蒙骗，才会遭来如今残局，此刻顾怜星虽然流出真情，却实在不明白是真是假。

顾怜星嘴角露笑："以前我也恨纤云，恨她一出生就带走了我本该有的一切。甚至后来她带走纤云梭，我虽空居教主之人，却有名无实。不过我从来都只想要拿回纤云梭光大圣教，至于纤云一切的事我都懒得过问。"

此言说得诚恳，倒无虚假。屠灵抬起头看着她单薄的背影，顾怜星再度叹了口气："谢传恨也好，叶俊磊也罢，我就这么一个妹妹，她和谁在一起，我又能如何抉择呢？呵呵……"

最后那句笑声，格外迷人！

# 第二十一章
# 新仇旧恨

　　而此刻正在翠竹山庄不知多少里之外的荒野当中，一阵阵微弱的哭声却来得如此令人心碎，又是一轮月光，圆月被裹在浓浓的云霞中，露不出一丝光芒，苍穹显得有些昏暗，就像是一个怨妇憋着一肚子的闷气，随时准备发泄一般。

　　顾萱靠在树边，此刻的她显得有些疲惫，她怀中的婴孩出生还不到两个时辰，持续的哭声已经让她变得如此羸弱，顾萱满脸为难，一直在想尽办法哄着这个孩儿，但是显然都不奏效。这个对世间一切叱咤囊中的女子，却被这么一个羸弱的孩子为难得手足无措。

　　"你别哭了。"顾萱声音有些愤怒，但是愤怒中却似乎显露出一丝的怜惜之意，的确，她愤怒是因为顾纤云，对于这个刚刚来到世上的孩子，她更多的或许是一种超出仇恨的疼爱，毕竟这个孩子身体里，也流着和顾萱一样的血。她看着孩子一直在哭泣，心中痛苦无比。

　　"别哭了……"顾萱轻轻靠在她稚嫩的脸颊上，婴孩的肌肤竟是显得如此冰冷，她抬头望了望昏暗的天穹，这个荒野中，似乎就要被漆黑给吞没。

　　直到那个和黑夜一样神秘的黑衣人再度来到她的面前，那个孩子似乎也感觉到一股浓重的肃杀之意，此刻竟然停下了哭声，顾萱见她不哭，刚刚有所微笑，但片刻之后却满脸沉重。

　　"把孩子交给我。"黑衣人上前一步，落叶从他的脚下飘过，随着晚风吹响天边，天地间仿佛瞬间停止了一切。顾萱退后了一步，她不忍的轻轻握紧手里的孩子，像是在作无声的抵挡。

"怎么？"黑衣人瞪大了眼睛，漆黑的四周，这一对眸子异常精锐。他再度上前了一步："你想反悔？"顾萱再度看着怀中的孩子，这一刻的她像是一个温柔的母亲，舍不得放开襁褓，她轻轻叹了口气。黑衣人忽然正色道："顾萱，我告诉你，事已至此，一切都已经回不了头了，你别忘了你的誓言！"

顾萱心中凄寒，悠悠抬起头："你想把孩子怎么样？"

"这个你不需要过问。"

顾萱握紧手心："你若是不告诉我，即便是死，我也绝对不会把她交给你。"语气铿锵，容不得一丝的退让。黑衣人略有一怔，忽然哈哈大笑起来："你以为你能挡得住我？不出三十招我便可以让你死在手下。"此言倒不是危言耸听，以他能够轻而易举挡住谢传恨与叶俊磊，功力的确难以估量，顾萱却毫无畏惧之意，一脸毅然，显得不愿就范。

黑衣人再度一怔，忽然冷冷笑道："看不出来你还有点血性，莫不是因为她与你流的一样的血，所以你才如此不愿意将她交给我？难道你真想不守承诺？"

顾萱转而言道："你无须花言巧语，当初我答应与你合作，为的是纤云梭，但是你也答应过我，不会伤害无辜。哼，我若是不守承诺，之前我就已经将孩子交给纤云换取纤云梭，何须在这里与你多费唇舌。"

"你以为你可以？"黑衣人摇了摇头，显得有些不屑："你们这些后辈，在我面前算得了什么东西？其他话我不与你多说，把孩子交给我，我保证不会伤害她。"

"当真？"

"区区一个孩子怎么值得我杀她，况且我还要以她为饵……"他说到这里忽然住口，显然是有些事不想让顾萱知道，顾萱叹了口气，终于还是将孩子交到他的手里。

"她哭了很久了，声音都哭哑了。"顾萱望着孩子稚嫩的脸颊，一副心疼的样子。黑衣人呵呵一笑："初生的孩儿饿了当然哭了，你去找找附近有没有什么人家，去要点粥水。"顾萱似懂非懂，此刻却也能照着他所说去做，等到她的身影消失在黑暗中，这黑衣人才发出一阵得意的笑意："孩子啊孩子，你莫怪我，要怪就怪你生不逢时。"这一声笑容极其诡异骇人，他忽然身影一闪，朝着一个未知的方向而去。

天色昏暗，翠竹山庄中，四下里却是灯火如昼，到处的芳香随风飘荡，顾纤云在红叶与顾怜星的陪伴下，坐在花海中，一副痴傻，满脸泪水，此刻的她就像是落入幽冥，毫无灵魂所在。

红叶心疼至极，握着她冰冷的手臂："纤云……"欲言又止，真不知道该如何劝她，顾怜星见状也叹了口气："纤云……别担心了，我已经传令中原的天阴教众，追寻顾萱的下落。"

提到顾萱，顾纤云又忍不住落下泪来，她原本绝色的容颜在这区区半天里仿佛变得憔悴异常，令人不忍观望："二姐……那个人……真的是我们的大姐吗？"此言问得有所痛惜，顾怜星转过头，冰冷的回答："我不知道。"

"她为什么会这样……她为什么会这样。"顾纤云依稀在重复着这句话，顾怜星听在耳边，却忍不住追问自己："是啊，她为什么会变成这样……"既而冷冷一笑："要怪只能怪命，我们生在这样的世间，一切都是命里注定。"

"我不信命。"顾纤云闭上眼睛，产后的她本来就身体脆弱，更何况身带阴寒剧毒，此刻似乎又要隐隐发作起来。红叶忍不住转过头，用手轻轻擦了擦眼眶，此刻她身边的，几乎是全天下最命苦的女子。

"你的伤……"顾怜星眉间苦楚，忍不住柔声问道："等要回孩子后，你便跟我回孤月台去，天寿崖后的'凝碧寒洞'或许可以抵制你身上的严冰毒气。"

顾纤云轻轻抬起头："你……这些年来，你就是在那里修炼天音素馨的？"

顾怜星点了点头："是，几年前我无意闯入凝碧寒洞，才发现了那里的极寒之气可以抵制体内的寒气，天音素馨与严冰真气如出一辙，想必也可以抵制你的严冰之毒。"

顾纤云叹了口气："其实我又如何不知道，爹很早就告诉过我，只是凝碧寒洞冰天雪地，寸草不生，要我在那里聊表生活，我还不如死了。"

红叶忍不住道："纤云……"

"红叶姑姑……"

红叶听她叫自己姑姑，泪水忽然哗哗落了下来："你……你不恨

224

我……"她最初也和屠灵一样，受了顾萱蒙骗，当初才会一同欺骗顾纤云，意图引她上五台山，至今一直愧疚难言。

顾纤云微微一笑："纤云一生多劫，身边少有人真心关怀，红叶姑姑您对我的恩重，纤云不敢忘记，更不敢提恨不恨。"

"纤云……"红叶哭泣难掩，握着她冰冷的手心也忍不住颤抖。顾怜星转过脸去，月光朦胧中，她的眼泪竟也如此凄寒。

顾纤云伤心异常，红叶与顾怜星陪伴在侧，竟也忍不住落下泪水，只是这当中更多的是饱含世间的一切爱恨情仇。

"二姐。"顾纤云咬着唇，显得有些苍白的脸轻轻缓动了一下，顾怜星擦了擦眼泪，这或许是数年以来顾纤云第一次发自内心的喊她"二姐"，便只是这区区的两个字，多么珍贵，她转过头，强露微笑。

"你能不能答应我一件事。"顾纤云的声音已经嘶哑的像是无边无际的微风，卑微而又充满零落之意。

"你说。"

"以后不管怎么样，不要怪大姐。"顾纤云轻轻开了口，顾怜星身子却一阵颤抖，就连红叶也忍不住开口："纤云……"

顾怜星颤抖着双眼："你……你让我不要怪她……那么你呢？"

"我也不会怪她，其实……我们三姐妹都一样，都是苦命的人。"顾纤云说完这句话，轻轻低下头凝望着院中的花海，顾怜星身如电蛰，过了许久才冷冷笑着叹息，几阵风吹起了无边的花海，伴着凋零的花瓣，不知飞往何处！

沂州城外，大地充满着肃杀之意，谢传恨与叶俊磊双双飞驰在林间，如同两道脱缰的野马，迅猛而疯狂，月色已暗，再无一点零星之意，唯有两人手中的佩剑，随着两人的身影移动，绽放着无边无际的剑影银光。这一路自翠竹山庄而来，也不知道走了多久，俩人几乎是并肩而行，一言不发，直到谢传恨侧过头，冷冷的望了谢传恨一眼，终于停下脚步，恰好边上的湖光粼粼，倒映着俩人的身影，高大而英俊，并同两柄几乎是叱咤天下的剑，如此令寒夜变色。

叶俊磊见他停下，也跟着停了下来，谢传恨歇了口气："看来你一路跟我来，不仅仅是为了孩子那么简单？"

"你又何尝不是？"叶俊磊俊秀的脸上也露出一丝冰冷之意，既而上前一步："不过孩子是我的，是我和纤云的，我如此卖命当然情有可原，可你呢？"

他言语显得并不友善，而且故意有所刺激，谢传恨心中触动，却转首答道："青城派上下尽数遭人屠戮，七日幽梦散是找出元凶的关键。"谢传恨此行自然是要追拿那个神秘黑衣人的下落，他望着湖光，悠悠在心里叹道："而且欣儿和林伯伯不知何去，更何况林伯伯所中的七日幽梦散随时可能复发。"想到这里，真恨不得立马找到元凶，让他交出解药解救林齐。他不再多说，继续朝前路走去，虽然天大地大不知道该去哪里寻找，但是心中莫名的指引，却是一直朝着不知路而去。叶俊磊忽然横起长剑挡住了谢传恨的去路，这一下来得突然，谢传恨瞪大了眼睛，几乎是怒不可遏："你干什么？"

叶俊磊面无表情："想跟你说件事。"

"我跟你没什么好说的！"

"你不是想报仇？"

谢传恨冷冷答道："你是想现在与我比剑，我随时奉陪。"他虽然如此回答，但是却不知道叶俊磊心中到底在想着什么，此刻孩子落入敌人之手，生死未卜，他竟然还会有心思比剑。

叶俊磊的表情也显得漫不经心："你给我听着，你我之间的仇恨若是一定要以武力解决，我希望这当中不要让纤云和孩子介入，她们是无辜的。"

此言一出，谢传恨彻底愤怒，他手心一摇，佩剑顺着黯然划破天穹，双剑碰撞发出一阵耀眼火花，不提顾纤云倒好，一提起顾纤云，谢传恨仅存的一丝忍耐也彻底被击破，他怒道："以前的事我还没跟你算账，你还敢跟我提纤云！"

"为何不敢。"叶俊磊露出一丝不屑："纤云如今已是我的人。"

"你……"

"谢传恨，你若是要报仇，随时冲着我来，只不过你也不知道纤云受不得一丝刺激，所以在她面前，你以后还是不要出现的好！"

天穹一道明媚的银光乍起，谢传恨一剑而过，带过漫天的漆黑冷漠："轮到你在我面前废话。"一剑如电，谢传恨一剑快可斩断落叶，几乎难以令人想象，他出剑快，可叶俊磊躲闪更快，一阵冷笑已经连退十多步，手中长剑一勾一带连出三剑反击，谢传恨红了眼睛，想到去年在五台山上的一战，那种败落感至今仍然难以忘怀，只从那一日之后，自暴自弃，虚度光阴，谢传恨一度堕入市井，若不是后来屠灵，他真不知道该如何才会重新变成如今模样。虽然如此，但是报仇之意从未有所懈怠，之前若不是因为事出突然，而且有所重大，他又岂会忍耐至今，此刻叶俊磊咄咄逼人，任凭何人也无法抵挡，半年多来谢传恨几乎未曾用过全力，此刻如同昨日再现，一剑一剑使得威力十足，恨不得一剑就将对方败于剑下。叶俊磊似乎有心刺激，虽然躲闪有序，但是始终不与对方用上全力，眨眼间俩人已经交手不下三十招，谢传恨招招逼近，叶俊磊一连躲闪，到最后谢传恨忍不住停了下来："你这是什么意思？"

叶俊磊手心一折，将长剑横于胸前："只不过想看看你这半年来是否荒诞了剑术。"

"看够了？"

"不错，谢传恨依旧是谢传恨，很好。"脚踏中宫，挺起长剑，剑走游龙，瞬间将谢传恨三十六处大穴尽数笼罩其中。谢传恨早有防备，此刻心中再度浮现起顾纤云的身影，今日一切的苦痛，尽数凝聚成他手中的杀机，伴着谢传恨的一声呵斥，两把神剑再度撞在一起，华光如昼，两道身影平地跃起直入半空，落舞梨花的剑光照耀着四方，将一片湖光尽数盖过，仿佛通明白昼也远不及如此，俩人年纪均不过三十，一身剑法功力本来可以独当天下，可偏偏注定如此对敌。今夜一战远非当日五台山可比，当日谢传恨带伤在身，并且有人观战，一切多少有些心悸，而此刻夜空昏暗，渺无人烟，更何况谢传恨精神抖擞，如此恶斗愈是激烈难言。

谢传恨的"凝意剑诀"早已经归入心意，神如飘缈烟尘，每一剑出去无不是威风八面，气盖四方。论到剑法叶俊磊稍有不足，但他凭着一身的寒冰真气，将剑气凝聚在极寒的真气之下，一招一式都有如带着千年不化的严冰之利，当真也是精锐无比，难以匹敌。

俩人越斗越快，越斗越狠，到之后都犹若两只发狂的野兽，四周的荒草已经尽数席卷在漫天剑光当中，就连原先平静的湖面此刻也荡起阵阵波澜，好似晃动凝望着这一场惊世恶斗。

"谢传恨，男子汉大丈夫，事到如今你难道不肯认命，纤云已经不再是你的人。"叶俊磊出身贵族，从小未曾有过坎坷，虽然性子内敛，但以如此贵族身份之辈，一旦拥有便绝对不允许他人侵入，这倒也难怪。可偏偏他又遇到谢传恨这么一个从小经历身世变故之人，对他而言，经历苦痛经历，对于一切，看得如此之重，当然也不允许他人破坏。

谢传恨咬住牙，红了眼眶，这一剑一剑看似乱了章法，其实已经到了登峰造极之境，在他周身至少十丈之处，到处飞散着白银般的光芒，如一条条发亮的银蛇，不断穿梭在半空之中，与叶俊磊体内发出的寒冰真气相互冲撞，几如一不留神便立即会被无数的无形之气立毙当场。寻常人若是比武比剑，比的最多也是剑招内力，而若是真正遇到高手对招，一拼输赢的，除了剑法内力之外，自然还有凝神静气，稍有分身便大有可能落入下风，甚至立毙当场。

"谢传恨……"

叶俊磊哼了一声，冲着对方再度大喝，稍一分身，面前一阵剑光顺着胸前疾驰而来，他发了一阵冷汗，转身越过，勾起一道圆弧护住面门，"唰唰唰"连出三剑，自上而下，当真是"孤星斋月""直入中宫""老树盘根"，将对手全身笼入剑圈，谢传恨冷冷呵斥道："你若是妄想以言辞让我退却，你未免也太小看谢传恨了。"此话明示便是要对方住口，集中精力拼死决斗，叶俊磊微微颔首："你以为我怕你？"

谢传恨啐道："那就少说废话，今夜之战不是你死便是我亡。"发鬓落下一滴汗水，随着身影晃动吹入半空，剑尖划过天穹，带着一点晶莹，如同要硬生生将寂寞的夜空彻底劈开，叶俊磊不再说话，凝神静气接下攻势，飞身而至随着漫天烟尘波澜动荡，扑身而至，那一股股极寒的真气几乎令波光粼粼的湖面凝固在这无法言喻的杀机当中。

谁能想到，就在不远处，却有一双眸子在静静地凝望着这一场惊世决斗，他怀中抱着一个孩子，全身黑漆，只有一双如电的眸子露在夜色中。他轻轻眨了眨眼睛，既而有些冷笑："谢传恨和叶俊磊，今生注定就要成为宿敌，任何人也改变不了，任何人也改变不了，哈哈。"

这一声笑声，在夜晚中，无法形容的诡异！

夜色怡人，可这夜色之下却有一场惊世的对决，谢传恨与叶俊磊这一对世仇之人，此刻依旧狂如猛兽，舞剑拼死，方圆之处几乎看不见任何生机之色，放眼之处尽是苍白色如水的剑光弥散，而两人的身影时而朦胧，时而又清晰，原本本该怡人的夜色也似如因为这一场难分难解的对决而变得充满着肃杀之意。

当日在五台山之上，同样是俩人，同样是如此的恶斗，顾宁玉曾言，此俩人一交上手便是齐集少林、武当掌门等人也绝难令俩人停手，当日若不是顾宁玉、智胜、青枫及时出现挡住叶俊磊发狂的杀机，更因为顾纤云在场，他所有触动，恐怕谢传恨早已毙命，而今日之战这几人均不在此，除了远方的那个黑衣人，自始至终他都一直凝望着俩人恶斗，见俩人越斗越狠，最后几乎是将周身精力都倾泻而出，他便越来越得意，越来越兴奋。

直到他怀中的婴孩，一阵哭声刺破了充满肃杀之意的夜空，这一阵哭声来得并不大声，更何况在这惊世对决容不得一丝分身，可偏偏就是这么一阵极不大声的哭泣，却惊醒了仿佛已经将灵魂凝聚在战圈之中的谢传恨和叶俊磊，俩人在一瞬间同时罢手，双双落入地面。叶俊磊眼疾手快一个箭步朝着来声飞身过去，一道剑花在昏暗的林中扫荡，面前七株大树尽数应声落地，发出如同野兽咆哮之声，这些大树高约三丈，虽然说不上是苍天之物，却也是年过百年的树木，在他这么一轻易间轰然倒地，叶俊磊的功力绝非一般可言。

他翻身而过，双足点地又飞出了一丈，眼神如同凝聚着一道光芒，远远望见那个黑衣人影，而他手中抱着的，正是自己的孩儿。他喘着大气不敢停歇，本以为对方会有所逃避，没想到那黑衣人一直瞪大了眼睛呆呆地伫立当场，好似天地间就只有他一人存在。

叶俊磊站在他数丈之外，上下打量着眼前此人，隐隐看见对方手中的孩儿，这是他的骨肉，这是他与顾纤云的孩儿，可是她自从出生到现在还没有到父亲的手中抱过，初为人父，叶俊磊本该欣喜无比，可是偏偏经历变故，如今眼见孩儿就在面前，他却无法将她接过怀中。

这么一呆立，谢传恨也随之赶到，两个不世之人并肩而立，共同怒视着眼前这个共同的敌人。过了良久，孩子的哭声再度传了开来，叶俊磊心痛无比，想到顾纤云此刻绝对还在思念着孩子的安危，一时乱了分寸："你到底是什么人，为什么抢我的孩子？"双眼一直凝望着孩子的脸盘，虽然此刻林野一片黑漆，但是父女连心之情依旧能让他感受到女儿的身影。

天地间唯有婴孩的哭声，黑衣人始终如木人一样呆立在原地，动也不动，只有一双犀利的眸子如电般的不停在俩人身上来回晃动，仿佛是寻求着世间的真理一般，叶俊磊见他不应不答，而孩子的哭声越来越大，他激动得缓动着身子刚想上前，哪想到谢传恨抢先一步挡在前面，跟着开口问："青城一派全是遭你屠戮？"

"是！"黑衣人的轻轻一个字，却令谢传恨这几个月来有种瞬间开朗的感觉。

他既而问道："屠戮青城派，却嫁祸给我，你的目的到底何在？"

黑衣人忽然大声大笑，这一阵阵笑声精锐无比，比之黑面神君、无踪神君等人简直过之而不及，在这夜晚之中两个几乎天不怕地不怕的剑神忍不住打了无数个寒战。

"谢传恨啊谢传恨，江湖传闻的剑术无敌的谢传恨，却是如此愚昧之人。"黑衣人语带讽刺之意，谢传恨忍住怒气不与争执。过了良久，对方才悠悠而言："你与顾纤云在一起数年，却没有学到她一点的机灵慧智，哈哈。"

"住口。"谢传恨终于忍无可忍，若是讽刺自己倒也算了，提到顾纤云他当然无法忍受。黑衣人见他生气，反而越加得意道："难道我说错了？"他轻轻侧过身子，这下连一双如电的眸子也并入黑暗当中去："顾纤云这丫头机灵无比，比她老子顾宁玉、她两个姐姐不知鬼灵了多少，不过可惜啊可惜，到头来还是斗不过我，哈哈。"他最后将头转向怀中的孩子，真不知顾纤云此刻若是见到自己的孩儿如此哭泣，会有何反响。

"把孩子还给我。"叶俊磊也忍无可忍，几乎就要上前与他厮杀。黑衣人再度转身，轻轻点了点头："谢传恨就是愚昧愚蠢，你叶俊磊。"他顿了顿，既而一字一句吐道："你叶俊磊就是夺人心爱，无耻之辈。"

叶俊磊全身如同电蛰，一阵冷汗冒入背上，他不禁想到去年中秋月圆之夜，便是那一晚的迷乱，他与顾纤云之间才有今日之事，谢传恨纵然无可忍耐，叶俊磊也不禁喘息如牛。

黑衣人道："谢传恨……你既然如此想知道，我便将一切告诉你。当日你与叶俊磊在五台山一战败阵之后，从此颠沛市井，弃世厌恶，从此沉于烂醉，我说的可对？"

谢传恨想到那一段日子，至今心中仍有感触，如同失魂的他竟然过着流浪的生活，为了饮酒不惜将随身佩带从不离身的佩剑拿去换酒，如此一想心中大有亏欠自己之意，但事情的确如此，他又何须隐瞒。

"不错。"他挺起胸膛，不予隐瞒。

黑衣人点了点头："很好。"示意嘉许他没有隐瞒实情，敢于正视当初一切。过了不久他又悠悠问道："你与天阴教的屠灵神君可是结为义兄弟，说什么有难同当，有酒同喝！"

叶俊磊转过脸白了谢传恨一眼，以他自小出生贵族世家的身份向来高傲，当然不屑与屠灵这等如今几乎是市井之人为伍，谢传恨与他家世不同，虽然与顾纤云在一起相伴九年来极少与他人接触，但与人结识相伴却也是自来的性格所向。

只不过这一刻提到屠灵，以及想到后来种种事故缘由，谢传恨显得有些犹豫郁闷，他低下头像是在逃避着什么。

黑衣人看出端倪，追问道："怎么？我说错了？"

"没有。"谢传恨叹了口气："我与屠灵的确结为义兄弟，那又如何？"

"那么屠灵对你这个义兄弟可好？"

谢传恨沉默了片刻，朗朗回答："这个跟你有什么关系？"

"哈哈。"一阵精锐的笑声再度刺破了苍穹，黑衣人几乎从来没有这么大笑过："谢传恨啊谢传恨，或许直到今日你还以为那个屠灵是真心待你有如兄弟，你可知道从一开始，他便是顾萱安插在你身边的棋子。"

"你胡说。"谢传恨怒道，他上前一步显得异常激动："休要在此离间。"

"我根本没有必要离间你们，堂堂天阴教护法神君屠灵，当初孤月台之役从此隐居市井，终日饮酒度日，就连后来黑面重出，纤云梭问世，顾家三姐妹乃至天下人为此争得头破血流也毫无动心，可为什么偏偏在你谢传恨落魄之时会出现，并且与你结义，难道你谢传恨在他眼里，比天阴教、比顾纤云、比纤云梭还重要？"

他每说一个字，谢传恨就颤抖了一次，等到他一席话说完，谢传恨的身子已经如同落入冰寒，无法停止颤抖和惊讶，这一切给他一说，的的确确都是事实真理。

"只不过你可知道为什么顾萱会选择屠灵靠近你谢传恨？"

谢传恨怒视着四周，一副失魂之状，仿若未闻。黑衣人冷冷笑道："只因为顾纤云这丫头性子惊奇，天下间能够谈得来之人寥寥可数，可屠灵便是其中一个，了解顾纤云前因之事，又能与你谢传恨臭味相投，天下间除了屠灵以外还有何人？"

"原……来……如……此……"谢传恨在口中喃喃，仿佛在自我言语，此刻他回忆起一切之事，才有所感悟："难怪在礼堂之上，当顾萱出现，屠灵会说出那一番话，原来如此！原来如此！"谢传恨越想越怒，自他幼小经历家国变故，除了顾纤云以外，屠灵算是生平唯一知己，可他万万没有想到，那个性子豪爽，对自己如同亲身手足的大哥屠灵竟从一开始便在帮人监视着自己。只不过屠灵当初之所以会同意靠近谢传恨，并将他一切行踪秘密告知顾萱，其实是顾萱承诺会重新撮合俩人，屠灵为此上当受骗，这一切谢传恨不知，这黑衣人存心挑衅，自然也不可能会说。

"屠灵与你结为兄弟，将你一切行踪告知顾萱，后来不惜一切将你带入翠竹山庄，什么想要品尝'百花醉仙酿'都是放屁，真正的原因其实是想你与林欣儿重新结成连理，在以此刺激顾纤云，最终让你和叶俊磊再度难解难分，从而引发纤云梭的争夺巨变。"

这一席话说完，连原本强作镇定的叶俊磊也忍不住退后一步，头脑一昏险些晕倒，直到此刻他才知道，自己与顾纤云其实也在他们的掌握之中，想到这里，不禁恼羞成怒，若是谢传恨后来与林欣儿没有重新成亲，顾纤云也不至于伤心欲绝，后来被林欣儿所伤无奈之下冒着生命危险提前产下孩儿，而如今孩儿竟然还在对方手中。

这神秘黑衣人武功十分厉害，俩人之前已经交手体会过，但却实在不知这心理战术竟然也是如此犀利，仅仅对话不久，俩人就已经被他激得有如烈火焚烧，这漫漫林野，俩人的喘息声来得如此浓重，那一声一声极不规律的喘息，正是彰显着俩人心中无言的愤怒。

不过到如今，俩人除了愤怒之外，其实更在乎的是眼前这个神秘之人的真实身份，料想他竟然能够如此神通广大，将许多驰名人物玩弄于股掌之间，并且心机城府如此之重，当中是如同迷雾之城，耐人寻味。

只听他又继续说道："只不过有一件事却是出乎我的意料之外。"

"什么？"

"这个孩子。"黑衣人轻轻将褓褓的孩子举过胸口，冷冷笑道："我怎么算也算不到一切预谋之后，竟然最后换了一个孩子。"他此话未免太过轻言，但听在二人耳边，却是何等心痛，想到顾纤云此刻兴许还在以泪洗面，心中如同刀割。

"把孩子还给我。"叶俊磊再度重复着这句话，体内已经轻轻涌遍一股寒冷的真气，手中的长剑也随之轻轻缓动了一下，显得已经到了再不忍耐的地步，只要一晃神便要冲上去与他厮杀夺下孩儿。谢传恨见他如此，也跟着举起长剑，平放胸前，做出随时上前的准备，在翠竹山庄上三人以肉掌对决，谢传恨与叶俊磊便已经感受到对方深不可测的功力所在，如今若是各自以擅长的剑法拼斗，一切倒也是未知之数，更何况叶俊磊与谢传恨联手，世间能抵挡之人倒也屈指可数。

黑衣人却一脸无畏，好似在他眼前的根本只是一场闹剧而已，他微微一笑："哈哈，一个是痴情儿，一个是多情种，如今却都只是为了这个孩子。你们有本事便上来杀我试试看。"他一手抱着孩子，一手轻轻滑过褓褓，这一个不经意的举动不禁牵动着俩人的心。

"你……"叶俊磊咬牙切齿，他明白对方言下之意，如今孩儿在他手里，他必然会以此威胁，当真是骑虎难下不敢妄动。

"你到底想怎么样？"叶俊磊闭上眼睛，再缓缓睁开，吐出的语气几乎可以燃遍整片林野。

"替我杀一个人。"

"谁？"

"谢传恨！"

这三个字此刻显得何等刺耳，叶俊磊与谢传恨再度呆木，前者轻轻回过头看着谢传恨，这一刹那俩人的目光中仿佛尽是一种对手相惜之色，之前那种誓死取胜的杀气再无所见。

"如何啊！"黑衣人轻轻言道，一切杀人言语在他面前根本如同微不足道："你与谢传恨本就是不世仇人，如今更为了顾纤云卷入当中，难解难分，即便不因为这个孩子，难道你就可以放下杀心吗？"此言说得倒也不假，叶俊磊全身缓动了一下，谢传恨则是紧紧握着长剑，一脸不屑，但在不屑当中却仿佛又随时等候迎战的准备。

"我为何要听命于你？"叶俊磊忽然转身，冷冷回答。黑衣人一阵惊讶："你……"

叶俊磊冷冷言道："你若是当真想要加害我的孩儿，早已经动手，又何必等到现在。不错，我的确与谢传恨不共戴天，而且为了孩子我情愿做任何事，但唯独这件，你休想得逞。"言语铿锵十足，不容一丝后退，黑衣人先是一阵呆木，既而阴恻恻地笑道："好好好，如此倒的确出乎我的意料了。"

"你到底想怎么样？"叶俊磊此刻反而沉住了气，黑衣人沉默良久，这才悠悠开口："我想怎么样，轮不到你这个小辈儿过问，只不过你若想要回孩子，十天之后武当山卸剑池旁再见。"

"慢着！"叶俊磊上前一步，抢先想要拦下对方，无奈相距太远，而且孩子在他手里，根本不敢挥动真气或是剑气，欲待再喊他，那黑衣人身法竟是如此之快。江湖中若是以轻功而论，当属武当梯云纵、青城落雁十一式为首，其他诸如风无踪来无影去无踪，黑面神君等天阴教高手也是非同小可，但眼前这个神秘黑衣人一动一闪竟绝不亚于这些绝技和高手，而且身法怪异非常，有些梯云纵的影子，却又像是落雁十一式的步伐，但归根结底其实又是出于其人的独特身法，但正如他的真实一样，根本让人无法摸透。

"孩子我会暂时替你照看，十天之后武当山卸剑池，逾期不候。"一阵声响如同吹风伴起，瞬间没了踪迹，只有丝丝回音还在萦绕耳旁。

# 第二十二章
# 人去楼空

俩人呆在当场，过了良久都没有说话。直到谢传恨当先收了长剑上前走了一步，叶俊磊才开口问道："你去哪里？"

"你是不是还想打？"谢传恨略带着怒气，他显然还在因为之前叶俊磊的无故挑衅而生气："是的话我随时奉陪。"

叶俊磊白了他一眼："我若要找你打架，还用得着问你去哪里？"

谢传恨明知道的确如此，但却不想搭理他，转过剑柄径直朝林间走去，叶俊磊在后面"喂喂"叫了几声，见他不理不睬，最终也收了剑追了上来。

"那个人说十天之后的武当山卸剑池，你去不去？"

"孩子是你的，跟我有何干系？"

"为了孩子，难道纤云就不会去？"他一席话说完，谢传恨冰冷冷的脸上再度变色，当真就像是暮春的夜晚瞬间裹着一层冰霜，看不到一丝颜色。的确，顾纤云一定会为了孩子前去武当山卸剑池，既是如此谢传恨又怎会忍住不去，更何况为了七日幽梦散。

"是，到时候我一定会去武当山。"谢传恨沉住气，依旧朝着前路走去，叶俊磊忽然呵呵一笑，笑得竟像是个孩子。谢传恨皱着眉："怎么？我会去武当山你很开心？你不是不希望我靠近纤云？"此言说的未免有些牵强，连他自己都有些难以适应，叶俊磊再度呵呵一笑："你我也算是我在剑术上唯一的知己，不如我们交个朋友如何？"

"朋友！"谢传恨停下脚步，他重复着这两个字，几乎不敢相信耳边听到的一切，他与叶俊磊不仅仅有着家仇的怨恨，更因为牵涉到顾纤云而变得难分难解，又岂能言好？

"谢传恨一生没有朋友。"

"那屠灵呢？"

此言又正中谢传恨的下怀，他紧紧握着剑柄，全身在默默地发抖，唇边露出丝丝殷红的血迹，他闭上眼睛："不要再向我提起这个人。"

叶俊磊如若未闻："连屠灵这样的市井之人你都愿意与他结交，难道我还不如他？"

谢传恨吐了口气继续朝着黑暗中走去，叶俊磊此刻就像是一个难缠的寡妇竟然一路跟来："谢传恨……你可知道我为什么突然跟你说这样的话？"

"不知道，也没兴趣知道。"

叶俊磊明知道他不愿意听，自己却又故意大声说道："兴许在很多人眼里，我从小衣食无忧，荣登富贵，但是直到我见到了纤云和你在一起，我才知道世间的一切财富荣华都远不如与自己相爱的人在一起。"

"所……所以呢？"谢传恨不禁停下脚步问道。

"我知道你心里很恨我，但是我也明白其实纤云跟着我这么久她从来没有开心过，因为她心里始终记挂的人是你。"这句话出自叶俊磊之口，根本令人无法置信，谢传恨甚至会以为对方此刻如同胡言乱语，之前明明拔剑相对异想天开地让自己不要再靠近顾纤云的人，此刻竟然会说出这么一番话，的的确确令人匪夷所思。

"你……你为什么和我说这些？"谢传恨转过头看着他。叶俊磊叹了口气："因为刚才那个黑衣人的一番话。"

"一番话？"

"他说得不错，你和我虽然性格家庭完全极端不同，但是我们都是苦命之人，我虽然得到了纤云的人，却始终得不到她的心。而你谢传恨虽然始终抓着纤云的心，却……"他微微一笑不再多说。

谢传恨瞪着他："所以你是想退出？"

"休想！"叶俊磊义正词严："在我们三人之中，你我都明白最受伤的人是纤云，既然你我都不肯让步，至少在纤云面前，你我大可以交个朋友，免得让纤云见到你我殊死搏斗而伤心欲绝。"

"就这样？"谢传恨淡淡地吐出三个字。叶俊磊既而又说道："怎么说你我也算经历了几次搏斗，古人都说君子惺惺相惜，我不想每次看到你都要板着一张脸。"

谢传恨笑了，他一生中极少笑过，更何况是笑得如此洒脱，只是这一声笑意当中其实饱含着太多的苦涩之意。他曾经恨叶俊磊入骨，甚至几度想要夺他性命，但之前黑衣人与他的对话，以及一切言语，也让他有种豁然的感觉。他凝望着叶俊磊，淡淡地道："谢传恨没有朋友，你也不算。"

"那我们就还是做仇人，见了人面会打招呼的仇人。"

"我们本来就是仇人。"谢传恨轻轻微笑，这漆黑的夜里，卷起了千百道厚重的温度，弥散在天穹间。

谢传恨与叶俊磊之间原先的殊死之争岂料竟因为那神秘黑衣人的出现变得如此了然，不仅放下了当中仇恨之事，更以此共进共退，只是言及顾纤云之时，俩人还是一步也不肯退让。

"你现在要去哪里？"叶俊磊跟在他身后，或许他做梦也未曾想过，自己有一天竟然可以和世仇谢传恨走得如此之近，以这样的语气说话。

"翠竹山庄。"

"去找纤云？"

"找屠灵！"谢传恨一字一字几乎是咬牙而出，叶俊磊颤抖了一下："你要找他解恨？因为他骗了你？"

谢传恨沉默了，他如今虽然知道屠灵与顾萱结成一线欺骗了自己，才会闹出今日之事，心中深恨无比，但是俩人结义之后日日夜夜屠灵都对自己情义有佳，却绝非虚假，他此刻找他屠灵，到底会不会找他解恨，连自己都拿捏不准。

"虽然他骗了你，但是你不对那个黑衣人的话有所怀疑？"叶俊磊动了动下巴，回忆那人所说的一切，越觉得怀疑。

"什么？"

"屠灵若是当真骗了你，事情败露之后他为何又一直待在翠竹山庄？顾萱都走了，他为什么不跟着而去，既然事情已经完成，他留在翠竹山庄又有何意义？"此言说得倒也不假，谢传恨凝思了一会儿，既而冷冷道："或许现在回去，他早已经不见了呢！"他悠悠叹了口气，想到自扬州市集见面，再到后来破庙痛饮，以及后来的无数风波之事，心中不禁叹了口气，遥望着黎明前的一丝曙光，心痛无比："难道世间对我好的人，都是如此无奈虚假？"

顾纤云、林欣儿、林齐、屠灵……

俩人重新回到翠竹山庄的时候，已经是黎明再起，曙光乍现，远远处就可以迎风闻到翠竹山庄的阵阵芬芳香气，只是此刻的翠竹山庄，却似如裹着一层难以驱散的迷雾之色。

那个时候所有人似乎本该尚在熟睡，可顾纤云等人却哪里有心思睡觉，几乎一夜苦等着消息，直到见到了谢传恨和叶俊磊从外而归，持续良久的紧促之意才有所平息。

"屠灵人呢？"谢传恨一上来就怒吼着四周，像是恨不得要将屠灵吞下的气势令顾纤云等人有些木讷。

"你找他干什么？"红叶坐在顾纤云身旁，握着她的手心，有些惊讶。见谢传恨一时没有回答，又言道："他已经走了。"

"走了！"谢传恨冷冷重复，凝望着叶俊磊，那一眼神交流仿佛是在证实着自己之前所说的话。

"孩子呢？"顾纤云微弱的声音盈盈发出，如同干涸的溪流穿梭在众人心田，叶俊磊低着头："在那个黑衣人手里。"

"顾萱跟他是一伙的是不是？"顾怜星站在桌边，一只手轻轻搭在胸口上，她有些怒意，转而言道："纤云，这之前还劝我以后不要怪她，她的所作所为，难道还需要别人怪罪吗？"

"不会的。"顾纤云始终坚持着自己的一丝信念，她有些激动，仰起头问："你们见到她了吗？"

"没有，只看见了那个黑衣人和孩子。"叶俊磊如实回答，顾怜星又续问道："他说什么了？"

"十天之后武当山卸剑池旁，不见不散！"

这一句话从谢传恨的口中轻轻吐出，现场瞬间一片沉寂。便在此时，门外又有几人依次走了进来，为首的正是亦絮神君，只见她红装依旧，手臂上缠绕着那条夺命追魂的游魂锁，阔步走上前来，其后七八个人都是天阴教的教众。

"教主……风无踪回报，屠灵离开翠竹山庄后不知何去。"

顾怜星早已知道他与顾萱勾结，所以才会在对方离去之后派人跟踪，此刻听完亦絮所言，禁不住有些怒意："难道他与顾萱还在暗中勾结？"想到屠灵与自己所言的一切，又不禁发出了疑问。

亦絮沉默了一会儿又言道："奉教主之命，百名教众连续十多日来追寻黑面下落，如今已有分晓。"

"他人在哪里？"顾怜星忍不住激动，有关七日幽梦散之事她也有所知晓，黑面神君的黑血神针上喂的便是七日幽魂散融入的剧毒，若是找到他的下落，自然对追寻那个黑衣人有所帮助。

"此刻正在门外求见。"亦絮神君轻轻言道，所有人不约一起朝着门外望去，屋檐之下的确站着几个人，亦絮神君示意为首风无踪当先进来，他昂首走进以后，另外的七八名教众抬着一个木制床架，而当初那个威风八面的黑面神君此刻竟然躺在上面，面目狰狞，身上带着不尽的伤口，好似一只受了重创的野兽，此刻奄奄一息，黑面神君身材高大，而且面目黝黑，此刻竟然会变成如此之状，在场之人无不惊讶，特别是顾怜星，她一甩长裙当先呵斥道："你把他打成这样的？"问得人是风无踪，后者略一躬身："未得教主之命，属下不敢妄自动手。"

"那他……"顾怜星轻轻一瞥黑面，见他此刻生不生死不死，实在难以置信，顾纤云轻轻站起身子，黑面神君当年冒死救出自己，也算是恩情所在，此刻竟然拿无故变成如此，谢传恨轻轻上前蹲下身子，脑中忽然想到一事，乍如灵光一现："他中的是七日幽梦散？"

"七日幽梦散！"红叶、亦絮当先惊讶，要知道黑面出自苗疆一带，所使的黑血神针便是产自苗疆的剧毒之物提炼而成，当中便有不少毒物与那骇人听闻的七日幽梦散同出一辙，苗疆之人不食五谷，成天与毒物生活亦属常事，像黑面这般人物自然还是百毒不侵，却又怎会中了剧毒，而且竟还是七日幽魂散！

顾怜星皱着眉头："到底是怎么回事？"

风无踪苍白的脸上露出一丝叹息之色："属下奉教主之命这半个月来率领三十多名教众四处寻找黑面的下落，便在几日之前在钱塘一带发现了他的踪迹，不过当属下众人赶到黑面踪迹之处时，见到的情景已如现在之样。"

众人听完再度一阵难以置信，自从那一次黑面拼死大战风无踪与亦絮神君后于顾纤云分别之后，就再也未曾有过音讯，这些日子以来因为七日幽魂散问世，想必不少人都在寻找他的踪迹，谁又能知道他竟会落得如此下场。

"这些日子来黑面的状况时好时坏，属下唯恐有变，每日替他输入真气以延续气息，不过这几日来他伤势越来越弱，只怕……"他轻声叹了口气，眼见得当初与自己同为七大护法神君的黑面如此下场，不禁叹息不止。

"他这几日可有什么发狂变故？"谢传恨沉思问道，按照屠灵当日之言，中了这七日幽梦散之人，若是功力高深之人，可以苟活到七日之后，不过中毒之人如同幽梦，时而癫狂，时而正常。风无踪回忆片刻，然后摇了摇头："他一直都是这样，从来没有发狂过。"

"这就怪了。"顾怜星也走上前来，轻轻低下头去，只见到他身上的伤口毫无血迹，而口中又有绵绵唾液落出，再以身体忽冷忽热之样推算的的确确是中了七日幽梦散。谢传恨微微颔首："兴许是他自身抗毒之物以此抵抗，才不至于落了个癫狂的模样。"说到这里又不禁骤起眉头："天下间或许能以同种毒物将他伤得如此之人，想必只有那个黑衣人了。"

"难道是他知道我们要从黑面入手调查，所以先一步想要杀人灭口？"叶俊磊不忍再望黑面神君，将头转到一边，看见顾纤云的身子单薄的站在众人当中，一脸沉思的凝望着半身不遂的黑面。

"既然如此，他为何又没有将他杀死，却将他毒害成如此模样？"顾怜星再度发问，此刻众人心中也想不通这一切的缘由变故。

"对了，属下还探知十天之后武当山将汇聚天下各大门派之人，兴许会对本教不利，还请教主早日定夺！"风无踪一言而出，顾怜星尚未说话，叶俊磊当先激动："十天之后？"

风无踪略显得惊讶："是。"

谢传恨忽然隐隐作笑："此人果真心计非常，以孩儿为诱饵要我们十天之后上武当山卸剑池相会，到时候借各大门派之手挑起纷争，他好坐收渔人之利。"

众人一片茫然，叶俊磊这才将林间与黑衣人对话一并告知诸人。亦絮神君当先言道："十天之后不仅仅是各大门派会首之时，也是武当选举掌门的重大日子，若是贸然前去，难保不会兵戎相见！"要知道当年孤月台大战，便是四大门派剿灭天阴教的立仇之时，这些年来虽然天阴教死灰复燃，但正邪之间的仇恨之事却始终没有泯灭，更何况顾怜星一统天阴教，最终所想便是壮大圣教一雪前耻，彻底将四大派颠覆，但此刻明暗分晓，那黑衣人的计谋根本无法猜想，一切却又该何去何从？

这一晚众人再度无法安眠，一直以来避世脱俗的翠竹山庄，这段时间以来却一直如同迷雾围城，众多高手在此却始终无法走出。虽然已经决定十天之后到武当山赴约，但是有关于那黑衣人的一切，众人却无法得知。

黑面神君被安排在翠竹山庄花园背后的厅房里，是唯恐他毒性发作出来伤人，花园里到处都是红叶布下的阵形，若无她的带领，任何人都难以随意出入。除了一日三餐有人照料他之外，根本无人问津。

夜里顾纤云却执意要红叶带着她走过花园来到那间已经安静很久的厅房，她们走进房去，当中一片寂静，黑面依旧瘫痪一般倒在床上，红叶见了此状忍不住叹了口气："怎么说当年也是共为圣教效力，没想到……"话音未落，顾纤云忽然冷冷呵斥道："起来吧，没必要在我面前继续装下去。"

"纤云！"红叶惊讶非常，她几乎不敢相信，顾纤云却如同未闻，安安静静地坐在椅子上凝视着黑面："起来。"这句话带着无比威严，之前那瘫痪不能动弹，且全身是伤的黑面神君，此刻竟然神乎一般站了起来，不仅站了起来还恭恭敬敬地朝顾纤云弓身献礼："属下黑面参见圣姑，我们又见面了。"

"可我一点也不想见到你。"顾纤云略显得生气，第一次见面便是黑面为了逼顾纤云问世，到处腥风血雨，第二次见面却是因为救了顾纤云自己受了重伤，如今算是第三次。红叶莫名其妙，看了看顾纤云，又看了看黑面，最后摇头道："你不是……你不是中了七日幽梦散？"

黑面未及回答，顾纤云却冷冷回答道："他根本没有中什么七日幽梦散。"

黑面微微一笑默认，红叶却茫然不解。顾纤云解释道："莫说七日幽梦散根本伤不了他，就算伤得了他，他又何必弄得自己全身是伤？更何况他根本不可能中这什么七日幽梦散，因为他跟那个黑衣人，根本就是一伙的，我说的对否？"怒视黑面神君，后者微微叹了口气："圣姑料事如神，属下的班门弄斧还是无法瞒过圣姑的法眼。"

"阿谀奉承的话我向来不爱听，我只想知道你故意将自己伤成如此，又假装中毒之状，到底为了什么？"看来这才是眼下最重要的事，黑面神君轻轻一笑："自从上次在破庙与圣姑一别之后，属下一直隐居在江浙一带，从那个时候开始便决心不再涉足有关天阴教之事，直到七日幽梦散重出江湖……"

"告诉我他是谁？"顾纤云握着手，一字一字吐了出来，她此刻恨不得立马将那个黑衣人碎尸万段。

"恕属下不能奉告。"

"你放肆。"顾纤云一阵怒喝，一个巴掌重重拍在桌上，但她这段日子身体极其虚弱，这么一动气忽然胸口一闷，脚下一滑险些滑倒，红叶眼疾手快赶紧上前扶住她，一时转口道："我说黑面老鬼，如此情势非常，那人妄图颠覆天下，你若再不说出，难道是想看着武林与天阴教一同混乱？"

"圣姑……"黑面神君眼神难看，他既而悠悠道："属下之所以不愿意，也不可能说出此人的身份，是曾经答应了一人，立誓在心，所以……"

"他是谁？"

"圣教主。"

"顾宁玉？"

"正是！"

顾纤云听到这里忽然忍不住发笑，笑得如此悲凉，她身子忽然一阵冰凉，红叶虽然不明白当中之事，但此刻竟也忍不住心疼道："纤云……"

顾纤云却发自笑道："当年我离开孤月台，曾立誓终生不会去见他，但是看来此生我却不能不彻底离他而去了。黑面，其实你一直都知道顾宁玉还活着是不是？"

"是。"

此言一出，红叶如遭雷震，她身子一阵虚脱，张目结舌："圣教主还活着？"

顾纤云苦苦一笑："当然还活着，而且这些年来不知道活得多自在。"

这句话中其实饱含着无数的愤怒与不满，黑面神君自然听得出来。过了不久顾纤云才怔怔道："你是从什么时候知道顾宁玉还活着的？"

"也就是属下上次与圣姑相见不久前。"

顾纤云一阵发笑，轻轻坐回椅子上："所以你知道了顾宁玉还活着，便重新对天阴教一片希冀，后来才会出手救我是吗？"

黑面点了点头："圣姑所言不错，但是属下对圣教，对圣姑的忠心之意天地可鉴……"

"够了。"顾纤云淡淡地打断他所说的一切："我说过这些奉承的话我不想再听，你既然不肯告诉我那个黑衣人的身份，那你到此到底为了什么？"

"属下千方百计来到这里只为见到圣姑。"

"为什么？"

黑面神君忽然躬身跪在地上，这令顾纤云有些惊讶，第一次她制服了黑面之时，对方是何等傲然不羁，此刻竟然会突然向自己下跪。黑面神君悠悠叹息道："圣姑他日若是见到圣教主，便请转告一声，黑面这一生有负圣教，有负教主的栽培，更有负当初圣姑的救命之恩。"

"你……"当初顾纤云不惜以灵鹫七星丹救他性命，其实也算是知恩图报，哪里说得上是什么救命之恩。

"属下已经打算重归苗疆，终生不再踏足中原！"黑面轻轻叩首，微弱的声响甚至盖过了他言语的声音。顾纤云呆木无比，红叶却一阵难过："既然圣教主尚在人间，你我正当重归圣教为教主宏图大业效力，你又……"

"红叶姑姑！"顾纤云挥了挥手，黑面神君抬起头凝望着眼前的顾纤云："圣姑可还有其他吩咐？"

"没有了，你走吧。"顾纤云手心再度一挥，转过脸不再看他，黑面神君略一点头，轻轻站起身子："还请圣姑转告圣教主，有关当年的誓言，属下终生不会泄露出去，从明天开始，天下间也不会再有黑面神君这个人。"

顾纤云咬着唇，闭上眼睛轻轻点了点头："红叶姑姑，你送他出去吧，别让人看见了。"红叶丝毫不解，却又没有去忤逆她的意思，带着黑面神君一言不说走出房去，留下顾纤云一个人坐在房中，独自长叹。也不知道过了多久，红叶重新回到这里，见到顾纤云依旧发声叹息，终于忍不住："纤云……你就这么让他走了？"

顾纤云苦苦一笑："无心恋世，留他又有何用？"

"可是……"

"红叶姑姑。"顾纤云站了起来，像幼时的孩子一样拉着她的手："陪我出去走走。"红叶一脸郁闷，还是点了点头，带着顾纤云漫步在花海当中，此刻月光如鸿，照在满地花丛当中，百花争艳之色实在可以令人忘却一切烦恼。

"姑姑……纤云恐怕剩下的时日已经不多了。"这句话突然冒出，红叶一阵晃动："纤云你莫要如此胡言，一定有办法可以解去你身上寒毒的。"

顾纤云拖着长裙，一步一步走得竟是如此缓慢："生死由命，虽然纤云从来不信命，但是如今自己的情况确实如此，也由不得我不信了。"

红叶眼眶一红，紧紧握住她的手心，就像是一个柔情的母亲拉着女儿的手。

"纤云这一生兴许还有很多想做的事没做，但是到头来想想却也没有什么好遗憾，如今心中唯一挂念的，便是再回到孤月台上，阴山后的天寿崖上，看着凝碧寒洞里的冰天雪地，那个时候纤云经常一个人躲在那里堆雪人，记得有一次忽发雪崩，爹爹发动全教之力在后山苦寻了三日，终于找到我。"这一段回忆对她而言，是多么难以忘怀，可是此刻在红叶听来，却是心痛无比，她落下眼泪，轻轻滑落在彼此的手心里。顾纤云转过头伸出手轻轻拭去她脸上的泪痕："小时候纤云哭鼻子的时候，你总是告诫我女孩儿不能哭，哭多了眼睛就不好看了。"这句话曾经红叶不知道在顾纤云耳边说过多少回，可若干年后的今日，顾纤云却在红叶面前重提，这是何等动人心扉。

顾纤云嫣然一笑："你一定在心里还在疑问为什么我要让黑面离开，其实有关圣教复兴，我又何尝没有想过，只是想过了又怎么样，如今的天阴教四分五裂，我二姐虽然宏图大展，但那又如何，其实一切都只能算是纸上谈兵。我爹这十年来一直隐居在五台山上，即便他活着又怎么样？他根本无心再过问圣教的一切，如今的顾宁玉，也只是一个成日吃斋念佛的出家人而已。"

"教主他……他……"红叶望着她的背影，她哪里相信当年那个叱咤江湖，何等威风霸气的天阴教教主竟会像顾纤云所说的一样，变成这般模样，但是顾纤云又岂会瞒骗一切，果真如此，那么所谓的一切复兴圣教似乎都只能成为空谈，红叶止住泪水，再度凝望着顾纤云，彼此的心田，各自涌上了一层莫名的思绪，如花海漂泊，如梦如幻。

花海之上，红叶潜然落下，顾纤云却一脸强自微笑，她所说的生死由命，自古以来有多少人不信如此，可是到头来却又不得不受命于天。红叶紧紧握着她冰凉的手心："纤云……一切都会好的。"

顾纤云仿若未闻，轻轻的言道："天寿崖后凝碧寒洞里的冰天雪地。"这一刻她的眼眸里仿佛回忆起小时候那般嬉闹天真的画面，那是童年的顾纤云，最美的回忆。

"姑姑……我打算明天一早就启程前往五台山。"顾纤云轻轻说道，红叶却惊讶问道："去找……去找你爹？"

顾纤云点了点头："只想弄清楚一些事。"有关于当年顾宁玉诈死然后这么多年来隐居五台山，知晓之人并不多，就连顾怜星也根本不知道，又何况同样隐居翠竹山庄的红叶，只是她实在难以相信，有关顾宁玉当年会有如此惊人的决定，其实还是由于天阴教的至宝纤云梭，只不过他当初隐居为了天下莫要再起纷争的理想如今却已成泡影，而且如今此事牵涉极大，远非所有人的想象。

"我陪你一起去。"红叶沉默良久，显得有些淡然："有关圣教和你的事，姑姑以后一定陪在你身边，无论风雨。"顾纤云心田一暖，一直以来她都明白能够久居在翠竹山庄这样的世外桃源实在是一大快事，红叶愿意放弃一切安逸陪伴自己，足见真情。

这一晚两人各自回房去休息，临别前红叶还不忘交代了几句。十日之后便是武当山掌门选举之日，要知道一派掌门选举乃是极为重大之事，更何况此次武当又广邀了天下诸多门派，扬言要再度攻讨天阴教，看来声势可以想象。顾纤云决定要先去五台山找顾宁玉，要知引发这一切纷争困扰皆因顾宁玉昔日所为一切，眼下青城山惨遭灭门之祸，而顾纤云孩儿落入敌手，那黑衣人更是不知身份，群雄齐聚武当山，一股乌云如同笼罩天地，仿如只有昔日顾宁玉方能将一切尽数解围。

翠竹山庄所去五台山路程并不遥远，只是顾纤云身体每况愈下，更何况生产不久，未免路途令其劳累过度，红叶特地差人驾着马车一路前去。这一路上，顾纤云面无表情，一直望着马车前方，叶俊磊与谢传恨各自驾着马匹行走于前，始终未曾回过头，红叶看得出顾纤云心中所想，只是轻轻握着她的手叹了口气。而顾怜星则率众留守翠竹山庄以防有变，风无踪与亦絮神君等人分头寻觅屠灵，以及那黑衣人的下落。

这一天天色已经昏暗，一行人到了五台山山脚下已是夜幕分晓，这五台山上本该古刹林立，寺宇众多，顾纤云与谢传恨第一次来到这里之时虽然不见得何等热闹，毕竟也是僧侣不断，行人匆匆，可此刻虽然天色已黑，但却毫无灯火人影可见。其他人还觉得奇怪，谢传恨当先勒起马缰，回头望了望身后的马车，当真是欲言又止，忍不住轻轻叹息一声跟着勒马相当朝着山间跑去，剩下一行行人约莫十多人，一时不知如何是好。

顾纤云推开车窗，望着谢传恨的身影远离平地朝着山间而去，想起两人第一次来到这里，以及其后会见顾宁玉再到叶俊磊与他的惊世对决，这一切仿佛历历在目，却令她再度陷入无边的愁绪当中。寻思到这里，她的眼泪不禁再度滑落在嘴角边。

直到天边吹起了阵阵烟雾，似乎是从某个山头飘来，晚风并不十分大，但这阵烟雾似乎伴着清风很快扩散在整个山前山后，叶俊磊当先感觉到异常，头也未回轻呼一声："这烟雾有怪异。"听他这么一提醒，所有人也打起了精神，这十几人中除了顾纤云与红叶以外，其他人都是原本翠竹山庄之人，算不上个个武艺精通，却都是红叶的心腹之人，在翠竹山庄上跟随红叶已久，虽然常年没有行走江湖，却也对这些江湖凶险极为敏感，十多人暗自摸着腰间的武器将马车围在一起。红叶握紧了顾纤云的手，探出身子仰望四面，天阴教七大神君中以她为人最为精明，这五台山乃佛门圣地，更何况顾宁玉隐居山中，又有什么人会在山中作乱！而此刻一切却显得充满着肃杀之意，仿佛草木皆兵，不得不令人提心吊胆。

又过了许久，圆月初升，烟雾依旧弥散，飘散许久之后隐隐约约可以感觉到就是主峰飘过，顾纤云开始焦急起来，谢传恨独自上山已有半炷香时分，就算山中有任何变故却又为何不见人影。红叶感觉到她身体开始发颤，显然是因为诸多担忧，她站起身子小声道："你且安心在马车上休息，我去看看究竟。"红叶虽然精明异常，而且精通五行遁甲之术，但是这一切究竟显得怪异非常，顾纤云尚未来得及开口，红叶翻身一跃已从随从取下健马一匹，一阵嘶鸣朝着山间跑去，这么一去顾纤云当真是心中百种交集，恨不得也马上飞上五台山顶看看究竟。叶俊磊依旧手握长剑，端坐在马上，一切似乎从容不迫，却又不得不提足十分精神，他的眼睛明媚而锐利，似乎一刻风吹草动都可以收入视野当中。

又过了不久，山间忽然先蹿出一条火光，像是一条火龙直入夜空天穹，将整片山顶尽数照亮，火光四射之处烟雾越来越大，眨眼之际似乎已经将整座五台山尽数围拢。顾纤云吓得花容失色，她自生子之后一直没有安心休养过，此刻见到此景惊慌失措差点从马车上摔了下来，幸亏左右眼疾手快冲上前将她扶住，叶俊磊虽然一副如临大敌之状，但是此刻见到此景也不禁手冒冷汗，就在此刻他眼见忽然转来一阵身影，来得好快，仿佛眨眼间就到了左近，他一手握剑，一手勒住马缰退后几步临近马车，正待出剑之时，嘴角一个颤抖："红叶……"来者竟是红叶，但是此刻的她较之方才却着实变了样。身前的红叶长裙被火光烧的破烂不堪，一张秀丽的脸颊也漆黑无比，那匹马儿也不知道如何而去，较之那个轻装潇洒的红叶神君，简直是天壤之别。此刻她喘着大气，手心紧握，身后则是依旧火光冲天的景象，看样子似乎刚从火海中逃生出来。

顾纤云本来见到红叶回来松了一口气，但是猛然寻思谢传恨，心中又不禁激动起来："红叶姑姑……"她再也按捺不住跳下马车，在左右搀扶下走了上来，叶俊磊四周环绕一圈，也跟着跳下马来。红叶一手捂着胸口，一手捂着脸，可是那满面的漆黑却依然明显。

这么一眨眼的工夫，山间的火光再度肆虐，仿佛连整片银河都笼罩在通红的光芒中，这么大的火海当真是令人望之生畏。顾纤云当然首要情急谢传恨的下落，红叶喘着大气，显然是刚从火海中逃生，被烟火呛到，她摇了摇头："我寻遍五台山顶，没看到他。"

顾纤云急得眼泪差点掉下来，红叶又言道："不止谢传恨，宁玉教主，山上什么人也没有。"

她此言一出，就连叶俊磊也忍不住大为惊讶："那他们人呢？"要知道五台山上修行之人众多，而且每日来此的游人散客也不在少数，更何况前者顾宁玉隐居于此，后者谢传恨独自上山，难怪就凭这一场大火所有人都不见人影？

顾纤云木讷当场，过了不久身体再也无法支持眼睛一黑晕了过去。

这一醒来也不知道过了多久，眼前站了许多人，顾怜星与风无踪等人尽数在此，顾纤云一想到谢传恨及顾宁玉下落未知，不禁一阵激动，但是身体过于羸弱，差点又要昏厥。顾怜星终究与她血脉相连，一阵叹息安慰："你若是还不好好养着身子，就算他们现在站在你面前，你也无法与他们相会了。"要知道当初顾纤云性格何等绝强高傲，但是自从天阴教复出以来，经历过多不幸之事，也难免她会如此难过绝望。

这个时候亦絮神君走进门来，对着顾纤云一阵白眼，既而恭敬道："教主，属下已经带人在五台山上上下下搜查，没有任何尸体以及痕迹，看来大火之前就已经人去楼空。"

顾怜星骤起眉头："那顾宁玉和其他人会上哪去？能够在那么短的时间里让那么多人离开，这个人会是谁？"

"姐姐……"顾纤云咳了几声："你也知道顾……"顾怜星一阵冷笑打断了她的话："其实我不想提到这个人，只是眼下迷雾重重，不得不抓紧找到他。"谁也不难听出，顾怜星亦是深恨着顾宁玉，顾纤云只好不再多说，转而言道："红叶和俊磊呢？"

风无踪侧立一旁冷冷答道："红叶此刻正在客房休息，而叶俊磊已然在五台山上搜寻。"

"那这里是？"顾纤云遥望四周，简朴而干净。

"只是五台山下不远的一个农家而已。"

这一日来得极为漫长艰难，世间仿佛如临大敌之样，顾怜星与风无踪等人四下忙着前去武当之事，而顾纤云一人在房中休养，到了傍晚实在坐立不安，于是独自一个走出房门朝着五台山间小路走去。

时隔不久，整片山顶仿佛被大火烧的寸草不生，黄昏夕阳下，如火如虹的余光照在光秃秃的山顶，如同野火燎原再度降临。风起了，却再也吹不动这里的一草一木。

顾纤云闭上眼睛，回想起第一次来到五台山的一切，那一晚在禅房中与顾宁玉所说的一切，以及后来叶俊磊与谢传恨之战，最后谢传恨绝望而去，这一切虽然过去许久，但是仿佛至今历历在目。

"顾宁玉……"顾纤云嘴角扬起一阵苦笑："我到底是该恨你还是爱你……"这一刻顾纤云心中当真有对父亲顾宁玉无限的感情与莫名的感慨。

此刻也不知道过了多久，顾纤云一个人在山间远眺着夕阳渐渐落寞，天穹间再度一片无声无息，风吹来有些发冷，她体内的严冰之毒仿佛又渐渐的凝散开，她咬着嘴唇，手脚有些发痛发麻，可是心里的痛却才令她痛不欲生。

忽然有一人缓缓步行至此，身形虽然婀娜，却似如每一步都力不从心，渐渐地走到顾纤云不远之处，身子一阵发颤险些就要跌倒，顾纤云猛一回头，忽然大惊失色，但既而却故作镇定："你……你还有脸来见我？"

顾萱一脸疮痍，衣裳破碎，说不出的落魄与憔悴，就连一个女人最珍爱的长发，此刻竟然也变得零零散散，若不是顾纤云此刻对她恨之入骨，她又哪里知道眼前这个竟然会是顾萱！

顾萱闭上双眼，忽然露出泪水，猛然坐倒在地，捂着泪痕说道："纤云……我对不起你……我知道我没脸见你，可你知道我差点就再也见不到你了……"

"你……"顾纤云此生天不怕地不怕，偏偏受不了这等哭诉，更何况阔别不过几日，那个抢走自己尚在襁褓孩儿不念一点亲情的顾萱此刻竟会如此。她冷冷一笑显得不为所动："哦，是吗！我还以为老天呀瞎了眼睛，没想到世间果然有因果报应。"

"纤云……"

"住口！"顾纤云似乎被激到无可忍耐的程度："以前我念在一点姐妹情义才叫你一声大姐，你呢，狼心狗肺夺我孩儿……"想到自己根本还没有碰过的孩儿，想到自己曾希望顾怜星不要怪她，但自己那苦命的孩儿，此刻竟忍不住发作起来，她的心一下又被揪了起来："我孩子呢……我孩子呢……我的孩子……"顾纤云像是发了狂的野兽一样想要扑向顾萱，此刻在她的眼里再没有比自己骨肉更为重要之事，她这么一激动，隐藏在体内的寒毒又强自发作，痛得她忍不住咬下嘴唇，鲜血直流，此刻她的模样当真不再是那个江湖盛传的美女佳人，而是一个似如火海炼域中的厉鬼一样。

顾萱却依旧流着眼泪，晶莹的泪水划过满是憔悴的脸颊，渐渐消失在氤氲中："孩子现在不在我这里……"

"在哪里？"

"黑衣人……"

"你不认识他？你敢说跟他没有关系？"顾纤云几乎是含着血吐出每一个字。顾萱摇了摇头："直到现在我才知道自己被他玩弄于股掌，可是我……我真的不知道他是谁？"

顾纤云沉默。

顾萱又续言道："大概一个月前，他独自一人来到五台山拜会爹，那时我就在左近，本来以为他们只是寻常的会面，没想到后来大打出手，而且俩人根本都没有留情。唉，都怪我那时被欲望冲破了头脑，我竟然会选择与他合作……如今想来自己真是愚昧至极，后来我们知道谢传恨与林欣儿将在翠竹山庄成亲，于是他故作宣扬，目的就是要让纤云你前去那里，没想到你动怒之下竟然产下孩儿……"

说到这里仿佛已经无话可说，声带哽咽，显得痛苦异常。顾纤云却冷漠直言："继续说下去。"

顾萱悠悠叹息："所以我……疯了之下选择将你孩儿抢走……直到后来我才知道一切竟都在他的掌握当中。数日之前我们先行来到这五台山中……我不知道他用了什么方式骗的爹离开……"

之前的话顾纤云一直淡定如常，但此刻她也忍不住惊讶起来："顾宁玉为保纤云梭的秘密宁可隐居在这山林之中，十年以来一直未曾露面，而那个黑衣人竟然可以将他骗走！"顾纤云心中一阵汗颜，既而自言自语："那我的孩儿……他到底想干些什么？"想到刚刚出生就入他人手中的骨肉，心中又难免一阵酸痛，既而又怒视顾萱，那无声的愤怒已经在诉说着一切。

"纤云……说实话，从那一刻他让我把孩子交到他手里，我就已经知道自己被骗，你可知道我为何会弄得如此落魄，差点死于非命！"顾萱哭泣道："他在骗走爹以后妄图放火烧了整座五台山，我猜想他之前必然算定你们会来此，所以此举一定是再度将你们陷于迷惑。"

顾纤云有所觉悟，但依旧冷言冷语："你猜到的倒挺多。"

"可是我怎么也猜不到他竟然想杀我灭口！"她说到这里，言语中也尽是愤怒之意，顾纤云终究与她出自一个娘胎，她自然也知道这种愤怒之色觉悟虚假，只是她此刻在冷笑，带着嘲讽之意笑顾萱如此愚昧无知，不仅让自己孩儿落入黑衣人之手，更差点弄得死于非命。她此刻再上上下下打量了对方，忽然想到一件事，此刻忍不住惊讶道："你可是遭遇了昨晚的大火？那你……你可见到传恨和红叶？"

顾萱张目结舌："他们……他们也在山上？"此言下之意显而易见，顾纤云反倒大惊起来："你一直没见过他们？"顾萱摇摇头："那人出手也当真狠毒，意图将我活活烧死，我虽然拼死逃出却绝非他的对手，只是……只是他竟然能够一面调虎离山引开爹和其他人，又可以分身杀我灭口……"

"或许并非一个人呢！"

"你是说黑衣人有两个！"顾萱大惊失色，此刻的她当真是无比落魄。顾纤云冷冷一笑："我没必要跟你说太多，你为什么知道我在这里？"

顾萱低下头，轻轻答道："五台山大火，我拼死逃出生天，在山脚下得知你们在不远处安顿，于是我想找你将事情说清楚……可是……"

"可是……"

"可是什么？"

"我看到二妹！"

"她不让你见我？"

"不，她是要让我把事情说清楚。"

顾纤云全身一阵颤抖，心中冷笑无数，想想这一切人情变故，不禁又仰天望向漆黑的天空。

"话说完了，你可以走了。"

"纤云……"顾萱站起身子，但是风吹来似乎要将她赢弱的身体吹散："我知道你恨我，此刻我也不指望你能原谅我，不过有一件事请你一定要留心，我当初令屠灵接近谢传恨，一来是想借屠灵之力让谢传恨重归剑神之心，二来是希望随时掌握他的行踪，因为自从那晚叶俊磊打败谢传恨之后，我和爹都知道你无论如何不可能会淡忘谢传恨，未免你伤心欲绝，所以……"

"够了！"顾纤云有些不耐烦，她一甩长裙："这些鬼话连篇我此刻不想再听。"

顾萱知晓多说无益，只能轻轻叹了口气："纤云……武当山卸剑池，你千万不能去！"

"我的事不用你管！"顾纤云咬着唇忍住伤心，顾萱望着她的背影轻轻一笑，却笑得如此绝望，就像是长在原野上的玫瑰，失去了光华，找不到一点靓丽。

顾纤云回头掠过她离去的背影，心中说不出的难受，远方又出现一个熟悉的身影。顾纤云双手撑在地上，身子半斜着，毫无表情地问："你很早就来了，为什么现在才出来。"

叶俊磊白衫磊落，在漆黑中极为显色，他蹲下身子柔声道："不想打扰你们姐妹谈话。"

"你觉得我们会是姐妹吗？"

"可亲情是改变不了的。"

"就好比作恶多端，陷我孩儿于恶人之手，这种人也算得上是姐妹？"

"纤云……"叶俊磊放下长剑，这一点他与谢传恨一样，剑与顾纤云，都是他们最为贴身之物："她也是我的孩子。"他的手拂过顾纤云的脸，这是一张冰冷的脸，因为如水如画的容颜，让这种冰冷之意越加显得动人心扉，就算天地昏暗，就算野火燃尽，心中的容颜依旧不会改变。

顾纤云感受着他手心的温度，这些日子来就是这双手一直扶在自己的身旁，才让她不至于倒下，可是当他的手滑落到顾纤云的肩旁、胸前，顾纤云如同发颤，忍不住向后倾斜。叶俊磊手心停留半空，眉心忽然闪过一丝意念，他俯下身子轻轻对着爱人的脸盘柔声道："纤云，我爱你，就像你爱我们的孩儿一样，我爱你们母子。"他的举止疯狂而漫不经心，顾纤云的身体倒在地上，仿佛就是叶俊磊眼中的一个猎物，任凭他肆意妄为。

顾纤云却也好似没有任何气力反抗，或许是因为她已是叶俊磊的人，此刻的她倒在地上没有一点挣脱的欲望，可是当他脑子里想起那个跟他几乎是生死与共的谢传恨之时，眼泪就不禁落下。叶俊磊的身体已经紧紧贴在她的胸口上，此刻的他似乎不再是那个挥剑如神的侠客，而是一个充满欲望与狂野的痴情人，对着自己深爱的女人，此刻在他的脑子里只有占有之意，漆黑的天地间又有谁看着这一对痴狂男女，而漆黑的天地间仿佛一草一木都在凝视着他们。

二十多年来，叶俊磊是第一个占有顾纤云身体的男人，当初每每与谢传恨亲密，她却始终没有让他逾越那一层间隙。而此刻，当她显露着玉体再度面对着曾经得到过自己而自己却对他只有感激的男人时，心里却一直想着另一个男人。

叶俊磊的脸刚刚贴在她的肩膀上，冰冷的身体似乎让他彻底散失了理性，只是那一滴眼泪恰好滴落到他炽热的唇边，他才感觉到顾纤云竟然在默默地流泪。八月十五夜，那晚的舟中缠绵，顾纤云甚至未曾反抗，而此刻她竟然在流泪。

叶俊磊翻起身子，痴情地用唇紧紧吻住顾纤云的唇，这是男女之间表达爱意最直接的方式，可是顾纤云哭得更难过了。叶俊磊闭上眼睛，慢慢停止了身体的疯狂占有，他静静地俯在顾纤云似如透明如玉的身体上，良久才缓缓问道："你还想着谢传恨！"

"是！"

叶俊磊猛然翻身，对着顾纤云怒斥道："但是你可知道你已是我的女人！"这是在顾纤云眼里叶俊磊的第一次发火，甚至在他自己眼里，自己从来没有如此愤怒过。他怒视着顾纤云，像是面对着一个不懂事的孩子，想要用怒火让对方明白某种道理。

顾纤云轻轻拉起衣角，可是手心忽然被叶俊磊死死拽住："你心里一直想着谢传恨，你把我当什么了？你把孩子当什么了？"

"俊磊，你听我说……"

"我不想听解释。"叶俊磊疯了似的怒吼，这一刻他甚至没有发现，他的力气已经弄痛了顾纤云，后者咬着唇一言不再发，仿佛对面前的一切不以为然。叶俊磊喘着大气，他俯身望着顾纤云凌乱的衣裳和身体，忽然正色道："你是为了纤云梭的秘密才一直没有和谢传恨在一起是吗？"

顾纤云睁开双眼，答道："是！"

叶俊磊放开了她的手臂，迅速穿好衣裳，站起身子："所以这个秘密连谢传恨也不知道是吗？"

顾纤云也坐起身子缓缓穿好衣裳："是。"

叶俊磊猛地望天一笑："谢传恨啊谢传恨，你始终争不过的。"

纤云梭的秘密，仿佛就如同顾纤云的身体一般，隐藏着别样的神秘。

# 第二十三章
## 银河暗渡

　　冰冷的山洞里，四处充满着潮湿的味道，水不知从何处而来，穿过山谷缝隙，流入地表，令这个本来就坑坑洼洼的山洞越显得凄冷。洞外杂草丛生，阳光根本照不进来，如此山洞此刻竟然会有人前来。

　　顾纤云。

　　她一手拿着火把，一手搀扶着石壁，一步一步缓缓慢慢，此刻她的长裙已经沾满了不少泥垢，这对于爱美的少女本就是极大的不爽，可是此刻的她似乎要找山洞里寻找着什么似的。

　　只见她走入这个并不大的山洞，站在一处凸出的岩石上，轻轻拍拍了裙角，跟着用火把四周轻轻一照。就在这时，深处传来一阵冰冷的声音，仿佛比这个不见天日的山洞更冰更冷："圣姑独自前来这里，难道是有事召见？"

　　风无踪的声音当真是令人听一次就永远无法忘记，恐怕就算是炎炎夏日，听到这种如同来自炼狱的声音，也会有如堕入极寒深渊。顾纤云却遥望着声音的来向，微微一笑："我问了当地不少人，才知道这里是五台山附近最为阴寒之地，无踪神君意要修炼'凝血利爪'，自然要找到此等阴寒之地。"

　　风无踪端坐在一处峭壁之上，仿佛一只巨大的蝙蝠悬挂在空中，他的脸，他的手，他一切显露在外的皮肤依旧如同棺木中跳起的尸体，在这黑暗的山洞里，着实令人畏惧。

　　"圣姑独自前来，难道只是巡查属下修炼之地？"

顾纤云将火把轻轻安放在峭壁中，沿着石壁朝前走了几步："无踪神君的'凝血利爪'本是利用至阴至寒真气加以修行，可所谓武学之道亦将'牵一发而动全身'，倘若不得玄法入门，就算无踪神君日日夜夜躲在阴寒之地又有何意义？"

风无踪睁开如血双眼，脸上充满着无比的愤怒之意，多年以来他为了修习这门武功，时常要寻觅如此的阴寒不见天日之地，以用寒气辅佐内功修习，虽然卓有成效，但是没有任何内功引导，始终不如得意，在七大神君中风无踪虽然轻功无敌，但是这武学修为上却远不如屠灵、黑面，甚至不如亦絮神君。

顾纤云眼见对方激动，故意说道："天阴之气，地寒之息，四法玄心，引入天灵。驱五行而调阴阳，动六道而致气海，丹田为媒……"

这一席话说出，风无踪的脸如同看到了极为惊奇的事务，虽然依旧冰冷，但是却变得充满了无望之意，他见顾纤云停口，忍不住激动道："继续啊……"顾纤云心计得逞，故作淡定。风无踪这才一回神，眼前的这个可是天阴教的圣姑，天阴教上下都惧他三分的顾纤云，她又岂会这么好心将这一段天阴教无上心法读给自己听。

只见风无踪身影一甩，长影落入顾纤云面前，高大的身躯微微屈身，显得恭敬异常："圣姑有何吩咐。"

顾纤云哈哈大笑："这一段可是顾怜星修炼的'天音素馨'，以及严冰之气的总决所在，你跟随顾怜星这么多年，也算得上是忠心耿耿，她可将这段玄法告知于你啊？"

风无踪低下头，显得有些落寞，身为天阴教的七大神君，他亦是聪明人，此刻单膝跪地，恭敬道："圣姑若能不吝赐教，属下必效犬马之劳不敢有违！"

顾纤云俯视着风无踪，心中却充满的不齿与不屑："我无须要你效劳，你此刻只需替我做一件事，事成之后我必然将所有玄法告知。"

风无踪仰起头，显得异常不解："一件事？"既而又续言道："圣姑吩咐，就算是上刀山下火海，属下万死不辞。"

"我不需要你上刀山，也不需要你下火海，只需要你替我跟踪一个人。"

"跟踪一个人？"风无踪有些惊讶失色，要知道他轻功天下无双，莫说跟踪一个人，就算是千里之外取人性命也不是难事，而区区此等小事竟然能令顾纤云道出天阴教的至高玄法，风无踪当真不敢相信。

顾纤云一脸正色，毫无嬉闹之意："你听好了，我要让你跟的这个人，干系重大，千万不可以走失或是让她发现……"

"不知道圣姑所说的……难道是大小姐，又或者是……教主……"

顾纤云摇了摇头，望着峭壁上就快要泯灭的火把，嘴角露出一阵冷笑，一个字一个字吐出她的名字："红……叶……"

忽然一阵风吹进闪动，吹灭的残余的火把，留下一丝火星。也吹动着顾纤云异样的脸色，还有风无踪那瞪大的眼睛。

"恕属下愚昧！"风无踪始终无法明白顾纤云的用意，按理来说天阴教上下在顾纤云的眼里只有红叶最为亲近信任，可是此刻她竟然会让自己去跟踪红叶。顾纤云摇了摇头："其他的事情你无须多问，你只要替我办好这件事，我自然助你修炼凝血利爪。"

风无踪站起身子，略一躬身不再多说："那么武当卸剑池之约……"

"还有几天。"

"七天！"

"七天！"顾纤云轻轻叹了口气，在漆黑的山洞里悠悠回荡："还有七天……此去武当山不眠不休三四天足够，你务必要在武当山之约之前查清楚红叶的下落。"

"她……她走了？"

"否则我何必要你跟踪她！"

风无踪略有知晓，在这关键红叶竟会独自离开，这也着实令人感到怪异。他又问道："这么说来圣姑是决定赴约了？"

"我要查明红叶的下落，然后……"她再度叹了口气，满是忧愁的脸上看不到一丝容光："然后再作打算！"

"是！"风无踪再一躬身，身影如飞早已经跃出山洞消失无迹。留下顾纤云一人在这黑暗之中，耳边听着石壁上的滴水之声。

她独自一人在这山洞待了一段时间，一路望着沿途的景色下了山去，只是山间景色虽美，她又有什么心情。到了山脚，叶俊磊勒马在此已经等候多时，顾纤云拍了拍马儿，似如嬉闹地笑着说："马儿马儿，从现在起要劳烦你不停蹄的赶去武当山。"

纤云劫

叶俊磊翻身下马，望着顾纤云下来的山路："你到山里去干什么。"

"没什么。"

"你对我还有秘密？"

"我对你还有什么秘密。"顾纤云微微一笑，这笑容足以消除这个世间的所有芥蒂："我现在就要去武当，你若是不愿意去……"

"纤云……"叶俊磊有些生气："你是我的女人，我又岂会不与你同去。"

"你多少也算是个武当弟子，没必要为了天阴教的事……"

"可是我的孩子呢！"

顾纤云哑口无言，悠悠在心中叹道："可怜的孩儿，若是你没有来到这个世间那该多好。"她遥望着南下的路，若有所思。叶俊磊却好似始终无法摸透她的心思："不知道师父可在山中。"

"青枫道长！"提到此人，顾纤云倒是一阵欣喜，十年前他受顾宁玉之托将顾纤云救下阴山，后来又真诚相待，在顾纤云眼里他当真是一个大侠士，大好人。

"师父喜欢云游四海，自从上次在五台山见过他一面，再也没有他的下落。不过……不过那一天是武当派最为重要的大日子，师父想必也会现身……"只是不知道那一日真的到来之际自己要如何面对师门，但一见到顾纤云的容颜，心想就算是被世人遗弃，也会不离不弃陪在她的身旁。

"走吧！前去武当路途遥远，我们已经在这里耽搁很久了。"

"你……"叶俊磊欲言又止，顾纤云微微一笑："想问什么？"

"你不打算留下继续寻觅谢传恨的下落了。"

顾纤云忍不住大笑起来，这或许是经历这么多不悦之事第一次笑得那么开心，叶俊磊第一次与她相遇便是因为这嫣然一笑，此刻虽然相处多日但见她笑得如此灿烂当真是无比的激动起来。

"你……你笑什么？"虽然这么问，但是他此刻多希望顾纤云以后在自己面前都保持这种天真的笑意。

"你很想我留下？"

"这个……我……"叶俊磊挠着头，竟然不知所措的像个孩子。顾纤云笑得更大声："傻瓜！走吧走吧。"她先爬上马去，留下叶俊磊站在原地依旧不知所措，顾纤云嫣然笑道："谢传恨若是还在五台山，天下间又有谁困得住他，整整几天毫无音讯，说明他已经不在山中。我估计他此刻绝对也在赶去武当山的路上。"

"哦！"叶俊磊嘘了一声，也不知道是欣慰还是郁闷，翻身上马靠在顾纤云的身后，柔声问道："那你笑什么？"

"笑你傻！"

"我哪儿傻了？"

"你就是傻了！"顾纤云再度大笑，笑得这片山谷仿佛瞬间充满着勃发自然之意，叶俊磊不再多问，只是一直凝望着这张笑颜，哪怕只是瞬间。

俩人没有告知顾怜星等人，自行出发南下前去武当，七天之期足够他们赶到武当，只是因为一来顾纤云身体未曾康复，这一路行得极为缓慢。更主要因为武当掌门大典，各门各派均有人陆陆续续前去武当，这一路上不知遇到了多少人，未免不必要的纠纷，两人每每避开人潮低调而行。

在这一路上，顾纤云每时每刻不在留意众人的去向，前者黑面潜居苗疆，后者屠灵独自离开，再到后来五台山上顾宁玉与谢传恨相继失踪，以及红叶、顾怜星等人所去，甚至是顾萱的踪迹，她都要一一留意查看，只是后来离得武当越近，天下间各门各派人手众多，稍有不慎就会被人认出，顾纤云也就越不敢明目张胆行事。

这一到了荆州地界，荆州乃是"古九州"之一，江南门户，自古便是兵家必争之地。三国时期，刘备趁赤壁大战曹操败北之际夺取荆州，后来以荆州为家，大军挥师西进，才逐渐取得两川之地。但却也因此与东吴关联不断，其后吕子明白衣渡江，关云长败走麦城，荆州虽然被东吴所得，西蜀却因此与东吴兵戎相见。

"这荆州之地早在夏商之时就已经设郡，到了三国时期更是成为江南的咽喉重地，那时都说北方兵祸连年，而南方蛮夷之地，最富饶和平的莫过于荆州。不过也因为此，三国之间纷争不断，可以说三国这段历史，应该有一半都是发生在荆州之地。"顾纤云站在荆州一座城墙之上，背对着夕阳，面朝着城中来往的商贾百姓，忍不住发出感慨。

叶俊磊则坐在城墙头上，一面喝着水，一边点头。

顾纤云忽然问道："自从去年八月十五我见你喝过葡萄酒，你就再也滴酒不沾，这是为何？"

"这……从小家里不让喝酒。"

"那现在呢！"

"现在……"叶俊磊轻轻挠了挠剑柄，有些木然："我对酒一点兴趣都没有。"

"那你上次还陪我喝那么多。"

叶俊磊扑哧一笑："若不是葡萄美酒在手，又岂能佳人在抱。"顾纤云啐道："真不害臊，对了，你以前说青枫道长教过你一些武功，但是你的招式出入却根本不像武当的上乘玄法。"

其实这一点顾纤云早有疑问，以叶俊磊如此年纪轻轻的剑术早已超过武当掌门及青枫，又岂会是后者所教，更何况他体内的至阴真气更不可能与武当如出一脉。

叶俊磊迟疑片刻，低声答道："我所修行的内功剑术自然不是武当的上乘玄法，青枫道长与我忘年之交，对我教诲无数。但是其他的一切自然师承他人。"

"这个人是……"这一点一直以来是顾纤云非常想弄清之事，要知道天下间竟然能够交出此等高徒的人屈指可数，叶俊磊凝望着她，从她的眼中似乎也看到了对实情的渴望，只是他轻轻拍了拍她的脸蛋："这是个秘密，和纤云梭一样重要的秘密！"

顾纤云听完显然有些失落，她轻轻触碰了肩膀，忽然感觉到身子有些不自在。叶俊磊情急道："旧伤又复发了？"

"老毛病了。"顾纤云咬着唇，声音有些萎靡，纤纤玉手紧紧拽着衣襟似乎在减轻自己的疼痛。叶俊磊虽然心疼，却根本无能为力："你身后的……"

"俊磊！"顾纤云忽然正色道："永远不要提这件事！"

"可是寒毒侵蚀，你又能挺得住多久？"

"那我还能怎么办？听智胜的话到少林去修身养性斩断情根？"她说出这话不免有些讽刺之意，只是自从她知寒毒化解无望，这些日子以来她也渐渐知道身体不支，所以言行心事也就颇为偏激。

叶俊磊根本还不知道顾纤云如今的真实情况，甚至还以为她只是因为孩子脾气而倔强如此，只能一再忍让安慰。

　　俩人又谈了些历史古话，在荆州城找了家僻静的客栈，在房中吃完饭后，顾纤云正巧走出庭院准备到夜市逛逛时，庭院里忽然飞落一只黑色的苍鹰。苍鹰本是大漠草原之物，阴山地处极北草原，天阴教便是起源于此，这种苍鹰在中原江南极为少见，但是顾纤云见到却独有亲切之意，她走上前轻轻抚摸着苍鹰的翅膀，眼睛瞥见脚尖有一张红色的布条，顾纤云嫣然一笑："风无踪还真有速度。"她解下这张布条，看了上面的一行字，脸色骤变，既而怒道："果然和我想的一样。"

　　"纤云！"叶俊磊走出房门，似乎看见了顾纤云极为反常的脸色，顾纤云迅速收起布条，拍了拍那只苍鹰的脚尖，这苍鹰兴许是天阴教抚养长大，也颇为通灵，一声长鸣飞入空中随即没了踪迹。

　　叶俊磊这才走上来，轻轻叫了声："纤云……"

　　顾纤云转怒为笑："没……没事。"正待转身离开时，叶俊磊忽然抓住她的手臂，柔声说道："你若有什么事情，千万别瞒着我。"顾纤云没有抬头，俯首看着他的手心，没有说话。

　　正在此时，一行脚步声渐渐传入庭院，只听到最先有人说道："三日之后的武当聚首，可以说是近年来武林中最为盛大的盛会，据说昆仑、天山、点苍等派有不远千里而来，早已经到了武当山脚下，而少林、华山等派也陆续前来，看来此举的目的是要让天阴教彻底覆灭。"

　　话音刚落，顾纤云早已勃然变色，叶俊磊怕她激动误事，抱着她潜入角落。只听到有一人呵呵大笑起来："张二哥说得不错，武当聚首不仅仅是新旧掌门更换的大事，更是商讨覆灭天阴教的盛会，比之十年前的四大门派围剿孤月台想必更加热闹非凡。"

　　"嘿嘿，而且我可听武当的几名弟子说了，这次盛会之后新任的武当掌门将率领诸派弟子北上再度攻讨天阴教，而你们可知道顾萱……"

　　这两个字一出，顾纤云身子一麻险些就要晕倒，幸好有叶俊磊一旁将她扶住。顾纤云喘着大气，一手捂着胸口，一手靠在叶俊磊身旁安下心来静听。

　　"天阴教的大小姐顾萱早已经被武当所擒，三日之后将在天下英雄面前杀她以祭出征。"

　　顾纤云张目结舌，恨不得就要冲出去将这几个人抓住问清事实，叶俊磊死死拽住她，在她耳边喃喃："千万不能激动啊。"顾纤云拽着手心，背心却冒着冷汗，想起那天在五台山下见到顾萱的惨状，以及她临走前说得那番话，此刻眼前这几人所说若是属实，那么这一切到底缘由为何？

只听到最先说话那人又言道："不过据说屠杀顾萱是假，将天阴教众引入武当一举灭亡才是真。"

这句话似乎道出了事情终究，顾纤云心中一凉，再次回想到顾萱临走前所说的那句话"武当山卸剑池，一定不能去。"她口中喃喃："假如这些人说得都是真的，那么顾萱那天为什么会出那样的话，难道她从那个时候甚至更早的时候就算定自己会有今天？"她越想越是头痛，渐渐的庭院里声音越来越远，顾纤云甩手追了上去，叶俊磊呼之不及忍不住叫道："你要干吗？"

"我去问问他们。"

"可是你……还是我去吧。"

顾纤云强颜欢笑："你是武当弟子，这么贸然去不好，放心吧我会小心的。"说完摆着长裙就消失在尽头，留下叶俊磊在庭院里长吁短叹，也不知道如何是好。

顾纤云跟着这一行人远去，这一行人约莫有七八个，个个衣着不一，但是瞧着步伐轻盈，显然都是功夫在身，他们走出客栈先是在夜市上逗留了许久跟着一路朝着城外而去。顾纤云一路躲在暗处，时时刻刻盯着诸人，她独自一人出来，身份自然不敢暴露，是以一步一步都显得异常小心。

这荆州城虽然算不上是繁华之地，但地处江南富足千里，加之历史久远，虽比不上扬州风华，却也算是极为热闹。以顾纤云体弱之躯要跟踪武功在身人，本就十分为难，更何况要在这拥挤夜市，而且又不能暴露身份。眼见得那些人朝着城外而去，顾纤云心中不免起了疑心："他们出城去？想要干什么？"想到此去武当还有数百里之遥，难道他们是连夜赶路前去赴约？正在不得其解之时，她肩膀忽然一阵温暖，要知道顾纤云之所以如此胆大，自然有着常人难及的技艺，就在这一瞬间她已经察觉有人意图妄为，于是未及惊呼回头，手心自衣袖挥出，带着一股极寒的真气朝着对方小腹打去，这一招虽然不见得多么厉害，却可以逼得对方撒手退却。

哪想到掌心忽然在半空绕回停下，顾纤云惊喜道："是你！"对方捋着白须呵呵一笑，这慈祥的面孔正是青枫道长了。

顾纤云哪里想到，在这荆州城的繁闹夜市上竟会见到这慈祥前辈，而且是在此等情况之下。她尚未开口说话，只见青枫用手轻轻在嘴边一动，顾纤云顿时理解其意，青枫微微一笑转身走入人群之中，顾纤云了解其意，便大步跟了上去。两人一前一后，走入一条寂静巷子当中，这里远离夜市喧嚣，偶有的几个行人也都是附近的百姓，青枫在左近望了望，显得异常谨慎，然后推门走进一处民宅当中。

顾纤云心中疑问，却也没有多说，她料想这武当长老竟会在此出现找到自己，想必又有些重要之事告知自己。她走进房内，这间不大的屋子里除了一张桌子、几张椅子以外没有任何东西，顾纤云尚在四处凝望，耳边忽然又传来一阵熟悉的声音："纤云……"这下顾纤云倒是吓了一跳，几乎是破口而出："爹……"但这一个字一出，她脑子里忽然又涌现出无数的疑问与愤怒，前言未尽顾纤云忽然转怒道："你……你……"几乎是指着对方，委屈至极眼睛一酸忍不住就要哭出来，这时青枫已经关上门走了进来，屋内一片昏暗，三个人在里面只能看见彼此的脸。顾宁玉依旧身穿朴实，满面无色，依旧是那个五台山上吃斋念佛的绝苦大师。他望着顾纤云，自从上次阔别后，已经仿如岁月飞逝，眼前的这个爱女显然又消瘦了不少，他自然也知道顾纤云所受到的一切苦楚。所以此刻在他心中，充满着无尽的歉疚之意："纤云……爹对不起你……"

顾纤云心中一酸，口中却傲然道："我不想听你说话……告诉我那个黑衣人是谁？"

顾宁玉刚刚站起身子，忽然又缓缓坐在椅子上："他……"见他有些犹豫，顾纤云忍不住大声呵斥道："你可知道他抢走我的孩子，此刻是生是死我都不知道。"

"此话当真！"顾宁玉一拍桌角，"砰"的一声巨响那张桌子瞬间化为粉碎，顾宁玉也似乎从这刹那当中显露出当年的那股霸气。顾纤云却冷冷笑道："你觉得我在骗你吗？"于是她便将当日顾萱如何抢走自己孩儿，以及那黑衣人忽然出现，再到从顾萱手中抢走孩儿的种种事情简要言明。

顾宁玉一怒之下，却又被顾纤云那股冷漠之气给牵动，他望着漆黑的屋子长长叹了口气，气息当中仿佛有说不尽的无奈。顾纤云见他依旧如此冷漠，刚想开口，身后的青枫抢前言道："纤云，你且先坐下，这些日子来发生了太多事情，待我们一件一件向你言明。"

青枫道长毕竟是顾纤云眼里极为尊重之人，她白了顾宁玉一眼，故意坐在他对面。青枫见他们父女俩如此相对，又好笑又好气，他一缕白须，悠悠说道："你一定很好奇为什么我和你爹会出现在这荆州城，你一定更好奇为什么你爹会离开五台山……"

"我更好奇是那个黑衣人！"顾纤云直言至于，此刻在她眼里也的确没有什么比她的孩儿更为重要。

青枫似乎早已猜到顾纤云又做此回答，所以非但未曾生气，反而呵呵一笑继续说道："上次在五台山一别，整整半年多未曾再见。当日你和俊磊离开之后，老道闲事无所去，于是便在五台山上久居，这一住整整就是数月，直到听闻谢传恨将与林欣儿在翠竹山庄成亲……"

顾纤云咬着唇，手里拽着衣裙，努力忍住情绪未曾爆发。青枫道长叹了口气道："我和你爹本都是世俗之外之人，你们这些年轻人的恩恩爱爱本不该过问。但是包括林欣儿在内，涉及此事的，没有一个是普通的年轻人。所以我们特地托付顾萱……"

顾纤云声音发颤发冷："是……是你们命顾萱故意通知我，让我前去翠竹山庄？"

"是！"回答的人是顾宁玉，他的声音显得有些沧桑而委婉："纤云，你虽然与我九年未曾相处，但是你的心事我最了解，虽然你与叶……"顿了顿，故意咳了一声又言道："但是我知道你心里喜欢的始终是谢传恨，倘若他与林欣儿结为连理，你一辈子也不会开心！"

顾纤云冷冷一笑："这么说我不是还要感谢你的通告之恩！"

顾宁玉听此冷言冷语虽然心痛，却也无法左右顾纤云的想法，更何况顾纤云有今日种种祸难，自己绝对难以脱去干系。于是又带着愧疚之意道："可是我们千算万算，却算不到顾萱竟然……"

父女两人再度对视，空气中似乎弥漫着无法言明的芥蒂。青枫道长绕着房内轻轻走动："我们让顾萱暗中将此事告知与你，本是想让你们这些年轻人自行去解决纠纷之事，可是万万没有想到，你会在那时诞下孩儿，而顾萱竟会与那人联手扰乱一切！"

顾纤云怒气有所平息，静心想想此间一切也绝非何人所为，一切仿佛都是天意安排。青枫又说道："三日之后的武当大会，我和你爹知晓你们必然会去赴约，于是便从你和俊磊离开五台山脚那一刻开始暗中保护追随。"

顾纤云恍然大悟，按理来说她与叶俊磊早已是江湖中不少人识别之人，但这一路上却从未有所阻挠，原来是青枫道长与顾宁玉暗中保护，但顾纤云此刻忍不住问道："那传恨在哪里？那一日我们看见五台山大火，于是他独自一人前去山中，之后就再也没有他的踪迹！"此事一直萦绕在顾纤云的心头，她一直以为谢传恨是被顾宁玉带走，可此刻来看事情也绝非那么简单。

顾宁玉接口回忆道："翠竹山庄的事情变故后，青枫道长便先行下山打探一切，而你大姐顾萱也就再未回山。而且自从黑面等人兴起天阴教复出之事以后所发生的种种事迹，我不得不相信天阴教内部终究还是有奸细所在，否则有关你我还有圣教中很多事又岂会被他人所知？那一日我收到青枫道长的飞鸽传书，你们已经来到五台山脚下，为了故弄玄虚，引蛇出洞，所以……"

顾纤云微微苦笑："所以你早已驱散五台山所有僧侣游人，并且一把火烧了整座五台山，让我们所有人都以为你是被人胁迫而去？"

"是！"顾宁玉铿锵之声显然易了。

"可是传恨呢！"提到他，顾纤云显然又有些激动。

"我没有见过他，我一直以为他跟你在一起。"顾宁玉的话语中似乎又带着些许的愧疚之意。顾纤云低下头，轻轻擦了擦眼眶上的泪痕。青枫喃喃道："以谢传恨的剑术，天下间能够将他制服并且这么多日不见天日，甚至音信全无的，又有几个人？"

"有一个人绝对可以！"

"林欣儿！"顾纤云吐出这个人的名字，在谢传恨的心中，这个女人一直是他的愧疚。顾宁玉显然一阵颤抖却未曾再说话。

"你还是不肯说出那个黑衣人到底是谁？"顾纤云第三次问起这个人的姓名。顾宁玉却依旧叹息道："纤云……此事关于我对祖上的毒誓……我……"

顾纤云漠然一笑，显得极为不屑。顾宁玉顿了顿，知晓再如何解释顾纤云也决然不会理解，于是便转口道："当年为了一个誓言，我退隐山林，十年以来从未下过山，如今天下风云际会，诸多门派意图再次颠覆纤云梭，我自然也不能坐视不理，只是眼下武当大会在即，我与青枫道长本来相约暗中化去这场纷争，可你大姐顾萱却又不知道为何会受困于武当。"

"倘若她就是天阴教一直以来的奸细呢！"顾纤云故意如此说明，顾宁玉有些不爽之意："纤云，即便她做过对不起你的事，她终归是你大姐，你怎能如此说她，更何况她眼下生死未明……"

顾纤云不再理会，此刻眼前浮现一人的身影，似乎渐渐有些头绪。青枫道长又言道："我与你爹一路追寻你们来到这荆州城，本来并不打算那么早与你们相见，可是直到你跟着那几个武林人士而去，我们不得不现身阻止。"

"这是为何？"

青枫哈哈一笑："以你的聪慧自然明白人心险恶，你要知道前去武当参会都是武林中的玄门正派，你当真以为那几个人会如此草率愚昧，让你跟踪也不知道？"

顾纤云倒吸一口凉气，亏得青枫现身，否则后果当真不可想象。

"武当大会，掌门易位为其一，集合天下武林人士之力剿灭天阴教为其二，眼下以天阴教的实力根本无法与各门派抵挡，唯一可行方法唯有隐忍退却。"

顾宁玉听到这里未免有些伤感，天阴教历经长久，声名远扬，可如此到了自己手上却落了个如此下场。顾纤云微微颔首，面容显得有些憔悴："那我的孩儿怎么办，还有顾萱怎么办？"

"数日之前老道曾与少林智胜大师会过面，少林与武当位列于武林泰山北斗，武当大会自然少不了少林一派出席，老道与智胜大师神交数十年，此次又将武林中诸多大事告知于他，以智胜大师在少林中的地位，自然可以潜回少林一派。"青枫洋洋洒洒说出一席话，不禁让顾纤云汗颜。只听他又续言道："除了少林一派，华山、昆仑、天山等派均与老道颇有交情，虽然不敢保证到时候会兵戎相见，却也能改善正邪之心。唉，其实十年前的阴山大战，天阴教虽然因此覆灭，但是诸派的弟子死伤也不在少数，这十年来说什么广收门徒，其实终究难以复兴昔日荣光，什么正邪不两立，哈哈……"青枫道长义正词严，道出了许多正义之词，仿佛瞬间让这个黑暗的房间里充满了华光。

"道长你……"顾纤云语塞哽咽，既而说道："你……"青枫道长轻轻一笑，笑得异常潇洒："老道虽然位居武当长老，但这数十年来神游天下，早已不问江湖之事，况且如今老骥伏枥，又何必在乎什么名节虚衔，只是那青城一派……"

听到青城派，三个人的心不禁都提了起来，青城一派与武当、少林齐名，可是一夜之间竟然会遭到灭门之祸，着实是令天下人汗颜。

"青城一派惨遭灭门，虽然不知是谁所为，但是天下英雄却又将此事归罪于天阴教，更何况青城派门徒遍布天下，当初灭门之后，那些遍及四海的门徒便誓言要铲除天阴教以报师门，看来就算少林等派不参与这武当大会，天阴教上下也绝难全身而退！"顾纤云望着顾宁玉的脸，故意将一言一句说得极为大声清楚，待到对方回过头看着自己，她又说道："倘若我是青城派的门徒，就算天阴教归隐漠北，我也必定要踏平孤月台。"她虽然以言相激，但是说的话倒也不假。

顾宁玉知晓顾纤云言下之意，他此次之所以会南下前去武当，自然也是为了圣教之事："纤云你放心，三日之后武当卸剑池，我一定会出现，就算不为了圣教，也必定要替你找回孩儿。"

这一晚对话，或许这一句是最为实用之言，顾纤云微微一笑未曾多言，站起身子叹了口气，对着青枫道长一阵感谢，然后转身就要离开，忽然想到一事："青枫道长可想与俊磊见个面？"

"这个……"青枫沉默了片刻："还是算了，先别让他知道老道的下落，不仅如此，今晚我们所言的一切务必别让第四个人知道！"

"知道了。"顾纤云淡淡地说了三个字，再也没有回头，走出巷子，相比进来之时已经没有了人影。虽然此刻有可能杀机四伏，但她此刻心事重重，也懒得有太多的顾忌，沿着大路就这么走回客栈，夜市已散，只有零零散散的几个醉酒之人和小贩忙着归去，这一路她遐想无数，虽然期望着武当大会早日到来，却实在也想不到到了那一天到底会发生什么事。而且那个神秘的黑衣人，明明顾宁玉知道他的身份及手段，却又为什么始终不肯说出他的下落。

# 第二十四章
# 蓬莱四仙

路边忽然卷起一阵晚风，地上的落叶随之飘起，夜黑风高，刹那间这里仿佛充满了肃杀之意。顾纤云凝住心神，眺望四周，忽然厉声道："畏首畏尾，顾纤云在此，有胆的就出来！"话音刚落，东南西北各传来一阵回响，声音洪亮，而且起伏稳当，显然是有着深厚内力。

"东海白云一条线，苍茫仙岛落飞燕。燕去楼空神州境，悠悠江水化神剑。"四个方向一同喊出此句，越加显得气势非凡，单单凭此合音，似乎已经令夜空失色，顾纤云脸色一变，口中却依然傲口道："原来是东海蓬莱四仙，想不到我顾纤云的面子如此之大，竟然能令四位仙人深夜来访！"

四人呵呵大笑，跟着风影再动，一切跃入大街之上，东首之人身穿绿色长袍，留着长长的白须，只是头顶一根头发也没有，显得滑稽异常。西首之人，身穿红色长袍，苍白的头发显然已经到了胸口，一双眸子却显得炯炯有神。北首之人身穿紫色长袍，半白的头发整理得井然分明，一张国字脸显得黝黑却充满着怒气，最后一个南首之人身穿白色长袍，一双白色的眉毛从两鬓平分下来，几乎要到了嘴边，他身材最为瘦小，看样子年纪也最大，微笑之时眯起的双眼看上去充满了和蔼亲切。四人各自手握长剑，或是捋着长须，或是捂着袖子，或是眯着双眼，或是虎视眈眈，形态、动作各有不同，可此刻唯一的目的就是冲着当中的顾纤云。

顾纤云在幼年时曾经听顾宁玉说过，蓬莱四仙个个剑术高超，因为他们极少在中原走动，而且与中原各大门派极少联系，所以中原少有人听说过四人的名声。据说四人自小一起练剑，数十年来早已心意合一，天下少有敌手。顾纤云从未见过四人，只是凭着那四句话才想到有关四人的威名。

顾纤云虽然二十多岁，但是江湖阅历不在少数，一望蓬莱四仙出现，自然知道杀气冲天，但是她向来胆大，面对这一切危机，也显然不在意："不知道四位仙人不远千里前来有何目的？难道是为了那武当大会？"

南首那身材瘦小年纪最大的老者眯着眼睛答道："蓬莱四仙向来不与武林人士往来，区区一个武当大会又何至于我们四人千里前来？"武当在武林中名望极大，他这么说未免有些自傲。顾纤云又淡然道："难道四位是为了纤云梭……"

蓬莱四仙哪里会料到顾纤云会如此轻巧说出这三个字，四人听了不约颤抖了一下，之前那老者睁大了双眼，仿佛狰狞邪恶的眼神令人一见难忘。北首那紫袍老人厉声道："既然知道，快快将此物交出！"声如洪钟，浑厚无比，显然是内力了得。

顾纤云此刻面临大敌，虽不知何人会来相救，更不知道自己如何能够逃脱，却也丝毫没有畏惧，她双手玩弄着长发，就像是小儿玩耍不将眼前的一切放在眼里："我顾纤云虽然没有什么通天的本领，这么多年来也至少懂得宁为玉碎不为瓦全，纤云梭乃我教至宝，这么多年来不知道有多少英雄豪杰觊觎于此，今日难道凭你们几句话就要我交出？未免也太小看我了。"

此言无异于直白拒绝四人，蓬莱四仙极少在江湖走动，四人当中年纪最轻的也年过六旬，虽然见识过无数人，但是何时见过像顾纤云如此傲骨之人，但四人不远千里从蓬莱追到这荆州城，自然不会轻易离去，顾纤云虽然不了解这远离尘世的四人为何要夺取纤云梭，但她料想世间有此欲望之人的目的也多数迂腐，也懒得多说，做好了随时迎战的准备。

但这蓬莱四仙又岂会是顾纤云区区一个少女可以抵挡！

夜市上已经没有任何人迹，沿街的铺门也早已关闭，几盏依旧亮着光芒的灯笼在晚风中摇曳，发出仿佛这世间最后的一点希望。沿着丝丝光迹，是四把充满杀机的长剑。

冷风、落叶、长剑，无法言说的一切！

"蓬莱四仙虽然在江湖中极少走动，但是在武林中也算数一数二的大人物，今日竟然联手欺负一个女子，当真好笑好笑。"顾纤云言语相激，说得对方有些不好意思，但过了片刻，那紫袍老人冷哼道："对付魔教中人，何至于谈什么大义？"

"魔教！"顾纤云哈哈大笑，她仿佛没有听过这么好听的笑话："这个世间最无耻的不是手刃同门，不是手足相残，而是妄称名门其实做着一些卑鄙下流的事。"

"你什么意思？"东首那绿袍老人冷冷问道，虽然语气冰冷，却盖过一切威严。顾纤云傲然道："司马昭之心路人皆知，我曾以为蓬莱四仙是隐居世外，何等的高人，今日一看果真是大开眼界。"

"你……"绿袍老人再度开口，那紫袍老人上前插口道："二哥，何必与她啰唆，我们四人好久未曾用剑，今日便以这妖女的血来祭剑。"

"好大的口气！"这声音忽然传来，回荡在空中，彷如一股浩然正气弥散在充满肃杀的空气当中。五人一起向空中眺望，一人白衣飘决，长剑赫然，伫立在一条柳树枝条上，这枝条细如手指，可他却能轻轻巧巧伫立于上，显然功力十分了得，更何况面容俊美，宛如圆月明媚，衣诀如飞，好似真正的仙人降临。

"俊磊！"顾纤云此刻见到他，充满着激动欣慰之情，或许从某种意义上来看，叶俊磊比谢传恨更能在自己面临磨难之时出现，可是越是这样，她的心就越痛。

蓬莱四仙越过顾纤云，站立一排，一齐凝望着叶俊磊，四人本是运剑多年之人，区区几眼就可以看出眼前的这个白衣少年剑术决然超凡，不禁起了惊异："江湖中竟有如此年轻人有这般功力？"

叶俊磊虽然年纪轻轻，却也不难看出对方四人形神高深，而且两边太阳穴高高突起，这显是内功已至高深。那紫袍老人性子最为激烈，他上前一步呵斥道："今日蓬莱四仙必要夺取纤云梭，你这乳臭小儿又想如何？"这席话如果换作一般人说，绝对是个大笑话，如今江湖中谁不知道顾纤云与叶俊磊的关系。不过他们四人久居海外，极少在江湖中走动，说出这番话也难免正常。叶俊磊哼了一声："倘若我这乳臭小儿今天就要多管闲事，你们能拿我如何？"

那紫袍老人年近七旬，极少有人敢与他如此顶撞，一时怒火交加，厉啸道："找死。"这"死"字刚刚一落，叶俊磊眼前一阵昏花，一条恍如紫色的长蛇平地而起带着一缕剑花直入天穹，声势巨大，威力更是高深。看来他一出手便是用上了全力，要知用剑之人倘若心神合一，以高深的内功驱使剑法，即便轻轻巧巧的剑招也能使得游刃有余，这一招"猛蛇出洞"本来极为寻常普遍，但加之他内功高深，出手又如此很辣，不禁令人眼前一亮。

叶俊磊心中一寒，心想这老人果真出招如其性格，刚烈威猛，另外三人和顾纤云不约一同朝着半空中这垂柳望去。来势快，叶俊磊闪得更快，他本以武当绝学"梯云纵"伫立在那柳条之上，眼见紫袍老人来袭，恰恰到了七尺之处跃入左侧树干之上，这一晃动之际何人见到叶俊磊已经以迅雷不及掩耳之势连出七剑，他知晓这四人今晚来势汹汹，更何况一上来就用了死力，倘若不将他们打败，那自己和顾纤云哪有脱身之机。于是他趁此反击出了快如闪电的七剑，一气呵成，精妙绝伦，一招盖过一招，到了第七招的时候连绵不断的剑气已让四周原本凝聚的阴冷凝散成宛如仙女散花一般的零碎。

那紫袍老人原本打算出其不意，料想眼前这少年就算侥幸挡过自己刚才一招也绝无力再加抵抗，他哪里想到对方不仅轻巧避开，而且一连出招如此精绝，其余三位老人不觉一阵惊讶，显得也是难以置信。那紫袍老人身子未曾稳定，面前如同一阵狂风巨浪凭空席卷而来，精练之人又如何看不出对方区区几招竟然已经将自己全身大穴围拢，他大惊失色，挥舞长剑转攻为守在半空中连出三道剑弧以此护住全身，但叶俊磊出剑向来不容对方有何退避，七招已过，"唰唰唰"连续又是十多剑，这剑招在他手中好似汪洋大海，连绵不绝层出不穷，势必要将对方卷入这无边的杀机之中。

紫袍老人大呼一声："咦……"左挡右退，身影已经从半空落了下来，叶俊磊翻身一跃自高而下，攻势越加猛烈，对方脸色忽然一阵苍白，手心一麻就要被这无边剑招给重创，左右忽然两道剑气再度平地而起，叶俊磊眼前一亮，竟是绿袍老人、白袍老人双双出剑相救前者，而剩下那红袍老人则凝立地面，随时准备第二轮突袭，叶俊磊难免暗暗惊叹："这四个怪人虽然剑术不见得如此厉害，但是四人配合默契，加上老练狠辣，也算得上是劲敌了。"在这电闪之际却也不容太多退想，叶俊磊看出俩人出剑意在逼退自己，让紫袍老人全身而退，所以力道之上未曾用尽全力，意在令对方见机退却。叶俊磊看出当中端倪，反而大喝一声，在落入地面的半空中转了身，一剑自上而下，宛如力劈华山之势，不仅要逼退左右二人，更是有意要让紫袍老人一命呼呜。

绿袍、白袍两人双双大惊，紫袍老人得以援助顿时有些镇定，但叶俊磊不退反攻，而且越加凶狠无匹，这一来三人不免惊讶胆寒，各自退却一步，左右两人翻身而过，连劈带砍，混入这无边的剑招之中。而那一直未曾出手的红袍老人也按捺不住，冷哼一声冲上前去望着叶俊磊腹下"丹田大穴"猛刺过去，四人并退并进，每每攻而不入，退而不舍，连成的一道巨大的剑网也不禁令人骇然。顾纤云一直侧立于侧，好几次替叶俊磊的险象环生捏了把冷汗，她此刻当真恨不得手中也握着佩剑上前帮忙，但以她的阅历显然知道，叶俊磊与四人剑剑相交此刻已经打得难舍难分，五人都是功力极强之人，倘若一个武功剑术相差太远的人贸然加入，必然会适得其反，但此刻蓬莱四仙以四敌一，叶俊磊虽然占着剑术精妙，功力奇异，但渐渐地似乎有些力不从心。

蓬莱四仙每一招每一式都练得密不透风，结成的剑阵几乎令敌人无法退却，四人之中那白袍老人个子最瘦，但功力反而最深，一剑一式看上去软绵无力，其实包含着剑法之道最高深的内涵，颇有武当派以柔克刚的趋势。叶俊磊年纪轻轻，身强体健，以无上内力运作长剑，初始之时还颇为得心应手，但长久之后渐渐被四人剑招、身形迷惑得有些神形俱乱，他咬紧牙关，几次想要突围而出，却又始终无法。白袍老人每出一剑，叶俊磊就要挥剑抵抗，而另外三人却又一同攻进，若叶俊磊反守为攻刺向其中一人，另外三人又会群起攻之。

眼见得那紫袍老人足踏中宫，望准叶俊磊挥剑挡向斜后方，厉啸一声如同猛虎狂啸，在这寂静的街道之上极为响亮。"小心啊……"顾纤云目不转睛，此刻忍不住扯着裙子大叫出来。叶俊磊心中一阵甜蜜，可危机却已在眼前，紫袍老人那一剑离得仅有数尺之时，绿袍、红袍老人早已运了一口真气"噗噗"各从叶俊磊的头顶、脚下一同刺来，这一下来得好快，三人出剑当真如同闪电，只出不回，白袍老人跃入身后，倘若叶俊磊退后便以后偷袭。叶俊磊怒咬牙关，当日他与谢传恨在五台山比剑，当真算是武林中近年来极为凶险的对决，但是与谢传恨比剑，俩人都是惊世剑神，比的不仅是剑术，更是地位。而此刻他苦苦撑着拼死对决，特别是每每瞥见剑圈之外的顾纤云，心想绝不能战败。在这雷火一瞬间，他的"眉心""灵台""承山"三处大穴已被三道如同毒蛇一样的利剑死死追逐，前后猛攻，后有追袭，根本退无可退，顾纤云大惊失色，几乎没有见到比眼前这更为惊骇之事，听到这阵叫声，就算是铁石心肠的人也会顿时温柔无边，更何况是叶俊磊。他的心也似乎紧紧撕碎，在这一瞬间他忽然深喘一口大气，身子未曾后退反而向前迈进一步，正当前面三人感到大惊之时，叶俊磊长剑挥舞，以一条半圆的剑弧架开紫袍、红袍两人，而就在绿袍手中长剑直入自己面门之时，他竟然挥舞肉掌扑了过去，这一下如同兔起鹘落，动作不仅十分之快，出招更是出乎所有人意料，绿袍老人运剑四十余年，从未见过竟有如此以肉掌抵抗自己手中长剑之人，正当他感到不可思议之时，手心忽然一阵冰寒，这一阵怪感就在这一瞬间涌入全身，自己的身体几乎掉入千年冰窖，他脸色骤变，右手再也无法驾驭长剑，"唰"一声如同断了弦的风筝飞了出去，一缕鲜血洒向半空，长剑在叶俊磊的手臂上划下长长一道痕迹。

那白袍老人当先惊讶道："寒冰真气！"另外三人不约后退，但为时已晚，叶俊磊不惜被剑气所伤以寒冰真气伤人，要知道这寒冰真气极为阴冷霸道，就在那区区一瞬间绿袍老人数十年的内功修为如被冰封，虽然如此，但是他挥舞的那道剑气也着实厉害，只见叶俊磊干净的手臂上已经有一道明显的伤口，在他雪白的衣裳上也滴满了鲜血，这一刹他忍住剧痛，趁势追击，一剑西来，带着一缕清风席卷而过，一丈之内仿佛都是剑光。那三人之前被叶俊磊所吓，一时乱了分寸，这一来刚要抵挡之时，没想到叶俊磊身形竟会如此迅猛，白袍老人眼见不妙，"呼呼"两剑冲刺而来朝着叶俊磊脑后刺去想要将他逼退，可就在这一刻，叶俊磊忽然调转方向，剑花如飞，自手心脱离而去，一股巨大的寒气卷入剑圈排山倒海朝着白袍老人扑了过去，后者哪里想到这年轻人竟会如此巧变，脚下一退，面门一凉慌忙挥掌朝着对方打去，右手肘斜立长剑将自己隐入当中。

叶俊磊掌力已到，白袍老人退无可退，猛起一掌迎了过去，两掌交并发出一阵巨响，好似地面也要震开一般，白袍老人虽然内功高过叶俊磊，但是万万想不到这寒冰真气竟会如此霸道威猛，些许之后喉下一阵缓动，忍不住将一口血喷了出来，叶俊磊一阵冷笑撤了内力翻身而起跃入顾纤云身旁。

蓬莱四仙已伤其二，顾纤云急得不轻，此刻见叶俊磊安全而归，总算安下心来，她迫不及待握着叶俊磊受伤的手臂，望见鲜血直流，心痛的直流眼泪，赶紧撕下自己的衣袖替他包扎。叶俊磊与她相处虽久，却又何时见过她如此着急自己，更何况是急得流下眼泪，这一刻仿佛千年等一回的感人瞬间，他心中默默感慨，若是纤云能一生如此对我，就算我要我死又有何不甘？

他伸出右手轻轻擦了擦顾纤云的眼角，嘴边微微一笑："你哭什么？"

顾纤云替他包好伤口，此刻好像也才知道自己眼泪汪汪，一时擦了擦眼眶鼓起嘴不知说什么好。叶俊磊心中欢喜，哈哈大笑，两人如此亲密仿佛忘了蓬莱四仙还在左右。

这四人向来极少踏足江湖，哪想到这一次阔别许久来到江南却碰到如此劲敌，以四敌一还落了个如此狼狈，白袍长老虽然不至于内伤剧烈，却被寒冰真气所染，痛彻心扉。而那绿袍老人更是全身犹如冰封，强作内力想要抵御这股寒冷，可一时半会儿却根本不见起效。红袍、紫袍两位老人挡在前面，心中虽然实有不甘，却也不知道如何是好。

双方就这么对峙着，就在这时，东北首天空中忽然放起了一道明媚的火光，冲天的火光像是惊醒了深夜里的一切，根本浓浓的白雾向南飘来，顾纤云脸色一变，口中喃喃道："这是跟踪暗号。"想到这荆州城中不知道有多少如蓬莱四仙一样觊觎纤云梭的人，当真是危机重重。

蓬莱四仙此刻精神一振，那紫袍老人哈哈大笑起来："今日你们便是插翅也难飞。"话音一落，东南西北仿佛都隐隐约约传来不少人的脚步声，看情况人数实也不在少数。叶俊磊此刻当真是已经做好死战到底也要保护顾纤云的准备，虽然左手受伤不轻，无法再用大力，但他此刻依旧紧紧抱住顾纤云的身体，不让她受到一点伤害。

转眼间，各个方向果然涌出许多人，衣着打扮各有不一，有的是门派弟子，有的则是绿林豪杰，多多少少有一百多人。眼见如此，叶俊磊和顾纤云还当真先是一阵吁叹，也不知道这些人当中有多少是真正来参加这武当大会，不知道有多少人和蓬莱四仙一样。

人群中忽然有人认出叶俊磊，一个中年高个男子走上前来厉声道："武当叶俊磊，当日你与妖女私通，今日武当大会在即，这荆州城卧虎藏龙，你还胆敢如此与她苟合，你可对得起师门？"

"狗屁不通！"叶俊磊冷哼一声，不愿与他多说，对方见叶俊磊不理，又怒骂道："你师父青枫道长算得上是武林中德高望重的前辈高人，而你既为正派弟子，竟然……"叶俊磊怒视于他，眼里的怒火显然令对方打了个寒战，他不敢再往下说去，而是喃喃自语。

叶俊磊就像是被围攻的猛兽，此刻带着无边的怒气一再环视四周，当初他与谢传恨的惊世大战早已经天下皆知，这些人又如何不曾听过叶俊磊的神剑无敌。蓬莱四仙见这些人畏畏缩缩，那受了内伤的白袍长老一抹嘴边血迹，晃晃上前一步叫道："叶俊磊如今受了伤，而顾纤云更如瓮中之鳖，插翅难飞，大伙一起将他们捉拿于此，休要让他们逃走。"

顾纤云心中怒极，曾经有人骂她妖女魔女也就算了，此刻对方竟然骂自己是鳖鱼，她一个妙龄女子如何受得了。她轻轻脱开叶俊磊的手，微微一笑示意放心，带着一百多双目光朝着那白袍老人走去，本来以顾纤云看似如此羸弱的身子，不该如何畏惧，可那仿如久经沙场的老人却好像看到魔鬼一样一步一步朝着自己走来。

顾纤云每进一步，白袍老人就后退一步，顾纤云走前三步，白袍老人就已经无所退却，他捂着胸口，忍住寒冰真气的侵蚀正色道："你要如何？"这现场许多人不少都是第一次见到顾纤云的真容，以前听闻她如何风华绝代，如今一看当真是美丽动人，难怪当今天天下剑术最强的俩人都会为之倾倒。

"敢问仙人，你到底是想为难于我，还是意在纤云梭呢？"顾纤云轻轻巧巧问道，那三个字仿佛一阵针一样瞬间刺痛所有人的心前，所有人几乎都探出头睁大眼睛凝望着她。那白袍老人一时不知所措："这重要吗？"

顾纤云微微一笑，几乎令所有人倾倒，只有叶俊磊似乎戒备，随时准备上前。她言道："当然重要，倘若四位仙人不远千里来到这荆州城是为了取我性命，那我倒也认了。倘若四位是为了这纤云梭嘛……呵，纤云自当从命。"

所有人哗然一片，包括叶俊磊也大惊失色，刚想上前却又想到顾纤云的智慧自当有计划，于是便不动声色。那白袍老人瞪大眼睛："你……此话当真。"话音刚落，只见顾纤云轻轻从衣袖中取出一块折叠干净的白色布匹，将其交入对方手中，对方一阵惊喜，忍不住就要打开，顾纤云却赶紧喝止："这里有上百个人觊觎这秘密，难道你想与他们一共分享？"

白袍老人一脸觉悟，既而哈哈大笑显然极是得意，顾纤云转过身走到叶俊磊的身旁，故作大声："切记，天阴教孤月台……"

这几个字说完，现场不少人已经按捺不住，当中几个人最先冲上前去意图抢夺，白袍老人脸色一变，四下忽然哄然大震，一群一群朝着四人冲去，仿佛瞬间就要将四人撕裂一般。

紫袍老人护在最前，手起剑落刺死三人，鲜血洒向天空，所有人却没有为此停下脚步，四人被围在中间，奋起杀敌，却始终难以走脱。

就在这些所谓来参加武当大会的人拼死之时，没有人在意顾纤云和叶俊磊何时已经远去。

顾纤云用计脱离，连夜与叶俊磊离开了荆州城，到了城外叶俊磊的伤口复发，无奈之下只能找到僻静之处休养片刻。顾纤云在附近找了些清水替他洗去伤口，也幸亏叶俊磊内功浑厚，才能康复迅速，不过这皮肉之苦还是在所难免。

顾纤云一边帮他洗着伤口，看见他大汗直流，咬紧牙关忍不住扑哧一笑："原来你也会怕疼！"叶俊磊倒有些哭笑不得，不过经她这么一笑，仿佛伤口大减："唉，有的时候真佩服你，好像天塌下来也能怡然自若。"

"天塌下来自然有人顶着，何必我们这些凡夫俗子去在乎。"

"凡夫俗子！"叶俊磊靠在一棵大树上，眼眶不禁有些湿润："倘若我们都是凡夫俗子就好了。"想到自己祖上与谢家等人的纠缠，曾经的他一度以自己出身名门，祖上英勇报国而自豪，而此刻他又有什么资格去吹嘘那些根本不存在的祖上荣光。幸得天色昏暗，否则顾纤云就得看清他红红的眼眶。

"对了，你把什么告诉他了？"叶俊磊忽然坐起问道，顾纤云哈哈大笑："纤云梭啊。"

"别逗了你，你把纤云梭的秘密看得比你命还重，又岂会如此轻易交给他。"

"难道我不能说是因为情况不一样吗？倘若我不这么做，我们说不定就要死在那些人的剑下。"

叶俊磊摇摇头，再次凝望顾纤云的脸颊时，忽然凑上前吻了她脸颊一下，然后在她耳边道："倘若能和你死在一起，我也愿意。"

顾纤云摸了摸脸颊，表情有些木讷，她刚想开口说话，叶俊磊就苦笑着转了话题："眼下危机四伏，你说我们该去哪里？"

叶俊磊尚不知道顾纤云其实已经见过青枫道长与顾宁玉，只是碍着青枫道长言明不要让他知道，所以她也没有要告知的意思。不过以区区荆州城便如此危机四伏，越靠近武当地界，想必更是天罗地网。

"古人都说最危险的地方就是最安全的地方，你觉得呢？"

"你的意思是？"

"我们去武当吧。"

叶俊磊恍然大悟，呵呵笑道："也好，反正也没地方可去，就算那些人如何猖狂，想必也绝对不敢在武当山乱来。"

顾纤云这一路上有叶俊磊保护着，虽然有着十足的安全感，心里却十分记挂着另一个人，所以特别是眼下叶俊磊受了剑伤，她的心就越加难受歉疚。这显然对初为人母的顾纤云来说是一种折磨。

此刻她想一个人静一静了，她握着叶俊磊受伤的手，柔声道："你好好休息吧，我去附近走走，顺便看看有没有人。"说完放下他的手起身。

"纤云……"

顾纤云制止道："俊磊，你对我的情和义我一直记在心里，单凭你不畏天下人唾弃想要护我上武当，我此生便难以为报。当然我知道我说这些话你未必听得会开心，只不过很多话该说的还是要说。"

叶俊磊心中一阵难过："难道要你喜欢我就那么难？你此生除了谢传恨就不会再爱了？"

顾纤云轻轻摇了摇头，到底是在肯定还是说自己也不清楚，或许连她自己都不知道。

顾纤云一个人走了远去，这片看似茂密却又凋零的树林就像是她此刻的心，密密麻麻，找不到个头。天气已经渐渐到了晚秋，夜晚的时候显得有些寒冷。她坐在一片枯黄的草地上，感觉到头痛欲裂，用手紧紧抓着背后，一下一下如同折磨。在这落寞的深夜里，两个人却分隔两地，不同在喊着不一样的名字，寂静的天空，你又可曾听见？

第二天黎明乍现的时候，顾纤云就已经坐在叶俊磊的身旁，静静地凝望着他的眉间，他的面容，他的身体，他的手。

看着看着，她忽然忍不住落下泪来，她捂着胸口轻轻哭泣道："你本是出身名门，拜师正道，有着无数人羡慕的身世和武功，你应该会是全天下最幸福的人，可你为什么……为什么偏偏爱上我。"联想到如今他要保护着自己前去武当，前路不知凶险，而且这么久以来颠沛流离，她的心当真有如绞痛。

叶俊磊蜷缩着身子睡在大树旁，他已经累到顾纤云哽咽说话都没有被惊醒。顾纤云擦了擦眼泪，做了一个决定。她再度凝望着眼前此刻像个孩子一样的叶俊磊，轻轻用手擦了擦他的额头，她撕下一条长长的裙带，放在他的身旁，然后站起身子望着初起的阳光叹了口气，一个人默默地朝着远方走去。

入秋的清晨，开始带着点点霜冻，顾纤云零碎的衣裳上，依稀还有几滴情人残留的温暖血迹。

# 第二十五章
# 武当大典

武当自古被誉为"天下第一仙山"，传言真武大帝曾经在此修习练道，世代以来修道行世之人无不渴望瞻仰于此。武当与少林齐名，这是无人不知的事实，武当虽然建派不甚长远，但门中杰出人士不在少数。

秋后光照并不十分耀眼，此刻的武当山脚下，剑却被这淡淡的阳光照得一派亮丽，远远望去好似一片剑林，仿佛充满着无限的肃杀之意。顾纤云一个人策马奔腾，经过一日的不眠不休，恰好在武当大会的前一天赶到了这里，可是令她异常惊讶的是，这天下间几乎最为隆重的盛会，在这武当山附近却如此渺无人烟。

她驾着一匹白马，轻轻掠过几处农家，忽然想到了许久前同样在农家中遇见了黄思郛，时过许久不知道他是否当真能够奋发图强，从此立足于世。一边儿感慨，一边儿将此次前去虎穴龙潭当作游山玩水，这一路竟然十分顺利，倒令她意外非常。

本来她已经做好一路上刀山火海的准备，但是如此安宁反而令她越加疑问害怕，她赶紧快马加鞭自大路扬长而去，一路上不敢再有停歇，直到到了那武当山脚下，望见了一片仿如祥云包裹的峻岭山川，才下了马走向前去。说来也怪，这一路上少有人影，但到了武当山脚下，确是弟子无数，一个个精神抖擞立于此，仿佛一副如临大敌之状。

顾纤云远远望向巍峨的武当山，此刻沿着这条如山大道，几乎每隔十几步就有弟子严戒守备。"难道武当大会被取消了？或者是……武当派有什么变故？"顾纤云在心中喃喃，想到当日青城派惨遭灭门之祸，不禁一阵悚然，不过要知道顾萱此刻正为武当挟持，任何变故都极有可能与之相关。

她下了马走上前去，当先两名年轻弟子拦下去路，左首那人恭敬道："这位姑娘可是来武当山游戏？"

"额。"她再度以外，面前这人竟然不知道自己，于是故作虚假道："怎么了？"

"请姑娘见谅，武当派近日有大事发生，任何游人不许上山。"

"难道所谓的大事就是武当大会！"顾纤云在心中寻思，那弟子又道："姑娘……请回吧。"

顾纤云微微一笑："我并非来此游戏，不过我想知道武当大会在即，可为何不见其他门派弟子？而你武当又如此守备森严？"

那两名弟子面面相觑，似乎隐藏着什么似的，顾纤云越加肯定，上前冷冷道："你们可知道我是谁？"

"谁？"俩人虽然不知道对方的真实身份，但是寻常的一个游人又岂会如此不依不饶，问出此等问题？

"顾……纤……云……"她将自己的名字故意拉得好长，那两个弟子脸色骤变，左首那弟子一连诧异："你你你……"仿佛在这艳阳之下见到了厉鬼，右首大弟子强作镇定一把将他扶起，憋了一口冷气："你……你当真是顾纤云？"

顾纤云皱着眉头，天真地说道："难道我有那么可怕吗？"

右首那弟子再三问道："你……你真的是顾……顾纤云？"

"哼！"顾纤云有些生气："武当派的弟子怎么会如此磨叽，我说了我就是顾纤云，天阴教的顾纤云，你们武当派的大敌人顾纤云。"她如此而言，那两名弟子自然没有怀疑，右首那弟子喘了口气，对着左首那弟子道："你去禀告几位长老，说天阴教顾纤云驾临。"

"长老！"顾纤云喃喃道："武当掌门现在何在？"

左首那弟子早已一溜烟朝着山中跑去，剩下那名弟子恭敬道："有关敝派要事，请恕在下无法告知。"

顾纤云也不生气，反而一阵嬉戏，自言自语道："这小道士倒也礼貌非常。"她望着碧空长长吸了几口气，忽然想到一件事，一时郁闷道："我本以为来到这武当山又历经磨难，所以才对俊磊不辞而别，没想到……"想到这里也难免产生一丝愧疚之意。过了约莫半炷香时分，之前上山禀告的那名弟子又气喘吁吁的冲了下来，身后跟着一个约莫六十岁的老者，鹤发童颜，身材高挑，显然是武当派的长老之辈了。

他在山中初时得到禀告还不敢相信顾纤云竟然会一个人前来，此刻见到她的容颜再无怀疑："你……顾纤云！"此人名叫陈禹，按辈分而言是青枫道长的师弟，也是现任武当掌门的师弟，其实他也未曾见过顾纤云，但她长得与那顾萱十分相似，越加凭借这一点，他才敢肯定眼前此人是顾纤云无疑。只不过武当派一直好似如临大敌防范顾纤云，此刻她突然到来，又是单枪匹马，倒令武当派上下不知所措。

陈禹顿了顿，正色道："你胆敢一个人前来武当？你可当真不知天高地厚。"顾纤云的性格向来怕软不怕硬，她靠在一处岩石之上，手里拽着一只即将凋落的花儿，冷冷笑道："武当派既非天又非地，我一个人来了又如何？"

陈禹点了点头，依旧没有表情地说道："既然如此，你来到武当却又为何？"

"我要见我大姐。"

"除此之外呢？"

"救她走。"

"凭你一个人？"

顾纤云有些词穷，她本想以一人之力引起前来武当各派的内争，岂料除了武当以外没有任何门派的身影。

"武当大会为什么不见其他门派的人？"

"武当有事在身，所以将所有门派迁居山外三十里处。"这陈禹倒也如实相告，只是顾纤云却始终也无法明白，如此重要的大会，却又有什么缘故会让武当将所有门派迁出。不过无论如何，既然来到这里，她又岂能离去。

"那么道长是否也要将我迁居山外？"顾纤云故意调侃，陈禹冷冷一笑："你若不介意，武当山后有几处客房，你大可以在那里静养，等待明日的大会！"

"既然如此，那小女子就恭敬不如从命了。"陈禹哪里想得到，顾纤云竟然如此胆大，爽快地接受了此等安排。他脸色微变，转向身后叫道："从鸣，带她山上，安排后山的客房，另外吩咐下去任何人不得打扰。"其后一名弟子应声而出，顾纤云虽然嘴角含鞻，心中却默默言道："说什么任何人不得打扰，其实无非就是软禁。"虽然不知道叶俊磊此刻是否在赶来武当的路上，但好在武当大会就在明日，一切也就算了。

顾纤云跟着那名弟子上了武当山，绕过直入大殿和卸剑池的大路，沿着羊肠小道朝着后山走去，顾纤云本以为所谓的客房无异于牢房一般，直到到了那里她才发现后山相比大殿坐落的前山风景更为秀丽，而且四下里安静异常。顾纤云忽然停下脚步，凝望着山中如同在云雾中若隐若现的瑰丽，不禁想起了自己长大的阴山，那里也有一处后山，自己小时候曾经多次在那里嬉戏，那一段时光仍然是她最为怀念的童年童趣，只是后来天阴教诸多事故，她已经整整十年没有回去看过，如此见到这武当别院大有相似，心中难免起了相思之情。

那名叫作从鸣的弟子转头道："顾姑娘……"顾纤云轻轻啊了一声，这才回过神来继续跟着他走去，走了片刻忍不住问道："你在武当修习很多年了？你和叶俊磊……"她见对方衣着打扮也不像是个道士模样，不禁联想到了叶俊磊。那个叫作从鸣的弟子倒也恭敬有礼："叶师弟是青枫师伯的弟子，我们武当派是以入门先后区别辈分，我入门已经四年了。"

"师弟！"顾纤云再度停下脚步："这么说来叶俊磊是在你入门之后在拜青枫道长为师，也就是入门时间比四年更短？"

"是的。"从鸣简简单单的回头，走到一处别院中央，转过头来躬身道："这里就是武当后山别院，本来别院众多，平时都是用来接待四处游历或是其他门派之人，但因为今日武当有重大事故所以空无人烟，就请姑娘在此屈居。"

顾纤云见他如此礼貌待人，不禁有了一丝好感，口中微微叹息道："原来所谓的名门正派，此类的弟子终究还是有的。"她拖着长裙走到别院当中，中央古树苍天，四处幽静异常，而且气候宜人，她又再度叹了口气："倘若我今日不是以顾纤云的身份来到这里，一定要住上三五七天，可是……"苦笑了几声转头道："从鸣是吗，不麻烦你的，你去忙吧。"从鸣微微一笑，刚要转头忽然又说了一句："姑娘，在下有一句话，陈禹师叔的话你一定要牢记，师叔之所以吩咐过不让你离开此处一步，其实是为了你好，至于其他的话恕我不便多说，姑娘请自重。"说完转过身快速下了山去。

　　顾纤云一个人站在中央，一脸郁闷："为我好？"一时百思不得其解，冷冷笑了一声也就不再多说。这别院果然空无一人，但四下里打扫的却是干干净净。顾纤云找了一处避光的房间，就此安身，到了午时有弟子送来饭菜，武当虽然伙食清淡，却别有一番风味。可眼下事情重重，顾纤云哪里有心思吃得下饭。到了傍晚时分，她一直躺在床上看着窗外的夕阳渐渐散去，眼前浮现出许许多多人的身影。

　　忽然窗外一阵黑影扫过，顾纤云坐立而起，一声怒道："什么人！"

　　这一条人影瞬间在余晖下穿过，顾纤云忽然起身呵斥，那个人影渐渐停了下来，站在门外："圣姑！"

　　这一个声音非常熟悉，顾纤云脑中一阵回忆，忍不住哑声道："你……你……屠……灵？"

　　"属下参见圣姑。"说完身影跪在门外。顾纤云上前开了门，果然是屠灵，只是他此刻身穿着一身简陋，满面黝黑，没有一点天阴教神君的模样。算起来顾纤云自从上次翠竹山庄的事之后也就没有再见过他，虽然小时候与他感情颇好，但是上次见面却因为太多的变故根本没有好好叙旧，此刻见到他，心里开始还是一阵惊喜，但忽然想到他瞒骗谢传恨的一切，一时又正色道："你来干什么。"

　　屠灵听得出她言下之意，知道他是因为谢传恨之事对自己如此言语，但此刻他仿佛一切都已经不为在意。

　　"圣姑若是还念在幼时在孤月台的情义，请容许属下言明几句话。"

　　顾纤云闭上眼睛，叹了口气："进来吧。"

　　她点起了灯，照着狭小却干净的厢房。

　　"武当派这几日森严戒备，你为什么会在武当？"顾纤云坐在床上，对着此刻没有一点威严的屠灵问道。

　　"属下早在几日之前便已经在此等候。"

　　"哦，可是凭武当如此戒严，你又如何能够在此久候……"

　　屠灵伸出双臂，撩开的肥胖的臂膀，顾纤云见到此状不惊跳了起来："你……"原来他手臂的经脉已经挑明，历历在目的尽是恐怖的伤口。

　　"什么人干的？"顾纤云喘着大气，这一刹那她甚至会以为是谢传恨下的毒手。屠灵悠悠叹道："属下自行如此，圣姑无须多虑。"说罢收起了衣袖。

"为什么!"顾纤云带着不解与心疼,屠灵一身功夫,相比从此再也无法施展昔日风范。

"若是不让自己变成身残人士,属下又岂能在这武当山中待这么久?"

顾纤云刹那间明白,屠灵是为了在这武当山中久居,才换下了昔日的威严,可为了如此却要废去自己武功,她却无论如何也无法明了。

"你……你这么做又是为了什么……"

"属下只为了见圣姑一面!"

顾纤云身子有些软绵,脚下一凉又坐倒在床上,既而悠悠道:"你坐下说吧。"屠灵没有推却,他坐在顾纤云的面前,凝望着曾经还是扎着辫子的小孩儿,如今却已经成为亭亭玉立的美人,或许再过十几二十年,顾纤云也是他眼中无比尊贵的天阴教圣姑。

"属下当日鬼迷心窍,听信大小姐之言,本想让圣姑和谢传恨再度重逢,却没想到落到后来之状。"他轻轻巧巧的用一句话言明,既而又叹息道:"今日或许属下说再多圣姑也无法原谅,只不过属下对圣姑之心天地可鉴,我与谢传恨同行的日子里,属下更是没有一点要迫害之心。"这一点倒是不假,顾纤云听完之后没有生气,也没有所谓的原谅之意,只是淡淡地说道:"事情过去这么久,就不要再提了。"

屠灵一阵心寒,却又说道:"武当大会就在眼下,属下本以为圣姑会与教主等人一同前来,却万万没有想到……"

顾纤云也禁不住微笑道:"没想到我会独自一人不惧生死来到这里?"

"圣姑明鉴,属下既然甘愿废去武功逃过武当派的戒严来到这里,一来是一望能够与圣姑相见,二来……"他探过头在顾纤云耳边轻轻说了几句话,顾纤云脸色骤变,立刻言道:"不可以,我不答应。"

"圣姑……"

"不要再说了。"顾纤云显然有些怒意,但是言语中却带着无比的心酸与哽咽,她站起身子走到窗边,似乎已经不想理会他。屠灵缓缓站了起来,再度朝她跪了下去:"属下加入天阴教二十七年,这二十多年里,全教上下唯独与圣姑交往的日子最为难忘。无论你变成什么模样,你永远是属下心中至高无上的圣姑。当年天阴教巨变,属下未能尽力保住圣教安危,后来多番打探圣姑的下落却也无处可寻,自暴自弃之下从此饮酒于市，发誓再也不过问江湖中的一切。直到后来纤云梭的秘密重现人间，属下仿佛才看到一点希望。如今武当大会在即，但武当派却内部分割，现任掌门忽然重伤不醒，武当上下不少人都言明是天阴教暗中偷袭以至如此，所以全派才会如此戒严。而门中几位长老表里不一，各自想要夺得掌门之位，大小姐被困大殿，属下曾经多次暗中探访却根本无法解救。如今属下出此下策，一来是希望保全圣姑等人，二来请许属下为圣教做最后一点事。"屠灵说到后面，几乎已经是声泪俱下，一个彪汉之人况且又是天阴教神君，竟会如此，顾纤云也早已经泪流满面，她转过身子，一连摇头："你……你这又是何苦……"

"当日加入圣教，属下便已经做好随时为圣教牺牲的准备，但属下与圣教主，以及其他人话不投机，早已经是心灰意冷，若非后来遇到圣姑，今日的屠灵或许早已经永远缅藏于山林之间，大丈夫既然选择立于天地，又何在乎一死？"屠灵说完，忽然感觉满是伤口的手臂上滑过一道柔顺，宛如一道清泉融入心怀。他抬起头，看着眼前的圣姑，泪水纵横。

顾纤云纤纤玉手将他扶起，思绪也不禁回忆到自己年少之时缠着屠灵一起喝酒谈论心事的场景，可今日仿佛一切都已经物是人非。看到顾纤云哭得伤心，屠灵一擦脸颊，强作微笑道："圣姑是女儿家流泪自然应当。可属下……哈哈……"这笑声却如此勉强："明日武当大会，届时各门各派都会前来，大殿之外大卸剑池的这段路上自然会有众多人把守，属下会依照计划混入其中，圣姑切要记住属下所言的一切。"说完带着重重的身躯，一颠一跛快速朝着门外走去，房中的一点烛火照着他的背影，此刻说不出的憔悴与孤单。

"屠灵……叔叔……"顾纤云终究还是破口而出这句阔别十年的称呼，屠灵心中一阵大悦，听到这句称呼不难看出顾纤云已经原谅自己所做的一切，他侧过头，满是欣慰地说道："能再次听到圣姑如此称呼，属下心愿……足矣！"最后的一点微笑，停留在了顾纤云的眼前。

这一晚顾纤云趴在床上，整整哭了一个晚上。

一夜未眠，次日清晨，武当大殿之外的钟声已经传响，回荡在整座山林，一派威武正气。顾纤云推开门的时候，外面已经站满了人，多多少少大概四五十个。都是武当派的弟子，为首一个正是昨日带顾纤云来此休息的从鸣。他走上前，躬身道："姑娘昨晚睡得可好？我等奉了几位师叔伯之命前来迎接姑娘。"

顾纤云揉了揉略为红肿的眼睛，这一晚她哪里有睡，也不知道想了多少往事，天就不知不觉亮了。此时她忽然想到昨日屠灵所说的，武当掌门忽然重伤昏迷，此等惊天之事武当派却守口如瓶，难道真如屠灵所言，派中长老暗中想要争夺这掌门之位？

"青枫道长辈分极高，难道他还不知道这件事？"顾纤云自忖道："倘若他知道这件事却为何迟迟不肯现身。"眼下事情已到了如此关头，自然也无暇去想太多，她欠身回礼，便跟着众人离开别院去了大殿。武当大殿气派雄伟，一砖一瓦仿佛都是巧夺天工，当中供奉着真武大帝，四方各有瑞兽祥云，当真是俯视九州，眺望苍穹。

大殿之下一百多步便是武当卸剑池所在。自武当创派以来便有此规定，但凡进入武当大殿便要在此卸下佩剑，但此刻所有英雄门派汇聚，卸剑池旁却没有一个人卸下长剑。钟声依旧缓缓响起，顾纤云绕过大殿，走到大殿外的广场上，已经有不少人看到她的出现而惊讶非常，他们根本无法猜想，顾纤云为什么会如此淡定出现，而且竟是一人走出旁边还有不少武当弟子护卫。一时间所有人议论纷纷，顿时将之前庄严肃穆的武当山顶弄得一片嘈杂。

从鸣走到大殿阶梯下，拱手道："禀告四位师叔伯，弟子从鸣，已将顾纤云带到。"

当中四人衣着不一，但个个神态端庄，道袍赫然，显得一派正气。他们便是当今武当辈子最高的长老，但自从四人出现到现在，所有人却一直未曾看到掌门，要知道今日的武当大会一来是商讨再次攻讨孤月台，二来便是新旧掌门易位大典，掌门未曾出现，却让四位长老主持，这也难怪众人惊讶。

顾纤云站在阶梯下，望着卸剑池左右四方，数千人当中果真没有青枫道长所说少林等派的身影，不禁在心中默默感激其人，但眼光忽然一瞥，她竟在人群中看到荆州城晚意图抢夺纤云梭的蓬莱四仙，他们四个个个瞪大了眼睛怒视顾纤云，恨不得立马就要上前将她捉拿，只是碍着武当的面子，一直不敢妄动。四位长老中一个身材最高的人长老上前一步，轻轻挥了挥手，众人不约停下议论，那长老轻轻咳了一声："诸位不远千里而来的江湖朋友，今日是我武当大会重要之日，但近日我派中多生变故，所以前几天一直让诸位朋友屈居山外，如今吉时吉日，我等相聚于此便是要商讨彻底剿除阴山天阴教，以复天下安宁。"

所有人欢呼大震，唯独顾纤云立于原地暗自冷笑。

那长老待得欢呼声渐渐下了，又继续言道："今日如此重大之日，数千位朋友来到武当山中，乃使我武当蓬荜生辉。但掌门今日另有要事所以不能现身见面，如此还请诸位原谅。"他话音一落，现场再度哗然一片。

"还有什么事比你武当大会还重要的？"

"就是嘛，我们千里迢迢来到武当，难道掌门连一面都不肯见？"

"咦，少林等派未曾到此，前者又有青城派灭门？正道最强的三大门派尽数异变，难道是有……"

不少人言语刺骨，议论纷纷。顾纤云继续冷笑，要看武当这些人如何收场。

另一名短发长老上前道："诸位诸位，请听老道一言……"声如洪钟，将所有人的议论尽数盖了下去，不愧是武当长老，内功着实厉害。

"掌门未能出现相见，这本是我武当歉疚。但我们今日在此为的是天下苍生的大义所在，诸位朋友都怀着满腔除魔之心才相聚于此，其他诸事还请原谅。"他顿了顿又道："武当幸不辱命，之前捉拿天阴教顾萱在此，今日为表武当除魔之心，便当着天下英雄之面将她正法。"他的每一个字都像针一样刺痛了顾纤云的心，过了不久果然几个弟子带着顾萱从大殿中走了出来，此刻的顾萱再无风华可言，一脸的憔悴，一脸的茫然。她看到了顾纤云，仿佛见到了什么惊讶之色，大声叫了出来，如同疯了一般。顾纤云心如刀割，却不知道她被人点了哑穴无法说话，刚要上前却被旁边六个弟子拦下。

顾纤云心痛至极，但此刻以她一人之力根本不是所有人的敌手，只能默默等着时机再寻对策。

在场不少人见到顾萱出现，一时义愤填膺，手持各种兵刃恨不得自己上前立马将她处死，这些人大多都是当年参与围剿天阴教幸存或是失去同门、兄弟之人。

当年的场景，虽然顾纤云年幼，但是却历历在目，此刻她的心里百感交集，自忖道："当年你们众多手足被天阴教所害，但天阴教的人难道就没有父母儿女了吗？天下的事为什么就一定要争个你死我活？"她闭上眼睛摇了摇头，忽然站了出来对着大殿叫道："敢问四位长老，今日如此重大之会，贵派掌门不曾现身，却以天阴教大小姐引起众人愤慨，该当何解？"

那高个子长老名叫明召，年纪已过七旬，比掌门还年长不少，掌门不在显然他的地位最高。他一甩长袖："刚刚已经说得很清楚，大伙到此是为了商讨屠戮邪魔，其他的事……"

"那今日难道就不是你武当掌门易位大典？"

她一句话说得四个人尽数哑口，最靠右边的长老身材有些肥胖，名叫枯松，乃是从鸣的师父，他为人向来刚正不阿，此刻走上前一步："的确如你所言，但掌门身体抱恙未能出席，掌门易位只有择日进行。"

"武当掌门竟然因为身体抱恙而无法出席如此重要的盛典。"顾纤云故意运足了内力将这句话喊了出来，瞬间又引起一片不小的哗然惊异。枯松脸色一变，万想不到顾纤云此刻一人立于此还敢如此出言不逊。

"武当派的事与你何干？"明召呵斥道，手心紧紧握在一起，显然已到了忍无可忍的地步。顾纤云却不以为然："若是武当派的事自然与我无关，但武当掌门无故受了重伤至今昏迷不醒，江湖中有不少人都说是天阴教所为，在下身为天阴教圣姑，难道此事会与我无关？"

此言倒也不假，只是事情太过突然，武当派上下当真是措手不及。眼见得群雄的非议声越来越大，越来越离谱，明召终于忍无可忍，一甩大袖"呼"的一声冲上前就要将顾纤云拿下。

按照辈分而言，明召在武当最高，尚在掌门与青枫之上，他此刻终于到了忍无可忍的地步意图先将顾纤云拿下再继续大典的其他事宜，所有人见他瞬间出手不禁都是一阵哗然。不少人倒是想看看这叱咤风云看似羸弱的顾纤云如何抵挡。顾纤云倒退一步，四下弟子各自让开，就在明召的身影即将落入阶梯之下时，顾纤云面前一人一跃而出双掌挥舞逼退了明召。

他脸色一变，厉声道："你做什么？"顾纤云也想不到那陈禹竟然会出手搭救自己，只听言道："明召师兄请息怒，今日我武当大会，数千英雄不远万里而来，在真武大帝面前，在无数英雄面前，我堂堂武当派又岂能如此以众欺寡，以强欺弱？"

如此直言若是在私下而言，明召自然可以接受，但此刻众目睽睽之下，被他一言说出，不仅自己失了长者身份，而且难免令武当派失了颜面。他望着对方哼了一声不再多言，顾纤云却异常惊讶，眼前这武当长老为何会如此帮助自己，乍一寻思，猛然想到青枫道长，难道又是他暗中帮助？

她再次四处看着人群，忽然在一个角落人群中看到了熟悉的面盘，她刚想激动喊出，猛地一阵晃神才知道此刻所处之境，于是又沉住气来。

明召回到大殿台阶上，又高声道："十年前，四大门派围剿孤月台，名为四大门派，其实参与的英雄侠士远不止如此，不少人血战阴山，却从此留尸漠北。此等经历，想必诸位有所怀想，后来天阴教复出，塞北飞鹰寨、长安林府、青城一派还有很多门派英雄因此丧命，魔教所作所为当真令天下人不耻，不灭天阴教，实难告慰这些人在天之灵。"

明召不愧为武当长老，每一句话都说得如此铿锵有力，几乎是都抓住了天阴教的死穴，不少人再度被这席话燃起了怒火。明召一手指着中央的顾萱："眼前的便是天阴教的大小姐，而此刻天阴教的圣姑顾纤云也在这里，如何处置，就由诸位同道决定。"

"杀了她们……"

"替武林除害……"

虽然不少人如此言明，但是却还是有些人感到另类，以顾纤云与顾萱如此容颜倘若杀了未免可惜。

"既然顾纤云和顾萱是由武当束缚，如何处置自然要由武当决定，又何必如此迁就他人。"这一句话不知道从何传来，声响却盖过了议论之声，山顶广场上瞬间震撼，卸剑池旁锁链摇晃，似乎发出这如同窒息之下的一点声响。

大殿之上依旧闪着光亮，但所有人却仿佛一片茫然。就在此时，声响再度传开，如同天神而至："区区天阴教的大小姐和圣姑又岂能化解你们这些武林正道的深仇大恨，顾宁玉在此，若有要报仇者，请自行上前。"

一阵如风，沿着人影顺着卸剑池一路直上，顾萱身旁守着七名武当弟子，忽然也不知道怎么回事，胸口各袭来一阵巨大的掌力，等他们回过神来身子已经如飞似的退了开去，再要上前胸口一阵沉闷脚下一软早已经跪了下去。

顾宁玉一身化装，带着所有人的惊呼与呆木出现大殿之后，他一手扶着似乎受了伤的顾萱，一手指着所有人，似乎在做无言的挑衅。当年所有人以为顾宁玉早已经战死孤月台，这些年来知道他隐居五台山的人屈指可数，如今他突然出现，又带着昔日天阴教教主的风范，所有人如何不怕。

最欣慰的莫过于顾纤云，乍看顾宁玉从那个吃斋念佛的僧人变成如此神威盖世的模样，当真是喜上眉梢。她一惊喜跑到顾宁玉的身旁，父女三人一起凝视着众人，一副不惧生死之状。

正在此时，山下忽然传来阵阵呐喊之声，所有人还在因为顾宁玉的忽然出现而惊魂未定，又有几道人影飞入山中，落入他的面前，最先三个乃是风无踪、亦絮神君、红叶神君，最后出现的便是如今的天阴教教主顾怜星，天阴教众一起在山下呐喊助威，这一刻仿佛昔日天阴教的圣明再度燃起。

顾宁玉哈哈大笑，自觉心里无限欣慰。

明召怒道："顾宁玉，你竟然还没死？"

顾宁玉冷冷呵斥道："我若死了，今日又有谁来这武当山中，让你们报仇雪恨？"

"你……"一直未曾说话的石辛长老上前言道："顾宁玉，今日你天阴教虽然死灰复燃，但当着如此众多天下英雄，你还想螳臂当车，全身而退？"

顾宁玉仰天大笑，隆隆未绝，震得四下如同摇晃："石辛老道，你休要如此挑拨。你武当捉了我女儿，无非就是想引我们尽数到此，借这些所谓的正道人士之手将我们一举攻破。但天阴教教众今日既然会到了这武当山，就没有想过要全身而退，十年前的一场血债，今日便要你们如数归还。"顾宁玉当真是有杰出的领袖能力，此话说得不仅顾纤云等人精神大振，传到山脚下，无数教众也异常愤慨，双方仿如势成水火，各自都打足了精神，准备这一场血战。

顾纤云此刻站在他的身旁，才彻底感觉到身为天阴教众的一份荣光，她眼睛轻轻撇过身旁的几个人，顾怜星、风无踪、亦絮神君还有红叶神君，这几人仿佛脸上各带表情。顾宁玉忽然又说道："今日顾宁玉既然来到这里，便势必要血洗真武殿，但故人有所托，血战之事暂且容后。"

这个时候，人群中忽然走出俩人，前者一副神态自若，后者一副英俊潇洒，正是青枫道长和叶俊磊了。顾纤云之前在人群中就是见到俩人，却没有想到俩人竟会在这个时候出现。武当上下忽然见到两人出现也是一惊，明召似乎对青枫并不十分客气，直言道："青枫师弟，在这武当派中，就数你最为潇洒自在。江湖有事你不管，门派有事你不问，可你却竟然与大魔头顾宁玉为友狼狈为奸？"

青枫道长立于顾宁玉身旁，摇了摇头："明召师兄此言差矣。师弟与顾教主神交三十余年，早在入我武当之前已经有所来往，所谓君子之交坦荡荡，在师弟眼里他不过是一介武夫，在他眼里，师弟无非是一个牛鼻子而已。什么正派魔头，难道抵得过师弟这三十年的交情？"

这大义凛然所言，明显与明召所说的形成强烈对比。明召无话可说，石辛上前接口道："青枫师兄，就算如你所言，今日武当大敌当前，到底是你的私事重要还是武当存亡重要？"

"自然是武当存亡重要。"

"很好！"明召微微一笑："既然如此，你便待在一旁，你若是不愿意出手，我等也不会为难。"

"多谢师兄好意，只不过……"青枫上前一步，面对着大殿中的真武大帝，轻轻鞠了个躬，然后叹息道："师弟今日前来武当山，便是想化解这一场浩劫。"

"你说什么？"

"十年之前四大门派围剿天阴教，双方死伤无数，天阴教虽然因此衰败，但中原武林各派也未曾好过，妻离子散，同门惨死，这一切想必所有人终生也难以忘却。师弟虽然一生云游四海，但终究有所觉悟，到底是这所谓的正邪之分重要，还是一个个生命重要？"

在场不少人听完各自垂下了头，包括顾宁玉等人在内也不禁叹息。明召有些迟疑，似乎也被青枫这席话给彻悟，石辛见他有所犹豫，上前推了他一把："明召师兄……掌门他……"明召挥了挥手示意明了，既而又上前说道："青枫师弟，你今日所言大有道理，只是眼下事非得已，就算你再如何义薄云天也无法干涉此事。"

青枫急道："可是掌门……"

"青枫师弟。"明召插口道："你若是当武当为师门，今日便少在这里谈论如此。"明召涵养素来得体，可说得上是武当乃至整个武林极为有声望，可今日之事却一再反常，不仅之前出手意图伤害顾纤云，此刻更是当面呵斥青枫道长。后者与他师兄弟十数年，哪里见过他如此发威。一时间青枫更是猜想无数，厉声问道："可是派中出了什么重大变故？"

明召大袖一挥："你若心中还有武当，就不该与天阴教同流合污，今日之事轮不到你在此啰唆，赶紧给我滚下山去。"

青枫与明召都是武当辈份最高之人，可眼下当着数千人之面如此争吵，哪里像是玄门正派的一派长老。青枫越加猜到门派中必然是发生了什么重大事故，联想到一直未曾出现的掌门，他也顾不得什么礼节，直入阶梯想要穿过大殿查看一切，但没想到才走进几步，就被几个武当弟子以长剑拦了下来。这些弟子辈分都在他之下，曾经哪里敢以佩剑指向师长犯下如此大不敬。

叶俊磊眼见师父被人为难，也冲上前去立于他旁边，青枫再无底线，怒道："从月你们想造反吗？"那几个弟子低下头去不与言明，四大长老中陈禹与他交情最深，之前顾纤云一人前来武当，陈禹也是看着青枫的面子上出于援手，此刻他走上前轻口道："青枫师兄，你长久不在山中，如今武当派确实有所重大变故，你既然不知当中情况，又与顾宁玉有所交情，便请你不要插手此事，速速下山去吧。"

"这……"青枫实有不甘："陈师弟……"

陈禹一挥手打断他的言语："师弟言及至此，师兄请自重。"便是不再多言，青枫退后一步，望着大殿，望着身后数千之人，忽然冷笑道："我今日到此本想挽救今日的血战，若是四位师兄弟执意如此，那便由掌门来决定。"

"青枫！"明召忍无可忍："我们已经说过，掌门身体抱恙，不可能出席，你何苦如此纠缠！"

青枫一捋长须，正色道："今日本是掌门易位大典，既然掌门师兄身体抱恙不能出席，那便由我们四个，由天下英雄一起为证在此选出新任掌门，由他号令，四人师兄弟意下如何？"

"你……"

明召一个字说出，四人面面相觑，按照武当门规，新任掌门的确是由其他人武斗选出，明召叹了口气，与青枫同门三十年，他自然了解对方的个性，他苦苦摇头道："你既然要如此纠缠，那我们也没有办法，掌门选举，便现在举行好了。"

青枫转过头回到叶俊磊的身旁，低声说道："俊磊，为了这么多人和天阴教的争斗，你切勿令为师失望。"他干枯的手轻轻拍了拍叶俊磊的肩膀，显得异常沉重。叶俊磊自然知道他的意思，他回过头看着顾纤云，对方的眼里仿佛也充满了无比的期待关心之意，他知道按照青枫的意思，只有自己技压群雄夺得武当掌门之位才能化解眼前的一场血战。

叶俊磊吸了口气走上前去施礼："四位师叔伯，弟子叶俊磊在此拜见！"武当派三百多名弟子一齐望去，青枫自然是选派叶俊磊参与掌门选举，所有人将目光朝向了明召，不知道他会选择何人迎战。

陈禹与石辛、枯松一起上前欲言又止，明召再度叹了口气："武当有此劫难，或许是命中注定！"苦笑了一声接过身旁弟子的一把剑走下阶梯："俊磊，拔剑吧。"

叶俊磊吓得不轻："师伯……"青枫与另外三位长老甚至在场上千人都不禁一片哗然，明召年过七旬难道也要与叶俊磊争夺这掌门之位？

明召却一笑而过："掌门之位兹事体大，容不得一点退却，俊磊，你虽然拜入我武当没有多少年，却是我武当上下的佼佼弟子，今日你既受你师父所托，便使出全力迎战，休要一点保留。""唰"的一声他将长剑横立胸前，一副肃杀之意。叶俊磊转向青枫等人，一脸茫然，此刻实在不知道如何是好，若是有违师命则是大为不敬，但若是以剑对敌明召，则又是以下犯上，更是天理不容。

"明召师兄……"青枫道长痛苦绝望，口中吐出这几个字，握紧了拳头，跟着微微叫道："俊磊，出剑吧。"

"是……师父……"叶俊磊无奈之下拔出长剑，明召点了点头，叫了声："看剑！"忽然身影一摇，脚下踏起中宫，以一道两仪剑法挥舞着手中长剑，武当派的剑法精髓向来以静制动，以柔克刚，明召这一剑一剑使得极为缓慢，但现场不少运剑精通之人无一不曾看出这是用了最高精妙。叶俊磊虽然拜得青枫道长为师不过三年，但是也曾经听师父说过本派的剑法，他昔日与谢传恨比剑，两人讲究的都是快、准、狠，若要以那般剑法敌对武当剑法，则大有惨败之况。

于是他也踏起中宫，将师父教诲的一套武当剑法缓缓使出，两人所使的招式、步伐都几乎一致，只是明召在武当剑法上的造化远远高过叶俊磊。"当心。"明召一阵提醒，忽然右提一剑朝着对方腹下刺去，这是两仪剑法中的"披星戴月",长剑缓行而过,临近腹下之时忽然折回劈过,叶俊磊得其提醒,见对方此招一出,便已经使出两仪剑法中的一招"力劈华山",手腕挥动,以剑尖刺向对方手背,意图逼退对方。明召呵呵一笑:"好,好。"转而将"披星戴月"运作成一招"白虹贯日",双剑交接,发出一阵轻响,两人各退了一步。

明召与叶俊磊比剑,方才的几招虽然都是轻巧缓慢,但是其实是用了最为上乘的内力,武当剑法不仅仅剑招奇特,也考究运剑之人的内功底子,这两人一个是武当辈分最高的长老,一个则是从小修习寒冰真气的剑神,自然难以分出胜负。

青枫道长一个人站在东首,广场中央已经有不少人议论纷纷,更有不少人轻轻挥舞着手中的长剑学习眼前这武当剑法。蓬莱四仙那晚吃了叶俊磊的苦头,今日见其与明召对剑,当真是旁观者清,不禁感叹长江后浪推前浪。

顾纤云与顾宁玉并肩站在最前面,一直目不转睛地看着俩人。风无踪等人则观望着四方以防有什么变故。

这一刹那,明召与叶俊磊一攻一进已经斗了不下六十招,叶俊磊初始对武当剑法不甚得心应手,但渐渐地有了感觉,便运起了真气将剑法配合着武当绝学的精髓一一施展。明召心中暗暗惊叹:"叶俊磊的剑法造诣相信为历代少有,倘若今日武当能逃过此劫,他必是这掌门最合适的人选。"不禁叹息一声,"唰唰唰"连出三剑,叶俊磊平地起伏越过两剑,第三剑舞动之时,他身形恰好落入半空,一招仙鹤降临戛然形成,不偏不倚他双足恰好踩在半空的长剑之上,行如仙鹤,大有飞仙之范。明召赞许一声,却将长剑切入对方足尖,舞出一个太极剑弧,瞬间将对方包围其中。叶俊磊翻身一跃再度落入地面,一声长啸剑势飞虹,仿若九天之外的尖锐。明召白发飘零,倒退三步,所有人一同为之翘首惊呼,他一甩大袖,丹田之内涌起一股真气,双手倒持长剑,凭空直入,迎刃而上,两把长剑交触,一阵巨声,当真有如龙凤鸣。

俩人手心一阵酸麻,倒运一口真气,源源不断的真气仿佛透过这长剑挥散而去,俩人周围之处已经卷起了无数凛冽,正是到了比剑的关键之时。

明召与叶俊磊比剑到了难解难分的关键之时,正在此时忽然山下传来一阵阵擂鼓之声，不少人士早已跑下去查看究竟，本来还不曾如何在意，忽然十多人各带鲜血冲了上来倒在卸剑池旁。顾宁玉见到当中有受伤的天阴教众，一时带着左右冲上前去，见那人肩上中了三箭，鲜血流淌不止，顾宁玉舞动真气替他止住血脉，一时问道："发生何事？"本来这些教众一直受把在山下，可为什么会如此受伤，难道是这些武林人士偷袭？

那教众喘着大气："来了……来了好多……好多官兵……"

"官兵！"顾宁玉当先惊讶，附近的许多正派人士也不禁惊奇，现场所有人几乎都与官场没有往来，今日的武当大会竟然会有官兵来此行凶！

就在这个时候，山下的锣鼓声越来越大，而且带着一阵阵的喊声，根本不知道有多少人，山下的天阴教众不断逃入山中，不少人带着伤体，当中也有不少是之前下山去探至究竟的正派人士。

那边叶俊磊与明召似乎知道了情况有变，赶紧撤了对阵，一时间山中仿佛充满了恐慌之意。顾纤云四周观望，却始终没有看见屠灵的身影。正在所有人百般不解焦急之时，人群中忽然混乱起来，数千人在场的广场刹那间如同混杂，各种兵器相见，无数种叫喊声传入天际，回荡在众人左右。

"从鸣、从月、从风、从绍你们四个速速带领弟子手把卸剑池一下的各处要塞，不许任何人山上，不过切记莫要硬敌，有什么变故速来通知。"明召临危不乱，四名弟子领命而去。这个时候现场越来越乱，不少人兵戎相见已经受了伤，顾宁玉退回广场，天阴教众人围城一圈，护着彼此。

顾怜星运起天音素馨，似乎随时准备大战，风无踪、亦絮神君、红叶神君各有戒备，不敢一丝马虎。青枫道长情绪最为激动，当先从旁边接过长剑，意图冲下人群看看究竟，叶俊磊与明召双双也追了过去，但山下忽然冒出长长烟雾，跟着漫天的火光顺着茂密的林野直入而上，所有人吓得不轻，纷纷四处逃窜，呐喊尖叫之声不计其数。明召望着山下大火，似乎再无分寸，一时大叫道："救火……救火……快……"

几乎所有武当弟子匆匆追入山下想要救火，可这火势顺着风来，越烧越大。顾宁玉再无芥蒂，大袖一挥："天阴教众，立即放下手上兵刃，一同救火。"数百名教众听得教主之令，一起与武当派众弟子参与救火，而那上千前来赴会之人此刻忙着四处逃生，哪里控制得住局面，踩死践踏无数。石辛最先冲上前来："明召师兄，火势越来越大，眼下如此混乱，还是让他们前去后山暂避吧。"

明召刚要说话，忽然从后山跑来的几个弟子上气不接下气言道："师伯……后山……后山也着火了……"

明召等人脸色刹那间苍白，一时间脑中混乱无数。就在这时，顾纤云跳了出来，冲着人群叫道："屠灵……你在哪里……"现场声音太大太杂，哪里传得出去，可就在此时，卸剑池旁一道人影飞入山间，瞬间到了所有人面前，他站在顾纤云的身旁，这阔别已久的笑容仿佛让彼此忘记了眼前的一切。

"传……传恨！"顾纤云有些木讷，她不敢相信竟然是谢传恨忽然出现，叶俊磊见到俩人如此亲密，一时间醋意十足。他挺剑直指谢传恨，呵斥道："谢传恨，山下的大火……"

"是，是我带人前来覆灭武当山。"

谢传恨轻轻巧巧回答，但在所有人面前却如同一阵赫然。顾纤云最先怔怔道："你……你说什么……"

谢传恨猛一回头，对着四下逃窜的人冷冷呵斥道："什么武当大会，尽是这些蛇鼠之辈，天下危难不肯出手，国家兴亡不肯出手，今日为了所谓的正邪之道却齐聚于此。倘若不是为了流传于世的纤云梭，难道他们会如此积极卖力吗？倘若不是这些人一直以来苦苦追求着宝藏秘密，纤云你又何至于有今日之苦？"

顾纤云心中一酸，眼泪流了下来，顾宁玉等人也不禁骇然，只有叶俊磊怒道："一派胡言，放火烧我武当，你以为武当上下都是草芥。""唰"的一声长剑腾空出鞘，一剑西来刺向谢传恨，后者冷冷一笑："好，数十年来的国仇家恨，以及你我的纠缠，今日便一起做个了断。"剑鞘飞入半空，神剑顺着来势挥舞半空，刹那间两道剑气如同剧烈的力量将四周地面震开一道大大的痕迹。

"你们……"顾纤云急得在地上跺脚，这眨眼间俩人已经用出死力出了不下二十招。顾宁玉骤起眉头，而此刻火势越来越大，明召眼见得大火很快就要烧到卸剑池，而四散逃脱的人却被大火吞噬，极为惨烈。

"石辛、枯松两位师弟，打开大殿之中的秘道，让所有人从秘道下山。"石辛、枯松俩人应声而去，不少武当弟子被大火逼得退回山间，此刻一起帮忙缓解现场惨状，无奈人数实在太多，便在此时人群中忽然涌出十多道人影，当中一人叫道："活捉顾纤云……"正是冲着纤云梭而来的，其中四人乃是蓬莱四仙，四人衣裳颜色明媚，极为清晰。顾宁玉大袖一挥，呵斥道："不知死活。"平地而起飞去人群，猛扑一掌朝着一个瘦高汉子打去，对方情急之下运力抵挡，但顾宁玉何等功力，掌力接触那汉子一阵尖叫，手臂如同硬生生被折断一样身子飞了出去倒在地上昏死过去。

其他人望见顾宁玉区区一招便将那人制服，一时有些胆寒。蓬莱四仙中白袍老人转身叫道："大伙一起诛杀妖孽，届时平分宝藏。"这么一阵挑拨，倒是有不少准备逃散的人一起蜂拥而来，顾宁玉不惧反笑："哈哈，我顾宁玉十年隐居五台山，未曾有所杀戮，今日便痛快大战一场。""呼"的一掌朝着白袍长老打去，俩人距离何止三丈，但顾宁玉的掌风惊人，掌未到，一股铺天盖地的力道已经令他几乎窒息。另外三个老人挥舞长剑从左右攻来，点苍、括苍几派弟子也纷纷施展奇技围攻上来，顾宁玉长眉一竖，冷笑道："名门正派，我呸！"他恼恨这些门派，于是出掌之际尽数下了死力朝着众人打去。

那边谢传恨与叶俊磊已经打了天昏地暗，从广场打到卸剑池，从卸剑池又打到大殿之上，几乎是不死不休，他们打到哪里，顾纤云就跟到哪里，生怕其中一人受伤。

而青枫此刻冲到明召面前呵斥道："明召师兄，如今武当面临存亡之际，你还不肯说出掌门的下落？"

明召望着漫天火海，许多尸体便倒在地下，血流不止，而不少人已经顺利从大殿中的秘道逃走，此刻只怕是回天之力也无法挽救武当。他忽然面朝大殿，老泪纵横："真武大帝在上，弟子明召……愧对武当……愧对武当……"

"明召师兄……"

"青枫师兄！"一旁的陈禹悠悠叹息道："掌门……此刻只怕已经归天了！"

"这……"青枫哑声道："到底……到底是为什么。"

"掌门在数日之前受人挟持，不仅受伤极重，而且精神恍惚。明召师兄之所以主持大会想要借顾萱引入天阴教众再将之一举消灭正是为了相救掌门，而此刻大势已去，恐怕掌门已无生还之望。"陈禹老泪纵横，轻轻试着眼泪。

"是……是何人所为……"

"是……是……"陈禹刚要吐出什么，忽然嘴角一阵颤抖，跟着一口浓浓的黑血便喷了出来，整个人眼珠凸出，像是地狱中的厉鬼那般十分骇人，青枫抢上前将他扶住，这一刻却已经归天了。

"师弟……师弟……"

明召跪倒在地悠悠言道："武当有今日之祸……乃是……天……意。"一缕黑血顺着嘴角流了出来，青枫大哭失色，这个年逾七旬的老人此刻哭得如此惨烈。他一边扶着陈禹的尸体，一边死死拽着明召，后者似乎用最后一点力气拍了拍青枫的手臂："我们和掌门一样，早已被人下了毒……武当……武当……"临死之际还一直念叨着武当二字。

"不……"青枫刹那间见到两位手足死去，当真是伤心断肠不可言语。此时天阴教的几位神君早已经也和顾宁玉一起血战起来，顾怜星则扶着重伤的顾萱站在一旁，对方人手虽然众多，但顾宁玉等人都是一等一的高手，双方也打了个平手。

此时武当的卸剑池旁已经渐渐被火苗吞噬，眼见得大火就要烧到武当大殿，双方却依旧恶斗不止，就在此时，从后山中忽然跑出一人，正是屠灵了。他冲向顾纤云的身旁大惊失色道："这是怎么回事。"

顾纤云急得直跺脚："我……我也说不清楚。"屠灵暮色呆滞，一望火苗微微冲入广场，一时情急道："快……快让他们走啊。"

顾纤云自然了解他言下之意，但此刻现场恶斗一片，该要如何收手？顾纤云无奈之下只能先跑到顾怜星的身旁："二姐，你带大姐先行离开。"

"你呢！"

"我……"顾纤云心乱如麻哪里走得开。此时谢传恨忽然冷哼一声："屠……灵……"一剑架开叶俊磊从大殿上飞入地面，似乎将施放依旧的攻势朝着屠灵杀去，莫说屠灵此刻已经是个武功尽废之人，就算是他功力再现也决然不是谢传恨的敌手，他又如何能够抵挡这惊世一剑！就在这个时候，顾纤云忽然冒着危险冲入面前，当所有人几乎都被这一剑吸引之时，谁又能想到顾纤云竟然会如此莽撞。谢传恨眼见长剑要刺过顾纤云，急急之下赶紧收剑，但来势实在太快，身后叶俊磊大喝一声飞身而来，谢传恨翻身越过撤了剑势，顾纤云才能捡回一条性命。叶俊磊眼见她无恙，这才松了口气停了下来。

"纤云你……"

"传恨，你不能杀他。"

谢传恨缓了口气："他当初如此欺骗于我，说什么大义凛然，说什么兄弟情义，我呸。"屠灵低下了头没有多说，顾纤云刚想解释，却想到顾萱在一旁呆立，又没有多言。

"传恨……屠灵他有苦衷的！"

"纤云，你向来过于善良温柔，你可曾想想当初若不是他一路骗的我前去翠竹山庄，后来我又岂会与林欣儿成亲，若非那样又岂会令你伤心欲绝，你的孩儿又岂会被人夺取？今日的一切，难道他就没有责任吗？"

"孩儿……"提到孩儿，顾纤云心中酸痛无比，也不知道屠灵何时绕过她走到前面，他对着谢传恨叹息道："大丈夫立于天地，所作所为不必太多解释，今日屠灵不过废人一人，你要杀便杀，当日我欺骗有错在先，可结识兄弟却丝毫没有假意。"

"兄弟。"谢传恨嘴边喃喃，既而冷笑道："兄弟。"他长剑指向屠灵，后者闭上眼睛就要待毙，所有人屏住了呼吸，一起望了过来。几乎望了火势汹涌，数百名武当弟子和天阴教众还在不停扑火，青枫道长则抱着陈禹与明召的尸首宛如痴呆。

谢传恨长剑晃动了一下，既而冷言道："既然你不过废人一个，我又如何能够对你出手，昔日之情，当为如此。"他呵斥一声，挥舞长剑，剑过之处，大殿外的地面裂出一道深深的痕迹。这么一条裂口被谢传恨轻轻巧巧划开倒没有太多惊讶，但所有人眼前一亮，这裂开的地面下竟然埋藏的都是硫黄等物。

这么一来几乎所有人倒吸了一口凉气，火势沿着山间直入大殿外，倘若这些硫黄被瞬间引燃，莫说人，就连整个武当山也必然无存。

昨日屠灵见到顾纤云，本就是言明了此事，他自废武功乔装打扮混入武当山中，便是在大殿外安放了许多硫黄，他本来计划今日顾纤云等人可以将顾萱救走，然后他引爆硫黄以此断后，所以昨日顾纤云才会痛哭不愿意屠灵这样牺牲。但哪里想到顾宁玉等人出现在先，青枫意图让叶俊磊夺取掌门在后，更主要谢传恨竟会带着一群莫名的人来到这山中，并且放起了大火。

眼见大火根本无法被扑灭，如同数条火龙穿梭在半空中，越来越靠近大殿，顾宁玉当先挥袖道："快走……"一群人先后朝着大殿冲去，叶俊磊瞥见青枫，赶紧冲上前蹲下身子叫道："师父……"

青枫喃喃道："俊磊……你走吧……"

"师父……"

"为师没脸再苟活于世，我对不起武当……"

叶俊磊流下热泪，哪里肯自己离去。此时所有人都已经穿过大殿，唯独剩下天阴教几人，顾宁玉也冲了上来急道："道兄……"

"顾教主……今日老道所做的，也不枉与你相交数十年了。"他看着叶俊磊，苍老的脸上尽是慈祥之意："去吧孩子，为师此生最欣慰之事便是收你为徒……"

"师……"叶俊磊方要说话，忽然腰下一阵酸痛，不知道何时被青枫点了大穴。

"顾教主……"

顾宁玉知晓他的意思，闭上眼睛叹息道："道长……唉……"蹲下身子抱起叶俊磊逃过火势朝着大殿跑了过去。剩下叶俊磊的眼泪和火海中的恩师，渐渐化为了朦胧。

# 第二十六章
# 佳期如梦

　　武当大殿本是一派当中最为神圣之地，当中供奉着真武大帝，只不过有关这条通往山下的秘道却不知道何时修成，更不知道今日竟会成为如此多条生命的逃生关键。大殿长三十来丈，高十多丈，中央的真武大帝居高而视，一股威严难以平视。那条地道就在巨像之下，此刻大殿外已经爆发出了阵阵巨响，显然是那些硫黄之物已经被火烧过。顾宁玉等人心中痛惜非常，他放下叶俊磊替他解了穴道，后者跪入地上朝着青枫的方向失声痛哭。顾纤云想到青枫十年前相救自己，这次更是呕心沥血意图化解这场危机，此刻却葬身火海，也忍不住大哭失色。

　　蓬莱四仙，以及那些门派之人哪里在乎此等生死，紫袍老人最先钻入秘道，脚尖还未曾踏进秘道，忽然一阵惨烈的叫声刺痛了所有人的耳膜，只见他翻身倒地，身子重重倒入地面，两只眼睛上已经各插着一只明晃晃的针。

　　"黑血神针！"

　　声音在大殿上一阵回荡，蓬莱四仙中另外三人急忙上前，那顾宁玉却早已经呵斥道："不要碰他。"要知道黑血神针剧毒无比，人死之后就算碰到死者肌肤也难保不会染上剧毒。幸亏顾宁玉好心相劝，否则他们三个哪里还有命在。不过眼见至亲忽然惨死，哀伤之声当真比惊讶之意更为浓烈，三个都是干瘪老人，此刻也忍不住在大殿上大哭起来。

　　顾宁玉一阵呵斥道："滚出来……"大袖一挥，舞动地上的一个蒲团朝着秘道打去，这轻轻巧巧的一个蒲团在他的力道之下当真有如一个巨大的陨石落入秘道，但就在这一刻之前一条黑色身影冲入半空，落入真武大帝的手指之上。

"黑衣人！"

顾纤云当先激动起来："我们今日如约赴会，我的孩子呢……我的孩子呢……"谢传恨一把将她抱住以免她过度激动，那黑衣人眼色犀利，却未曾说出一句话。

顾纤云靠在谢传恨的怀里心中寻思许多。过了不久，从真武大帝巨像后又缓缓走出一个黑衣人，虽然也只是露出一个眼睛，但便是这如电犀利的眼睛不难让人看到这便是那为恶为难的人。更何况，他此刻怀中抱着一个婴儿，顾纤云的女儿。

顾纤云见到她，当真是什么情绪都准备发泄，她强忍住激动，远远看着孩儿，这些日子来对她的无限牵挂今日总算所有了解，见爱女此刻健康正常，她的心也不禁落下一块巨石。

"你……"顾宁玉上前道："你想怎么样？"

那黑衣人上前冷哼道："一切本来都在我的计划当中，但今日……哼……"显得极为不甘："武当卸剑池本该是你们这些人的葬身之地，你们谁也不能活着离开……"

"你……你简直是丧心病狂……"顾宁玉怒道，此刻他既然会在此出现，自然做了十足的准备，亏得这大殿乃是用巨石建造，才能避过一时火海，但外面的硫黄等物轰炸许久，大殿之中也开始有些摇晃，所有人的心都被吊了起来。

"哈哈……顾宁玉……你斗不过我的……就算我得不到纤云梭……也不会让自己的计划如此覆灭……今日谁也不可能离开这里。"那黑衣人冲着大殿哈哈大笑，大殿屋顶已经隐隐传来阵阵灰迹，落入地面。

这个时候所有人无计可施，只有顾纤云轻轻擦了擦眼泪，缓缓走上前去，谢传恨呼之不及，叶俊磊也待上前却被顾宁玉拦下。顾纤云的突然上前却令对方有些惊讶："你干什么？"

"你不是让我来武当赴约，我来了，你还不将我孩儿还给我？"一个一个字说得极为缓慢，却铿锵有力十分明确。那黑衣人冷冷笑道："今日我便将你孩儿还给你又如何，你们谁也别想离开……"他疯了似的再次重复着这句话，显得极为恶毒无比。

"挑起天阴教复出，扰乱天下安定，屠戮青城派上下却散布各种谣言，后来抢走我的孩儿引我们到这武当山，意图借天下人之手将我们尽数杀死。这一切就是你的计划？"顾纤云一连说出对方心中所想，那黑衣人忍不住感叹道："顾纤云，呵呵……你当真是冰雪聪明，厉害！你还知道什么？"

顾纤云深深吸了口气道："其实我很早就知道心里想的计划，只不过我一直想不通你到底是谁，能够将身份藏得如此隐秘，却又深藏绝世武功，又能将天下正邪的脉络摸得清清楚楚的，当真是不简单。"

"所以你现在知道我是谁了？"黑衣人眯着眼睛，显得不以为然。

"从最早的黑面神君行凶，就算是天阴教开始复苏，那时黑面神君效忠的是我大姐顾萱，而风无踪、亦絮神君是追随我二姐。当年天阴教的七大神君中，还有红叶神君隐居翠竹山庄，屠灵身居归隐于市，除了当年战死在孤月台上的衍法神君之外，还有一个向来最为神秘之人，他一直追随着我爹，几乎不离左右。莫说天下人，就算是天阴教中的人都很少知道有关于他的下落和身世。"

顾宁玉身子一颤，那黑衣人却点了点头："继续说下去。"

"叶俊磊出身名门，拜入武当不过三年，却有着深厚的内力和剑法，这寒冰真气与严冰之气同为天阴教所有，除此之外天下间根本不可能有人会传授他如此武功。"顾纤云望了望身后的叶俊磊，后者脸上一阵红一阵白，说不出的感情。顾纤云又说道："自从我一开始认识俊磊，我就觉得很奇怪，因为我想遍很多人都不知道到底是谁传授如此武功，他的目的又有何在？"

"直到后来发生的很多事后，我联想到俊磊的家世和有关纤云梭的历史，我才有所觉悟。当年叶家、谢家和林家共为一朝之臣，后来却因为'安史之乱'而分道扬镳，谢家不肯背离道义而引得另外两家不满，最终因为排挤而家道中落，而另外两家却从此平步青云，享尽荣华富贵。直到后来谢传恨出世，而那个居心叵测的人又重新想背离当年的誓言夺取纤云梭所藏的宝藏，于是他便找到幼时的叶家子孙，也就是叶俊磊，将寒冰真气和一套惊世剑法传授于他，一来可以借谢、叶两家过往引得俩人见面厮杀，二来可以以此洗脱当年的肮脏历史，我说得可对啊，平清神君？"

最后四个字一出，天阴教许多教众不禁哗然一片。那黑衣人哈哈大笑起来："精彩精彩……不愧是圣教主的女儿……"

顾宁玉与谢传恨、叶俊磊三人见顾纤云揭出这段历史，脸上均露出苍白之色。只听顾纤云继续说道："不过你的身份还不仅仅只是那个神秘的天阴教神君而已。当年天阴教之所以会被四大门派追讨几乎灭亡，说什么纤云梭外流，致使圣教表里不一，才会有所败落，这简直就是鬼话连篇。当今天下除了我爹和我谁又见过纤云梭？既然所有人都没有见过，难道纤云梭遗失就真正可以让天阴教败落？"她哼了一声显得极为生气："当年我爹是因为不想让双方血流成河所以离开阴山，这十年来一直隐居五台山。但当年的一切如今却不得不重提，若非我教中出了狼心狗肺的奸细，又岂会在教中散布那般无耻的言论，又岂会引得四大门派到孤月台？"

黑衣人冷笑一声却没有说话。

"而你……就是那个真正覆灭了天阴教的无耻之人。"

"你可有证据？"

"倘若我今日猜不出你的身份，我倒也不敢如此肯定，但是你……呵，两川大侠林齐，你还要装到什么时候！"

顾纤云这一句话说出，所有人身上打了一个寒战，如同冰封一般。除了顾宁玉以外，谁也不敢相信顾纤云所说的一切。谢传恨向来面无表情，此刻却像是见到地狱厉鬼一般："纤云……你……你……"除了天阴教几个神君之外，那些门派高人弟子也是惊讶非常，哪里知道这作恶多端引起天下纷争竟然是当初青城派的高足，"两川大侠"林齐。

对方低下头，呵呵几声，摘了头套，那一刻所有人才相信自己之前听到的话，他果然是林齐，可当初林齐明明中了剧毒，危在旦夕。

顾纤云确定了自己的猜想，既而又道："你与我爹相交甚久，我爹也是因为那段尘封的历史而让你加入天阴教封为神君从此跟随左右，可包括我爹都万万想不到你其心不居，虽然你加入天阴教不过几年，但你却一心想着重夺纤云梭。后来四大门派围剿天阴教，你力劝我爹拼死抵抗，我爹不肯，更打算就此隐居。你愤恨之下亲手覆灭了圣教后，从此回到了长安重新做回你那两川大侠。虽然如此，但是一直没有对纤云梭有所忘记，不仅和郭天雄等人一同谎称效忠于我，更是意图将女儿林欣儿嫁给谢传恨，意图以此破坏我们之间的感情，你以七日幽魂散祸乱天下，而七日幽魂散与黑面的黑面神针同出一辙，当年在孤月台中，你早已与他交情甚好，天阴教上下都知道，只不过却很少有人知道，他早已将他那神鬼莫测的易容之术与黑血神针的奥秘传授于你，黑面神君尽忠职守，这些年来无一日不是在想着复兴圣教，我并不知道你用了什么言语将他欺骗，但我知道他、叶俊磊、你女儿，还有我们这些人，都无非是你的棋子而已……"

林齐仰天大笑，却笑得有些苦涩："我数十年的精心计划，没想到今日不仅毁于一旦，还被你这个丫头给一言道破……哈哈……"

"你本为青城派高足，当日你曾言要带着林欣儿前去青城山终此一生，可后来却突然间冒出林欣儿与红叶神君乃是师徒关系。那青城派后来惨遭灭门，我虽然不知道你用了什么手段，但你却以此嫁祸天阴教和谢传恨，目的无非就是要让本无太多关联的他们因青城派灭亡而联系在一起。那个时候我大姐恰好与你合作，一来你利用屠灵对我大姐的效忠得知谢传恨的一切下落，更是让谢传恨和屠灵一步一步陷入你设计的陷阱里面。翠竹山庄中你故意将自己弄成'七日幽梦散'的中毒迹象，让谢传恨以为你命不久矣，起了恻隐之心答应再度与林欣儿成亲，而另一面却广布天下，为的就是要我到去到现场，挑起一场新的纷争。"

"而我情急之下产下孩儿，你便及时改变计划将我的孩儿夺走，引诱我们前来这武当卸剑池，前因后果，想必武当掌门之前受人偷袭重伤未愈，而那几位长老又各自被人下了剧毒都是你的手笔，今日的武当大会便是你要借天下人之手除去我天阴教和这山上的所有名门正派，这就是你最终的目的。"

所有人恍然大悟，林齐却一脸淡定："不错，武当、青城两派掌门都死于我手，也许江湖中他们的地位显赫，不过在我眼里不过棋子一枚而已。只是我万万想不到，你爹会亲自率领天阴教前来武当，而谢传恨又会将官兵引入山中放起大火……"

顾纤云如若未闻："不过我一直以来都想不通，你以'两川大侠'林齐的身份却为何掌握着包括天阴教在内众多人的下落和动机，后来我怀疑天阴教中除了你以外还有奸细，于是我便命风无踪去调查此事，一切果然不出我所料……当日在五台山上，我爹放火烧山然后离去，而谢传恨独自一人上山却始终未曾再下来，天下间除了我顾纤云以外只有林欣儿可以束缚他的左右，但是林欣儿却为什么会出现在那里，而他所做的目的又是什么？后来我想了又想，才知道你让你的宝贝女儿将谢传恨骗走，无非是想让他不能来参加今日的武当大典，因为有了谢传恨的帮助，你心中的算盘便很难实现。而将我们前去五台山的行踪如实向你告密的，就是一直隐藏在天阴教的另一个'奸细'……"

所有人静下心里，虽然火势已经烧到大殿门外，但所有人还是如此平静，好像能知道这些惊天秘密，葬身火海也有所值得。

"后来红叶前去查看山中的情况，等她下山的时候衣裳破烂，一脸黝黑，显得十分狼狈，初时我还没有太多想法。直到第二天我在山下见到了我大姐顾萱，她被你狠心困在火海之中几乎丧命，而她身上破碎的衣裳才是真正被火吞噬的衣裳。"

顾宁玉当先转过头，包括顾怜星等人也回过头看着身后的红叶，后者低下头不敢与之对望。叶俊磊忽然一言一字呵斥道："所以你根本就是没有去到山上而是随意撕扯了衣裳，涂抹了脸颊，以此蒙骗我们。"

红叶依旧没有说话，顾纤云却接口道："她这么做的目的就是要让我们安心离开五台山，保证我们可以按时来到这武当大会。林齐啊林齐，你的如意算盘当真可以说是天衣无缝。"

"唉，可惜天衣无缝的计划还是瞒不过你顾纤云，也算不过这天时。"林齐微微一笑，笑得如此邪恶。

"红叶同为天阴教护法神君，后来隐居在翠竹山庄名为不问江湖之事，实则暗中替你网罗各方秘密，让你可以伺机行事。说什么林欣儿是她的徒弟，若是我没有猜错，她根本就是你和红叶的女儿吧。"

一直立于真武大帝手指之上的黑衣人，之前一切所言都淡定如常，此刻再也忍耐不住，"呼"的一声卸下黑色装束跃入地面，她的脸蛋依旧我见犹怜，只是此刻仿佛充满着无比的愤怒之意，她便是林齐之女林欣儿了。

"是不是真的？"林欣儿对着林齐质问道。

后者退了一步道："欣儿……你……"

"我问你是不是真的？"林欣儿哭出声来大喊道："这么多年了，你骗了这么多年了，从小你告诉我，说我娘死于天灾，自从那时你决定撤了山庄前去青城山，你便一直逼迫我练武，再后来又要我与谢传恨成亲，要我以这套黑衣见人，这就是你的计划……我不过是你的一枚棋子对吗……"

林齐虽然心狠手辣，但对爱女确实呵护有加，他难过道："欣儿……爹没有这个意思……"

"你还说没有。"

"欣儿……"这个时候红叶轻轻走上前来，这么久未见，她仿佛已经不再是那个风姿绰约的红叶神君，仿佛瞬间苍老了许多。

"我们对不起你……齐哥，收手吧，我们犯下的罪孽已经太多了……"

林齐咬着牙，疯了似的怒道："不可能……不可能……既然我大事未能成，今天所有人都别想离开武当山……"林齐一声怒斥，此刻的想法便是要让所有人为此陪葬。但所有人哪里愿意与他纠缠，纷纷要上前离开。林齐一跃而过，跳到秘道一旁，手心甩出几根黑血神针，怒视道："谁也别想走。"

黑血神针与"七日幽魂散"如出一脉，黑面神君想必当初就是因为知晓了当中的一些事故，所以对天阴教心灰意冷，并许下承诺永不会透露真相，从此远去南疆，发誓再也不回中原。江湖中何人不知黑血神针的厉害，此刻林齐如此愤怒，自然没有人敢上前一步。

他见诸人不敢上前一时哈哈大笑，似如极为得意，他指着谢传恨道："谢传恨，当年你谢家遭到灭门之祸，你不是一直想找出元凶，我便是元凶，来报仇吧。"

谢传恨身子一颤，脑子里回想起全家遭人杀害的场景，义愤填膺，喘着大气道："你……你说什么……"

林齐依旧大笑道："我之所以杀了你全家，便是要让你寄托于我林家之下，一面传授叶俊磊不世神功，一面又向你灌输家仇国恨之事，为的就是你们俩人见面有此殊死搏斗。你可记得鄱阳湖旁那个老太婆所行的一切，哈哈，今日也不怕告诉你，她便是受我指使，故意引你回到故地，一来让你重拾杀神之气，二来便是要你知道纤云梭中埋藏着有关三家人历史的秘密，从而引出纤云梭。"

"你……你……"谢传恨追寻着二十年的真相，今日终于揭开，他再也无法忍耐，飞身而出，神剑出鞘立誓要仇人死于剑下。林齐故意引得谢传恨愤怒，一时如同疯了似的得意非常，一边抱着孩子，一边掮着那黑血神针与之对敌。

谢传恨剑术虽然绝佳，但林齐真正实力也实在不容小觑，虽然怀里抱着孩子，始终无法让谢传恨有进攻之机。顾宁玉一挥大袖，叫道："俊磊，你带其他人先走。"直入巨响上，一掌朝林齐背后打去，他此次出手只为了将顾纤云的孩儿夺回，林齐左右遭逢两大高手夹攻，又怀抱着孩子，一时便落了下风。

叶俊磊虽然十分不愿意离开，更何况他知道顾纤云也根本不可能放心离去，就在顾宁玉与谢传恨围攻林齐之时，他似乎看准了时机，平地而起，带着漫天的硝烟直入巨响面前，他突如其来自然让林齐措手不及，欲要回挡，但那边谢传恨却已经逼得自己无法转身，就在这一刻他手心稍有放开，叶俊磊就从旁夺下孩儿包袱，林齐架开谢传恨一剑，想要回夺，顾宁玉却已经猛扑上来，叶俊磊夺下孩儿急忙从巨像上落下，林齐怒极，猛然挥掌朝着巨像的手心打去，他功力着实厉害，力道之处那一个巨大的石像手掌应声而落恰好要砸到叶俊磊的身后，眼见他来不及回头，四下里惊叫一片，顾纤云更是脸色苍白差点晕了过去。

就在这时，忽然蹿出一道人影，竟然用手挡住巨石，叶俊磊得此一刻生还立即逃开，可怜屠灵一生豪气干云此刻却被这巨石重重压倒在地，一口血喷出就此而亡。

"屠灵……"顾纤云大哭出来，身子一摇险些昏倒，红叶神君虽然与林齐乃是结发夫妻，但此刻见到屠灵如此惨死，也不禁扭头失声难过。叶俊磊抢下孩儿，虽然不忍回望屠灵惨死，但眼下火势逼入大殿，眼见得这巍峨的殿宇就将倒塌，顿时也不愿逗留，一声大叫："快走。"那些人早已经连滚带爬从巨像之下的秘道逃走，顾怜星扶着顾萱，由风无踪与亦絮神君护卫从秘道离开，剩下顾纤云一脸呆滞看着谢传恨的身影，叶俊磊心中一酸，虽然他此刻抱着孩儿，却依旧无法挽回她的心。

"纤云……"

顾纤云仿佛有所惊醒，她对着叶俊磊摇了摇头："俊磊……"却不知道说什么好，叶俊磊泪如雨下："一定要活着出来，孩子需要你……"叹了口气，最后离开大殿。

　　而那边红叶与林欣儿也死死看着三人的恶战，如此斗了不知道多少回合，林齐显然已经渐渐衰退，根本不是顾宁玉与谢传恨的对手，眼下大殿之上已经落下不少巨石，整座殿宇摇摇晃晃根本已经无法撑起，巨像也因为三人的恶斗而掉落纷纷，哪里还有之前那般威武的模样。

　　顾宁玉瞥见顾纤云一人站在地上，他心中一阵觉悟，猛地起掌朝着谢传恨打去，后者哪里想到顾宁玉会出手，躲之不及本要硬接了这掌，但掌力一到却是轻绵无力，而身子却因为这道力气飞了下去。

　　"带纤云走……"顾宁玉大喝一声，不再多说。谢传恨实有不甘，眼见得不共戴天的仇人在此要他离去又如何愿意，但他知晓自己若是不走，顾纤云也必然不肯离去。于是一咬牙准备带顾纤云离开，但忽然看见不远处的林欣儿，心中愧疚无数，此刻又不知道如何是好。

　　顾纤云看出端倪，轻轻推了他一下："带她一起走吧。"

　　眼下十分危机，几乎一分一毫都可以置人死地，谢传恨自然不敢过多言语，跑到红叶与林欣儿的身旁，她知道谢传恨来此之意，她微微一笑却反口问道："传恨，我问你，曾几何时，你曾是否对我有过真心。"

　　"有！"

　　"真的？"

　　"绝无虚假！"

　　林欣儿热泪盈眶，她握紧了红叶的手不再回头："传恨，你是我此生唯一深爱的男人，只可惜我们有缘无分，虽然我心里充满了怨恨，就像是之前恨我爹娘一样，但是情总是情……传恨，你走吧……"

　　谢传恨情绪一激动，曾经对她的愧疚之意顿时涌入心头，刚想说话，几块巨石落下掉入地面，发出震耳欲聋的巨响，四下里如同炼狱火海炎热无比，顾纤云身体受到寒毒侵蚀本来就弱，在这炎炎之中待了许久再也无法忍受。

　　谢传恨咬着唇，几乎已经让鲜血溢出，他一转身赶紧抱起顾纤云在秘道封死那一刻逃离危难。

　　红叶握着林欣儿的手，此刻母女的心紧紧连在一起，顾宁玉与林齐双掌相交，在混乱之中如同山崩，原本摇摇欲坠的真武大殿如何受得了如此力道，瞬间火光延绵，直入屋顶。顾宁玉眼见杀红眼的林齐，眼见得四下里大火磅礴，忽然冷笑道："林齐，你终此一生都在想要覆灭李唐另起盛世，可如今呢？李唐即便覆灭，你还有命活着出去？"火海之中到处都是尘埃碎土，整座大殿摇摇欲坠，林齐忽然瞥见角落的红叶母女，刹那间心中无数情绪，三人第一次以家人的身份凝望，生死在刹那间，似乎也并不显得多少不解和愤怒了。

顾宁玉与之对掌，两人内力几乎不相上下，此刻见到此景，想到自己亲人爱女均以逃出生天，而林齐为了一己私欲如今断送了妻女性命，想到这里忍不住长叹一声当先撤掌，再过了不久真武大帝的巨响在火海之中坍塌下来，伴着火焰蹿天，林齐望着妻女，此刻百感交集，林欣儿与红叶多年以师徒相称，此刻母女情深紧紧握着对方，她望着林齐，在喧嚣中放声叫道："爹……女儿不恨你……"声音绝响，却很快被坍塌之声盖了下去。林齐眼见妻女命丧火海，忍不住放声长啸，犹如厉鬼索命。顾宁玉大袖一挥，卷起无数烟尘："林齐，当初你我祖上就是不想乱世延续所以想要另立新元，但这些年来因为祸乱死伤的人似乎比乱世之下尤为更甚，即便如此，时代更替也并非你我一人之力可以左右。"忍不住凝望硝烟弥漫："即便霸业可成，那又如何？百年以后还有谁会记得你我？"两人一望身旁的火海，面对生死刹那间仿佛回忆无数，过了不多久忽然各自仰天大笑，似乎将这数百年的历史与过往尽数笼盖在这笑声当中。

"什么国仇家恨，什么宝藏秘密，今日……不过火海一片"，顾宁玉仰天长叹，叹息之声却依然不掩英雄之色。林齐喘着大气，全身已经被热汗侵蚀，他微微一阵苦笑："当日你我立下誓言，他日若有违者，必定死无葬身之地，今日虽然你我都不曾违反，却终究难逃一死。"

"这难道不是好事？就让我们三家的一切过往，随着这一切永远消逝……"

俩人握紧了手心，这一刻似如一种惺惺相惜，大笑的声音穿过火海，传到了山脚，顾纤云悠悠晃晃之际听到这一阵微笑，心中难得发出一阵欣喜，可眼眶里却冒出阵阵泪水。

半个月后，阴山孤月台上，顾纤云醒过来的时候，看到的是一片茫茫的大雪。她抬起微弱的身子，看着眼前的一切，仿佛在做梦。这是她阔别十年的地方，这里有着她最为难忘的童年与记忆，很多人都在旁边，顾怜星与顾萱最先走上前来，姐妹三人第一次如此微笑着见面。

"纤云……你当初所言想回到这里，今日你的愿望实现了，姐姐们也该走了。"

"去哪里？"

顾怜星一望身后，好似一片繁华如梦，她欣喜道："红叶的那座翠竹山庄当真是无比令人神往，如今她已经不在了，我与大姐正好捡个便宜从此定居那里。"

"那天阴教……"

"纤云。"顾萱走上来握着顾纤云的手柔声道："我们姐妹三人就是因为这天阴教才会有如此众多磨难，今日之后世上再无天阴教，但你永远是我们的好妹妹。"

说着三人都不禁一片热泪。顾纤云望着一旁的风无踪，欲言又止，后者走上前躬身道："属下明白圣姑之意，昔日属下想要留恋凝血利爪无非是想更好为圣教效力，今日既然再无圣教，这一切属下也自然不再留恋，所以当初圣姑的承诺，便可以随着'天阴教'这三个字烟消云散。"

顾纤云心中感激不止，可是身体内部却隐隐升起了阵阵疼痛。她轻轻咳了几声，这一刻似乎很多人都明白了一切。

"纤云……保重！"顾怜星咬着唇，不忍说出这几个字，顾纤云像个孩子倒在谢传恨的怀里，就这样望着两个姐姐还有风无踪、亦絮神君一起离开。

谢传恨低下头吻了吻顾纤云的额头，在这寒冷的山顶上，彼此之间却充满了暖流之意。

"对不起传恨……"

谢传恨柔声道："傻瓜，此生能与你相见，便是我最大的安慰。"说罢俩人紧紧拥在一起。

叶俊磊披着一条长长的袍子，怀里的孩儿似乎受不了这里的寒冷而小声哭泣起来，这是此刻苍穹之下唯一让他心动的动静。顾纤云忽然听到孩子的哭声，侧目望去，叶俊磊一身潇洒，长发上带着鹅毛般的大雪缓缓而来，他的脸却如同雪一样冰冷苍白。

"俊磊……"

叶俊磊站在他们面前，许久未曾作声。

"原谅我……"

"我此生都不会原谅你。"叶俊磊干净利落地吐出几个字，他望着怀里的孩儿："苦命的孩儿，等你长大以后，当你知道你的娘爱的并不是你爹的时候，你会怎么想呢！呵呵……"他此言无异于说给顾纤云听，只是听到了又如何，顾纤云的生命已经濒临尽头，她努力望着叶俊磊怀里的孩子，直到现在她都没有真正抱过自己的孩子，仿佛这个孩子就不是她的一样。

叶俊磊长长地叹了一口气，没有再说任何话，而是一个人抱着襁褓落寞地沿着来时的路，缓缓地走下山去。顾纤云闭上了眼睛，仿佛再也不愿意睁开接受这个现实。

"你为什么不把真相告诉他？"

"活日无多，告诉他又如何，与其让他带着遗憾度日，倒不如让他恨我……"顾纤云苦苦笑着，但此刻心力交瘁显然已经没了力气，她闭上双眸，气息微弱。

过了很久，又有两个人来到这里，谢传恨轻轻叫醒了顾纤云。

"纤云，你看这个人你可认识？"

顾纤云微弱的睁开了眼睛，有些惊喜："黄……黄思邺……"这正是当日顾纤云在农家给予一番教诲的那个男子。此刻他身穿金色铠甲，在大雪中极为显色，而身旁那人显然年纪稍大，却也是一身威武。

"这位黄大哥是我当日与屠灵在沿路中所救，那日我离开五台山便在不远处碰到黄大哥和思邺，闲聊之时才知道你和他的事情，他们知道我要上武当山找你，所以便带着兵马与我一起前去……"

顾纤云恍然大悟，原来那时在武当山脚下出现的官兵是他们带来的。只不过谁也想不到一场大火磨灭了屠灵最初的计划，也恰好因为这场大火才令整件事情有所扭转。

顾纤云忽然强自爬起，悠悠说道："思邺，当日在你家之时，我曾经与你许下承诺，倘若你三年之内有所造化，我便会祝你成就大业，今日……"顾纤云也知道自己时日不多，恰好在此见到俩人，便开口问道："我想问问你二人心中志向。"

两人目目相觑，那个年长之人黄巢忽然朗声应道："待到秋来九月八，我花开后百花杀。冲天香阵透长安，满城尽带黄金甲。大唐既然不可复兴，唯有改朝换代，易主而为！"前四句忽然喊出，几乎令苍穹变色，一副龙鸣剑吟之力似乎令万天冰封的雪山瞬间融化，如此豪言壮志当真可令乾坤扭转。

顾纤云欣喜大笑，她强作努力从谢传恨的怀里爬起，忽然间解开自己的衣裳，轻纱如棉，瞬间划过她如雪的肌肤，一眨眼之后这个世间最美丽最动人的胴体便展现在这冰封之中，谢传恨与她此等亲密却也是第一次看到她的身体，更何况黄巢与黄思邺。

可她最动人最令人窒息的身体背上，却刻着一张地图，显而易见却又似如迷雾围城。黄思邺与黄巢不解其意，顾纤云面对着谢传恨开口说道："这张图就是纤云梭中所藏的秘密，当年我爹给我取名纤云，并且将当中的秘密刻在我的背上，因为害怕肌肤溃烂，所以我从小修炼严冰真气……"

这一刻无数的疑问谢传恨才彻底明白，为什么顾纤云会从小染上这种严冰之毒，为什么顾纤云从来不让自己碰她的身体，只是他此刻却感到无比的惋惜与痛苦，因为自己的爱人却因为一个秘密而即将葬送如花的生命。

顾纤云穿好了衣裳，转过头说道："二位，纤云梭所刻的，乃是当年大明宫潜藏的宝藏，正如二位所言，李唐既然不可复兴，那天下的未来便看二位了。"

黄巢一跪倒地："多谢姑娘大恩大德……黄巢必然不负所望。"

后来黄巢靠着纤云梭中的秘密，招兵买马正式掀起起义的旗帜，广明元年，公元880年十二月五日下午，黄巢前锋柴存未受到任何抵抗即顺利进入长安，黄巢以尚让为平唐大将军，盖洪、费全古为副将军大军直抵长安，唐金吾大将军张直方率文武官数十人至灞上迎接。黄巢乘坐金色肩舆，其将士皆披发，束以红绫，身穿锦袍，手执兵器，簇拥黄巢而行。义军浩浩荡荡，"甲骑如流，辎重塞涂，千里络绎不绝"，长安市民夹道观看，义军广布："黄王起兵，本为百姓，非如李氏不爱汝曹，汝曹但安居无恐。"义军将士在街道上每遇到贫民，"往往施与之"。七日以后，公元880年十二月十二日，黄巢进入太清宫，翌日于大明宫含元殿即皇帝位，国号"大齐"，建元金统，并大赦天下。

黄巢与黄思邺离去后，天地间再度一片宁静，曾经多少个日日夜夜，顾纤云和谢传恨就梦想着过这种与世无争的平静生活，此刻顾纤云靠在谢传恨的怀里，气息越来越弱，但是此刻俩人都满怀笑容，那一切的秘密与仇恨、江湖和纷争已经再也不重要。

日落、夕阳、日出……

时光转瞬，芳华枯萎，生命凋零……

后来，顾纤云永远闭上了双眼，而谢传恨含着泪在她耳边轻轻地一遍又一遍叫着她的名字，但大雪飘摇，却依旧没有回音，谢传恨紧紧抱着她已然冰冷的身体，一跃大雪山当中……

（全书完）

# 写在后面的话

　　无论如何，当你翻到这里时，我首先要深深地说一句谢谢！

　　《纤云劫》写于大学时期，那是我最勤奋码字的阶段，人生的第一本书也就是在那时候出版上市。这是一本长篇武侠小说，我第一次看武侠小说是在高一的时候，沉迷于"金庸武侠"不能自拔，后来陆陆续续接触了古龙、梁羽生、还珠楼主、萧逸、凤歌等人的作品，高中的时候自己也开始写，一直到现在。

　　武侠是我最喜欢的一类作品，但是现在似乎看武侠的人越来越少了，在所有接触的武侠作品里，金庸给予我的影响最大，"侠之大者，为国为民"，武侠，永远都是侠在前，武在后。侠，这大概就是武侠小说的灵魂所在吧。

　　这些年来，走了很多地方，也看了很多书，自己也写了很多文字，依然最喜欢在夜深人静的时候看武侠，无论事过境迁，无论时光更替。《纤云劫》的出版，源于自己对武侠的一种执着和信仰，也源于自己对写作的热爱，而我更希望借此把武侠的魅力传递给更多的人。

　　每次写"后记"的时候，总是想写很多话，却又总也不知道说什么，感慨万千，却又有点不舍，但愿这种纠结的情绪依旧能够伴随自己在未来的创作道路上，激励自己，鞭策自己。

　　非常感谢本书的编辑，以及这些年来给予自己帮助和理解的亲友，但愿这本书，能陪你一些时光，哪怕只有一分一秒。

　　最后关于这本书，褒贬与否，一任诸君！

　　谢谢！

魏荣凯

2019 年 12 月 17 日于政和